짧은 평 깊은 생각

# 한국문학과 작가 작품론

## 김 승 옥 교수 저

● 한국문학의 세계 문학적 위상 중심으로 ●

도서출판한글

# 차    례

## 제 1 장  한국문학의 세계 문학적 위상

1. 韓國戲曲文學의 世界文學的 位相                                8
   - 한국 戲曲에는 왜 悲劇 作品의 創作이 어려운가? -
2. 한국 소설의 위기인가 새로운 방향의 모색인가?                22
   - 실명 소설의 허와 실 - 소설 『동의보감』을 통한 실명소설론
3. 고양이를 그려놓고 호랑이라 우기지만                        30
   - 평론은 작가의 의도와 다를 수 있다 -
4. 참된 장인정신을 위하여 - 문인들의 직업의식 결여에 대한 단상 -   32
5. 소재 선택의 자유를 위하여 - 예술의 자유는 소재 선택의 자유에서 -  37
6. 신인 발굴의 다양성을                                      40
7. 우리 소설의 문제점 - 매너리즘에 빠진 단편소설 -              45
8. 아리스토텔레스의 한계를 넘어서 - 르뽀문학 성찰              49

## 제 2 장  작가 · 작품론

1. 작가 심훈의 다른 면                                        57
2. 구약시대와 신약시대를 잇는 매개자 누혜 - 장용학의 「요한 詩集」 - 61
3. 장용학의 風物考 - 요한의 형제인가 후손인가 ? -              68
4. 이데올로기 시대의 지식인의 삶 - 최인훈의 단편고 -            72
5. 거울에 비친 우리의 모습.유 현종의 단편소설론 - 「먹쇠전」 외 -  76
6. 金述總의 文學世界                                          80
7. 趙廷來 長篇小說 - 『불놀이』 -                              88
8. 恨의 실타래에서 엮어낸 敍事詩 - 조정래의 『薄土의 魂』 -       91

9. 우리들의 고향 이야기 - 한수산의 장편소설『유민』-     96

10. 남북조 시대의 풍속도 -방영웅의「사무장과 배달원」,「첫눈」     103

11. 예술가의 수업 시대 - 박영한의「지상의 방 한 칸」-     107

12. 한국 사회의 정신병리학적 진단 -최창학 창작집『긴 꿈속의 불』-     111

13. 이데올로기의 희생자 - 최창학의「먼 소리 먼 땅」-     117

14. 近代化의 그늘 속에서 - 申泳澈의『겨울江』-     121

15. 상상력과 역사의 재해석 - 이원규 장편소설『거룩한 전쟁』-     130

16. 어두운 시대를 응시하고 있는 작가 - 이상문의 작품세계 -     135

17. 피안으로 가는 길의 명상록 -백용운의 작품집『대합실』-     141

18. 『짧은소설』속에 담긴 번뜩이는 지혜     147
    - 박석수의 작품을 통한 '짧은소설'론 -

19. 오늘의 가시 면류관 -박석수의 창작집『철조망 속 휘파람』-     153

20. 천성적인 이야기꾼 홍경호     155

21. 우수의 긴 터널을 나오며 - 김지원의 소설「사랑의 예감」-     161

22. 성의 해방과 가정에 관하여 - 김지원의「폭설」-     167

23. 우리의식의 사각지대     174
    - 북한인의 고통 - 이나미의『실크로드의 자유인』-

24. 한국적 정서의 소설 - 이미륵의『압록강은 흐른다』-     179

25. 이반의 문학세계 - 희곡집『샛바람』과 그의 드라마투르기 -     183

## 제 3 장 짧은 평 - 깊은 생각

### ◎ 시 평

1. 겨울의 詩     191

2. 삶의 詩的 비유     195

3. 일상적 사물의 상징화     198

4. 존재와 시     203

5. 물의 이미지       208
6. 서정시로 돌아오는 한국시       212
7. 구도자적 서정성의 시       216

◎ 소 설 평

1. 移民文學의 序曲?       219
2. 삶에의 추구와 상상력       222
3. 우리 意識世界의 해부       234
4. 憂愁를 나타내는 소설       240
5. 삶의 편린       244
6. 떠도는 삶       248
7. 昏迷속의 旅路       252
8. 소설의 공간 - 가면 무도회       256
9. 피곤한 삶       260
10. 원숙한 원예사       254
11. 정치계몽주의 시대의 소설       269
12. 현실적인, 너무나 현실적인 문제들       274
13. 時間藝術로서의 小說       280
14. 속세와 니르바나       285
15. 우울과 사회       292
16. 不眠의 원인       297
17. 문학에 나타난 이상과 현실       301

· 「韓國 戲曲文學의 世界文學的 位相」주석       305
· 후기       309

# 제 1 장. 한국문학의 세계 문학적 위상

# 韓國戲曲文學의 세계문학적 위상
## - 한국 戲曲에는 왜 悲劇 作品의 創作이 어려운가? -

## 한국 희곡문학의 어려움

한국 문학은 비록 세계에 널리 알려져 있지는 않았지만 그 문학성은 어느 다른 나라의 문학과 비교한다고 해도 뒤지지 않을 것이다. 그러나 우리가 장르별로 이야기한다면 소설과 시는 훌륭한 작품이 많아도 희곡 분야에서는 좋은 작품을 많이 가지고 있지 않다. 한국의 극작가 가운데 손꼽을 수 있는 차범석은 "희곡이 다른 분야의 문학에 비해서 질과 양이 떨어진다"고 하면서 "그 원인 가운데 하나는 희곡이 먼저 문학으로서의 성장할 묘판과 퇴비가 적었다는 점과 그리고 우리가 조상으로부터 물려받은 유산이 너무나 빈약하다"[1] 고 말하고 있다.

현재 생산되는 작품의 수를 보아도 시나 소설과 비교하여 본다면 희곡은 아주 미미하다고 볼 수 있다. 문학 작품의 생산이 특정한 장르에 왜 극히 적은가, 소설이나 시처럼 좋은 작품이 왜 희곡으로는 드물게 나타나는 것일 가를 한국의 작가들과 문학 연구가는 생각하여 왔으나 "묘판"과 "퇴비"가 왜 적었었던가 하는 이유에 대하여서는 누구도 명확히 밝히고 있지 않다. 필자도 이러한 의문을 오랫 동안 갖게 되었으며 서양 비극을 분석하는 가운데 서양인의 특성을 알게 되었으며 자연히 한국적 정서와 한국 희곡과의 관계를, 특히 悲劇 작품과 어떤 관계가 있는가를 분석하는 동안 "한국적 정서"의 특징이 비극에 어떻게 나타났는가를 보면서 한국인의 원형을 발견하였으며, 더 나아가 한국 문학의 세계 문학적 위상을 인식하게 된 것이다.

## 회곡의 장르적 특징

희곡은 다른 문학 장르와는 달리 행동으로 표현되는 작품이다. 소설은 한 인간의 내면세계를 그리는 것을 그 특징으로 한다. 소설의 발달에서 이미 보여주고 있듯이 소설은 인간의 개인적 경험의 진실을 묘사하는 데 있다.[2] 이와는 반대로 희곡은 "사회적 작품"[3]으로서 사회를 배경으로 인간의 본질을 묘사한다. 등장인물들의 긴장 관계를 관객(독자)에게 드러내어 보이는 '작은 사회'를 그리는 것이 희곡의 특성이다.[4]

희곡에서 이 모든 것은 무엇보다 "대화"를 통하여 나타나며 대화의 가능성 여부에 희곡의 가능성이 달려 있다. 서구 희곡의 최초의 등장이 고대 희랍에서 발생하였다는 것은 결코 우연이 아니다. 그들의 고전적 민주주의는 자유로이 자기의 의견을 말할 수 있었으며 누구나 자기 자신의 주장을 상대방에게 내 보일 수 있었고, 동시에 다른 사람과 논쟁으로 대결할 수 있었기 때문이다.[5] 말을 주고 받는다는 것은, 혹은 "토론을 한다는 것은 그 과정에서 옳고 그른 것이 밝혀지며"[6] 토론과정에서 애매성은 없어지게[7] 되는 것이다. 가다머는 대화를 "변화의 과정"이라고 하였으며 또한 "새로운 사상을 싹트게 하는 동기"[8]가 된다고 하였다. 가다머의 말을 빌지 않더라도 옛 성인들이 그들의 사상을 대화로 설파하였던 것을 보아도 대화는 자기의 의사를 가장 잘 나타내는 방법임을 알 수 있다.

서구와는 반대로 동양 사회에서 대화는 큰 가치가 있는 것으로 생각되지 않았다. 비록 문명의 여명기에 孔子나 孟子가 그들의 학설을 대화를 통하여 전하려고 하였지만 그들의 교의는 복종을 미덕으로 하는 것에 보다 더 큰 가치를 두었기 때문에 그들의 대화법도 차츰 자취를 감추고 제후나 부모, 스승 등 기성 세력에 맹종하는 것을 덕으로 하였기 때문에, 자신의 의견을 숨김없이 드러내기보다는 참고 복종하는 것에 높은 가치를 두었다. 三綱五倫은 그 대표적인 예이다. 말하는 두 사람이 같은 권리를 갖고 행하여야 할 진정한 대화는 차츰 사라졌고, 더욱이 내면의 성찰을 깨달음의 극치로 생각하였던 불타와 노자의 사상은 대화를 멀리 하게 하였다.

동양에서 진리는 언어로서가 아니라 직관과 영적인 묵상에서 온다고 생각하였다. 마치 구라파의 중세 시대에 수도원이나 사원의 골방에서 묵묵히 묵상하며 신의 계시를 기다리며 자기구원에 이르려고 수양을 하였듯이, 동양의 정신세계는 靜觀의 세계요 행동이나 말을 앞세우는 세계가 아니었다. 대화보다는 은밀한 기도에 보다 더 가치를 두었던 중세 유럽에서 희곡이라는 문학 장르의 발전은 일시 중단되었다. 이 시대에 좋은 희곡 작품의 생산이 중단되었듯이 대화에 큰 가치를 두지 않았던, 혹은 대화를 생활의 습관으로 갖지 않았던 동양 사회에서 희곡의 생산이 저조하였던 것은 당연한 일이라고 볼 수 있다. 이런 의미에서 희곡은 동양적이라고 볼 수 없을 것이다.

이와 병행하여 동양의 세계는 정치적으로 절대주의가 지배하던 역사가 대부분이었다. 헤겔의 말처럼 동양에서는 절대군주 혼자만의 독백만이 있었다. 괴테가 "가장 주목할만한 일은 페르시아에 희곡이 없다는 사실이다. 절대정치는 대화(wechselreden)를 요구하지 않는다"[9]고 말하고 있듯이 절대주의 정치 하에서 희곡은 꽃 피우기 어렵다. 이러한 내면적인 명상의 세계와, 전제정치 하에서 오랫동안 지배되었던 동양에서, 희곡은 자연히 다른 문학 장르보다 뒤지게 된 것이다.

동양문화권에 있는 한국의 정신세계에도 이 영향이 컸으며 한국에 희곡 문학이, 특히 悲劇이 다른 문학 장르처럼 꽃 피우지 못한 것은 이 때문이라고 볼 수 있다. 물론 한국에 희곡작품이 전혀 없었던 것은 아니다. 그러나 한국 희곡의 본질은 비극이 아니라 喜劇에 있다.[10] 그것은 한국 희곡 문학은 한국 고전소설에서 그로테스크한 웃음과 해학, 골계, 혹은 해피엔딩으로 끝맺는 것을 보면 알 수 있듯이 喜劇的인 것에 그 본질이 있다고 볼 수 있다.

희곡은 이미 살펴본 바와 같이 대화와 행동으로 표현되는 하나의 사회를 다루고 있다고 볼 수 있다. 소설 속의 주인공과 희곡에 등장하는 인물을 독일철학적 용어를 빌리어 다시 한번 구분한다면 소설의 주인공이 '세계내 존재 in der Welt sein'이라면 희곡의 주인공은 '사회내 존재 in der

Gesellschaft sein'이라고 할 수 있을 것이다. 소설이 인간의 존재론을 표현하는 장르라면 희곡은 사회 속의 인간, 즉 갈등 구조를 표현한, 인간의 당위의 표현이 대부분이다. 그러므로 희곡은 그 안에 들어 있는 등장인물들의 행동을 통하여 만들어 내는 그들간의 힘의 역학 관계, 즉 크고 작은 사회의 문제성을 우리에게 던져 주려는 것이다. 그러므로 훌륭한 희곡 속에는 개인의 문제보다는 사회적인 문제가 들어 있으며, 나아가 개인적 갈등보다는 사회적 갈등이 들어 있게 된다. 비록 개인의 문제를 취급하고 있다고 하여도 도덕성의 문제를 우리에게 보여주기 위함이 대부분이다.

## 서양 비극의 역사철학적 의미

무대 위에 극작가가 만들어 놓고 있는 현실적이고 사실적인 가상 사회는 어떤 형태의 사회이던 간에 현실의 문제를 다루고 있다. 권력 집단간의 갈등이면 정치인의 도덕성이, 부부간의 갈등이라면 부부간의 도덕성이, 노사관계라면 기업인과 노동자의 도덕성이 문제로서 나타나며, 그 문제 뒤에는 우리가 지향할 이상적 방향이 제시된다. 비록 극작가가 이상 세계를 제시하고 있지 않았을 경우라도 관객은 연극을 보는 동안 이상 세계를 마음 속에 그리게 마련이다.11) 그러므로 연극은 극히 현실적인 문제를 다루면서 이상적인 세계를 표현하고자 하는 것이다. 무대 위에서 일어나고 있는 사회의 현실적인 모방의 행동은 우리가 갖고 싶어 하는 이상적 사회가 되던가, 혹은 이상적 사회를 머리 속에 그리게 되는 것이다.12) 한 예로서 Sophokles의 『Ödipus 왕』을 분석하여 비극에서의 비극성(Das Tragische)이 무엇인지 정의를 하고 한국의 희곡과 비교하여 보겠다.

작품 『오이디푸스』의 내용은 라이오스 왕의 살해범을 찾는, 어떻게 보면 탐정 소설과 같은 줄거리이다. 현명한 왕으로서 한때는 테바이 시를 구원하여주었던 오이디프스 왕은 이 범인을 찾으려고 노력한다. 이 범인을 찾는 과정에서 그는 "나는 누구인가?"13) 하는 끊임없는 질문과 마주치게 된다. 작품 『오이디프스』의 내용은 처음부터 끝까지 인간 오이디프스를 찾으려는 과정이며, 자기 자신의 재인식 과정이라고 볼 수 있다. 그는 신에 의해서 자신의 동일성을 상실한 잃어버린 자아와 대결하고 있다. 그러므로 오이디프스를 발견하려는 과정에서 우리는 단순히 잃어버린 미아로서의 인간 오이디프스를 찾으려는 것만이 아니라 '인간성 자체'를 찾으려는 것을 알 수 있다. 작품에서 이와 같은 모티브는 두 번이나 나타난다. 스핑크스가 테바이 시민에게 내어 놓은 수수께끼의14) 답은 '인간'이다. 다른 하나는 작품『오이디프스』의 내용 자체가 인간 자신에 대한 문제이다.15) 이 사상은 델포이 신전에 쓰여진 "너 자신을 알라 γνωθι σεαυτον"는 격언 및 쏘크라테스의 근본 철학과 일치하는 것이다.『오이디프스』의 내용과 쏘크라테스의 사상은 이러한 점에서 비교될 수 있다. 쏘크라테스가 "너 자신을 알라"고 고대 그리스 민중에게 말하는 것은 그들을 신화 세계에서 분리하여 이성의 시대, 합리주의의 시대인 계몽주의 시대로 이끌려는 노력이다. 그러므로 그리스인들은 쏘크라데스를 윤리의 파괴 분자로서 고발한 것이다. "가장 깊은 심연과 가장 높은 봉우리로서 우리의 경찬과 숭배의 대상인 그리스적 본질을 한 개인으로서 감히 부정하려고 한 이 사람은 누구인가? 이 마술의 술을 감히 먼지 속에 쏟아버리려고 하는 자는 어떤 자인가? 인류의 가장 고귀한 정령의 합창단이 '슬프도다! 슬프도다! 너[쏘크라테스]는 이 아름다운 세계를 힘센 주먹으로 파괴하는 구나, 이 세계가 파멸하도다, 멸망하도다'라고 부르짖지 않을 수 없는 것은 어떤 神인가!"16) 쏘크라테스가 "고대 그리스의 신화의 세계를 파멸시키려고 하였거나 적어도 민중에게 그런 의식을 불어넣었기 때문에"17), 혹은 그리스의 젊은이들에게 "앞으로 다가올 주체적 내면의 세계"18)를 가르쳤기 때문에, 그의 철학원리는 아테네 안보에 대항하는 혁명적인 것으로 받아들여졌기 때문에19), 그리스인들은 그를 사형에 처하지 않으면 안되었다. 그 당시의 그리스인들에게 이 주관적 세계관의 원리는 받아들여질 수 없는 것이었기에 그들은 그를 적대적이고 파괴적인 것으로 받아들인 것이다. 아테네인들은 옳았을 뿐만 아니라 법률에 따라 그렇게 하는 것이 그들의 의무이기도 하였다. 그들은 근본적으로 쏘크라테스의 사상을 범죄로 보았다.20) 이런 의미에서 헤겔은 쏘크라테스의 운명을 "가장 비극적"[21] 이라고 말하고 있다. 쏘크라테스와 오이디프스의 운명과 비극적 파멸은 두 사람이 똑같이 인간의 주관성(Subjektivität)을 찾으려는 것에서 온 것이다. 오이디프스는 무의식적으로, 쏘크라테스는 철학자로서 의식적으로 자아를 찾으려고 하였던 것이다. 구시대와 새로운 시대와의 과도기에서 고뇌하다 파멸하는 그들의 고통은 상징적이다. 위대한 비극은 시대적 갈등 속에서 태어나기 때문이다.[22] 쏘크라테스와 오이디프스의 고뇌는 신화 세계에서 벗어나고자 하는, 諸神이 매어 놓은 사슬에서 벗어나고자 하는, 새로운 세계를 지향하는 고뇌이다.

Peter Szondi는 이 비극에서 두개의 모순된 대립, 테바이 시의 "구원" 과 "파멸"이라는 대립 현상을 비극적 변증법(die tragische Dialektik)[23]이라고 말하고 있으나 이것은 너무나 개별적인 것만을 보았기 때문이다. 나무를 보고 숲을 보지 못한 격이다. 그는 보다 더 중요한 비극적 변증법, 즉 낡은 世界인 희랍의 神話的 세계와 앞으로 다가올, 신들의 세계에서 탈출할 주체적 世界요 脫神話化한 새로운 세계와의 변증법적 대립 현상의 비극성을 그는 보지 못하였다. Peter Szondi가 이 비극 작품을 변증법적 본질로서 보려고 한다면, 그는 이 市의 구원과 파멸에 변증법적 비극성이 있다고 볼 것이 아니라, 테바이, 더 넓게는 고대 희랍인 전체에 필요 불가결한 현실과 이상(Realität und Idealität)을 이 비극에서 발견했어야만 했다. 비극『오이디프스 왕』에서 현실적인 것(구원)은, 고대 그리스 세계가 지향할 이상적인 세계(주관적 세계, 신에 의해 잃어버린 자아를 찾는 것)이다. 바로 이 변증법적인 비극성으로 인하여 오이디프스와 쏘크라테스는 절박한 비극적 상황에 빠졌으며, 이 새로운 주관적이며 인간중심적 세계에 발을 들여놓음으로서 그들은 파멸할수밖에 없었다. 그들의 비극성(Das Tragische)은 비극적 죄(오이디프스의 경우) 때문이 아니라, 기성 그리스인의 현실적인 문제인 낡은 세계, 낡은 질서, 낡은 사상과, 오이디프스와 쏘크라테스의 이상적 도달점인 새로운 세계, 새로운 질서, 새로운 사상과의 대립에서 오는 것이다.[24] 이것은 "개념이 자신과 그 현실성을 스스로 규정하면서, 개념과 현실성의 통합으로 나타나는 것이며 현실의 당위성과 현실의 개념을 스스로 내포하고 있는 통일체로서"25) 나타나는 현상이다. 이것은 "문학의 모습으로 나타나는 제일 철학"26)을 의미한다. 이러한 의미에서 헤겔은 비극을 "문학과 예술의 가장 높은 단계"27)라고 말하고 있다. 가장 비극적인 요소를 지니고 있는 비극 작품은 "현실적인 것과 미래 지향적인 것의 [변증법적인] 긴장 관계"28)가 "관객의 눈앞에 현실적인 행동"29)으로 나타날 때이다.

비극적 동인(動因)은 비극 작품에서만 발견되는 것은 아니다. 선구자적인 삶을 사는 사람들은 대부분 비극적으로 파멸하면서 동시에 승리한다. 그 대표적인 예는 예수라고 할 수 있다. 예수는 구약 시대와 신약 시대를 잇는 역할을 하다가 난파(難破)한다. 그는 구약시대의 율법을 지키는 당시의 지도층의 형식적이며 가식에 찬 생활과 낡은 기도의 습관, 낡은 문서(율법)에 의한 관습, 지켜지지 않는 교리를 보고 새로운 교리, 새로운 생활을 주장하며 기존 세력인 서기관과 바리새인를 '회칠한 무덤'이라고 비난하였다. 그는 새로운 삶의 모델, 앞으로 올 사상을 제시하였으나 결국 기존의 구체제를 받드는 세력은 아직도 막강하고, 낡은 사상을 버릴 경우 그들의 파멸이 예견됨으로 기존 세력에 의하여 파멸되는 것이다. 예수의 경우에서 우리는 새로운 사상과 낡은 사상의 변증법적인 대립을 보며 위대한 비극성이 있는 것을 발견한다. 위대한 비극에서의 주인공은 새로운 것을 위한 최초의 희생자인 것이다.

## 한국적 정서와 비극

**셰익스피어**는 『오델로』에서 주인공 오델로로 하여금 아무 죄도 없는 그의 아내 데스데모나를 목 졸라 죽인다. 오델로가 그의 부인 데스데모나를 얼마나 사랑하였는가는 그녀를 죽이는 장면인 제5막 제2장에 잘 나타나 있다.

오델로 : 그것 때문이야. 진정 그것 때문이야. 순결한 별들아 그것을 입에 담지
　　　　는 말자 (…) 백설보다 희고 설화석고보다 매끄러운 아내 살결에 상처
　　　　는 내지 말자. 하지만 살려둘 수는 없어. 촛불을 끄고 다음엔 이 **촛불**
　　　　을 끄자. 타오르는 **촛불**아 너는 한번 끄면 다시 켤 수가 있지만 자연의
　　　　가장 오묘한 **촛불**인 인간의 생명의 촛불은 한번 끄면(…) 다시는 켤 수
　　　　가 없다 (…) 이 장미는 한번 꺾으면 다시는 필 수가 없다. 나무에 매
　　　　달렸을 때 향기를 맡자(키스 한다). 죽여 놓고 사랑하자.30)

　오델로는 그의 아내 데스데모나가 부정하는 것을 본적이 없을 뿐만 아
니라 그 '확증'31)도 없다. 증거라고는 에밀리아가 훔쳐다 남편인 이야고에
게 준 손수건 하나일 뿐이다. 그럼에도 불구하고 그는 너무나 사랑하기 때
문에 "죽여 놓고 사랑"하겠다고 하면서 그녀를 죽인다. 오델로는 데스데모
나를 사랑한다고 이 작품 도처에서 말하고 있으면서 그는 질투의 **화신**이
되어 "다시는 켤 수가 없는 촛불"을 꺼버림으로서 영원히 어둠 속으로 파
멸하고 만다. 그러나 한국의 **처용**은 이와는 전혀 다른 결과에 도달한다.

　　서울 밝은 달 아래 밤새 노니다가
　　들어와 자리 보니 가라히 네이여라
　　둘은 내해어니와 둘은 뉘해 언고
　　본디 내것이어늘 아 나는 어이할고32)

　이렇게 노래를 부르고 춤을 추었다는 한국의 처용33)은 그의 아내의 부
정을, 요즘의 대중 신문이나 주간지의 용어로 "현장"을 잡았음에도 오델로
처럼 질투의 화신이 되어 죽이고 복수하려는 것이 아니라 오히려 마당에
나가 노래를 부르며 춤을 추었다는 것이다. 이러한 같은 상황에 대한 전혀
상이한 반응은 우리에게 무엇을 뜻하는 것인가.34) 수천 년 전의 처용은
우리에게 많은 의미를 주고 있다. 처용에게는 질투도 없고, 더욱이 사랑도
없었던 것인가. 그가 아내를 사랑하는 마음이 결코 오델로보다 못한 것이
아니었고 질투가 없었던 것은 아니다. 원래의 한국인의 마음, 혹은 동양인
의 내면에는 어떤 다가오는 싸움의 대상에, 마주서서 싸우는 것이 아니라

우회하려는 마음이 있다. 이 대결 없는 한국적 정서는 시에 특히 잘 나타나 있으며, 소설에도 물론 언제나 보이는 것이다. 동양인이던 서양인이던 사는 동안에 우리는 언제나 비극적 상황과 마주치게 마련이다. 그러나 동양인 혹은 한국인은 전투나 싸움이 아니라 우회함으로서, 회피함으로서 마주 오는 대상에서 비켜서서 해학적인 웃음을 던지던가 우수에 차 있을 뿐이다. 이것은 하나의 약자의 변호나 비겁한 굴종이 아니라 싸움 없는 승리의 지혜가 동양인의 삶의 지혜인 것이다. 그것은 동양의 정신세계가 행동의 세계가 아니라 靜觀의 세계이며, 가부좌(跏趺坐)의 자세에서 문득 깨달음의 세계, 靜寂의 세계와 닿아 있는 세계이기 때문이다. 처용이 노래를 부르며 마당에 나가 춤을 추니, 역신이 나와 절하며 앞으로 자기의 화상을 그려 붙이면 병이 들어오지 못할 것이라고 하였다는 의미는 비극적인 싸움의 회피를 통하여 비극적 위기 상황을 극복하는 결과를 가져온다는 뜻이 된다. 이것이 한국적 정서이며 이런 정서로 인하여 한국, 나아가 동양의 세계에서는 서양적인 비극 작품이 생산되기는 힘든 것이다.

이런 의미에서 **최인훈**의 희곡은 한국적 명상의 세계를 비극적으로 그리고 있어 서양의 비극과 비교할 만한 작품이다. 그의 작품 『**옛날 옛적에 훠어이 훠이**』는 서양의 비극적 상황에 가장 적절한 소재라고 볼 수 있다. 그는 이 희곡의 '작가의 말'에서 작품의 소재를 다음과 같이 말하고 있다.

> 이 전설의 상징구조는 예수의 생애 - 절대자의 來世, 난세에서의 짧은 생활, 순교, 승천의 그것과 같으며, 구약성서 출애급기의 과월절[유월절]의 유래와도 동형이다.[35]

그리고 이 작품을 '비극'이라고 명명하였다.[36] 이 희곡은 새로운 시대를 열 새로운 인물이 탄생한 순간과 그 죽음을 내용으로 하고 있다. 그러나 이 설화를 예수 탄생과 비교하고 있으면서도 선각자에 대한 고뇌도, 그를 따르는(낳은) 무리에게 아무런 갈등이 없고, 아기를 살리려는 노력도, 아기를 잡으러 온 기존 세력의 도구라고 볼 수 있는 군졸들과 싸우려는 마음도 없다. 막강한 세력에 눌리어 그저 순응하며 받아들인다. 아기를 자기

손으로 살리어 새로운 시대를 바라려고 노력하지도 않고, 새로운 지도자와 함께 올 새로운 유토피아를 기대하지도 않는다. 작가가 말하는 '예수의 생애' 같다는 것이 어디에도 나타나 있지 않다. 다만 인종과 탄식만이 들어 있을 뿐이다. 이러한 聖家族이라고도 볼 수 있는 가족에서 태어난 새로운 인물이 태어나자마자 죽었는데도 오히려 동리 사람들이 모여 춤을 춘다. "마지막 장면에서는 사건의 경위에 관계 없이, 지상의 사람들은 신들린 사람처럼, '흥겹게' 춤출 것"이라고 작가는 지시하고 있다.37) 이것은 처용의 위기 상황 극복과 너무나 흡사하다. 처용은 아직도 우리 안에 숨쉬고 있는 것이다.

최인훈의 희곡은 동양적 명상의 세계를 그린 대표적 작품이다. 그의 희곡세계는 희곡의 본질이라고 할 행동을 표현하는 것이 아니라 정지된 공간의 세계를 표현하려고 한다. 마치 릴케의 시의 행간에 나타나 있는 침묵의 세계와도 같다. 모든 것이 정지하고 동작은 어쩔 수 없는 경우에만 하듯 극히 절제하고, 극도로 언어를 생략하여 만들어 낸 작품이다. 世界苦도, 세계를 바로잡아 의로운 것으로 만들려고 하는 당위의 싸움도, 대항도 없다. 비극적 상황만 있을 뿐이다.

최인훈은 생존 작가이면서도 한국적 정서가 유럽 사상과 만나지 않은 듯한 원시적인 신앙의 모습을 희곡으로 표현하고 있다. 그러나 서양의 리얼리즘 희곡의 기법을 따르는 것을 가장 좋은 희곡으로 생각하던 한국 신문학 초창기의 훌륭한 희곡으로 불리는 **유치진**의 『**토막**』과 『**소**』에도 처용의 모습이 들어 있다. 비극 『토막(土幕)』에서 유치진은 한국 농촌의 가난과 삶의 허망을 그리고 있다. 유일한 희망인 아들 명수의 백골을 받아들고 "꾹 참고 살아"38) 가자고 한다. 비극 『소』39)에서는 1930년대의 한국 농촌의 가난과 폐허 같은 농촌의 삶을 묘사하면서 소가 농촌에서 어떤 위치에 있는가를 여러 각도로 설명한다.

> 어차피 소는 (...) 농가의 명줄인 가봐. 그 소 한 마리 없어지는 바람에 생사람이 좀 다쳐야 말이지. 위선 색시 하나를 이 동리에서 빼앗기게 됐지. 그리고

총각이 더북 머리로 늙게 되고, 장사를 못해 기승을 하던 놈이 대가리를 깨구, 대주 양반이 드러눕게 되구.[40)]

　이 작품에서 소를 둘러싼 여러 이해 집단과 이를 방어하려는, 또는 소유하려는 집안 내의 가족들의 상이한 이해 관계에서 오는 갈등을 잘 처리하고 있으나, 정작 소를 빼앗겼을 때는 아무런 구체적인 저항을 보이지 않고, 오히려 소가 주인집을 찾아 오고 소가 마름을 받으려고 한다. 반면에 가장인 국서는 소를 빼앗기고 난 후 그 슬픔을 소의 울음을 흉내 내어 "음매"하고 울고 있다.[41)] 이것은 오히려 喜劇的으로 보인다. 이 작품은 비극이면서도 희극적인 요소가 많다. 문진이 비극적 상황임에도 불구하고 언제나 "도처춘풍"이라고 하는 것도 희극적 요소이다.[42)] 한국 희곡에서는 비극에서조차 웃음이 보인다. 여기서도 한국 희곡의 본질은 - 이것이 한국인의 본질이기도 하지만 - 희극적이라는 것을 알 수 있다. 여기 나오는 인물들은 모두가 소를 둘러 싸고 수동적으로 움직일 뿐이다. 능동적으로 행동한 것은 빼앗긴 소를 지난 해까지 갚지 못한 도지를 해지하여 화해하려는 것이 고작이다. 모두가 패배한 인간이지만 서양 희곡에서 보이는 싸움이나 자신을 던져버리는 세계와의 싸움은 없다. 맏아들 말똥이도, 둘째인 개똥이도 자신의 일을 위하여 세계를 상대로 철저히 싸워 앞에 닥친 장애를 헤쳐나가는 것이 아니다. 소를 둘러 싸고 일어나는 갈등이 비극적 상황을 비극적인 투쟁으로 몰아가는 요소를 지니고 있고, 또 소를 빼앗겼는데도 그것을 다시 찾으려는, 혹은 쟁취하려는 싸움이 없다. 다만 슬픔과 탄식 뿐이다. 말똥이가 곡식 창고에 불을 지른 것이 유일한 저항이고, 세상에 대한 싸움이다. 그러나 이것도 체념적 허무주의에서 온 반항일 뿐이지 상대방(Gegenspieler)에 대한 劇的 의미로서의, 서양적인 비극미의 장중함을 갖춘 도전이나 싸움이 아니다. 이 비극에도 역시 동양적 인종이 보인다. 여기서도 우리는 한국인의 미의식 속에서 허무주의가 그 기조를 이루고 있는 것을 알 수 있다.[43)] 희곡 작가도, 비평가도 일치하여 말하고 있는 '한국 희곡문학의 빈약성'은 여기에 기인한다고 볼 수 있다. 시나 소설은 이미 우리 전통 속에 있었으며 이것은 서양의 것과 상이한 점이 있다고 하여도 조금의 변형으로 쉽게 받아들일 수 있었으나 희곡이라는 완벽한 형식과 논리, 시간의 경과와 함께 정신의 발전을 근본으로 하는 역사관(역사철학)과는 다른 전통에 있었던 한국인에게 그 정서는 다른 것이기 때문이다. 해방 전에 쓰여진 희곡 가운데 가장 서구의 사실주의적인 작품에 가깝다고 볼 수 있는, 그래서 가장 잘 쓰여진 작품이라고 말하여지는 유치진의 『토막』과 『소』44)에 대한 비판도 이 때문이다. 당시의 가장 날카로운 비평안을 지니고 있었던 임화는 유치진을 "조선 劇文學의 새 시대를 개척케 한 것이며, 조선에서 가장 「유닉크」한 극작가" 라고 부르면서도 그의 작품에서 "새로운 창조적 세계가 전개되지 않는다"45) 고 하였다. 이것은 한국 비평가의 대표적인 말로서 한국 희곡에 대한 불만은 언제나 이런 관점에서 파악되었기 때문이다.

그러나 한국 희곡은 오히려 한국적인 미의식에 충실히 따르는 것이 더 아름다운 희곡일 것이다. 서양의 사실주의적인 희곡보다는 한국적 정서를 나타내고 있는 작품이 세계 문학상에서 그 위치를 확고히 할 수 있다. 최인훈의 희곡 세계가 아직 설화 세계에 머무르고 있다면 한국적 정서를 보다 세련되게 극적으로 나타내고 있는 작가는 咸世德46) 이다. 그가 최근에 재발견되었기 때문에 그에 관한 연구가 아직 미진하지만 그의 희곡 작법은 한국의 어느 희곡 작가보다 우수하다. "희랍비극과 셰익스피어의 요소와 분위기를 백제 패망에다 옮겨 놓은 『낙화암』"47)이라고 평하듯이 우수한 작가이기는 하지만 그도 역시 비극 작품에서 대결이 아니라 도피와 우수에 젖어 있는 것은 다른 한국 희곡 작가와 마찬가지이다. 아무리 희곡술이 뛰어났다 하여도 한국적인 정서에서 대결의 비극은 쓰기 힘든 것이다. 아들이 죽은 곳을 "거기는 미역 냄새가 향기롭지. 거기서 팔다리 쭉 - 뻗고 눈감았을 거야. 나는 지금 눈에 완연이 보이는걸. 복조 배 우이로 무지개빛 같은 고기가 숙- 지나갔어."48) 하고 말하면서 그녀는 집을 나간다. 함세덕의 희곡에서도 거의가 모든 주인공은 집을 나가거나 비극의 장소를 떠나 도피하는 사람들이 대부분이다.49) 그의 희곡에는 한국적 정서가 가장 잘 나타나 있다. 그는 『산허구리』와 『동승(童僧)』에서 완벽한 희곡적 구성과 한국적 정서를 표현하는 데 성공하고 있다. 언어의 사용도 완벽하며 희랍비극에 나오는 짧은 문답형의 대사(Stichomythien)도 아주 능하게 사용하고 있다. 다만 그의 희곡의 주인공들이, 좋은 의미로 소박한 주인공이라고 한다면, 그 반대로 너무 쎈티멘탈리즘에 빠져 있다고 볼 수는 있다. 그러나 이것이 한국인의 약점이며 강점이라고 할 수 있다. 그의 비극작품 가운데서 우리는 「한국적」인 것을 발견할 수 있다.

## 한국 문학의 원형: 處容 - 脫悲劇적 存在

세계를 이원적으로 보지 않고 조화로운 것으로 보며, 자연과 인간이 분리되어 있지 않고 인간도 자연의 일부라고 생각하는 동양의 자연관에서 보면 고난이나 역경, 사랑의 고통이나 불같은 노여움과 미움 등으로 인한 비극적 대립이 나타나지 않고, 모든 재난이나 비극적인 생활은 일시적인 것이요 사람이 사는 동안 그저 지나가는 허무한 것에 지나지 않는다는 세계관이 자리잡고 있어 한국 회곡 작품에서 悲劇 作品은 태어나기 힘들다. 다만 비극적 상황만 있을 뿐이다. 동양에는 "세계에 대하여 전률하거나, 세계를 영원히 내던지거나, 세계에 어떤 정당한 이치를 부여하거나 존재와 신을 고발하는 것이 아니라 다만 우수(憂愁)가 있을 따름이다. 절망에 빠져 망연자실한 상태가 아니고 다만 태연자약한 인종과 죽음이 있을 뿐이다. 거기에는 뒤엉클린 갈등이 없고 어두운 파멸도 없다 (...) 투쟁하지도 않으며 반항하지도 않는다."[50]

이뿐만 아니라 동양의 정신 세계에 큰 영향을 끼친 불교의 nirwana 사상은 싸움이나 갈등을 인간의 헛된 번뇌로 생각하고 그런 인연을 끊어버리는 것이 해탈하는 길이었기 때문에 한국인의 미의식에는 서양적인 싸움은 보이지 않는다. 이런 세계관, 이런 인생관을 삶의 지혜로 가지고 있는 한국인에게 서양적인 비극은 쓰여지지 않는다. 한국의 대부분의 비극 작품에서 우리가 만나는 주인공은 한국인 처용의 변용일 뿐이다. 그의 마음은 아름답고 선하며 남을 미워하지 않는다. 비극적 상황에 처하여 있으나 대결을 피하여 우회한다. 한국 희곡의 주인공은 어디에나 이런 주인공으로 가득 차 있다.[51] 그러므로 한국 희곡문학에는 비극이 드물며 한국 극작가는 서양적 개념으로서의 비극 작품을 쓰기가 어려운 것이다. 우리가 지금 아무리 근대화되었고 현대의 공업화된 선진국의 의식주를 공유하며 산다고 하여도 우리의 혈관 속에는 처용의 피가 흐르고 있어 어떤 작가가 창조하든지 주인공은 그의 형제일 뿐이다. 그는 한국 문학의 모든 작품 속에 들어 있는 대표적인 원형 가운데 하나이다. 나아가 그는 한국 문학 속의 원형만이 아니라 凡東洋的 원형으로, 희곡에서만이 아니라 모든 장르를 초월하여 존재한다. 짧은 詩인 鄕歌 『처용가』에 가장 대표적으로 표현되어 있는 그는 한국인의 전형인 것이다. (『*예술세계*』)

# 한국 소설의 위기인가 새로운 방향의 모색인가?

## 실명 소설의 허와 실 - 소설『동의보감』을 통한 실명소설론

한국 소설문학은 80년대 중반기에 그 화려한 개화를 끝으로 쇠퇴하는 것일까. 현재의 소설들이 상업적으로도 성공을 거두는 작품이 적으며 또 성공한 작품의 경우 베스트셀러가 언제나 그렇듯이 문학성이 풍부하기보다는 구성의 짜임세가 단단하지 못하고, 작가들이 노력한 흔적에 비해 문학적 가치가 미미한 것이 눈에 뜨인다.

한국 소설이 현재 어느 정도 침체인 듯한 인상을 주는 이유는 여러 가지의 원인이 있겠으나 무엇보다 80년대에 보여준, 한국 문단 전체에 보이지는 않으나, 말 없는 약속같은, 사명감에 불타는 정신에서 나온 왕성한 창작력으로 작품이 쏟아져 나왔다가 지금은 어느 정도 호흡을 가다듬는 휴식의 기간이 아닐까 하고 생각된다. 장거리 마라톤 뒤의 숨을 고르고 있는 중이라고나 할까. 어떤 사람들은 이것을 소설 문학의 부진이라고 진단하고 있다.

한국 소설 문학의 이 휴식 혹은 부진의 원인은 무엇보다 국내적으로 민주화가 어느 정도 달성되었기 때문이며, 대외적으로는 공산주의, 사회주의 사상의 몰락으로, 독재 정권 하에서 당위성을 지니고 있던 민주화를 위한 한국 사회의 문제 제기가 어느 만큼은 희석되었다는 점이다. 독재 정권 하에서 이런 문제들이 문학 작품으로 형상화되는 것은 그 내용이 전투적이든, 현실 고발이든, 혹은 고뇌하는 운동권 학생들의 문제이든 간에 독자의 여러 층에게, 한국인에게는 누구에게나 절실하게 요구되던 우리들의 당면 과제였다. 그리고 이 소설 속에는 우리가 대낮에 거리 위에서 터놓고 '독재 정권 물러가라' 하고 외치면 어느새 끌려가는 극도로 억압된 사회였지만, 문학 작품 속에서는 아무리 정보 관계의 사람들이 검열을 한다고 하여도 은유와 비유, 해학과 유우머 속에 감추어서 비판할 수 있었고, 문학의 공화국 내에서는 어느 정도나마 자유의 숨결이 숨 쉬고 있었다. 그러므로 우리 사회에서는 문학인을 사랑하고 그들의 용기에 말 없는 갈채를 보내고, 그들의 재주에 감탄을 하였었다. 이것은 마치 운동권 학생들이 오광대 탈을 쓰고 탈 속에서 반정부 구호를 말하여 '임금님의 귀는 당나귀귀' 하고 외치어 둘러앉은 그룹이나마 카타르시스를 느꼈던 것과도 흡사하였다. 이것은 얼마나 암울한 시대였는가. 이런한 소위 '궁핍한 시대'에 한국 사회에서 문학의 역할은 범사회적 공감대를 이루는 말 없는 다수의 대변인의 역할을 수행하였으며 카트르시스의 역할을 하였던 것이다.

그러나 이제는 이념 지배적인 소설이 시들해진 것이다. 한국에는 이제야말로 마르쿠제의 일차원적인 인간이 생기기 시작할 지는 몰라도 투쟁의식(?)이 점점 식어가고 있는 것이다. 그리고 민주화의 초기이니 만치 민주화의 진전 상황이나 정치인들의 파워 게임은 소설의 상상력을 훨씬 뛰어넘어 일간지의 정치면과 사회면이 소설의 지면을 대신하고 있는 현상황에서 소설은 팔리지 않고 있는 것이다.

현대인은 상상력에 의한 가상의 인물보다는 신문에 언제나 등장하는 실제의 인물들과, 대중화 시대에 흥미진진한 권력 핵심의 정치적 변화를 손바닥 안에 놓고 들여다보듯 살고 있다. 그러나 여기서 눈여겨볼 것은 아무리 민주화 시대요 대중의 시대라고 하지만 개인적 능력이 정치를 좌우하는 것을 현대인은 깨닫고 있다는 점이다. 수많은 살아 있는 제갈공명의 권모술수와 자파를 위하여 모든 수단을 다 동원하고, 반대파를 약화시키거나, 국민 대중에게 신뢰를 잃게 하려고 음모와 술수를 동원하는 것을 일반 대중은 알고 있다. 신문에 등장하는 정치인이 거의가 조조요, 제갈공명이요, 주유인 것이다. 비록 국민의 이름으로, 대중의 이름으로, 애국의 이름으로 말하고 있으나 정책 결정이나 권력의 분배, 부의 분배에서 한 개인이 막강한 힘을 발휘한다는 것을 일반 대중은 무의식 가운데서 깨닫게 된 것이다. 어떤 정책의 결정이 - 그것이 중요하든 중요하지 않던든 또는 한 나라 전체에 막대한 영향력이 미치든 미치지 않든 - 개인의 퍼스낼리티에 의한 작용이 무척 크다는 것을 매스컴의 보이지 않는 교육으로 소외된 대중도 알게 된 것이다. 절대왕정 시대의 왕들이나 제후들처럼 막대하지 않은 듯하지만 실제로는 그들만큼 큰 권력 행사를, 민주적으로 선출된 대통령, 수상, 당수, 대표 위원, 무슨 무슨 장이라는 사람들이 막대한 힘을 발휘하면서 모든 결정권을 손에 쥐고 있다는 것을 국민들은 이제 알기 시작한 것이다. 진정한 민중의 결정은 지구상에 어디에도 존재하지 않는다. 아니 민중의 손에 권력이 있다는 것은 문자 그대로 유토피아 (Utopos 지상에 없음)인지도 모른다. 어떻든 사회를 움직이는 힘은 허울만 민중일 뿐, 좋은 의미든 나쁜 의미든 어떤 개인 혹은 소수의 그룹인 것이다.

우리 나라 사람들은 이제야 비로소 한 사람의 지도자가 주위 와의 역학 관계에서 얼마나 영향을 미치고 그 주위를 변화시키고 있는가를 깨닫기 시작하였으며, 한 개인의 위상에 따라 주위가 크게 달라질 수 있다는 공통적인 인식이 형성되고 있다고 생각된다.

시대 정신의 예민한 안테나를 갖고 있는 작가들은 이것을 포착하여 지금 소설로 생산하여 내고 있는 현상이 실명 소설(實名小說) 혹은 실록 소설이라고 볼 수 있다. 또 그런 시대의 분위기로 인하여 이런 유의 소설이 유행하는 이유 중의 하나라고 보고 싶다. 이러한 공감대를 작가와 독자가 함께 느끼고 있기에 실명 소설과 실록 소설은 베스트셀러에 오르고 있는 것이다.

다른 이유의 하나로 실명 소설이 독자에게 흥미를 끄는 더욱 큰 이유가 있다. 그것은 소설의 정의에서 찾을 수 있다. 아리스토텔레스는 『시학』에서 소설(시)의 정의를 "개연성과 필연성에 의해" 써야만 한다고 정의하고 있다. 이것은 하나의 인물을 만들되, 인간으로서 가능한 행동만을 주인공에게 행동하도록 해야 하며 또 사건은 그 전후 관계가 논리적으로 보편타당해야만 한다는 것이다. 그러니까 아무리 작가가 우수한 상상력을 소유하였다 하여도 인간의 경험 밖의 사건을 만들어 주인공이 행동하도록 한다는 것은 소설의 문법에서는 불가능한 것이며 또 그렇게 만든 소설이 있다면, 그것은 성공한 작품이라고 볼 수 없다. 이러한 소설 문법의 기초는 너무나 당연한 것이기 때문에 이천 년 동안 아무도 이것을 부정할 수는 없었다.

그러나 현대에 와서 여기에 예외 규정이 생긴 것이다. 즉 다큐멘터리 혹은 르포 문학이다. 르포 문학이란 누구나 알고 있는 바와 같이 이미 있었던 일을 「보고」하는 것이다. 원래 도큐먼트의 뜻은 라전어에서 증거, 증명, 사실의 의미를 지닌다. 그러니까 사실, 진실에 입각한 것이다. 그러나 르뽀 문학에 등장하는 인물이나 사건은 보통 사람이 체험할 수 없었던 기이한 일이 더 많다. 이것은 장삼이사(張三李四)의 평범한 인물이 아니라 우리 외에 어느 주인공이 듣도 보도 못하던 경험 세계를, 다른 사람에게는 보통 일어나지는 않으나 "사실"이기 때문에, 다른 사람에게 알려주고 싶어서 쓰는 것이다. 그러므로 르포는 소설의 공간에서 일어나는 일보다 더 진기하고, 더 기발한 것으로서 소설에서 지켜야할 "개연성과 필연성"에서 해방되어 보통 사람이 겪는 경험 밖의 것, 특수적이고 비논리적인 것을 다루어도 아무도 이의를 제기할 사람은 없다. "내가 경험하였다"는데 누가 잔 말을 할 것인가. 르포가 우리에게 흥미를 끌고, 많은 사람들이 근래에 이런 책을 선택하는 이유는 바로 이러한 "개연성과 필연성"에 대한 반기(反旗), 즉 특수성에 관한 보고이기 때문이다. 르포 문학은 아리스토텔레스의 한계를 넘는 새로운 소설 아닌 소설 양식인 것이다. 이러한 르포 문학의 형식을 띄우고 나타난 것이 현재 한국 소설 문학계에서 유행하고 있는 실명 소설, 실록 소설이라고 볼 수 있다.

실명 소설이나 그와 유사한 실록 소설은 그 제목이 이야기하고 있듯이 한 독자가 이 책을 잡았을 때, 사실을 소설화한 것으로 생각한다. 한 인간 혹은 한 사건을 보편성이 아니라 한번 있었던 일, 즉 특수성으로 기술하는 것이다. 왜냐하면 역사와 문학의 차이는 아리스토텔레스가 이미 말한바와 같이, 역사는 일회적인 특수성에 속하고, 문학(시)은 개연성, 즉 '있을 수 있는 일'을 묘사해야만 하기 때문에 보편성에 속하기 때문이다. 실명 소설은 비록 소설적인 상상력을 통하여 쓰여졌다고 해도 독자들은 특수성으로 받아들인다.

대부분의 독자들은, 소설 속의 실명 인물에 대한 재료가 거의 없어 작가가 창작으로 상황을 전개한 것을 모르고 실제로 존재하였던 인물로 생각하며 읽기 때문에 상상력으로 만든 일반적인 소설의 주인공보다 더욱 흥미를 느끼게 된다. 작가는 작가대로 비록 상상력으로 만들어 낸 주인공일지라도 어디까지나 실명인 만큼 이야기를 엮어나가는 데 다른 주인공보다 더욱 가혹한 시련이나, 상상력을 뛰어 넘는 상황 설정을 할 수 있다. 즉 아리스토텔레스의 개연성의 법칙에서 어느 정도 자유로이 특수성을 가미할 수가 있는 것이다. 르포의 성격을 갖고 있기 때문이다.

그러나 이러한 아리스토텔레스의 '개연성'으로부터의 자유는 소설의 해체를 가져올 위험성을 내포하고 있다. 소설이 상상의 공화국에서 벗어나 역사의 공화국으로 들어오게 되어, 아리스토텔레스의 한계를 벗어났지만 소설로서의 문법에서 벗어나니 만치 자연히 소설의 해체의 위험성에 늘 직면하게 된다. 그 이유는 작가는 특수성을 묘사하기 위하여 소설의 공간에서 자꾸 멀어져 주인공에게 파란 만장한 '소설 같은 이야기'를 만들고 싶은 유혹을 느끼게 되며, 또 이 유혹은 동시에 흥미 본위의 사건 전개의 유혹일 수도 있기 때문에 흥미와 함께 소설과 르포의 경계선을 넘나들게 되고, 작가에 따라서는 예술 작품으로서의 소설이 아니라 진기명기의 기록으로 타락할 위험에 빠질 수도 있기 때문이다. 우리는 실명 소설 혹은 실록 소설이라고 볼 수 있는 소설 『**공자**』나 『**장자**』 그리고 소설 『**동의보감**』, 소설 『**토정비결**』에서 이와 같은 현상을 발견할 수 있다. 허준이나 이지함이 역사적 인물로서 진기한 면이 있는 것도 사실이고 이지함의 경우 전하여 오는 괴벽한 생활 방식이 틀린 것은 아니나 대부분은 작가가 허구로 만든 것이지만 역사적 인물이라는 '사실'이 확실한 만큼, 과장된 묘사는 무협지나 도술서로 전락하기 쉬워 결국 대중 소설로 전락할 위험성이 있는 것이다. 이것 역시 소설의 위기일 수도 있다.

독자는 독자대로 실제 있었던 사건이라는 선입견 때문에 소설이 아니라 도큐멘트라고 믿고 있어, 르포 문학이라고 단정하게 될 것이다. 소설 『동의보감』에서 극적인 장면은 여러 곳이 있지만 무엇보다 스승을 해부하는 장면과 「면천」에서 손목을 자르려는 장면일 것이다. 이것은 감동적이기는 하지만 읽는 독자는 누구나 역사적 허준이 실제로 행한 것은 아니라는 것을 알 수 있다. 한의학에 아무리 문외한이라고 하여도 한방에서 수술은 아직은 (혹은 이제는) 하고 있지 않다는 것을 잘 알고 있기 때문이다. 이런 경우 르포 문학의 생명인 사실성 뿐만 아니라, 소설의 상상력도 파괴하게 되어 작품의 품위를 다시 한 번 떨어뜨리게 된다.

이 소설의 주인공이 실재 존재하였던 허준이 아니라 작가가 만들어 낸 상상적인 어떤 인물이라면 이 장면은 설득력을 갖았을 것이다. 그러나 아무리 한방(漢方)이 좋다고 하여도 해부학과 암 치료는 허준에게 아직 불가능하다는 엄연한 사실 때문에 허준은 거짓말쟁이가 되어, 독자들은 감동에서 깨어난다. 설혹 소설 속에서는 그것이 가능하다고 하더라도 실명 소설의 경우에는 오히려 반대로 개연성이 없어 지적인 독자는 이것을 받아들이지 않기 때문이다. 우리가 중국 무협소설을 재미있게 읽으면서도 그것을 좋은 문학 작품으로 생각하지 않는 이유는 개연성이 없이 재미만을 앞세워 별의별 비논리적인 내용을 등장시키기 때문이다. 수백 년 전의 소설 『삼국지』조차 명의 화타의 수술을 말하고 있으나 그의 수술 비법을 적은 책이 불타버렸다는 도망갈 길이 열리어 있어 마음 놓고 그의 수술 사실을 말하고 있는 것이 아닌가.

그러나 소설 『동의보감』에서 논리적 개연성을 조금 벗어났다고 해도 그것을 받아들인 독자가 있다면 르포의 성격인, 역사적 인물이었기 때문일 것이다. 르포의 형식으로 된 소설은 어느 정도 현실성을 과대하게 특수성으로 묘사하였다고 하더라도 용서받을 수는 있다.

위와 같이 역사적 인물을 그리거나, 혹은 철학이나 경전을 소설화한, 예컨대 고은이 『화엄경』에서 이름 붙였듯이, 전기(傳記)나 해설서를 쓰면서, 소설이라고 부르고 있다고 하더라도, 독자는 알기 쉬운 해설서라고 생각한다. 소설 『토정비결』의 「도가(道家) 입문」 장에서 나오는 도가에 관한 설명도 이 소설의 주인공이 도가의 대가이기 때문에 어쩔 수 없기는 하지만, 이 책이 도가의 해설서의 역할을 겸하고 있는 셈이다.

역사적인 인물이나 역사적 사건을 소설의 소재로 택할 경우 문학 작품은 얼마든지 역사적 사실을 넘어서, 즉 역사적인 것에서 자유로이 상상력을 통하여 어떤 인물이나 어떤 사건을 재구성할 수 있기 때문에, 어떻게 사건을 이끌어 가는가 하는 문제는 작가의 자유이다. 다만 그 사건의 진행은 아리스토텔레스의 "있을 수 있는 일"에 한한다. 이 "있을 수 있는 일"은 소박한 의미의 리얼리즘이기도하다. 소설의 생명은 무엇보다 리얼리즘에 있다. 물론 리얼리즘이 무엇인가라는 질문에는 그 정의가 각양각색이고, 각자의 문학관이나 나아가서 세계관에 따라 달라질 수 있다. 심지어는 요즘 유행하는 포스트 모더니즘도 사람에 따라서는 리얼리즘이라고 주장할 수가 있다. 어떻든 서양의 소설사를 살펴어 보면 시민 사회에 들어서면서 소설다운 소설이 시작되었다고 보아야 옳다. 그 역사는 이미 오래되었고 이 세상에 변하지 않는 것은 없으며 소설의 모습도 이제 변화할 시기가 도래하였는 지도 모른다. 소설의 이 낡은 장르의 변화는 어떤 모습을 갖게 될 지는 아무도 알 수가 없다.

그러나 한 가지 '낡았다'는 것은 '있을 수 있는 일'만 묘사하였기 때문에, 소설은 소설 속의 개연성에서 벗어나지 못하고 있으며, 이 개연성을 벗어나 새로운 산문의 세계가 가능한 것이 르포 문학이 아닌가 생각된다. 왜냐하면 르포 문학은 평범한 실제의 사건이 아니라 옛날 이야기를 하는 사람들이 신빙성을 강조하기 위하여 이야기의 서두에 상투적으로 꺼내던 '도저히 우리가 상상할 수 없었던, 이야기 속에나 나옴직한 사실'을 기록하는 경향이 많기 때문이다. 보다 강하고 보다 가혹한 것에 맛을 들인 현대인에게는 고전적이며 고매한 재래의 소설에 식상하였기 때문에 르포 문학이 더욱 흥미로울 것이다. 이것을 다른 말로 한다면 개연성의 사실에 식상한 소설의 형식에서, 특수적인 사실성을 선호하게 되어 소설의 재래적 미학보다는 새로운 르포 미학으로 발전하여 가지 않을까 하는 예감이 든다. 물론 실명 소설이 이제까지 없었던 것은 아니다. 그러나 현재의 소설들은 역사적 자료를 최대한 사용하고 있으며, 또 이런 소설이 가능하게 한 것도 세부적인 부분에 이르는 역사 연구의 덕분이다.

세밀한 역사 연구로 인하여 역사적 인물이나 역사적 사건은 상상력을 통하지 않고 재료만 가지고도 흥미 있는 재구성을 할 수 있으며, 이것을 작가들이 놓칠 리는 없고 이 재료는 현재의 소설가들이 **옛날의 역사 소설**가보다 더 자의와 타의를 합치어 소재 탐구에 열중하게 **되어** 그들이 쓴 작품은 픽션과 논픽션의 구분을 어렵도록 만들고 있다. 이럴 경우 소설은 전통적인 의미의 소설은 아닌 것이다.

이런 전제로서 현재 한국 문단에서 많이 생산되고 있는 실명 소설과 실록 소설은 일단 주목할 필요가 있다. 실명 소설이나 실록 소설이 소설의 해체라고 단정지을 수는 없으나, 기존의 소설의 문법에서 벗어날 수 있는 새로운 방향 모색을 위한 변화 과정의 도상이라는 관점에서 본다면 해체의 전조가 아닌가 하고 생각하여 볼 수는 있다. 그렇다면 이런 유의 소설은 소설의 해체와 미래 소설의 분기점을 긋고 있을 지도 모른다. 그러나 르포 문학의 형태로 나와 있는 외국의 작품들과 비교한다면, 작가의 인물이나 사건에 대한 연구 태도에 있어서 우리 소설가들이 미약하지 않을까 생각된다. 철저한 자료의 조사와 분석, 자신의 가치 판단을 될 수 있는 한 배제한 객관적 입장에서 묘사하여야 할 것이다. 이러한 르포 혹은 다큐멘터리는 문학에서 뿐만이 아니라 이미 연극이나 영화에까지 영향을 미치고 있으며 우리에게 알려진 이런 종류의 작품 가운데 성공한 작품 가운데 하나가 영상 작품 『JFK』라고도 볼 수 있다. 이것은 다큐멘터리와 상상력을 종합한 것으로 우리에게 감동을 주는 것이다.

그렇다고 우리의 소설 문학이 일시에 변화하지는 않을 것이다. 우리 문학의 작은 변화는 대개 십 년을 주기로 변하고 있는 경향을 부인할 수 없으며, 지난 80년대 초에도 소설의 부진을 말하였으나 그 후 좋은 작품이 생산되었다. 우리는 지금 낡은 세기를 보내고 새로운 세기를 맞는 분기점에 놓여 있어 세기말적 비관주의적 현상과, 희망찬 세계에 대한 새로운 희망을 노래하는 작품들이 쓰여질 것이 분명하다. 소설 문학은 아직도 그 명이 다하지는 않은 것이다. 다만 여러 증후가 가끔씩 나타나 우리에게 미래를 조금씩 보여주고 있을 뿐이다. 그 가운데 한 증거가 "개연성과 필연성"에서 해방된 실명, 실록 소설일 것이다. 이것이 소설 해체의 증표가 아닌가 염려스럽다. (『*문학사상*』)

# 고양이를 그려놓고 호랑이라 우기지만
## - 평론은 작가의 의도와 다를 수 있다 -

플라톤의 『소크라테스의 변명』에 의하면 소크라테스가 델포이 신탁에서 이 세상에서 가장 현명한 사람이 누구인가를 물었을 때 놀랍게도 소크라테스 자신이라는 말을 듣고 그는 당시의 현자라고 생각되는 사람들을 하나하나 찾아다니며 그들이 얼마나 현명한가를 알아보았다. 그는 유명한 정치인과도 만나보고, 특히 비극 작가들과도 만나 보았다. 그는 "그들의 작품에서 가장 정성이 든 것이라고 생각된 것을 가져다가 이것은 무엇을 말하려고 하는가 캐어물었습니다. 그것은 동시에 무엇인가 또 그들에게 배울 것이 있으리라고 기대했던 것입니다. (...) 그 결과 이 작가들에게서도 또 이런 것을 알 수 있었습니다. 이 사람들이 그럴듯한 말을 여러 가지로 말하고 있지만, 그들은 자신의 말을 전혀 알지 못하였던 것입니다."

소크라테스의 이 말이 이천년이 지난 지금도 정확하게 옳은가는 따지어 볼 문제이긴 하지만 작가가 쓴 작품이 평론가 혹은 독자에게 더욱 깊고 큰 뜻을 갖는 것은 당연한 일이다. 작가는 예민한 안테나를 가진 어떤 수신기처럼 예리한 감수성을 갖고 있어 일상인이 느끼지 못하는 무엇인가를 느낄 수 있으며, 그들이 잡은 사물에 대한 새로운 질서를 언어에 의해 표현할 때, 즉 형상화 할 때 우리는 이것을 작품이라고 부를 수 있다. 그러나 어떤 작가는 예리한 감각만을 갖고 그것을 형식화하는 재능은 갖고 있으나 그 깊은 뜻을 이해하지 못할 수가 있다. 예술가는 철학자만큼 이론적, 논리적이지 못하기 때문이다.

다음으로는 작가의 의도는 호랑이를 그리려고 하였으나 고양이를 그려놓고 호랑이가 자기의 의도였다고, 호랑이라고 고집을 하는 경우도 생각할 수 있다. 그러나 독자는 아무리 보아도 그것은 고양이임이 분명한 경우 작가와 평론가와의 사이에는 그 견해가 다를 수 있는 것이다. 누구나 자기 자식을 길러보면 알 수 있듯이 자기가 낳은 자식은 자기 의지대로 크지 않는다고 한탄하는 경우가 많이 있다. 더구나 하나의 작품은 작가가 연필을 놓고 이미 활자화되었으면 자기만의 소유가 아니요 만인의 소유가 되는 것이며, 그 해석은 독자의 환경에 따라, 교육 정도에 따라, 남녀의 성별에 따라 "향유"하는 것을 나무랄 수는 없는 것이다. 평론가도 한 사람의 독자이며, 그도 자기의 세계관이나 문학관에 따라 달리 해석할 수가 있는 것이다. 작품은 하나의 독립된 개체로서 고유의 생명을 갖고 있기 때문이다. 다만 평론가는 다른 일반 독자와 달라서 작품을 읽고 제일 먼저 생각하는 것이 작가의 의도가 무엇인가? 작가의 의도는 명확하게 나타나 있는가? 작가의 표현양식은 정확한가? 등 제 일차적으로 작가의 의도를 탐색하고, 그 외에 작가가 표현한 이상의 뜻을 가리어 내게 된다. 마치 추상화를 보듯이 평론가는 작가가 시도하였던 것보다 더욱 이론화시키고 확대 해석을 할 수가 있는 것이다. 평론가의 활동 자체는 문화의 일부이기도 하지만, 비평가의 궁극적 목표는 문명 비평에 속하기 때문에, 작품도 하나의 문화적 현상의 하나이기 때문에 그 나타나 있는 현상에서 시대적 의미를 부여하려면 생산자와는 다른 시각에서 관찰할 수 있는 것이다. (『**동서문학**』)

# 참된 장인정신을 위하여
## - 문인들의 직업의식 결여에 대한 단상 -

ㅂ형에게.

우리들의 직업의식은 다른 나라에 비해 어떤 것인가를 생각하여 본 적이 있소? 우리들의 젊은이는 하나의 직업을 선택하기 위하여 얼마나 많은 직종을 전전한 후 자기의 생애를 걸고 일하게 될 직업에 정착하게 되는 것일까. 아직 그런 통계는 없지만 고등학교를 마치고 기술을 습득하여 직업을 선택하는 젊은이의 경우 아마도 거치지 않은 직종이 없을 만큼 많은 다양한 직종을 편력하는 것이 아닐까. 自手成家한 어느 누구든 자기의 젊었을 때의 고생 가운데서 '안 해본 일이 없다'라고 하는 말을 듣고 있소. 이것이 한국인의 직업 선택이 갖는 전형적인 케이스라고 보고 싶소. 이것의 장점은 모든 것을 할 줄 아는 사람이라는 뜻도 되는 것이지만, 반대로, 단점인 경우 한 가지 뚜렷한 기술을 습득하는 것이 비교적 다른 나라의 젊은이에 비해 늦다는 점이라고 볼 수 있소. 우리의 장인 정신은 하나를 붙들고 늘어지는, 깊게 파고드는 정신이 부족한 점일 것이요. 이제는 옛날과는 달라졌다고 이야기하는 사람도 있을 것이요. 현대는 分과 時가 다르게 변하기에 빠른 변화, 빠른 변신이 시대에 적응하는 적자 생존의 계기가 될지도 모르겠오만, 아직도 선진 기술에 뒤지는 이유는 전통적으로 쌓아놓은 기술의 축적이 적은 것이며 이것은 무엇보다 장인정신의 결여에서 오는 것이 아니겠소?

독일어에서 직업이란 아주 깊은 의미를 가지고 있소. 직업 즉 Beruf란 단어는 동사 berufen 이라는 것에서 왔는데 rufen이란 '부르다' 라는 뜻으로 접두어 be는 수동의 의미를 갖고 있어 神(하나님)의 의해서 '불리움을 받다' 즉 召命이라는 뜻이요. 인간이 세상에서 선택하게 되는 직업은 우연히 택하여 얻게 되는 것이 아니라 신에 의해 '택하여진 것'이란 뜻으로 인간의 힘에 의해서는 바꿀 수도, 거부할 수도 없는 것이라고 하오. 독일인

들은 직업을 신이 자기에게 내려준 것으로 생각하여 직업에 대한 **충실이**
하나님에 대한 충성으로서, 직업을 신앙과 동일하게 보는 것이 전통이였
소. 그러므로 그들은 직업을 바꾼다는 것은 신의 명령을 거역하는 것으로
생각하게 되어 직업을 바꾼다는 것은 생각할 수 없는 것이었소. 그들의 기
술의 축적은 한 가지 일을 일생을 통하여, 세대와 세대를 이으며 하는 것
에서 생겨진 것이지, 다른 곳에서 돈으로 구입하여 오는 것은 아니었소.
우리가 지금 겪고 있는 기술의 부족은 돈으로도 살 수 없는 소위 노하우
의 부족 때문인 셈인데, 그 이유야 여러 가지가 있겠지만 결국 장인정신의
부족이 그 한 원인이 되는 것이 아니겠소?

ㅂ형,

오늘은 형과 늘 이야기하였던 「장인정신」에 대하여, 생각하는 바가 있으
면 말하여 보라는 부탁을 받고, 조금은 망설였으나 ㅂ형과 함께 생각하여
왔던 작가의 장인정신을 이야기하고 싶소. 소설을 쓰고 있으면서 대학에서
선생 노릇하는 것이 어렵다고 투정 섞인 어조로 이미 여러 번 나에게 이
야기한 것과 같이, 우리 나라의 많은 작가들은 대학에서 교수로서, 중고등
학교에서 선생님으로서 학문과 예술을, 혹은 교육과 예술을 동시에 하게
되기 때문에, 한 가지에도 충실하지 못한다고는 하지만 어떻게 보면 이론
과 실제를 겸할 수 있는 이상적인 것이라고도 할 수 있을 것이오. 그러나
형은 이것이 화제가 될 때마다 '선생 짓은 그만두어야 하는데…' 하고 말하
곤 하였소. '나에게는 장인정신이 결여되어 있는가봐. 나 뿐만이 아니라 일
반적으로 우리 문단에 소수를 제외하고는 장인정신이 없는 것 같아.' 하고
혼자 되뇌이고는 하였소. 우리 나라 작가들이 장인정신이 없다기보다는
'목구멍이 포도청이라고 우선 먹어야 하였기 때문이지' 하고 말하면서도
그래도 장인이란 돈을 위주로 사는 사람은 아닌데… 하고 말하기도 하였
소. '돈 많이 버는 작가도 많아졌는데 오히려 장인의 기질은 보기 힘들더
군. 장인 기질로 돈을 번 것이 아니라 외도로 번 것이었지' '우린 다시 깨
어나야 할 때가 되었어.'

직업이란 크게 두 가지 카테고리가 있다고 생각되오. 하나는 먹고 살기

위한 하나의 수단으로서, 생의 본래의 목적은 다른 데 있으나 그 목적을 실행하기 위하여, 목숨을 부지하기 위하여 어쩔 수 없이 택한 경우이고, 다른 하나는 생의 목적과 직업의 목적이 서로 동일한 것으로서 이런 삶을 사는 사람들은 행복한 삶이라고 볼 수 있소. 예술가들은 누구보다 이런 삶을 사는 사람들이라고 생각하오. 그들의 삶은 바로 창조하면서 사는 것이며, 그들의 생산품은 대량 생산품도 아니요 재생산이나 모조품도 아니라 진품 자체인 것이며 회귀품인 것이요. 여기서 그들이 겪는 창조에의 괴로움은 언급하지 말아야 될 것이요. 그것은 또 다른 문제이니까.

삶의 도구로서 직업을 택한 사람들도 비록 하나의 수단에 불과하지만 대개는 충실하게 자기 직업을 행하여야 한다는 것이 일반적인 도덕률이요. 하물며 삶과 직업의 목적이 동일하다면 어느 누구보다 그 직업에 충실한 것이 예술인일 것이라고 생각하오. 우리말로 예술가의 책임 의식과 창조적 생활 태도의 규범을 장인정신이라는 것에서 찾으려고 하는 것이 최선이라고는 생각지 않으나 예술의 대중화 속에서 장인정신이라는 것은 민중 시대에 알맞은 말인지도 모르겠오. 그러나 어떤 단어로 표현하든 우리시대의 장인들 - 작가들 - 은 그 사명감의 '정신'을 가지고 있지 않다는 형의 겸손과 반성의 말에 나는 동의도 부정도 하지 못하였지만 형처럼 회의하는 마음을 갖고 있는 작가가 얼마나 되는지 의심스럽소. 물론 한국에서 장인정신은 이미 고어가 되어버렸는지도 모르겠소.

장인들만이 뚜렷한 직업의식을 가져야할 것이 아니라 어떤 사람이든 직업을 자기의 삶의 수단으로 택하였다면 그것에 충실하여야 할 것이요. 그러나 오늘의 직업인들은 그렇지 않은 것 같아 한국의 기술과 예술의 장래가 은근히 걱정이 되오.

이미 잠깐 말한 것처럼 우리 나라의 젊은이가 하나의 직업을 자기 생의 수단으로 결정하기까지 얼마나 많은 직업 세계를 전전하는 가를 생각하여 보오. 대학에 들지 않았을 경우 거의 모든 직종을 거치지 않소? 양복점, 음식점, 철공소... 그리고 군에 갔다 온 후 30세가 가까워야 하나의 직업에 정착하는 것이요. 그리고 같은 직종에서도 돈만 조금 더 준다고 하면 철새처럼 여러 곳을 또 다시 전전하는 것이 아니겠소?

예술가의 장인정신은 어떨는지. 형이 나에게 형의 하루를 이야기하면서, 이렇게 살아서야 어떻게 소설가라고 말할 수 있느냐고 한탄한 적이 있소. 밤늦도록 강의 준비를 하고, 오전에 강의, 오후에는 라디오나, 텔레비전에 나가 예술에 대한 것도 아니고, 그렇다고 문화에 관한 것도 아닌 것에 '씩뚝 꺽뚝' 이야기를 하고 몇 군데 잡지사나 신문사에 '훗날을 위해' 아는 사람 만나고 나면 하루가 다 가고 만다고. 이것을 형은 요즘 학교 갔다 와서 몇 군데 학원을 다니는 아이와 비교하지 않았소? 그래도 형은 행복한 것에 속한다고, 지방 대학 학생들은 마음씨가 고와 형의 강의가 조금은 부실해도 이해하여(?) 주는 편이지만, 서울의 학생들은 너무나 영악하여 예술과 강의를 병행하여 하기란 어려울 것이라고 하였소.

요즈음은 잡지도 많고, 사보도 많으며, 오라는 곳도 많고 참석하라는 곳도 많아 자의반 타의반 참석 않는 곳이 없어, 소설가인지 사회운동가인지(민주화 운동도 아닌), 동호인 모임의 감초인지 정체를 알 수 없는 인물이 되어 버려 한 달이 화살처럼 가느라고 깊이 생각하지도 못하고, 높게 구상하지도 못하고, 몇 번이고 천착하여야 할 자신의 예술성은 잃어버리게 되어 결국 대중의 비위를 맞추고, 자신의 사상은 표현하지 못하는 잡문으로 전락하게 될 것 같아 두렵다는 형은 그래도 반성적 사고를 하는, 아직도 몇 안 되는 장인정신의 소유자라고 보고 싶소. 그러나 형은 잘못 생각한 점도 있소. 조금 괜찮다 하면 불러대는 사회의 모든 매스컴과 단체와 모임이 예술가들을 가만 두지 않는다고 하였는데 이것은 형이 스스로 판단하여 절에 간 중처럼 끊을 것은 끊고, 맺을 것은 맺어야 하지 않겠소? 소외 '관리'라는 말이 유행하고 있는데 장인정신의 관리야말로 형과 같은 예술가들에게는 무엇보다 철저하게 지키는 것이 형의 예술을 위하여 지켜야 할 일이라고 생각하오. 예술가 중에서 미술가들은 하나 둘 작품 활동을 위하여 자신의 예술 활동 이외의 직업을 버리고 서울을 떠나는데 아직도 우리 문단에서는 단 한 사람의 예외를 들었을 뿐, 모두가 무엇인가 별도의 직업을 갖고 있으려고 하는 것은 먹고 살기가 힘들어서만이 아니라 어떤 명예욕도 있는 것이 아닌가 생각드오.

ㅂ형, 미안하오. 형은 나에게 '예술가는 밥 않먹고 사는 줄 아느냐'고 화를 내겠지만, 지금 한국 사회에는 황금에 대한 과도한 욕구가 우리도 모르는 사이에 너무나 깊숙이 마음 속에 들어와 있어, 너나 할 것 없이 돈만 아는 집단 스꾸리지 증상이 팽대하여 있는 것 같아 두렵소. 예술가가 돈을 더럽다고 피하여 갈 필요는 없으나, 예술가가 돈의 노예가 되는 것은 무슨 일이 있어도 막아야 되지 않겠소? 형이 예술가로서의 충실하지 못하다는 것을 스스로 자책하면서 실은 돈을 더 많이 벌기 위하여 예술을 팔고 있기 때문이 아니겠소. 형이 예술을 좀더 가까이 하는 시간을 가질 때, 형도 형의 예술도 영원히 남게 되는 것이라고 생각되오. 그러나 형이 예술을 잠깐 멀리하고 얻은 虛名이나 돈은, 술이나 형이 좋아하는 골프로 사라지고 남는 것이라고는 예술을 멀리하였다는 자괴감만 커지는 것이 아니겠소.

ㅂ형! 형이 모든 예술 이외의 속된 일을 끊고 형이 좋아하는 멋진 소설, 멋진 예술 작품을 창작하면서 밤을 밝히는 불 켜진 창문을 보고 싶소. 그것이 또한 한국 문단의 바람직한 소망이기도 하오. (『*문학사상*』)

# 소재 선택의 자유를 위하여
## - 예술의 자유는 소재 선택의 자유에서 -

훌륭한 예술 작품은 자유를 마음껏 향유할 때 생산되는 지 혹은 어느 정도의 억압된 사회 체제 안에서 그 억눌린 상태에서 벗어나기 위한 이상향을 그리는 것에서 오는 지, 또는 해방의 도구로 사용하려는 목적의식에서 오는 지 확실하지 않다. 그러나 고대 희랍의 예술을 보면 자유로운 사상과 자유로운 토론 과정은 불멸의 예술을 낳게 한 것으로 보인다.

한국문학 - 특히 소설문학에서 소재 선택의 협소함은 작가들의 운신의 폭을 극도로 좁혀놓아 이제까지 소설가들의 창작 행위가 기적이라고 부르고 싶다. 마치 정치범을 독방에 가두거나 형무소 내의 벌로서 사방 일 메터의 작은 방에 가두어놓은 듯한 것이 우리 나라 작가들의 창작 공간이었다. 이것은 정치적으로 특정 집단(예컨대 군인이나 경찰)을 묘사하는 것을 금기시하여 왔다는 뜻만이 아니다. 교수가 주인공으로 등장하여 나쁜 짓을 하면 교수들이 들고 일어나고, 간호사가 주인공이면 간호사가, 스님이면 스님이, 차장이면 차장이..... 어디 그뿐인가 수 백년 전의 역사 소설을 쓰면 소위 문중이 들고 일어나고, 특정 지역이 들고 일어나고... 그저 들고 일어나는 것이 한국의 전통이 되어 버렸다. 예술을 사랑한다는 한 민족의 자부심은 공염불일 뿐, 예술이 무엇인지도 모르는 야만 민족이라고 착각할 정도이다. 보다 더욱 중요한 창작의 자유는 아무도 생각지도 않은 듯 하다.

소설가 뿐만이 아니라 평론가도, 자유를 수호하는 어느 집단도 이제까지 그런 중요한 자유를 외친 사람은 없었던 것이다. 지금도 유명한 정비석 씨와 황산덕 씨의 논쟁은 사실은 황산덕 씨의 예술에 대한 무지에서 온 것이라고 볼 수 있으며 법학에서는 대가일 지는 몰라도 예술의 자유라는 면에서 본다면 헌법에 보장된 "표현의 자유"를 정말 이해하고 있었는 지 의심스러울 수밖에 없다. 그 이후의 "들고 일어나는 것"의 간접적인 책임이 그에게도 있다고 볼 수 있다. 그러나 그것이 한 세대 전인 전후(戰後)에만 일어났던 것은 아니다.

요즈음 영화에서 에로티시즘이 논의되고 있다. 그것에 대한 어느 영화 감독이 뉴스 인터뷰에서 어떤 "규제"가 필요하다는 것이다. 스스로 "규제"를 말하는 것이야 말로 위험한 생각이고 자승자박의 발상임을 그는 모르고 있다. 비록 눈에 거슬리는 장면이 있어도 결코 "규제"해서는 안 된다. 규제 대상은 청소년이지 예술 자체는 아니다. 예술인 스스로 "규제"를 말하면 결국 그 규제는 스스로의 행동 반경을 "규제" 당하는 것이다.

동서양을 막론하고 이제까지 어느 독재정권이든 "규제"를 외친 것은 미풍양속을 해친다거나, 청소년을 오염시킨다는 저 망상가인 플라톤의 후예였다. 플라톤은 예술의 적이며 자유의 적이다. 소련에서 쏠체니첸을 추방한 것은 플라톤의 부활이 아닌가. 규제는 예술의 적이다. "규제" 속에서 피카소의 예술이 탄생될 리가 없다. 모든 집단이 소재 선택을 규제하려는 버릇은 물론 그릇된 정부당국에서부터 유래한다. 예술가들이 스스로 어떤 규제를 말하는 것도 자기도 모르게 정치나 통치자들이 아름답고 그럴 듯한 말로 규제하여 온 것에 길들여졌기 때문이다. 이제는 그것에서 깨여나야 한다. 어떤 것을 소재로 택하였든 그것은 예술 속에서 일어난 가상의 상상력의 세계이지 〈나〉를 묘사하였을 것이라는 피해 의식에서 벗어나야 된다. 이 피해의식은 독재자나 정통성이 없는 정권이 갖고 있는 피해의식으로서 일반 시민이 갖지 말아야할 것임에도 오랜 독재 정권의 통치 하에 있던 우리들은 우리도 모르는 사이에 그 독재자의 피해 의식이 우리의 마음속에 어느 사이에 들어와 있는 것이다. 그래서 〈내〉 주위의 비슷한 무엇이 작품 속에 등장하면 신경질적인 반응을 보이는 것이다. 억눌린 체제에서 길들여져 예술을 창작하는 사람도 그럴진대 일반 수용자야 말할 필요도 없을 것이다. 예술의 자유는 다른 무엇보다 표현 자유임에도 현실은 통치자나 정부의 어느 기관에서의 규제 뿐만이 아니라 우리 스스로가 모르고 있는 사이에 스스로 규제하고 있다. 그것은 특히 소재 선택의 자유에 대해 나의 조상이라고 해서, 나의 집단이라고 해서, 나의 직업이라고 해서,

나의 지방이라고 해서 신성시하며 예술가 스스로가 타부를 만든다면 지금의 "독방"의 공간에서 벗어날 길은 없을 것이다. 그렇게 좁은 운신의 폭에서 한국 예술은 꽃피우기 힘들 것이다. 모든 성역을 거부하는 것이 예술이며, 신화화된 것이 있다면 그것을 탈신화화 하는 작업이 예술이기 때문이다.

오늘의 한국 작가만큼 야심에 찬 집단도 드물 것이다. 얼어붙었던 우리의 의식 세계가 해빙기를 맞이하여 바야흐로 문학 예술의 꽃을 피우려는 순 간에 와 있다. 이런 때에 소재 선택의 자유를 주어 마음껏 창작하도록 해야 할 것이다. 예술은 무엇이든 자유롭게 선택, 토론하는 과정에서 만개할 수 있기 때문이다.(『*한국문학*』)

# 신인 발굴의 다양성을

가을의 신선한 바람이 일면서 홀로 설레는 사람들이 있다. 아무에게도 말하지 않고 깊은 밤 불을 밝히고 원고지 위에 빈칸을 메워 가는 사람들──그 수가 얼마나 되는 지는 알 수가 없다. 하나의 작품을 들고 세상을 깜짝 놀라게 하려는 야심을 갖고 있는 사람도 있고, 우선 내 작품을 활자화시켜나 보자, 우선 이름 앞에 신인, 작가라는 타이틀이나 갖고 보자는 사람, 아무도 자기의 위대성을 알아주는 이 없다고 한탄하는 사람 등등.

그러나 누구보다 야심이 있는 문학 지망생은 이제까지 선배 작가가 열어놓지 못한 전인미답의 길을 열어 마치 예기치 않던 혜성이 밤하늘에 나타나서 빛나듯이 새로운 인물이 힘차게 살아 있는 작품을 갖고 갑자기 문단에 나타나는 영광을 갖기 위하여 피나는 노력을 하고 있다. 그러기에 노력하는 문학 청년은 데뷔의 시기는 비록 언제가 될 지 모르더라도 데뷔의 문제는 난제가 아닐 것이다. 좋은 글, 좋은 작품이란 누구의 눈에게든 띄기 마련이기 때문이다.

문단에 들어간다는 것은 그럼에도 불구하고 성경에 나오는 좁은 문이며 은총의 문인 것은 의심할 여지가 없다. 데뷔하여 문단에 발을 들여놓는 것은 어떤 서클이나 그룹의 일원이 되는 것과는 실상 아무 관계가 없는 것이다. 작품 활동을 한다는 것은 고독한 창조 과정의 길을 한 번에 끝내고 득도(得道)하는 것이 아니라 작품 하나하나가 고뇌와 피나는 형상에의 가시밭 길 위를 걷고 있다는 뜻이다. 작가는 매 작품마다 독자 앞에 내놓고 그때마다 데뷔하기 때문이다.

우리에게 작가로 공식적인 인정을 받는 길은 각 일간 신문을 통한 신춘문예나 문예지의 추천을 받는 두 가지 종류의 데뷔 방법이 있다. 신춘문예 응모 광고가 나오기 전후해서 이러한 방법의 찬반론이 한번 씩 대두하였다가는 사라지고 또 나타나곤 하는 반복 속에서도 어연간 그 역사는 한국 현대 문학사와 거의 같은 연륜에 다다랐다. 1920년대에 신문이 등장하면서 곧 신춘문예란 이름은 달지 않았으나 큰 상금을 걸고 작품을 모집하였으니 이미 60여년이 된 셈이다.

신춘문예의 좋은 점은 새해 새날과 함께 새로운 작가의 탄생이 그 발행부수 이상의 속도감으로 전국에 퍼져 나감으로서 문학계 전체에 참신한 신선감과 아울러 한 사람의 스타가 탄생하는, 당선된 한 사람의 영광만이 아닌, 문학을 사랑하는 모든 사람의 기쁨의 잔치라는 점이다. 어느 다른 나라에서도 하나의 '글쟁이'의 탄생을 이렇게 대대적으로 축하와 격려를 보내주는 나라는 없을 것이다. 이것이 형식적인 화려함이라면 작품의 질에 있어서도(언제나 그렇지는 않았다고 해도) 기성문단에 충격을 주는 새로운 스타일의 새 작품 경향이다. 새로운 스타일이 아니라고 하더라도 신춘문예 작품은 그 언어의 사용이라든지 구성의 단단함이 돋보이는 것은 사실이다. 새로운 사상을 담은 글은 아니라고 하더라도 소설이 소설이게 하는 치밀한 묘사는 언제나 눈에 뜨인다.

그 다음으로는 무엇보다 공정한 심사라고 볼 수 있다. 이제까지 언제나 공정하였다고 볼 수도 없었지만 심사 위원이 자기류의 유파를 쉽게 만들 수는 없다. 물론 어느 심사위원 때 누가 나왔다는 것으로 가끔 공정하지 못하다는 말도 돌고 있긴 하지만 그래도 공정한 편이라고 보여진다. 보다 공정하게 하기 위하여서는 본심으로 넘길 때에 이름을 밝히지 않는 것을 생각할 수 있겠다.

신춘문예의 단점이라면 그 당선자의 수명이 비교적 짧다는 점이다. 그야말로 혜성처럼 나타났다가는 소리없이 사라져 버리는 경우가 많은 점이다. 그 이유는 여러 가지 있을 것이다. 우선 첫째로 꼽을 수 있는 것은 많은 작품을 써보지 않고 응모한 사람이 대부분인 점이다. 데뷔하기 전의 문학 청년의 분위기로만 살았지 습작은 거의 않은 상태에서 한 개의 작품에만 갈고 닦아 응모작으로 제출한 몇 개의 단편 뿐이다. 한번 당선하면 별안간 무명 문학 청년이 유명한 작가가 되어 버려 습작기의 노력조차 않고 대충 써서 발표하는 경향이 있어 좋은 작품을 만들지 않고 있으니 문예지에서는 신춘문예로 데뷔한 사람들을 사시로 보곤 한다. 한 번 당선에 일약 유명 인사로 전국에 알려지는 제도가 오히려 재주 있는 가능성을 죽여 버리는 결과를 가져오게 한다. 우리 나라에는 아직도 글 쓰는 사람에 대한 예우를 하는 풍속이 남아 있어 한번 데뷔한 사람에게 글을 부탁한 후 그 글이 아무리 짜임새 없는 글이라도 게재할 수 없다는 거절을 못한다. 올바른 문예지 편집 방법은 그 편집진이 스스로 좋은 글과 좋지 않은 글의 선택권을 갖는 습관도 있어야 좋을 것이다. 데뷔한 당사자에게는 퍽 유감스럽게 생각될지 모르나, 그것이 본인에게도 좋은 글을 쓰게 하는 '살아남는' 작가의 길이 되기 때문이다.

신춘문예 작가들이 겪는 고충의 또 하나는 화려한 데뷔와는 달리 발표할 기회가 없다는 점이다. 요즈음에는 발표할 지면이 많아서 전보다 많이 달라지기는 하였으나 신춘문예 당선자에게는 문예지 쪽에서 경원하던 때가 있었다. 그 이유는 이미 언급한 바와 같이 신춘문예 작가는 단 한 개의 작품 만에만 심혈을 기울인 데 반하여 그 외의 작품은 각 고등학교 문예지에도 못 오를 작품도 실어 주기를 바랄 때도 있기 때문이다. 다른 한 가지는 역시 요즈음에는 거의 없어지기는 하였으나 문예지 주변마다 겟토(Getto)를 형성하여 철저히 그룹화하여 다른 사람에게는 문호 개방을 꺼리는 때가 있었기 때문이다. 그러므로 이 혜성은 나타났다가는 힘껏 빛을 발하고는 우주 속으로 사라지는 미아가 되어 버린다. 그러기에 확실한 통계는 나와 있지 않으나 이제까지의 신춘문예를 통한 사람들 가운데 오분지 일만이 작가로 활동하고 있으며 오히려 문예지를 통한 작가들의 수명이 길고 오래도록 작품 활동을 하고 있다고 한다.

다음의 데뷔는 문예지를 통한 등단이다. 문예지를 통한 작가에의 길은 신춘문예의 일회적인 작품 완성과는 달리 문학 수업의 길을 열 수 있는 점이다. 예컨대 작품을 돌려주고 어떤 점을 고치라고 하든지, 다른 작품도 함께 제출을 요구하든지 하여 장인과 도제와의 관계를 이룩할 수 있어, 화려한 데뷔가 없는 대신 갈고 닦는 수련 기간을 가질 수 있다. 신춘문예처럼 일정한 마감 기간이 있는 것도 아니어서 쓰고 생각하고 고치고 하는 수업 시대와 방랑 시대를 가질 수 있어 문학의 예술적 완성 시기와 인성의 발전도 함께 기여할 수 있는 장점이 있다.

그러나 문예지의 추천을 통한 데뷔에도 문제점이 없는 것은 아니다. 추천제는 추천하는 기성 문인이 전적으로 책임지는 이유로 자기 유파를 만들 가능성이 많다. 좋은 의미의 문학적 유파를 만드는 것은 나쁘다고 볼 수 없으나 문단의 원로로서 문학 청년을 사병화할 가능성이 있으며 참신한 문체나, 참신한 세계관이 여간해서는 추천인에게 설득되지 않을 수가 있다. 문예지를 둘러싼 그룹화가 문학적 이념을 위한 것이라면 이해할 수 있으나 같은 문예지의 성격이면서도 감정적인 대립을 갖고 뭉치는 경우를 우리의 짧은 현대문학 이면사에서 많이 보아 왔다. 추천제는 그런 사병화에도 이용될 위험이 내포되어 있는 것이다.

가끔 신춘문예 폐지론도 대두되고 있지만 우리는 너무나 성급하게 있던 제도를 뜯어 고치려는 습성이 있어 어떠한 제도에도 있는 단점을 끄집어내어 폐지한다면 그대로 남아 있을 제도는 없을 것이다. 신춘문예는 그것대로 보완하여 나가고 추천제는 그것대로 좋게 활용한다면 좋은 신인의 데뷔 제도로 활용할 수 있을 것이다.

여기에 덧붙여 한 가지 다른 제도를 더 부가하면 어떨까 한다. 그것은 연륜이 있는 출판사에서 신인 발굴의 기관으로 나설 수 없을까 하고 제언하고 싶다. 문학 작품이 상품으로 팔리기 시작한 역사가 우리보다 앞선 나라에서는 신인발굴을 출판사가 한다는 것은 잘 알려져 있는 사실이다. 작가 지망생은 자기의 원고를 출판사로 보내 그 출판 여부를 묻는다. 작품의 활자화의 여부는 편집진이 결정한다. 문학성과 상업성을 함께 고려하는 출판사는 그 성공 여부를 조사한 후 결정한다. 이런 것은 상업주의와는 다른 의미이다. 우리의 출판사에서는 알려진 필자, 알려진 책만을 내는 안일한 사업을 하고 있다고 볼 수 있다. 독일의 문단에서 1920년대에 신춘문예 추천제가 있었다면 카프카는 결코 작가로 알려질 수 없었고 그의 작품은 우리에게 알려지지 않았을 것이다.

이밖에도 동인지에서 좋은 작품이 발견되면 청탁할 수 있는 용기도 문예지는 갖고 있어야 한다. 문예지나 잡지의 편집자들은 새로운 작가, 새로운 필자를 발굴하는 것을 하나의 사명감으로 알아야 할 것이다. 어디엔가 묻혀 있고 잘못하다가는 영영 햇빛을 보지 못하게 된 글 잘 쓰는 인물이 언제고 있기 마련이다. 그러나 우리의 데뷔 관습으로는 적극적인 의지가 없는 사람은 깊은 사상을 갖고 있는 사람조차도 그 뜻을 펴기가 쉽지 않도록 되어 있다. 옛날의 월간지 『사상계』의 편집인 중의 한 분은 초야에 묻힌 필자를 발굴(?)하여 낸 것을 늘 자랑으로 여겼으며, 아마도 그 필자는 한국의 정신사에 남을 글을 쓰게 된 동기가 그 편집인의 노력 때문이 아니었나 생각한다. 왜냐 하면 그 분은 초야에 묻혀 살기를 즐겨 하였으며 남에게 드러내 무엇을 쓰는 것을 좋아하지 않는 동양인의 전형적인 성격을 가졌었기 때문이다.

좋은 작품은 데뷔를 하였든 안 하였든 발표하여 주고, 그 다음 작품이 좋지 않을 때는 거절하기도 하는 데뷔 방법이 있어야 한다. 여러 번 발표하여 좋은 작품을 발표하는 한 작가의 성장 과정이 우리에게는 아쉽다. 하루 아침에 일어나 보니 유명 작가가 되어 버리는 신춘문예는 오히려 작가를 죽이는 경우가 되기 때문이다. 그리고 당선작을 하나만 뽑는다는 것도 모순이다. 하나의 문학 작품이 단연 우수할 경우도 있으나 우열을 가리기 어려울 경우 주최자 측에서 그래도 하나만을 뽑아 달라고 고집하는 경우 얼마나 모순인가.

그러나 이미 앞에서 이야기한 바와 같이 좋은 글을 쓰는 사람은 데뷔가 문제 될 것은 없다. 그는 결국 좋은 글을 발표할 기회를 얻게 되고 우리 문학에 보탬이 되는 역할을 결국 하게 된다. 이제까지의 두 가지의 문단 데뷔에 더 첨가하여 보다 다양한 신인 발굴에 신문, 문예지, 출판사가 모두 생각하여 볼 때가 온 듯하다. (『**소설문학**』)

# 우리 소설의 문제점

## - 매너리즘에 빠진 단편소설 -

소설을 읽는 즐거움 때문에 새로 도착한 문예지를 펼칠 때마다 긴장감을 갖게 한다. 누가 무엇을 어떻게 썼는가를 알고, 맛 보려고 읽어 나간다. 그러나 대개는 즐거움도, 고통도, 내면의 싸움도 없이 덮어 둘 때가 많다. 더구나 읽고 평을 써야하는 의무감이 있을 때는 많은 것을 읽고 당혹할 때도 없지 않다. 읽고 난 후에 기억에 남는 작품, 독자를 괴롭히거나 기쁨에 들뜨게 하여 「바로 이것이다!」하고 부르짖게 하는 작품, 가슴 속에 그 이미지나 늘 떠오르는 작품, 작가가 야심을 갖고 새로운 소설을 발표하며 회심의 미소를 짓고 있는 작품을 읽었을 때의 독자인 나와 작가와의 말없는 영적 교감을 이루는 작품이 적다. 그것은 아마도 주제가 안일하기 때문도 아니고 심오한 사상이 들어 있지 않기 때문도 아닐 것이다. 다음의 몇 가지 예로 그 이유를 살펴 보겠다.

첫째로 단편소설이라는 형식의 장기화(長期化)는 어쩔 수 없이 매너리즘에 빠져 있는 단계에 우리가 와 있는 것이 아닐까 생각된다. 우리 나라의 문학 작품은 소설의 경우 대개가 단편위주로 되어 있다. 장편소설이 단행본으로 나오는 거의 대부분이 신문이나 문예지에 연재된 후 장정되어 나왔을 때는 그 신선미를 잃는 것이 사실이다. 그것이 좋고 나쁜 판단은 그만 두더라도, 인쇄 잉크 냄새를 풍기며 우리에게 처음으로 등장하는 소설들은 거의가 단편이다. 단편은 한국 현대문학사에서 주류를 이룬다. 일제 때와 육이오 때의 출판사의 사정은 우리 문학 작품의 발표 형식을 단편으로 하게끔 문학 외적인 면에서 결정하게 된 것이 사실이다. 그래서 한국 소설문학은 단편이 그 주류이고 장편 소설은 통속 소설로 착각하는 사람들이 있을 정도이다.

신인들의 데뷔 방법도 몇 사람을 제외하고는 모두가 단편소설을 들고 나왔다. 그러니까 우리 소설가들은 단편의 명수라고 보아야 옳다. 이 문학

외적의 제한되었던 형식으로서 단편소설이 빛을 잃어 가는 것이 아닐까. 집약되고, 거의 기하학적이라고 볼 수 있는 논리적 구조, 한 글자라도 첨가하거나 탈락되어도 안 되는 언어구사, 팽팽한 긴장감 등등이 요소로 되어 있는 단편소설의 매너리즘 경향은 이즈음 짧은 신변잡기로 타락하고 있는 것이다. 한국 문학의 형식사적으로 본다면 장르의 변천이 가까이 오고 있는 것이 아닌가 생각된다. 매너리즘(Mannerism)이란 다 알고 있는 바와 같이 예술을 창작하는 데 있어 "독창성을 잃고 평범한 경향으로 흘러 표현 수단의 고정(固定)과 상식성으로 예술의 생기와 신선미를 잃는 것"을 말함이다. 이러한 정의로 근래에 발표되는 단편소설을 읽어 보면 그것이 순수문학적이든, 참여문학적이든 단편소설 본래의 것을 찾아보기 힘들다. 다만 형식적인 길이와 짧은 생의 단면만이 들어 있을 뿐이다.

그러기에 야심 있는 작가는 단편소설이 아니라 장편소설에 자신의 승부를 걸어야 한다. 신인의 데뷔가, 어렵게 등단하고도 쉽게 사라지는 이유도 단편소설 하나로 마치 자동차 운전면허 취득하듯 작가가 되어 버리기 때문이다. 만일 신인의 문학 데뷔도, 요즈음 대학에 취직하려면 학위논문 쓰듯이, 묵직한 논문(단행본)에 소논문 몇 편을 갖고 심사하는 것처럼 한다면 혜성처럼 나타났다가 우주의 미아로 사라져버리는 현상은 드물 것이다. 다른 나라의 경우도 단편소설 하나로 작가가 되는 것은 드문 일이다.

단편소설에서 중편소설로 형식이 옮아가는 듯한 경향은 근래에 현저하게 나타나는 것으로, 그렇다고 단편소설의 요소를 배제한 것은 아니다. 그러나 단편소설보다 중편소설이 더 짜임새가 좋고 소설다운 소설의 면모를 갖추고 있는 이유는, 비록 중편소설이 새로운 형식으로 처음으로 나타난 것은 아니지만 쓰는 사람으로 하여금 긴장감을 갖고 쓰게 하고 구성과 묘사에 치밀성을 나타내려는 노력 때문이다. 이 긴장감과 노력이 자연히 독자에게 전달되게 마련이다. 작가가 중편을 대하는 이 긴장감이야말로 중편소설을 중편소설답게 하는 것이다. 작가가 중편을 구상하며 긴장하는 이유는 낡은 형식의 단편소설이 주었던 매너리즘에서 나와 있기 때문에 새로운 시도, 새로운 결의를 갖게 되기 때문일 것이다. 그러기에 독자가 새 달치 문예지를 펼칠 때 중편이 들어 있을 때는 작가와 마찬가지로 긴장감과 기대를 갖는 설레임을 갖지만 낡은 형식인 단편소설에는 긴장감이 없게 된다. 중편소설을 대하는 작가의 감성은 독자에게도 전달되는 것이다. 단편소설과 중편소설의 차이는 사실상 길이의 차이에만 있는 것이 대부분이요 구성 요소는 거의 동일한 것이 대부분인데도 독자와 작가가 함께 긴장하는 이유는 바로 쓰는 이의 중편소설에 대한 긴장감 때문이다.

둘째로 단편소설은 시장성이 약하다. 예술작품을 돈과 비교하면 또다시 상업주의 운운하면서 펄쩍 뛸 사람이 있겠지만 화가, 서예가, 도예가들은 값이 높을수록 훌륭한 예술가로 꼽고 있어도 상업주의로 타락하였다고 말하지 않으면서 유독 문학에서는 책을 만들어 놓고도 안 나가야 명작일까. 단편소설(혹은 選) 은 실상 먼저 발표된 작품을 모아놓은 것이다. 독자가 흥미 있다고 생각되는 작가의 작품집을 문득 서점에서 펴본 책 속에는 이미 몇 개의 단편은 읽은 것이다.

다른 예술에 종사하는 사람들 — 예컨대 위에서 든 화가, 서예가, 도예가는 직장에 기대 살다가도 사표를 던지고 예술을 위해서 살기 위해 떠나지만 작가는 오히려 예술을 버리고 대학이나 중고등학교에서 교사직을 택하는 이유는 무엇인가. 작가가 택한 직업이 대부분 예술과 전혀 다른 분야가 아니라 문학을 가르치는 교사이기는 하지만 자기 예술에 전념하지 못하는 이유는 무엇보다 우리 작가의 경제적 불안이라고 볼 수 있다. 이것은 바로 작가들이 단편을 위주로 발표하기 때문이다.

어떤 사람은 바쁜 현대인에게 단편이 읽기 좋다고 말할 지도 모른다. 그렇기도 하다. 그러나 오히려 고소득 사회로 발전되면 발전될수록 시간의 여유는 더욱 많아지게 되고 한가한 시간을 두터운 책과 보내는 시간이 많아질 것이다.

셋째로, 이것은 가장 중요한 점인데 작가는 장편에서만 자기의 야심작이 나올 수 있다. 문학사에 등장할 작품, 한국인이면 누구나 읽어야 할 작품, 누구라고 이름 부르면 무슨 작품이라고 대표될 만한 작품, 나아가서 작가는 모를지라도 주인공의 이름은 삼척동자도 알게 되는 작품은 역시 장편

소설만이 해 낼 수 있는 영역으로서 작가는 누구나 겨룰만한 도전의 영역이다. 「노벨상에 도전한다」고 말하고 있지만 장편소설이 없이는 노벨상이 어려울 것 같다.(소설의 경우)

단편소설에서 장편소설로의 이전의 경우 작가만으로서는 사실 어렵다. 문예지의 편집 방침과 신인 데뷔의 방법 등이 차차 함께 변화해야 가능한 것이기 때문이다. 또 각 출판사에서도 전작 장편을 내는 것이 계속되어야 할 것이다.

이외에도 오늘의 한국 사회의 급변하는 모습이 너무나 극적인 사건으로 점철되어 있어 단편소설 - 서양의 단편소설의 어원은 〈새로운 것, 진귀한 이야기〉에서 나왔다 - 은 아무리 템포가 빠르고 예상하지 못하는 급전이 있다고 하여도 현실의 충격보다 작을 뿐만 아니라, 복잡한 사건을 단편에 넣기가 어렵다.

이상에서 단편소설의 매너리즘의 이유와 장편으로 가야 될 우리 소설의 문제점을 이야기하였다. 좋은 작품을 읽기 원하는 독자의 한 사람으로 제언할 따름이다. (『*한국문학*』)

# 아리스토텔레스의 한계를 넘어서 - 르뽀문학 성찰

　문학의 한 장르로서 소설은 시나 희곡과 비교하여 볼 때 가장 최근에 발전된 문학 형식이다. 장르의 발전 과정이 인간의 의식 발전에서 온다는 문학 이론가들의 주장은 퍽 설득력을 지니고 있다. 새 술은 새 부대에 담는다고 하듯이 시나 희곡의 세계의 정신은 산문 시대와 산문으로 표현해야만 옳았는지도 모른다.

　그러나 이제 산문 시대의 끝에 도달한 듯한 오늘에 이르러서도 소설 형식에 대치할 어떤 문학의 새 장르도 아직 나타나지 않고 있다. 아직 인간 정신의 발전이 새로운 정신으로 나타나지 않은 탓일까? 혹은 아직도 새 술도, 새 부대도 필요할 만큼 인간 정신의 새 발전에 도래하지 않은 탓일까? 혹은 서양의 문학 이론가들이 역사 철학적인 방법을 동원하여 이룩하여 놓은 시-희곡-소설의 차례로 전개된 장르의 발전사를 인간 의식의 발전 과정으로 나타내고 있는 논리에 모순이 있는 탓일까. 소설의 전망에 대하여는 어느 누구도 그 앞날을 예측하지 못하는 것이 현재의 실정이다. 문학 형식의 전망은 불투명하기만 하다.

　그러나 소설의 형식을 갖고 있으나 때로는 소설보다 더 흥미 있는 내용을 담고 있는 글이 20세기에 등장하기 시작하였다. 소위 르뽀르따쥐로서 흔히 르뽀 문학이라 일컫는다. 르뽀 문학이란 불어로 된 말의 뜻보다도 영어의 개념을 빌어 논픽션(non-fiction)이라고 말하는 것이 더욱 빠르게 의미가 와 닿는다. 좁은 의미로 르뽀르따쥐(Reportage)나 영어의 논픽션, 독어의 사실소설(Tatsachenroman)등은 뉘앙스가 조금씩 다르기는 하겠으나 '꾸미어 내지 않고 실제 있었던 일'에 대한 이야기라는 점에서 같다.

　르뽀 문학이 새삼스럽게 이제 와서 생긴 것은 아니다. 그것은 옛날부터 수기니, 여행기니, 목격담이니 해서 있었던 것이다. 다만 그 개념 규정이나 문학의 한 형식으로서 우리에게 나타난 것이 최근일 뿐이다.

우리는 논픽션 즉 르뽀 문학을 통상 '소설보다 더 재미있는'이란 관용구를 흔히 붙이는 것에 주의를 기울여야 한다. '소설보다 재미있는'이란 말에는 소설의 이론가나 소설가 스스로가 알지 못하는 소설 자체의 약점이 있는 것이 아닌가하고 일단 의심하여 볼만하다. 도대체 어떤 요소가 르뽀 문학에 들어 있기에 더 재미있다고 하는가를 생각해 봐야 할 것이다.

사실 이 점은 이미 이천 년 전에 아리스토텔레스가 소설의 장점으로서, 소설의 기본 요소로 설정하여 놓았던 점이다. 그는 '소설가(시인)의 임무는 실제로 일어난 것을 말하는 점에 있는 것이 아니라, 일어날 지도 모르는 것, 즉 개연성과 필연성의 법칙에 따라 가능한 것을 말'해야 된다고 하였다. 『시학』 제9장에 있는 시인과 역사가와의 차이에 관한 명쾌한 설명으로 소설가가 창작자임을 증명하였고 소위 모방이 창조로 설명된 곳에서, 소설(시)의 내용은 논리적 비약이나 독자가 믿을 수 없는 사건을 전개시켜서도 안 된다는 이야기이다.

예컨대 이광수의 소설에서 빈번히 우연적인 사건이 사용되었다면 그 소설의 사건은 너무나 작위적(作爲的)이기에 독자가 수긍하지 못하는 것이다. 보편적으로 두루 통하는 에피소드의 연결로 되어야만 독자가 수긍이 가게 되고 또 그 연결은 필연적인 인과의 법칙이 따라야만 된다고 아리스토텔레스는 본 것이다. 모든 글로 씌어지는 예술은 여기서 벗어날 수 없었다. 일어난 사건이 아니라 일어날 수 있는 사건을 꾸미어 낸다는, 즉 창조한다는 조건 하에서 모든 소설은 그 생명을 부지하게 되는 것이다. 그러기에 작가는 소설 속의 주인공들을 그 운명이 아무리 기구하더라도, 그 경험의 폭을 아무리 넓게 하려고 하여도 인간의 상식 밖의 것을 경험시켜서는 안 된다. 이것이 소설의 한계인 것이다. '개연성과 필연성의 법칙'은 창조의 영광이며 동시에 멍에이기도 한 것이다.

희곡의 편에서 이미 브레히트에 의해서 반(反)아리스토텔레스의 연극이 나왔듯이 소설의 측면에서도 반아리스토텔레스의 이론이 나올 때가 된 듯하다. 즉 '개연성과 필연성의 법칙'을 벗어난다면 그것은 소설의 논리에서 일대 혁신적인 요소를 가미하게 될 것이다. 브레히트는 그의 서사극 이론에서 현대는 학문의 세계인만큼 감동을 주는 연극에서 **벗어날 때가 되었**다고 말하였듯이, 우리가 르뽀 문학을 하나의 새로운 문학 장르로 **확고하**게 발전시킨다면 학문의 시대에 응할 소설을 만들 수 있을 것으로.

르뽀 문학은 '사실'에 대한 끝없는 추적 - 학문적 방법 -에 의하여 **씌어**지기 때문이다. 르뽀는 실제 있었던 어떤 사건, 어떤 개인 혹은 **단체의 경**험을 추적하여 기록 하니만큼 종래의 '개연성'에서 탈피할 수 있다. 아리스토텔레스는 역사가는 특수한 것 - 한 번 일어난 사실 -을 기술한다고 하였거니와 이 '특수한 사건' 때문에 오히려 진귀한 것이 더욱 드러나 보이어, 요즈음의 독자가 일상에서 하도 많은 진귀한 체험으로 불감증 상태에 놓이게 되어 특수한 것에 흥미를 느끼는 것에 만족을 줄 수 있을 것이다.

바로 이런 감각의 마비가 오늘날 르뽀 문학의 대두를 가져오게끔 만들었는 지도 모른다. 어떤 개인의 특정한 체험은 보편적인 상상을 넘는다. 그러기에 르포 문학은 소설 속에서 꼭 지켜야 할 '있을 수 있는 일(개연성)'의 한계를 벗어나 도저히 믿을 수 없는 것도 그것이 실제 일어났다는 사실 때문에 독자에게 설득력을 갖고, 또 독자도 그 특수성에 설복당하고 마는 것이다. 르뽀 작가는 일반 소설가와는 달리 오히려 그것이 사실을 바탕으로 두고 있기 때문에 기이한 사건을 택하게 되고 그 비현실적인 현실이 아무 거리낌 없이 나타나게 마련이다.

르뽀 문학의 장점은 바로 아리스토텔레스의 논리적 장점과는 정반대로 '비현실적인 현실'이 가장 큰 특징으로 나타난다. 르포 문학은 가공의 세계인 소설에서와는 정반대로 있을 수 있는 세계가 아니라 도저히 믿어지지 않지만, 그러나 정말 일어난 사건을 이야기하게 된다.

소설의 세계와 르뽀의 세계를 다루게 되는 소재에도 차이를 갖게 된다. 소설의 세계는 대체로 상식의 세계에 머무르게 되지만 르뽀의 세계는 보다 더 상식 밖의 세계를 대상으로 한다. 소설의 세계가 주로 그 시대의 대표자를 주인공으로 하지만, 르뽀의 세계는 그 시대와 그 세계에서 버려진 자, 잊혀진 자, 어둠 속에 가려진 자가 주인공으로 등장하기가 쉽다. 어쩌면 이것은 미래의 주인공이 될 가능성도 있다. 소설의 주인공이 이 시대의 고뇌를 앓고 있다면 르포의 주인공은, 그 시대의 치부적인 요소를 포함하는 하류층, 혹은 무의미한 존재일 가능성이 많다. 상식 밖의 사건을 다룬다는 것은 그 시대의 대중의 뇌리에서 떠오르지 않는, 무의식의 깊은 어둠 속에서조차 생각나지 않는 계층일 가능성이 크기 때문이다. 따라서 르뽀문학의 주인공은 어쩌면 피카레스크적인 요소가 많다.

황석영의, 우리가 생각하는 범주 밖의 사람의 생활을 감동적으로 적은 『어둠의 자식들』이란 기록 소설은 그 제목이 시사하는 바가 크다. 사회적인 어둠 속에 있는 사람들의 이야기라는 뜻만도 아닌, 우리가 잊고 있는, 무의식의 어둠 속에서조차 생각나지 않는 세계를 그린 것이기에 그의 기록 문학은 우리에게 이중의 의미를 주는 것이다.

르뽀 문학으로서 『어둠의 자식들』이 우리에게 주는 충격은 기왕의 어느 소설보다 크다. 이 소설의 의미는 아마도 19세기의 소설의 발전과 리얼리즘이 가져다주는 시민 세계의 해부와 비슷한 계기가 될 지도 모른다. 이 소설에 등장하는 인물들은 동시대에 같이 살고 있으면서도 전혀 상상을 불허하는 세계에 살고 있어서 이 소설을 읽는 독자마다 '이런 세계가 있었구나, 내가 함께 살고 있었으면서도 이렇게 모를 수가 있었을까' 하고 감탄을 하였을 것이다.

이 소설의 특징 - 이것이 르뽀 문학의 특징 -으로는 기왕의 문학 작품에서 보이는 센티멘털리즘의 배격이다. 작품의 문학성은 그 속에 사상과 아울러 심미적인 감상주의도 들어 있기 마련이나 르뽀에서는 그런 것이 들어설 자리가 없다. 완벽한 르뽀 그것이 좋은 작품일수록 감상주의가 배격되어야 할 것이다. 기록자가 어떤 사물을 묘사할 때 그것이 사진 기사 이상의 역할을 한다면 그 소임에서 벗어나는 일이다. 르뽀의 소재가 고도의 심미적인 것이 아닌 것에도 그 이유가 있기는 하겠지만 일반적으로 우리가 '기록한다'라는 말에는 일체의 자기 감정을 보류한 상태를 말한다.

그러기에 황석영이 그의 '작가의 말'에서 '이 기록을 정리하면서 몇 번이나 눈물을 흘렸고, 글쓰기도 부끄러워서 못 하겠다고 여러 번 내던지기도 하였'지만 소설 속에서 그의 감정을 비친 적은 없다. 그는 어디까지나 기록자로서 머물렀을 뿐이다. 따라서 르뽀 문학에서의 문학성은 제2차적인 문제이다. 르뽀 문학가는 문학성보다도 역사성에 더 가까운 지도 모른다. 르뽀는 사실을 기록하기 때문이다. 아리스토텔레스는 '역사가는 실제로 일어난 것을 말하고 (……) 역사는 개별적인 것을 말한다' 고 이미 르뽀에 관하여 간접적인 결론을 내리고 있기 때문이다.

르뽀 문학에서 기술하는 사람의 감정 개입이 전혀 들어 있지 않다는 의미로 가장 성공된 작품은 아마도 트루만 캐포트의 『냉혈』을 들 수 있을 것 같다.

1965년에 출판된 논픽션 『냉혈』은 출판하자마자 미국 소설의 새 장르로 등장했다는 평을 들었으며 작가 캐포트의 사건에 대한 치밀한 조사와 인터뷰, FBI의 6천 페이지에 달한 조서, 살인범이나 희생자들의 환경 조사 등 가위 학문의 시대에 새로운 수법으로 씌어진 소설이라 할 수 있다. 그는 소설에 등장하는 인물들의 성격을 치밀하고 아주 객관적으로 묘사하면서도 결코 자신을 드러내지 않으면서 객관적 입장에서 서술하여 시적 상상력을 가미하지 않았다. 그는 『냉혈』을 소설이라 하지 않고 논픽션이라고 붙였을 뿐만 아니라 소설의 부제로서 '살인사건에 대한 정확한 보고서'라고 달았다.

이렇게 객관화시킨 소설 『냉혈』이 앞으로 열릴 르뽀 문학의 효시가 되는지는 아직도 미지수이다. 하나의 소설을 쓰기 위해서는 그것이 논픽션만이 아니라 재래의 전통적인 소설을 쓰는 데도 오늘의 작가들이 감각으로만 쓰는 시기는 이미 지난 듯하다. 많은 자료 수집과 주인공의 직업에 따른 연구가 깊이 있게 다루어졌음을 일반 독자도 알 수 있기 때문이다.

르뽀 문학의 가능성이 그렇다고 해서 무감정, 무조건적인 객관화에만 있는 것 같지는 않다. 현대 르뽀 문학의 시초의 하나라고 할 레마르크의 『서부전선 이상 없다』는 작가가 자기가 체험한 1차 세계 대전을 그저 '보고한다'고 말하고 있지만 실은 그 안에 전쟁의 허무함에 대한 반전 사상이 웅변 이상으로 들어 있다. 개인이 전체에서 벌어지는 놀음에 얼마나 값없이 희생되는가를 그는 '보고'하고 있다.

르뽀 문학은 그 자체가 기록한다는 의미만이 아닌 고발한다는 의미가 더욱 강하다. 그것이 기존의 가공 세계로서의 소설 세계가 지니는 고발보다 더욱 독자들에게 설득력을 지니는 이유는 실제 일어난 일이기 때문이다. 더구나 일상적인 것이 아닌 진기한 사실이라는 것은 사회의 뒷면, 가려진 음지에 관한 것이 그 소재로 택하여지기 때문에 고발성이 더욱 강하다.

그러나 르뽀 문학은 인간의 상상을 뛰어 넘는 현실적 사건이기에 장점도 있으나 늘 깜짝 놀라게 해야 한다는 취약점도 갖고 있다. 주인공이 너무나 특이한 인물일 수밖에 없다는 점이다. 이런 약점에도 불구하고 르뽀 문학은 기존의 허구의 세계로서의 소설문학에 하나의 강력한 라이벌로 등장하고 있다. (『*소설문학*』)

# 제 2 장. 작가작품론

# 작가 심훈의 다른 면
## 심 훈의 「황공의 최후」

심훈의 『상록수』는 우리에게 가장 많이 알려져 있는 작품이긴 하지만 심훈이라는 작가의 생애에 관하여서는 전공하는 사람들 외에는 거의 알려지지 않은 편이다. 그가 다만 『상록수』를 실제의 모델과 짧은 농촌 경험을 통하여 그 당시 가장 한국에 절실한 문제였던 한국의 살길은 농촌 부흥에 있다는, 한국을 해방시키고 한국인을 깨우치려는 한 방법으로 소위 '농촌 계몽 운동'을 주장한 계몽 소설의 작가로만 알려졌을 뿐 한국 문학사에서 의외로 많이 다루어지지 않고 있는 것은 놀라운 일이다.

그가 36세라는 짧은 삶을 살다 간 이유도 있겠지만, 그가 일제 시대에 타계하였고, 식민 통치기관으로부터 위험인물로 간주되어 그에 대한 언급을 회피하였기 때문인지도 모른다. 혹은 그가 관심을 가졌던 분야가 소설, 시, 평론 등 문학뿐만이 아니라 영화, 연극 등 관심 분야가 넓었고, 그의 이른 타계는 한 가지 분야에 많은 성과를 거두기에는 너무 빠른 것이었다고 보는 사람도 있다.

동요 작가 윤극영에 의하면, 그는 1901년 서울 "검은돌(흑석동) 꼭대기에 자리 잡은 사십 칸들이 기와집에서 … 삼백석지기" 지주의 아들로 태어났다. 그의 할아버지는 흰 수염이 거의 배꼽까지 늘어졌으며, 할머니는 미인이었다고 한다. 그는 집안의 막내로서 "거드럭거리기를 좋아하였고 고집이 세었다"고 한다. 그가 부자의 아들로 태어나 귀여움을 독차지하였기 때문인지도 모른다.

무엇보다 그는 일제에 어린 나이로 항거한 저항 시인이기도 하다. 그는 3·1 운동이 일어나기 전에 이미 그 운동에 대해 알고 있었던 증거가 있다. 급우인 윤극영에게 "며칠 안 가서 우리들 앞에 커다란 일이 터져 나올 꺼야. 너는 아직 모르고 있겠지만!"하고 말하였다는 것을 보면 알 수 있다.

이 때 그는 경기 고등학교 전신인 경성 제일 고등 보통 학교 재학 중이었고 3·1 운동이 일어나 적극 참가하였다가 퇴학당하고 일경에 잡혀 1년간 투옥되었다가 중국 항주 지강(之江)대학으로 가서 그는 학업을 계속하였다. 귀국 후에 그의 활동은 사사건건 일제의 검열에 걸려 완수된 때가 드물었다.

그의 이러한 점은 아직 많은 사람에게 알려지지 않았으며 전기조차 없는 형편이다. 독립 운동을 하였다고 해서가 아니라 아직 작가 심훈의 똑똑한 전기 하나 나오지 않았다는 것은 한국 문학 연구에 허점이라고 말할 수 있을 것이다.

「황공(黃公)의 최후」는 그의 많지 않은 단편 가운데 하나이다. 이 작품은 1933년에 썼으나 나중에 개작하여 『신동아』 신년호(1936년)에 발표한 것이다. 여기에 실린 작품은 『신동아』에 실렸던 것이 아니라 초판본으로서 작품성이 더욱 뛰어난 것이다. 필자의 의견으로는 1936년 개작에서는 오히려 쓸데없는 군더더기의 말이 있다고 보고 싶다. 예컨대 소설의 초두에 원고지 약 15매 정도의 내용이 들어 있는데 그것은 실직을 하여 시골로 낙향하였다는 것과 강아지인 황구를 어떻게 얻었다는 것 등이 있다. 거기에다 자기의 가족 관계를 집어넣고 있어 개에 대한 아내의 잔소리, 개를 방안에서 길렀을 때에 방에서 여럿이 지냈다는 것이 나타나 있어 단편으로서의 묘미가 십분 사라진다. 아내의 말도 한두 마디이긴 하지만 너무 과장이 되어 있어 아내의 위치를 깎아내는 듯한 분위기를 만들고 있다.

우리가 이 작품을 읽고 작은 감동을 받는 이유는 작가가 주인공과 그의 개인 "사지"와의 관계를 어떤 소설적인 꾸밈이나 허구성을 갖고 썼다는, 즉 소설적 허구성을 전혀 느낄 수 없다는 점이다. 즉 작가가 정말 있었던 일을 하나도 가필하지 않고 써 내려갔다고 믿을 만큼 그 플롯이 자연스럽게 진행되고 있고 결말을 향하여 가는 극적 상황이 필연성을 가지고 있다.

그러나 물론 자세히 들여다보면 그가 "사지"같은 개를 정말 기르고 있었는지도 모르나 소설의 내용 전개는 소설적 필연과 소도구를 장치하여 놓은 보이지 않는 작가의 배려가 눈에 뜨인다. 우선 개의 이름에서도 작가의 의도가 눈에 띈다. "사지"라는 뜻은 사자라는 음과 거의 동일하다. 특히 책으로 인쇄되어 있는 경우 "사지"와 "사자"는 획 하나 차이로서 처음 읽는 이는 이것이 인쇄에 오자가 아닌가 생각할 정도이다.

> "어이 그 개 대-단허군! 호랭이만 허이 그려."하고 누구나 처음 보는 사람은 혀를 빼물었다. 호랑이 같은 게 아니라 얼굴 바탕이 넓고 두상이 둥글고 이는 써렛발 같은 게 성미만 나면 싯누런 앞 털이 빼죽하게 일어서는 것과 동체가 뭉뚝하게 굵은 대신에 아랫도리가 홀쭉하게 빠른 것이 여불없는 사자였다. 양지쪽에서 낮잠을 자다가 기지개를 켜고 땅을 뒹구는 것을 보면 천연 동물원의 암사자였다. 그래서 나는 그 때부터 "누렁이"하고 부르던 어명을 버리고 "사지"라는 관명을 붙여 주었던 것이다. 사지라는 것도 별다른 큰 뜻을 가지고 있는 것은 아니다.

그는 이 개가 사자처럼 생겼다고 말하면서도 이름을 사자라고 하지 않고 사지라고 한 이유는 어디에 있을까. 그가 사자와 사지를 일부러 구별한 것은, 설명문에서 언제나 '사자'와 '사지'를 구별하고 있는 것을 보아도 알 수 있다. 사자라는 이름은 너무나 공격적이 아닐는지. 이 소설에서 개의 충성심이나 개의 행동은 공격성이 많기보다는 한국적인 개 이름인 누렁이의 이미지가 강하다. 나중에 다시 고쳐 쓴 판에서는 개의 이름을 사지라고 부르기는 하였으나 누렁이라는 이름이 더 많이 나온다.

작가는 누렁이가 점점 고기 맛을 아는, 맹수성으로 변하는 과정을 설득력 있게 묘사하고 있다. 누렁이는 주인도 먹지 못하는 가난 때문에 밥을 잘 얻어먹을 수가 없게 되자, 참새나 쥐를 잡는 것으로 시작하여 결국 닭을 잡고, 돼지를 잡게 된다는 것이다. 더욱이 자기의 먹이를 산으로 가져가 숨기는 방법도 동물의 본능에서 나오는 것이며 여우가 하는 듯이 한다는 것이다.

누렁이가 잡은 닭을 주인인 "내"가 먹는 장면에서 나와 누렁이의 관계의 처연함이라든가, 던져 준 닭뼈를 누렁이가 거들떠보지도 않는다는 것에서 작가는 누렁이가 미물이기는 하지만 분별력이 있고, 더구나 자존심이 강하다는 것을 보여 주어 독자로 하여금 은근한 경외심을 갖도록 한다. 물론 실제의 개가 그러하였는지는 의심스럽다. 이 대목에서 작가가 실제 있었던 일에 작가의 상상력을 불어넣었다는 증명이 되기도 한다. 왜냐 하면 정말 작가가 있었던 경험 세계에서 이러한 일이 일어났다 해도 소설 속에서의 '논리적' 형식으로는 적합하지 않기 때문이다. 소설에서는 가능한 일에 한해서만 묘사할 수 있기 때문이다.

그러나 그렇다고 해도 여기서 주인공인 "내"가 느낀 점은 독자에게 감명을 주는 것이다. "나는 닭의 뼈다귀를 던져 주었다. '사지'는 맡아 볼 생각도 아니 하고 본 체도 아니 하고 고개를 돌렸다. '나는 너처럼 비겁한 놈은 아니다' 하는 듯이 속으로 나를 비웃는 것 같았다." 이후 주인공과 사지의 관계에 틈이 생기고, 사지의 탈선은 속도를 더하는 것이 되어 소설의 구조상 좋은 동기 부여가 되는 것이다.

사지가 "나"의 미친개에게 당하는 위급함을 구하여 주어 다시 신뢰를 회복하는 것과 동시에 동리 사람들이 잡아다 죽이는 것도 단편 소설의 말미에 있는 데누망(결말)을 결정적인 감동과 전기로 하기 위한 고도의 수법으로 보인다. 결말의 비가 오는 가운데 우수에 젖은 것으로 끝맺는 것도 같은 의미이다.

심훈은 단편을 두 편만 남기고 있다. 다른 하나는 「여우목도리」라는 것으로 20장이 안 되는 것이다. 그러나 단 한 편이라고 볼 수 있는 「황공의 최후」는 기교가 눈에 드러나 있지 않으면서도 완벽한 단편 소설이라고 볼 수 있다. 이것은 작가 심훈이 쉬운 대중 소설만 썼다고 생각하여 왔던 기왕의 이미지와는 전혀 다른 면을 보여 주는 것이다. (『**계몽사**』)

# 구약시대와 신약시대를 잇는 매개자 누혜

## - 장용학의 「요한 詩集」 -

보라 내가 내 사자[요한]을 네 앞에 보내리니 저가 네 길을 네 앞에 예비하리라(마 11:10).

문학 작품은 사춘기적 감상으로 읽히는 경우도 있고, 성숙한 독자로서 책 속의 메시지를 발견하면서 무거운 마음으로 괴롭게 읽어가는 것도 있다. 영웅의 일생을 그리어 역사를 좌우하는 갈림길을 헤쳐나가는 주인공에 매료되기도 하고, 타인의 삶과는 아무 상관없는 듯한 개인의 내면의 생활을 나와 비교하며 읽기도 한다. 어떤 때는 영웅의 일생도 아니고, 사치라고 여겨질 만큼 자기만의 내면을 추구하는 작품도 있다. 또는 평화시대가 아닌, 전쟁 속에서의 문학은 인간의 허무와 인간이 이룩하여 놓은 문명과 문화를 저주하는 주문(呪文)이기도 하다.

동족상잔(同族相殘)이라는 전쟁을 겪은 반세기 전의 한국문학은 극한 상황 하에서 인간의 야만성과, 이데올로기라는 허울 아래서 모든 것을 말살하는 남과 북의 전쟁을 겪으며 절망 앞에 선 패배한 인간상을 그리는 것이 대부분이었다.

50년대의 한국 소설문학으로 대표되는 작가들은 대부분 1920년 전후에서부터 30년대 초까지 태어난 사람들로서, 일제하에서는 일본어를 국어로 배우고, 해방 후에는 다시 한글을 국어로 배운 사람들이다. 그들의 시대는 억압과 부자유, 강요와 굴절로 점철되는 암흑기를 살 수 밖에 없었다. 일제시대에 그들은 일황에게 충성을 다할 것을 아침 조회마다 외울 수밖에 없었으며, 청년기에는 남북으로 갈라져 서로 총을 겨눌 수밖에 없었던 '불행한 세대'일 수밖에 없었다. 전쟁 중에는 그가 속한 위치에 따라 자신의 내면을 숨기고 충성을 맹세하지 않을 수 없었으며, 아무 선택권 없이 그들은 그들의 삶을 살 수 밖에 없었다. "나는 따라다녔을 뿐이다. 내가 나의 주인이 되어 나의 앞장을 내가 서서 나의 길을 걸어본 적이 있었던가? 없다! 한번도 없었다." 그들의 삶의 선택은 외부적인 압력에 의해서, 위선의 이데올로기가 강요되었기 때문에, 그들의 인간에 관한 믿음은 불신과 허위, 위선, 가식과 도착된 가치관이었다. 이 시대의 작가들이 창조해 낸 인물은 패배한 인간이며, 허무가 그 기조를 이루고 있는 것은 어쩌면 당연하다고 할 수 있을 것이다. 그들의 모든 주인공들은 같은 형제들이나 되듯이 가치관을 잃고 방황하는 군상들이었다.

아마도 전후 패배한 인간을 그린 한국소설문학의 대표적인 소설가로서는 손창섭과 장용학을 들 수 있을 것이다. 전후에 쓰여진 작품치고 절망하고 있는 주인공이 등장하지 않은 작품은 없겠지만, 이 두 작가들은 인간이 어디까지 파멸할 수 있는지, 인간이 어떤 상황에까지 이를 수 있는지, 인간이 자기 자신을 어디까지 비하 할 수 있는지를 그린 작가들이다.

그들 중에서도 장용학의 단편소설 「요한 詩集」은 문제점을 다룬 수작으로서 특이하다고 할 수 있다. 그러나 그 특이함과 문제성은 이제 점점 잊혀져 가고 있으며 거의 읽히지 않고 있다. 다만 문학을 전공하는 사람들만이 그 이름을 거명할 뿐이다. 또 그는 항상 소설 작품 내에 한자를 고집하여 독자들에게 특이한 인상을 주기도 하였다.

「요한 詩集」은 1955년에 발표되었으며, 작품의 구조는 둘로 나뉘어 있다. 하나는 '나'라는 화자인 동호로서, 아마도 남한 출신인 듯한 인물의 삶에 관한 이야기이고 다른 하나는 동호가 거제도 포로수용소에서 만난 이북 출신 인민군 누혜라는 사람의 이야기이다. 누혜의 서술은 자살하면서 써 놓은 '유서'에서 자신의 이야기를 술회하는 것으로 되어 있다. 이 작품은 작가 장용학이 왕성한 작품활동을 하던 시기의 것이다. 이 시기의 한국의 문예사조는 실존주의를 바탕으로, 인간의 부조리한 상황을 묘사하는데 주조를 이루고 있었다. 이 시기는 한국전쟁이라는 특수한 사정과 일치하여 인간 실존의 문제를 '존재와 無'라는 관점에서 심각하게 생각하는 시기였으며, 이것은 폐허의 잿더미 위에 서 있었던 한국의 지식인에게는 극히 자연스러운 일이기도 하였다.

다른 작가들의 작품도 그렇기는 하지만 특히 장용학이 쓴 대부분의 단편이나 장편에서는 인간의 자기비하를 관념적으로 그리고 있고 다른 작가들 보다 더욱 처절하게 그리고 있다. 누혜의 어머니가 죽은 쥐를 고양이에게서 빼앗아 먹고 생명을 부지하고 있다는 것에서 인간의 기본적인 자존심까지 흔들어 놓은 것을 보여주고 있다.

　그러나 단편「요한 詩集」은 억압된 현실과 잃어버린 자유 가운데서 살고 있기는 하나, 미래의 다가올 시대에는 자유가 도래할 것이며 이 새로운 희망의 시대를 위하여 '나의(그의) 세대'는 복음서의 세례 요한처럼 예수의 길을 예비하고 자신은 희생한다는 메시지를 독자에게 전하려고 토로한 작품이다. 전후 문학작품의 대부분이 그러하듯 요한이라는 막중한 임무를 띤 예언자적인 사명을 지녔으되 앞으로 도래할 새로운 자유의 세계, 새 천지를 기다리면서 기쁘게 자신을 희생한다는 것보다는, 현재의 억눌린 세계의 고통을 더욱 많이 그리고 있다. 독자들은 다만 '요한'이라는 이름으로 인하여 작가의 의도를 알 수 있을 뿐이다. 다른 전후 한국문학 작품에서도 그렇듯이「요한 詩集」에서도 주인공들은 패배한 인간으로서 다가올 시대를 위한 희망적인 내용이 들어 있는 것은 아니다. 또 요한의 역할을 하고 있는 누혜가 독자에게 그런 메시지를 직설적으로 주고 있는 것도 아니다.

　「요한 詩集」은 작가의 다른 작품에서도 흔히 그렇듯이 작품의 첫머리를 우화로 장식하고 있다. 우화는 "일곱 가지 색으로 꾸며진 꽃 같은 집"에서 밖의 세계와 차단된 채 "도무지 불행이라고는 모르고" 살고 있는 토끼가, 실은 일곱 가지 색이 밖으로부터 들어오는 것이며, "이렇게 고운 빛을 흘러들게 하는 저 바깥 세계는 얼마나 아름다운 곳일까"하는 외부세계에 대한 '개안(開眼)'에서, 의식의 '혁명'이 시작되었다는 것이다. 토끼가 천신만고 끝에 그 동굴 속에서 기어 나와 제사를 지내는, '죽은 곳에 돋아난 버섯은', 그의 후예들이 "자유의 버섯"이라고 명명하고는 다른 토끼뿐만 아니라 다람쥐, 노루, 여우 등도 "조금 어려운 일이 생길때면" 이 버섯 앞에서 제사를 지내고 심지어 "호랑이 같은 것들도 덩달아 그 앞에 가서 절"을 한다는 버섯이다. 자유는 독버섯과 같다는 뜻일지도 모른다.

다른 동물들에 비해 호랑이는 육식 동물로 공격성이 강한 야수로서, 이 우화에서는 전쟁이나 약육강식의 대표적인 상징물이라고 생각된다. 초식동물이든, 육식동물이든 자유라는 명제는 누구나 자기 것이라고 자처한다는 은유도 들어 있다. 자기의 세계에 안주하지 않고 문득 자족한 속세에 의문을 던지고 보다 나은 세계를 향하여 피나는 노력을 하다 비록 새로운 세계를 향유하지는 못하였으나 그 동굴을 빠져 나와 죽은 토끼에게서 우선 요한의 이미지를 독자는 발견할 수 있다.

억압된 한 시대가 지날 것이라는 상징은 소설의 첫 문장에서부터 드러난다. "해는 지붕 위에 있었다. 서산에 기울어 버린 햇발이었지만 이렇게 지붕위로 보니 내려앉으려던 황혼은 뒤로 밀려가고 하늘이 도로 밝아 오르는 것 같다." 이미 지고 있는 시대, 이미 하루의 일과를 끝낸 해이다. 그러나 이 해는 다시 서쪽에서 오르는 것 같은 불안감도 있다. 주인공 '나' (동호)는 이미 '섬' - 포로 수용소였던 거제도에서 나와, 같은 포로였던 친구의 어머니를 찾기 위해 언덕 위에 다닥다닥 붙어 있는 '하꼬방'을 눈앞에 두고 시간의 흐름과 역사의 발전이란 무엇인가를 생각하는 동안, 그의 현실인 비행기 소리에 놀라 "엉겁결에 그늘을 찾으려고" 하는 것을 보면 그에게 아직도 전쟁의 상흔은 역력히 남아 있다.

이러한 '나'의 시대에 희망과 동경이라고는 없다. "수평선 저쪽은 실상 아무 것도 없는 無를 반주하고 있다". "그 저쪽에 뭐가 있다는 말인가. 여기와 같은 언덕이 질펀하게 경사를 이루고 있을 뿐이 아니겠는가? 거기서는 또 누가 이리를 그리워하고 있을 것이 아닌가. 같은 하늘 아래서 이 무슨 시늉인가..." 그리움이 메마른 시대에는 절망밖에 없다. 지금 '진리'를 찾는다고 "애매한 제스처"를 부리기보다는 차라리 "그 진리를 버려야 한다. 그런 제스처 때문에 이 공기가 얼마나 흐려졌는"가를 알아야 한다는 것이다. 이데올로기의 애매한 진리는 버려야 한다. "오늘은 끝난 오늘로서 아주 결단을 내 버려야 한다. 내일 아침이 올지 말지 아무도 모르는" 것이다.

아이스크림을 먹다 끌리어 소위 의용군으로 끌려간 동호는 거제도 포로

수용소에서 이 소설의 주인공인 누혜를 만난다. 누혜는 이북 출신으로 사고의 틀은 거의 '나'와 비슷한 것을 알 수 있다. 모든 존재에 회의를 품고, 모든 가치관에 무가치함을 깨닫고, 어디서나 편가르는데 질식하는 것이다. 누혜의 의식세계는 직설적으로 설명하지 않고 그의 '유서'에 의해 설명되고 있다. 그의 유서는 "유서라기보다는 일종의 수기"의 형식을 띠어 누혜의 생과 사상을 설명하고 있다.

　세계가 모두 "이름으로 이루어진 것"에 누혜가 놀라고 있는 것은 소위 철학에서 말하는 유명론(唯名論) 혹은 명목론를 말하는 것이다. 장용학의 소설의 기조는 관념주의가 흐르고 있어 유명론을 철저히 부인한다. 모든 사물은 이름을 지니고 있어, 이 이름이라는 것이 문자 그대로의 의미를 순수하게 지니고 있다기 보다는 허위에 차 있는 "가짜"라는 회의가 작가의 철학에 배태되어 있다. 이것은 그의 소설미학에 가장 두드러진 모습이다. 그는 종교도 부인하고, 사회의 모든 인습으로 붙여진 이름도 부인한다. 이것은 그가 겪은 삶의 과정중 아름다운 이름 아래서 오히려 문화를 파괴하는 것을 체험하였기 때문이다. 유명 혹은 명목에 대한 철저한 부인은 다른 단편들, 「비인탄생(非人誕生)」, 「현대의 야(現代의 野)」, 「상립신화(喪笠神話)」에서 더욱 확실하게 드러난다. 「요한 詩集」에서 작가는 그 예를 이렇게 들고 있다. 누혜는 "인민의 벗"이 되려고 공산당에 입당하였으나 "인민은 거기에 없고" 죽이는 것만 있었다. 또한 유명론과 함께 모든 것을 분류하여 사물을 나누는 것을 발견한다. 사물이 '유화(類化)'되어 어느 곳에 속하게 되는 것을 알게 된다. 이 나눔이란 독립적 개체를 허락하지 않고 어디에나 류 혹은 종에 종속되어 있다는 것을 뜻한다. 종속이란 부자유를 의미한다.

　그는 기존의 인습과 기존의 사회적 제도도 부정한다. "학교는 죄의 집이었다. 벌에서 죄를 배웠다." 중학생이 되어 천여 명의 학생들의 옷에 모두가 똑 같이 단추가 다섯이 달려 있으며 주위를 살펴보면 주위는 그런 무서운 사실 투성이라는 것에 놀란다. 자라면서 사회구조가 획일적인 구조로 된 것에 무서움을 느끼는 것이다.

어느 날 "저 언덕 묘심사의 소나무들이 이리로 움직여 오고 있는 것"을 보며 몸서리를 친다. "기겁을 먹고 나[누혜]는 벽 그늘로 숨었다. 혁명은 드디어 일어났다. 나는 어느 편에 가담해야 할 것인가." (숲이 움직인다는 모티브는 아마도 셰익스피어의 「멕베드」에서 인용한 것으로 생각되나 세계의 변고를 예시하는 의미로 사용하고 있다.) 결국 누혜는 인민군으로 전쟁에 참여하여 포로가 된 것이다.

"인민의 영웅"인 누혜는 포로수용소의 좌우익 싸움의 소용돌이에서 어떤 편에 들 것을 강요당한다. 그의 편가르기에 가담여부는 잔인한 죽음 이상의 형벌을 의미한다. "아무리 악하고 미워서 견딜 수 없는 적이라 해도 죽음 이상의 벌을 주지 못하는 것이 인간이다! 아무리 독하고 악한 사람이라고 해도 죽음 이상의 벌을 받지 않는 것이 인간이다. 그렇게 되어 있는 것이 인간이라는 이름이다. 이것은 인간이 가질 수 있는 인간에 대한 마지막 신앙이다! .. 그런데 거기서는 시체에서 팔다리를 뜯어내고 눈을 뽑고, 귀, 코를 도려냈다. 아니면 바위를 쳐서 으깨어 버렸다. 그리고 그것을 들어서 변소에 갖다 처 넣었다. 사상의 이름으로. 계급의 이름으로. 인민이라는 이름으로." 누혜는 이미 중학생 때부터 편가르기에, 경계를 긋고 나누는 것에 부자유를 느꼈다. 중학생인 그의 "소매 끝에와 모자에는 흰 두 줄이 둘렀다. 그 줄 저쪽으로 나서면 안 된다는 것이다." 그러나 누혜는 어느 편에 들기를 거부한다. 그는 어느 편에 들기보다는 자유를 위하여, 자유의 노예가 된 자기를 버리고, 자유, "그 뒤에 올 그 무슨 '진자(眞者)'를 위하여 길을 외치는 예언자, 그 신발 끈을 매어주고, 칼에 맞아 길가에 쓰러질 요한"이 되기로 한 것이다. 그가 택한 죽음의 장소는 세계를 둘로 갈라놓은 포로수용소의 철조망이었다. 이 철조망은 자유의 세계와 억압의 세계의 경계이며, 악으로 갚는 구약의 세계와 사랑과 평화와 온유함이 있는 신약의 세계를 가르면서도 잇고 있는 장소이다.

그러나 작가가 이 소설에서 표현하고 있는 것은 누혜, 즉 별명으로 누에라고 부르는, 죽으면서 변신하여 비단실을 만들고 있는 예언자이며 희생자이기도 한 누에 - 요한을 나타내는 것은 성공하였다고는 볼 수 없다. 누혜의 삶은 요한처럼, 도래할 유토피아를 철저히 준비한 것은 아니다. 다만 '나의 세대는 요한의 세대'라는 메시지만 전달할 뿐이었다. 세례 요한이라기보다는 철저히 패배한 인물로 나타나 있다. 누혜는 미래의 구세주, 세상을 심판하고 의의 나라를 만들고, 자유의 향유를 누리게 할 메시아에게 세례를 주지는 못하였기 때문이다. 더욱이 이 소설에서는 메시아가 나타나 있지도 않다. 동호가 그런 위치의 인물 설정으로 가능하지만, 그도 역시 철저히 패배하여 다시는 일어설 수 없는 인물로 되어 있다.

"지금 르네상스의 후예들이 자기들이 칠하고 칠한 근대화 도료를 긁어 벗기는 데에 여념이 없다. 원색을 골라내는" 일에 몰두하고 있는 것이다. 이것은 르네상스 이래 우리가 쌓아 온 휴머니즘을 말살하고 있다는 뜻이다. 중세의 어두움을 헤치고 밝은 빛을 찾아 '원색'으로 인간의 아름다움과 인간의 찬란한 본성을 찾아 이룩하여 놓은 저 유명한 인간의 형상을 그린 그림들은 스스로 퇴색하고 있는 것이 아니라 우리 시대에 와서 그림의 "도료를 긁어내는" 전쟁으로, 인간 상호간의 불신과 멸시로, 인간본위의 사상은 도륙을 당하고 있는 것이다. 그래서 미래인 "내일 아침 신문을 팔지 못해 하는" 어린 소리가 들리고, "이 낭비의 20세기를 까마귀는 저 마른 나뭇가지 위에서 저렇게 황혼을 울고 있는" 것이다.

작가는 자신의 세대가 이 암울한 시대의 증인이며, 고통 받는 선지자로 자처하고, 미래세계를 위하여 거름이 될, 과거에도 속하지 않고 미래에는 더더욱 속하지 않는 고통받는 과도기적 세대라는 생각 아래 쓴 작품이 「요한 詩集」이다. 이 작품은 한국전쟁문학의 대표작은 아니라고 할지라도 우리가 잊어서는 안 될 필독서로 기억해야 할 것이다. 또 비록 요한의 사명이 확실하게 나타나 있지 않더라도 요한이라는 이름 하나를 들려줌으로서 충분히 메시지를 전한 것이라고 생각된다. (『소설과 사상』)

# 장용학의 「風物考」
## - 요한의 형제인가 후손인가? -

　오랜만에 읽은 **張龍鶴**의 「**風物考**」는 50년대 말의 그의 소설들을 생각하도록 한다. 6.25사변이 일어난 달이기에 각 문예지에 그 특집이 실려 있기도 하지만, 전후문학에 비중을 차지하였던 작가들을 가끔 대할 때마다 그 첫 인상을 지울 수가 없다. 첫 인상이라야 아무 것도 모르고 문예지를 닥치는 대로 읽던 고등학교 시절이었으니 그 뜻을 제대로 알 수 없었겠지만, 무엇보다 장용학의 소설들은 어려웠다. 문장도 그렇거니와 어려운 한문이 섞여 있고 그의 주인공들은 철학적 사변을 말하는 것이었다.

　「풍물고」를 읽기 시작하면서 계속되는 의문은 그의 단편 「**요한 시집**」의 누혜와 얼마나, 어떻게 달라진 인물이 나타날까 하는 것이었다. 「요한 시집」은 한국 전후의 문제작으로 꼽히었고, 또 그 제목 '요한'의 뜻과 주인공의 이름 누혜(누에)가 시사하는 바가 컸기 때문에 고등학교 문예반에서 심심치 않게 이야기된 인물이었다. 포로수용소의 철조망에 목을 맨 누혜는 우리들에게 크나큰 상징으로 보였다. 구속과 자유를 가르는 철조망의 경계, 신약세계와 구약세계를 가르는 요한의 역할 - 장용학은 자기 세대를 요한의 역할로 보고 그 다음 세대인 우리들에게 자유를 주기 위한, 그리스도를 예비하기 위한 희생의 제물로 산화한 세대라고 보았었다. 누에는 죽으면서 우리에게 비단을 남기도록 그는 소설을 구성하였었다. 물론 그 희망은 「요한 시집」속에 아주 작고 희미하게 나타나 있다. 그러나 제목이 시사하는 〈요한〉한 가지만으로도 우리는 희망차 있었고 그 번제(燔祭)를 경이로운 마음과 또한 기쁜 마음으로 받아들였다. 요한은 요한이 아니라 바로 그리스도라고 결론 짓곤 하였다.

　「풍물고」의 주인공 건일은 어려운 한문도 쓰지 않고, 사변적이지도 않다. 그러나 또한 그는 요한의 다음에 오는 메시아는 아니었다. 요한의 동일선상에 있는 같은 유의 인물로서 누에와 형제간이라고 볼 수 있다. 앞으로 올 자유인을 예비하기 위하여 죽어가는 패배한 인물이다. 이 중편소설에서 장용학은 한 가족의 몰락을 통하여 근대화 하여가는 과정에서 한국의 어두운 면을 그리고 있다. 「요한 시집」의 누혜가 좌우의 이데올로기의 헛된 망령 앞에서 희생된 제물이 되었다면 건일은 부조리와 양심이 무디어진 삶에 반항하다 희생된다. 그의 집의 몰락은 아버지의 실직에도 원인이 있기는 하지만 근대화 바람에 뚫리는 4차선의 도로 때문이다. 동생 건식이가 "난 근대화가 좋단 말이야"하고 외치듯이 그의 가족은 두 쪽으로 갈라진다. 근대화의 화려한 껍데기만 보고 허영에 들뜬 건식과 하주, 삶의 패배를 이미 느낀 어머니. 건일. 여주.

장용학의 소설에는 어머니의 죽음이 많이 나오는데, 특히 「요한 시집」과 이번에 발표한 「풍물고」에서는 아들이 교살하는 것이 특징이다. 전자에서는 누혜의 어머니를 동호가 죽이긴 하지만, 어머니라고 부르고 자신을 누혜인 양 말한다. 여기서는 어머니에게 수면제를 사다주어 생을 끊도록 도와준다. 아들이 어머니의 죽음에 대한 소망을 들어준다는 것이 웬만한 설득력이 없으면 독자에게 납득하기 어렵지만, 플롯의 구성은 그것을 인정하도록 짜여져 있다. 건일 일가의 비극적 종말이 오기까지는 여러 차례에 걸쳐 희망이 보이고 있다. 그러나 그 희망이란 현실과의 타협에 의한 것이다. 학교에서 데모로 인한 정학을 해제할 때 '전비를 뉘우친다는 서약서'를 거부한다던가, 영등포에서 식품점을 건식이가 맡았을 때도 희망이 있는 듯하다. 그러나 그때마다 작가는 그 희망을 빼앗아버린다. 패배한 인간을 그리려는 그의 덫에 주인공들은 언제나 걸려버리는 것이다. 이런 희망과 좌절은 그의 소설 어디에나 나타난다. 결국 누혜도 건일도 아직 이루지 못한 자유를 얻기 전의 과도기적인 패배한 인간이다. 과도기적 인물을 작가가 전생애를 걸쳐 주인공으로 등장시킨다고 해서 나쁠 것은 없다. 독자들은 누혜의 죽음과 처참한 살육을 진정한 자유를 영접하는 요한으로서, 구속과 해방을 가름하는 분기점으로서, 분단에서 통일을 암시하는 예언자로서, 이상향을 가져다줄 메시아에의 선지자로서 보았었다. 그러나 아직은 통일도, 자유도, 이상향도 없다. 그러기에 누혜의 분신인 건일이 등장한 것이다. 누혜가 등장한 것은 꼭 30년 전의 일이다. 한 세대가 지나는 세월 속에서도 장용학의 주인공들은 아무 변화가 없다. 전쟁의 비극은 우리만이 짊어지고 후대인 너희들을 위한 길을 예비하기 위하여 우리는 살로메 앞에 목을 바친다는 비장한 각오로 누혜는 죽은 시신조차도 처참하게 잘려 나갔으나 비극은 아직도 계속되고 있는 것이다.

비록 전쟁은 휴전 상태로 있으나 "이 사회가 실은 밀림의 논리와 윤리에 의해 지탱되고 있다"고 건일은 생각한다. 사회의 부패는 집안까지 오염시켜 건식뿐만 아니라 하주와 건수까지도 사회의 삶의 양식을 따른다. 모두가 마음에 병이 들어 있다. 장용학의 소설에는 병의 모티프가 언제나 등장하는데 건일이의 관절염, 어머니의 복막염 등 육체의 병을 첨부시켜 삶의 고뇌를 더욱 가중하게 한다. 어머니의 병은 「喪笠新話」에서도 주요 모티프로 나오고 있다. 그러나 더욱 중요한 역할을 하는 것은 마음의 병이다. 희숙과의 작은 에피소드를 통하여 사회적 병리를 독자에게 한번 알려준다. 건식이의 바로잡았던 마음도 옛 동리의 친구가 보여준 허영심 때문이었다. "요지경"같은 세상이 그를 그렇게 만든 것이다. 이런 오염된 환경에서 거부의 몸짓으로 발버둥치는 사람이 건일이다. 여기에 순결한 이미지를 지닌 여주가 있지만 너무나 약하다. 건일이 여주를 목 조르는 장면은 동호가 누혜의 모친을 살해하는 것과는 아주 다른 분위기를 만든다. 여주만은 추악한 세상이라 할지라도 살려두었으면 하는 바람이 있으나, 소설의 효과로서는 여주의 죽는 장면이야말로 독자에게 가장 애련과 공포를 일으키게 하는 곳이라 여겨진다.

장용학이 이 소설에서 보여주고자 하는 것은 이 "추잡하고 불결한" 세상이 "그래도 그 정도로 유지되어 있는 데에는 저러한 미련한 풍물의 힘도 얼마쯤 보탬이" 되고 있다는 믿음이다. 「요한 시집」의 제목이 시사하는 커다란 의미와는 달리, 여기서는 한 가정의 몰락을 그려놓고, 단순히 「풍물고」라고 써 놓은 것은 젊은 때의 높기만 하였던 이상주의가 이젠 현실로 좀더 가까이 온 듯하다.

건일은 결국 요한과 같은 인물이다. 누혜는 아직도 비단실을 짜고 있지

는 않은 것이다. 우리에게는 아직도 유토피아는 멀고, 메시아는 그 모습을
드러내지 않고 있다. 장용학은 계속 요한의 형제들만 만들어 낼 것이다.
(『현대문학』)

# 이데올로기 시대의 지식인의 삶
## - 최인훈의 단편고찰 -

　전후(前後) 작가 가운데 최인훈만큼 논위되는 작가도 드물 것 같다. 그 이유야 여러 가지 있겠지만 무엇보다 그가 이제까지 써 온 작품은 이상과 현실 사이의 괴리감, 집단과 개인과의 괴리감, 이상향이라는 거짓 껍데기를 쓴 이데올로기 - 그것이 공산주의든 자본주의이든 - 사이의 괴리감을 지식인으로 어렵게 살아 나가는 전형을 만들어 왔기 때문이다. 그러나 다른 전후 작가들이 만들어 낸 주인공들이 극한 상황에서 인간을 저주한 것과는 달리 그가 만들어 낸 주인공들은 고독한 가운데 아무리 절망적인 현실, 저주할 인간 조건 아래 있을지라도 체념이 아니라, 지성으로 현실과 운명을 넘어서려는 끊임없는 노력을 하고 있다. 그 노력은 행동으로 나타내기보다는 관념적인 것으로 머무르는 경우가 더 많다. 그들은 현실을 완강하게 거부하여 엎어 버리는 것도 아니요 그렇다고 현실에 질질 끌려 다니는 허약한 지식인도 아니다. 그의 소설 속의 주인공들은 보수주의와 혁명의 중간인 개혁자(Reformer)라고 볼 수 있다.

　『소설가 구보 씨(丘甫氏)의 1일』은 연작 소설 중의 첫 세 편이다. 원래가 15편으로 되어 있는 이 단편들은 하나하나가 독립되어 있는 단편이어서 어느 것을 읽어도 좋을 만큼 테마 별로 나누어져 있다. 주인공은 모든 단편에서 구보이다. 우선 소설의 제목부터 심상치 않다. 이미 1930년대 「소설가 구보 씨(仇甫氏)의 하루」라는 소설이 나온 바 있다. 그 이름은 한자 표기만이 구보(仇甫)와 구보(丘甫)로 다를 뿐이다. 구보(仇甫)는 실제의 소설가의 호(號)로서 그는 자신의 하루를 있는 그대로 그렸었다. 같은 이름의 소설들이 갖는 의미를 비교해 보아 작가가 의도한 것이 무엇인지, 혹은 작가가 무의식으로 사용한 소설명에 그가 생각한 것보다 더 깊은 뜻이 있는지 밝혀 보아야겠지만 「소설가 구보 씨의 하루」는 우선 명백한 것이 일제 시대의 지식인으로서의 소설가 구보와 소위 '남북조 시대'(그의 단편 제목 중의 하나이다)의 지식인의 갈등이 무엇인가를 비교 검토해 보는 것도 좋은 논제가 될 것이다. 여기는 그 둘을 비교할 자리가 아닐 것이다.

「느릅나무가 있는 풍경」은 무상한 하루를 나타낸 것처럼 보인다. 이른 아침에 까치 소리, 대학에서의 강연, 잡지사에서 현상 모집 소설을 추려 주고, 노 시인의 출판 기념회에 참석하는 - 지극히 평범한 하루를 나타내고 있다. 그러나 이 평범 속에 언뜻 알아보기 힘든 소설가 구보의 의식 세계가 담겨 있다.

우선 까치 울음에 대한 기쁜 소식이란 반가움과 그것이 한낱 미신적인 것이라고 생각하는 과학적인 '나'와의 모순, 과학적인 것과 토속적인 것을 아주 사소한 것에까지 구별하려고 드는 자신에 대한 엷은 실망감에서 오는 슬픔, 그는 "진실이란 병에 걸려" 있는 '나'이다. 그러나 소설가 구보의 참을 추구하려는 노력과 행동이 번번이 "그만 하자" 하는 동양적 · 한국적 지식인의 행동 양식의 전형으로 된다. 이것이 독자가 느끼게 되는 한국 지식인의 모형으로서의 소설가 구보이다. 오딧세우스나 오셀로와는 다른 처용의 모습을 갖고 있다. 끝까지 추구하여 물고 늘어지는 근성이 아니라 마주 다가오는 문제를 추구하고 내용을 파악하고는 다시 우회하여 싸움 없이 넘겨 버리려는 한국인의 전형인 것이다. 구보의 참에의 추구와 현실과의 관계가 현실에서 결국은 소극적인 조심성으로 빠지는 것은 그의 내면의 독백에서도 알 수 있다. 정의에 대한 독백에서 그는 "할 수 있는 테두리에서의 정의를. 그런 정의가 무서운 정의다. 나머지 정의는 시(詩)에서 위안 받는 길밖에 없다. 칼 빛에 어울리는 안개 - 그게 시다. 칼이 없는 시도 가짜고, 시가 없는 칼도 가짜다." 소설가 구보의 현실과 문학과의 관계를 명쾌히 이야기하고 있는 곳이다. 구보는 현실 속에서 정의 혹은 이상을 어느 정도까지 실현시킨다는 것이 명확히 나타나 있고, 현실에서의 불가능한 점은, 혹은 보다 이상적인 세계상은 시에서 그것을 나타내어 미래에 실현시키려는 꿈으로 간직하도록 하자는 것이다. 최인훈 문학이 참여도 아니요, 순수도 아닌 이상주의적 경향을 띤 작품이 되는 이유도 바로 시와 칼의 조화를 문학의 이상으로 삼기 때문이다. 이 조화에 에네르기의 근원이 되는 것이 "어질머리"와의 내면적 싸움이다. 구보가 어질머리를 생각하게 하는 촉매물로서 느릅나무가 등장한다. 그러니까 느릅나무는 한국 전쟁을 떠오르게 하고 삶이란 어질머리라는 것, 소설가 구보에게 이 "어질머리라는 누에집을 풀어서 그것이 대체 어떤 까닭으로 그렇게 얽혔는가를 알아"보려고 그는 소설을 쓴다. 다른 사람들은 일상의 사슬에 매이거나 누에고치 속에 들어앉아 버리지만 구보는 "자기 집을 헐고 자기 껍질을 벗겨서 따져 보는" 강한 자기 성찰의 인물이다.

「창경원에서」는 구보가 여러 동물들을 보면서 삶의 형(型)을 자유 분방하게 비교 대비하는 이야기이다. 그러나 중요한 것은 사자가 안중근 혹은 전봉준과 닮았다던가, 우리에 갇힌 동물들이 창살 한 번 흔들어 보지 안는다던가가 아니라, 문득 연못 위에 뜬 쓰레기를 보고 흐르는 생각의 상념과 그 연쇄적인 생각의 틀이다. 사회란 깨끗한 것도 더러운 것도 있으며 그 결정은 "재수 없는 제비에 걸리기" 때문이다. 산다는 것은 바로 이런 제비 뽑기인데 사회 정의란 "제비뽑기에서 속임수를 없애는 것. 불행의 제비에 대한 위험율을 고르게 하는 것"이다. 나쁜 역할을 맡게 된 사람들에게 "좋은 제비를 뽑은 사람들이 먹이고, 입히고, 가르칠 것"을 정의라고 한다. 시인의 역할이 바로 이런 정의를 지키지 않는 자에게 고래고래 소리를 지르고 무당이 부정(不淨)을 알아 내 귀신 몰아내듯 "시원한 살풀이"를 하는 것이라고 생각한다. 「느릅나무」에서도 시인이 무당의 역할임을 이야기하고 있지만 이 작품에서도 시민의 사회적 사명을 굿으로 비유해 말하며 시원하게 굿을 못 하고 있는 심정을 토로한다. 그러나 나와 있는 점괘를 적어도 속여서는 안 된다고 한다. 소설가 구보는 여기서 정의로운 사회와 균등한 분배를 이상적 사회로 본다. 그가 생각하는 사회는 깨끗하기가 "호텔의 수세식 변소"같기만 바라는 것은 아니다. 사회의 더러움, 불균등을 알고 그것을 그 나름의 정의라는 이름 아래서 개선되기를 바라고 있다.

소설가 구보는 문득 동물원에서 인간이 동물로 가장한 회중의 무리를 본다. 이 사회는 비록 인간들이 살고 있지만 저마다 안에서는 여러 동물의 상을 갖고 살고있는 동물원인 것이다. 그는 창경원을 우리 사회로 압축시켜서 보고있다.

「이 강산(江山) 흘러가는 피난민들아」에서 구보는 혁명, 민주주의, 민중에 대하여 이야기하고 있다. 구보 씨의 옛 친구로서 지금은 대학 도서관 사서로 있는 김학구는 족보학(族譜學)에서 얻은 지식으로 지배 계급의 부침이 보여 주듯이 사대부 중심의 지배층 위주의 사관을 갖고 있다. 구보는 김학구의 비관적이고 회의적인 정치 질서에 대하여 이상적이고 낙관적인 민주 정치를 이야기한다. 그것은 분파를 허락하고, "혁명의 과학 대신에 혁명의 전설"이 들어설 때, 전설의 영웅상이 들어설 때 독재가 들어서게 된다는 것이다.

위의 세 단편에서 보면 이미 독자가 간파할 수 있듯이 소설가의 하루가 아니라 난세(亂世)를 살아가고 있는 예술가의 여러 가지 느낌을 진솔하게 소설로 꾸며 놓은 것이다. 이것은 작가의 의식 세계를 거의 그대로 적어 놓은 것이라 생각된다. 심지어 등장인물들의 이름이나 지명(地名)조차 비록 조금씩 변경하기는 하였으나 문단 주변에 있는 사람이면 알아볼 수 있게 되어 있다.

한 소설가의 일상적 삶이 우리의 흥미를 끌고 있는 것은 그가 무엇을 하며 살고 있다는 흥미로움이 아니라, 그가 무엇을 생각하며 살고 있다는 것을 보여 주는 점이다. 이 소설이 거의 일기와 같은 형식을 띠우고 있지만 역시 소설인 까닭에 주인공 구보가 살고 있는 전후(戰後)의 세계와 세태, 그의 의식 속에 흐르는 지식인으로서의 사회·정치·문화에 대한 관점이 적나라하게 보인다. 마치 내시경으로 그의 속마음과 생각을 보듯이, 흐르다가 끊어지고 끊어졌다가는 다시 이어지는 상념과 강한 자의식을 읽으면 조금씩 지루함과 놀라움이 함께 어울려 역시 일상적인 삶을 사는 우리와는 다른 삶을 사는구나 하고 느낄 것이다. (**계몽사**)

# 거울에 비친 우리의 모습들
## 유현종의 단편소설 「먹쇠전」 외

작가 유현종은 퍽 활발한 작품 활동을 하며 특히 그가 역사 소설에서 보여 주는 역사의식은 문학성과 아울러, 목소리만 높이고 문학성이 적은 현실참여 작가와는 다르다. 이른바 역사의 투시주의라는 것을 학생들에게 설명할 때에 나는 그의 『들불』을 모범적 예로 들고 있다. 또 아리스토텔레스의 「시학(詩學)」을 설명할 때에도 역사적 사실과 그 속에 있는 개연성(역사 소설)을 설명할 때에도 좋은 예로 사용할 수 있다.

「먹쇠전(傳)」은 가벼운 내용이기는 하지만 그 가운데 해학과 풍자가 들어 있다. 먹쇠를 설명하는 대목이 이미 사설조다. "천애 고아고, 혈혈단신이요, 창파 만경에 뜬 일엽 편주의 몸"이라고 말하여 주인공이나 이 소설의 내용의 진지함 대신 한국 옛날 소설의 전통 위에 주인공을 세워 놓고 있다. 먹쇠가 예수꾼의 예수라는 뜻도 모르고 포졸에게 잡혀가는 장면이라든가 여신도를 잡아가는 장면의 코믹한 점은 역시 옛날 소설과 비슷하다.

관료에 대한 풍자는 동헌 뒤의 창고에서 압수품을 정리하는 장면에 잘 나타난다. 포졸은 포졸대로, 서리(書吏)는 서리대로, 낭청은 낭청대로 백성들의 재산을 수탈하는 것이다. 그 위에 사또도 역시 마찬가지이다. 그러면서도 "부정 근절, 기강 쇄신"이 거침없이 나오고, "나라에서는 일로 자심해 가는 부정부패를 근절하고 기강 쇄신, 부정의 발본색원을 위해 심혈을 기울이고 있는 이 때"하고 말한다. 여기서 서리가 사용하고 있는 언어는 그 시대의 언어와 맞지 않고 오늘 우리가 쓰고 있는 낱말을 사용한 이유를 독자는 생각해 볼 일이다.

그러나 썩은 관리들과 함께 예수꾼도 함께 썩었다는 것은 비약이 아닐까. 예수꾼이라고 이상적 인간일 리야 없겠고 또 그들이 예수꾼이 된 지도 얼마 안 되었으니까 — 예컨데 그들은 기도하는 법도 잘 모르고 선교사를 무당 정도로 알고 있다 — 종교적 성스러움이 이룩되지는 않았겠지만 먹쇠를 예수꾼으로 만들어 선교사 대신 목을 바치는 것은 소설의 논리에 어긋난다. 그러나 작가가 이것을 모르고 있는 것은 아니다. 작가는 소설의 처음부터 끝까지의 분위기를 옛 소설의 장점인 해학과 그로테스크를 섞어 만들어 오늘의 관리와 기독교인을 풍자한 것이 아닐까. 노신의 「아Q정전」을 생각하게 하는 작품이다.

「뜻있을 수 없는 이 돌멩이」는 비무장 지대 앞에서 근무하는 사병 '내'가 철조망을 통하여 비무장 지대 안에 있는 돌멩이에 의미를 부여하는 이야기다. 요즈음 휴전선에는 철책이 개미 한 마리 넘나들지 못하도록 둘러쳐져 있어 의문을 갖는 독자도 있겠지만 전에는 엉성한 철조망에 가끔 저쪽의 병사와 이야기를 나눌 때도 있었다.

주인공 '나'의 돌멩이는 소설 제목처럼 뜻이 없을 수도 있다. 그러나 시인은 뜻 없고 무의미한 것에 의미를 붙이는 사람이다. 이북 출신의 '나'의 기이한 행동은 아무도 이해할 수 없으며 이해시키려고도 않는다. 정신병자로 취급되며 애인인 애영이까지도 그렇다. 분단된 한국의 슬픔을 '나' 혼자 앓고 있는 것이다. 마지막 장면에 애영에게 그 돌멩이를 전할 때에 그녀는 조금쯤 이해했는지도 모른다.

「거인(巨人)」은 소시민의 영웅적 행동을 표현한 소설로 단편 소설의 전형적 형태를 갖추고 있다. 주인공 서문돌(西門乭) —— 그 이름의 의미가 이미 주인공의 역할을 말하고 있다. 서쪽 문의 돌 ——은 자기의 직무를 충실히 하고 있던 기관차 운전사로서 그의 생활신조와는 달리 부정 공무원이라는 누명을 쓰고 철도국에서 해고되었다. 오히려 부정을 자행하는 황 조역은 그 사회에서 출세 가도를 달리고 있으나 깨끗한 생활의 충실한 공무원이 직장을 떠나는 것이다. 소설에서의 이런 패턴은 늘 반복되는 사건의 유형이다. 옛날의 서사시에서는 영웅이 등장하여 평범한 사람으로서는 행할 수 없는 행위들 —— 힘이 장사라든가, 용맹스럽다던가, 정치력이 있다던가 하는 사람을 보이고 그 급속한 파멸을 바로 그 행위들 때문에 일어나게 하는 것 ——을 보여 주지만 소시민의 세계에서는 패배한 일상인을 그리고 평범한 사람의 용기 있는 행위를 보여 주는 것이 리얼리즘 이후의 소설이다.

서문돌의 가난한 생활은 독자에게 더욱 연민의 정과 또한 의로운 가난을 불러일으키도록 장치해 놓고 있는데, 그것은 함께 해고당한 다른 사람들은 황 조역에게 와서 하루 품삯의 일이나마 얻으려고 하지만 그는 그것을 말없이 거부하고 있는 점이다. 이것은 결국 서문돌로 하여금 102 열차를 끌게 하려는 계기가 된다.

이 열차를 운전하고 가면서 서문돌이 지난날의 사건을 회상하는 것으로 소설의 대부분이 짜여져 있다. 옛날의 사건이 복잡하고 풀기 어려워질수록 열차는 언덕 위를 힘겹게 오르고 무엇인가 보이지 않는 작용에 의해서 사건이 오리무중일 때 열차는 어두운 터널 속으로 들어간다. 그가 생각 중에 "분했어, 분했어!"하고 소리를 지르기도 하고, "더러워서" 하고 마음속의 울분을 토할 때 기관차 내부의 고장은 일어나기 시작한다. 작가는 의도적으로 열차의 운행과 서문돌의 심리를 일치시키고 있는 것이다. 그리고 그의 가슴이 가장 격정적이었을 때 긴 터널 속으로 기관차를 집어넣고 기관의 고장 - 피스톤의 고장을 일으키게 한다. 서문돌의 심장과 열차의 피스톤은 기능적인 구조까지도 같다. 이 고장과 함께 서문돌의 책임감과 희생정신은 영웅적 행위를 가져오게 한다. 서문돌의 고장 난 다음의 후속 조치는 흥분된 상태임에도 아주 이성적이다(예컨대 맨 뒷간부터 열차에서 내려 줄 것을 승객에게 알려 준다.) 승객의 안전을 위해서 앞에서 오는 급행 열차에 자신을 산화시키는 것은 역시 서쪽 문을 받치는 돌의 역할이다. 더욱 상징으로 해석한다면 오늘의 몰락한 (서쪽, 해가 지는 방향) 우리의 문화에 버팀이 되는 돌이라고 생각하여도 되지 않을까. 다른 한편, 하나의 영웅을 만들기 위하여 과장법이 지나친 점도 있다. 그리고 주위의 보조 인물들을 너무 부정적인 측면으로 부각시키고 있기도 하다. 기관 조사 이(李)와 김(金)에 대한 묘사도 그렇다.

「巨人」을 다른 면으로 본다면 기관차의 진행이 인생의 진행이라는 비유라고도 볼 수 있다. 역마다 다른 풍경이 보이고 진행함에 따라 비록 회상이기는 하지만 사건이 새롭게 일어나고 있다. 인간은 누구나가 목적지를 향하여 자신을 운전하면서 달리는 기관사이니까.

「장화사(張畵師)」는 화가인 장승업의 일대기를 짧게 묘사한 소설이다. 그가 역사적으로 기인(奇人)의 행적을 가졌으나 크게 알려지지 않았으므로 작가는 전하여 오는 이야기와 작가의 상상력을 합치어 만들어 낸 작품이다. 한 작가가 예술가의 생애를 작품화할 때는 자신의 수업 시대가 많이 반영되게 마련이다. 그러나 「장화사」에서는 그런 점은 느낄 수 없다. 이 작품에서 중요한 점은 전통적인 그림 중에 민화(民畵)가 장승업에게 계승될 가능성이 있었으나 유약한 선비화로 돌아가게 되었다는 화가의 내면적 고뇌를 그렸으면 더 좋지 않았을까 생각된다. 화가의 내면적인 싸움보다는 외부적 강권에 못 이겨 자신의 수법, 자신의 그림의 소재를 버리게 되었다고 묘사한 것은 보다 좋은 소설로 만들 수 있는 가능성을 잃은 것이 아닌가 한다. 장승업이 말이 없는 주인공으로 등장하여 독자에게 그의 속마음이 전달되지 않고 있다고 볼 수는 없다. 그가 왜 민화에 관심이 있고, 그림에 대한 생각 —— 예술관이 어떻다는 것을 보여 주었어야 했다. 상감의 명령도 어긴 그에게 뚝심과 고집이 보이기 때문에 소설에서는 더욱 돋보이는 인물로 살릴 수 있었을 것이다.

그러나 독자는 소설의 나중 부분 "아깝다 … 영정조 이후 싹튼 민화가 대성한 줄 알았더니 이처럼 붓끝 장난과 관념의 유희로 사대부 그림처럼 유약한 틀 속에 갇혀 생명 없는 문인화가 되어 버리다니 … 아깝다. 땀방울이 돋아나는 목화 촌부의 그림은 얼마나 약동하는 생명력이 있었는가. 아깝다"라는 탄식에서 장승업의 정신이 가슴에 와 닿는 듯 느껴진다. 그것은 역시 소설가의 재주 때문일 것이다. 장승업이 그 시대의 사람들을 탄복시켰듯이 유 현종도 그런 예술을 갖고 있음을 본다. **(계몽사)**

# 金並總의 文學世界

작품 「불칼」을 읽고 金並總을 만나고 싶었다. 짧지 않게 외국에 나갔던 공백기간을 메우려고 소설을 읽어제끼던 때에 누군가가 '꼭 읽어 봐야 될 소설'이라고 추천한 것이었다. 우리 소설이 순정소설의 범주에서 벗어나지 못하고 있다는, 좀 편협한 선입견을 갖고 있던 나에게 그의 소설세계는 다른 감동을 가져오게 하는 것이었다. 인간의 내면을 묘사하여 그 본질을 파악하려는 재래적 수법이 아니라 짧은 문장이나 고도의 생략법을 사용한 언어구사, 눈앞에 나타난 현상들만을 간략한 사실적 수법으로 묘파한 행동이나 대화법은 피카레스크의 세계를, 영미 문학권의 '잃어버린 세대(lost generation)'들의 수법을 사용하여 만든 世界가 작가 김병총의 문학 세계가 아닌가 하는 첫 인상을 받았다.

작가 김병총을 만난 첫 날 나는 그가 혹시 수리검이라도 갖고 있지 않았을까 내심 은근한 두려움마저 있었다. 그래서 어떤 실수라도 저지른다면 어느 사이에 내 어깨나 다리에 날아와 박힐 것 같은 인상이었다. 날카로운 눈매와 작고 단단한 몸매는 그 자신이 이미 수리검과 같아 보였다. 그러나 "김병총 입니다" 하는 구수한 경상도 사투리에 곧 이어지는 유머는 구면인 듯한 친숙함을 보여 주었다.

「불칼」과 함께 읽은 그의 「빨간 우산」의 모순된 두 세계가 그를 만나고 이해되는 듯 싶었다. 그의 행동주의적 세계가 사변적인 것과 묘하게 조화되어 있었던 것이다. 그의 환상적인 동화의 세계와 생각할 틈도 없이 행동해야 하는 셀름(schelm)의 世界가 한 데 어울려 있었다. 그의 일련의 작품들 「빨간 우산」, 「내일은 비」 등의 감상주의적 작품과 「불칼」, 「勝負師)」「검은 휘파람」 등의 피카레스크의 세계는 사실 그에게 오랜 방황과 수업시대를 가져다 준 셈이다. 일찍이 고등학교 학생으로 동아일보 신춘문예에 동화가 당선된 것과는 반대로 늦게야 본격적인 작가생활을 하게 된 이면에는 그가 스스로 인식하고 있는 지는 모르지만 그의 내면에서의 상반된 두 극단의 투쟁이 있었기 때문이 아닐까. 이 **내면에의 싸움** 끝에 그는 ──아직도 그 싸움이 끝난 것은 아니겠지만 ── 『문학사상』으로 등단한 후로 왕성한 활동을 보였다.

2

　작품 「불칼」은 투견의 세계를 그리고 있다. 이미 말한 것처럼 우리 문학이 오랫동안 여성적인 전통이었던 것은 사실이다. 그것이 가까이는 식민정책에 의해서였건, 멀리는 고구려보다는 신라의 문화전통이 우리 정신문화에 이어져 왔기 때문이었건, 하다 못해 한국전쟁을 소재로 한 작품에서도조차 여성적인 경향이 두드러지게 나타났다. 그러나 「불칼」에서는 단연 여성적인 문학 - 아니 문화 - 의 전통을 거부하고 남성의 세계, 힘과 행동의 세계를 보여준다(물론 이 작품에서 여성적인 면이 전혀 없는 것은 아니다).

　투견 자체가 남성적이라거나 행동주의적으로 해석될 수는 없다. 거기에서 작가 김병총은 투견주인 오작두를 암흑가의 두목으로 등장시키고 그가 고용한 칼잡이인 '나'로 하여금 투견장과 그 주위 인물들을 관찰자로 등장시켜 투견에는 전혀 상식이 없는 사람에 의한 객관적 기술을 하게 함으로써 더욱 효과를 노리고 있기 때문이다. 더욱이 '나'도 오작두와 마찬가지로 암흑가의 출신이기에 간간이 삽입되는 암흑가의 에피소드로 하여금 거의 피나는 싸움과 인간들의 싸움을 병행·열거하여 독자들에게 더욱 흥미를 끌게 한다. 「불칼」에서 나타난 싸움은 하나 더 보태어 견주들의 싸움, 즉 개들이 인간의 싸움을 대행하는 상징으로 나타난다. 견주의 하나인 교회의 신부조차 "원색적인 투쟁 본능"을 신과 교통하는 것으로, 다른 말로 한다면 인간의 근원적 물음으로 알고 있다. "형제의 영혼을 구한다는 문제에 부딪치면... 앞이 캄캄해진 적이 많았습니다. 그리스인들이 신탁에 물었던 것처럼 나는 원색적인 투쟁 본능을 보여주는 개에게 묻습니다. 왜 싸우느냐고, 왜 싸워야 하느냐고. 지혜의 샘을 찾는 하나의 방법도 되고, 내 비밀스럽고 사랑하는, 신과 교통하는 가교랄까."

「불칼」에 등장하는 여러 종류의 견주들은 각자 자기의 현실 생활의 불만이나 욕구의 출구로써 투견을 즐기고 있다. 오작두는 그의 "나약하고 굴욕적인 은퇴를 복수" 하려 한다. 그의 불우한 어린 시절과 양부모에 대한 효심, 주먹세계에서 펴지 못했던 불운의 분출구로써 그는 "복수" 를 사용한다. 도사견의 "복수" 라는 이름은 그러니까 다분히 복수(複數)의 이미지를 가지고 있다. 개들의 싸움은 인간들의 싸움을 뜻한다. 인간은 서로가 급소를 물고 한번 물면 놓지를 않는다. 개들의 싸움이, 유능한 투견일수록 아무소리도 내지 않듯이, 여기에 등장하는 인물들이 거의가 언어를 생략하고 있다. 이것은 물론 작가 김병총의 재주에 속하기도 하지만 내용과 형식이 일치하는 점이다. 모두가 공격적이고 야수적인 인간이지만 어둠 속에 숨어서 약자가 오기를 기다린다. 그러나 그 대상이 실은 자기 자신이다. 이것은 오히려 인간 심리의 병리적인 곳에서 해답을 얻을 수도 있을 것이다. 작가는 말한다. "얘깃거리가 될 거라고 확신한 다음 투견장으로 막상 뛰어들었을 때의 놀라운 세계. 개싸움은 차라리 인간의 근원적인 삶의 역학이 아니었던가. 피를 즐기는 자들의 얼굴에 쓰인 그 자신만만한 활성의 빛깔. 투견세계가 바로 우리들 삶 자체라고 믿을 밖에 없다." 그렇다. 독자는 「불칼」 을 읽고 스스로의 의식 혹은 무의식 속에 숨어 있는 본성을 발견하지 않았는지. 그의 장편소설 「검은 휘파람」 도 역시 이 소설의 연장 위에 놓인다. 추리소설의 형식으로 쓰여진 이 소설은 소설의 재미를 알게 하는 작품이다.


3


「勝負師」 와 「춤추는 맨발」 은 위의 작품과 다소 차이가 있지만 역시 피카레스크 소설과 같은 계통에 놓여 있는 작품이다. 「勝負師」 는 도박꾼의 이야기이다. 주인공인 具兄은 「불칼」 에서의 선이 굵은 행동파는 아니다. 하지만 범법을 하는 인물로서 역시 하층의 어두운 세계에서 살고 있는 사람이다. 그는 도박꾼으로 숙명적으로 태어났으나 총잡이가 아무리 총을 잘 사용하여 승리한다고 해도 결국 다른 총잡이에게 죽게 된다는 참뜻을 알고 단연코 도박을 멀리하려고 애쓴다. 도박의 운과는 다르게 그는 그가 일하는 회사는 모두 망하게 된다는 '징크스'를 알고 괴로워하면서 결국 망한 회사를 재기시키려고 도박을 한다.

주인공 구형의 침착함과 냉정성, 도박장의 분위기 묘사는 비정함과 냉혹함, 승부세계의 비장을 느끼게 한다. 순박하고 마음씨만 고운 '나'에게 비친 구형의 겸손과 언어의 절제는 절정에 달한 도박사의 성격을 잘 표현하고 있다. 도박이 속임수가 아닌 경우에 어디까지나 확률의 數學 세계에 속하는 것이기는 하지만 자기패에 수학적인 숫자나 기호에 속하는 것만이 아닌 상대방의 심리를 꿰뚫어 보는 독심술과 뱃심의 세계이다.

구형의 도박에 이른 경지를 독자에게 설득하는 장치로 삼대에 이른 그의 복잡한 가계를 설정하여 놓고 있는 것도 짧은 단편에서 소설을 완벽하게 만들기 위함이다. 이 소설은 인간의 표면으로 나타난 사실만을 묘사하면서 오히려 심층의 깊은 세계를 파헤친 김병총 특유의 작품이다.

「춤추는 맨발」은 역시 범죄인을 소재로 하고 있다. 그러나 강한 풍자를 느끼게 하며 김병총의 다른 면을 보여 주고 있다. 세태에 대한 풍자는 주인공의 이름도 풍세(한문으로 표기하지는 않고 있다)라는 이름에서 이미 그 뉘앙스를 가지고 있는데 소매치기가 이 풍진 세상을 살아가면서 우연히도 신문사의 캠페인으로 "훌륭한 시민"으로 선정되고 마지막 죽음의 순간까지도 "훌륭한 시민"으로 죽게 되는 아이러니를 보이며 작가의 세상에 대한 풍자를 나타낸다. "산업사회가 만들어 낸" 인물로서의 풍세는 허위의식에 찬 여러 계층의 인물들에게 부대끼고 만들어지고 방황하는 중에 스스로 그 제물이 되어 버리는 셈이다. 그런 산업사회의 '혼돈'의 소용돌이 속에 떠오르다 사라져 간 주인공으로서의 풍세는 탁진경도 민기자나 승미도 잡아둘 수도 잡아지지도 않는 인물이다. 풍세를 통해 본 소매치기의 세계에서 독자는 대도회 속에 들어 있는 음지와 허위를 보며 문득 읽고 있는 나도 그 허위의 늪 속에서 허위적거리고 있는 것이 아닌가하고 생각하게 될 것이다.

> 발뒤꿈치로 피를 흘려서 아스팔트 위로 뻘겋게 점을 찍고 도망치는 사내. 산업 사회가 만들어 낸 불쌍한 인물. 낯선 사내. 조풍세. 그는 곧 터져 없어질 비누 방울이다. 잠간 후면 안막에서 사라질 춤추는 맨발일 뿐이다.

우리 모두가 맨발로 인생을 살아가는 것이 아닐까.

4

그의 작품 「**달빛자르기**」는 「불칼」과는 다른 한국적 혹은 동양적 무사들의 세계와 그 질서를 보여 주고 있다. 동양의 세계에서 하나의 기술(技術)이라는 것은 서양과는 달리 술(術)은 단순한 기교나 몸에 익히는 쟁이의 솜씨가 아니라 도(道)와 통한다고 생각되고, 그것은 기술을 넘어 궁극적인 인성의 완성과 통한다고 생각하고 있다. 이 작품은 틀소설의 형식을 갖추고 있다. 작품의 서두에 주인공 비천이 그의 검술의 도장이며 사문이고, 사부가 있는 산채로 오면서 생각하는 것으로 시작한다. 그가 이 곳에 오게 된 동기며, 이 곳에서 지난 일을 회상하며 자기 동료들을 베고 스승까지 베어야만 하는 일종의 무사 소설이지만, 작가의 언어적 묘사는 날카로운 검으로 모든 쓸모없는 말들을 쳐내고 필요한 언어만 사용하는 극단적인 생략법으로 소설의 긴장감을 고조시키고 있다.

"능선을 타고 네 번째의 계곡을 건너자, 곧 수풀이다."로 시작되는 이 소설에서 이미 전체의 내용이 압축된다. 우선 시제가 현재형이다. 짧은 문장과 현재형은 설명이 아니라 사물의 실체를 단순하고 명확하게 표현한다. 거기에서 받는 이미지는 강하고 극적인 효과를 낸다. 많은 언어적 설명은 우리에게 상상력을 오히려 제한하는 효과를 내지만, 간결한 묘사는 상상력을 풍부하게 한다. 거기에 보다 더 효과를 내는 것이 사물이 말을 하도록 하는 것이다. 예컨대, "공중을 쓸던 영롱한 별들은 겹겹으로 쌓아 붙은 잎사귀들 뒤로 숨는다"고 해서 주인공의 눈이나 작가적 관찰에서 사물을 묘사하지 않고 사물 스스로에게 설명하도록 한다. 이것이 그의 작품을 시적 (詩的) 정서로 만드는 이유이다. 김병총에게는 이런 재주가 있다. 그의 소설에서, 특히 그의 역사물에서 검객이 등장할 때 시적 분위기가 되는 이유는 그가 사물로 하여금 말을 하도록 하는 묘사법에서 나오는 것이다. 이것은 검의 세계는 도(道)와 통하고, 언뜻 생각하면 모순인 것 같지만 동양의 검술은 살생을 금한다는 불교적인 명상의 세계와 닿아 있어, 선문답의 경지나 동양화의 여유가 작품에서의 표현법과 잘 어울리는 것이기 때문이다.

이 소설이 시적 이미지를 지니는 또 다른 이유는 이 외에도, 짧은 대화에 담긴 숨은 뜻 때문이다. 간결한 문답식의 대화(Stiohomytien)는 깊은 뜻을 감추고 있다. 사부인 백수가 칼을 맞고 숨을 몰아쉬며 "(생명을 죽일 경우) 숨결을 남기지 말라 일었다. 이각도 대단치 않았나 보다."하고 말하는 것은 많은 의미의 여운을 남긴다. 이 작품은 한 검객이 당파 싸움의 와중에서 잃어버린 자신의 출생의 비밀과 부모를 살해한 원수를 찾아보니 아이러니컬하게도 자신의 사부였다는, 불교의 윤회와 업보를 배경으로 한 짧은 단편이지만 한국 무술의 일면을 보여 주는 좋은 작품이라고 말할 수 있을 것이다.

이러한 차갑고 냉정한 승부의 세계와는 또 다른 김병총의 소설 세계를 보여 주는 작품이 「**빨간 우산**」이다. 이 작품은 『문학사상』의 신인상으로 등단한 데뷔작이기도 하다. 이미 말한 바와 같이 그가 유년 시절에 이미 동화로 신춘문예에 입선한 것을 감안한다면 오히려 늦은 편에 속한다. 「빨간 우산」은 작가가 사변적인 '철학을 전공한 작가'라는 것을 십분 보여 준 작품이다. 환상적인 동화의 세계에서 현실로 돌아온, 그러나 그 현실은 파악하기 어려운 불가해한 것이며 약간은 좌절된, 닫혀진 현실 세계를 인식하면서 의식의 길바닥에 빗물처럼 오락가락 흐르는 상념들을 문득문득 의식의 세계에 떠올리며 적어 내려간 소설이다. 그러기에 일정한 스토리를 지니지 않고 있으며 철학 강의와 듣는 '나'와의 수평적 흐름은 궤도 탈출과 궤도 복귀를 반복한다. 그의 의식 속에 스며드는 비의 이미지는 비가 비로써 파악되는 것이 아니라 객관 세계와 주관 세계가 흔연히 젖어드는 인식의 혼미를 나타낸다.

그러나 문득 '나'의 세계는 내가 소유한 비닐우산 속의 우주가 된다. 막막한 대도시의 공간 속에 애인이 있을지라도 엄습하는 고독은 작은 공간이 되어 버린 우산 속의 우주도 공유할 수 없는 절대 자아로 변한다. "나는 열심히 걷고 있었다. 나는 열심히 울고 있는 것 같았으며, 내가 소유한 비닐우산 속의 우주 속으로 아무도 들어와 주지 않았다. 나의 우주는 거대하고 공허하기만 하였다. 종이 우산을 쓰고 옷을 흠씬 적시던 시골 내 어린 시절에 참외밭 원두막을 홀로 지키던 오후, 빗속에 꼼짝없이 갇힌 외로운 파수꾼의 그것과 흡사하였다. 어둠이 기어드는데도 아버지는 날 데리러 오지 않았다." 도시 속에 내팽개쳐진 인간으로서 원초적인 외로움을 느끼는 것이다. 그는 결국 애인인 명자에게 구원을 청하지만 그녀는 "바빠서 안 되는" 것이다. 작은 우주인 우산만 하나 얻어 왔지만 그 우산조차도 비처럼 흐르는 인파 속으로 흘려보내는 것이다.

대학생인 '나'의 생활은 철학을 전공하고 있지만 자유를 느끼지 못하고, 진리에 도취되지도 않고 회화적이 되어 있는 이유는 무엇일까, 교수의 플라톤 강의와 현실은 그 거리가 고대 희랍 시대와 현대만치나 까마득히 멀리 떨어져 있기도 하겠지만 '우리'에 갇혀 있는 젊은이에게 유토피아는 다만 자장가로 들릴 뿐이다. 그가 다시는 강의 시간 중에 잠을 자지 않으리라고 결심하였지만 그는 결국 잠이 들고 만다.

김병총의 두 개의 문학 세계 - 하드보일드풍의 사나이 세계이며 승부의 세계를 다룬 남성적인 것과, 사변적이며 모든 것은 불확실한 미지의 세계이며 인간은 본질적으로 고독하다는 존재론적인 세계 - 가 각각 하나씩 들어 있다고 볼 수 있다. 이것은 언뜻 보면 두 개가 공존할 수 없는 세계인 듯이 보인다. 극과 극의 세계이기 때문이다. 그러나 이것은 김병총이기에 가능하다. 이미 그의 「달빛자르기」에 힘과 칼의 지배만이 있는 것이 아니라 칼을 갖고 있는 자에게 그림자처럼 따르는 죽음의 허무와 우수가 있는 것을 알 수 있기 때문이다. 그의 승부 세계를 다루고 있는 거의 모든 작품에는 보이지 않는 체념과 슬픔이 깔려 있는 것을 느낄 수 있는 것도 그 때문이다.

　김병총의 작품세계는 이렇게, 크게는 둘로 나뉘어 진다. 의식의 흐름에 사유를 맡긴 채 망연히 우주를 바라보고 있는 혼돈과 카오스의 연결을 모색하는 작품세계와 다른 하나는 언어를 극도로 생략하고 확고한 행동으로 비정한 세계를 그리는 세계이다. 그러나 이 세계는 결코 분리되어 있는 것이 아니다. 승부사인 구형의 인정과 냉혹한 칼잽이인 강추량이 그렇듯이 다스한 인간미가 넘쳐흐른다. 아마도 김병총이 만들어낸 모든 인물 속에는 「불칼」의 복코와 같은 인정이 조금씩이나마 들어 있기 때문일 것이다. (양우당)

# 趙廷來 長篇小說 『불놀이』

한국사를 읽을 때마다 임진왜란과 병자호란에 이르면 책장을 넘기지 못하고 窓밖으로 시선을 던지고는 초점 없는 시선을 던지는 것이 버릇처럼 되었다. 그럼에도 불구하고 아무 때나 韓國史를 잡으면 三國統一時代나 世宗의 치적보다는 두 外亂이 자꾸 펼쳐진다. 함석헌 선생님의 『뜻으로 본 韓國歷史』를 눈물을 쏟으며 보았던 기억이 난다. 그러나 6.25를 생각할 때는 『불놀이』에 나오는 老敎授만이 아니라 6.25를 겪은 누구나가 제트기의 공중을 가르는 폭음 소리에도 섬뜩한 느낌이 들고 금방이라도 나를 향해 기총소사를 하는 듯한 착각 속에 빠진다. 그만큼 韓國人의 意識世界에는 지난 戰爭의 상흔만큼 깊은 것은 없는 듯하다.

趙廷來의 『불놀이』를 다시 읽을 때에도 아물었던 지난 상처가 다시 터져 피 흘리어 말라붙었던 앙금 위에 다시 상처를 내게 한다. 『불놀이』는 그 작품이 문예지에 각 장으로 발표될 때마다 評論家들과 讀者들에게 크게 주목을 받았었다. 결국 大韓民國 文學賞이 주어지고 TV文學館에도 나왔지만 무엇보다 그 원작이 주는 감동은 작품을 직접 읽어야 맛볼 수 있을 것이다.

長篇 『불놀이』의 특이한 점은 작가의 韓國戰爭에 관한 예리한 視線이다. 한 마을에서 일어난 두 계층간의 갈등은 이데올로기의 측면을 벗어난, 어쩔 수 없는 상황 하에서 일어나는 반목이다. 물론 보는 관점에 따라 여러 가지로 해석할 수도 있지만 이데올로기 至上主義인 오늘에 그것을 거부하는 人間心性의 깊은 곳을 보여주고 있다. 주인공 배점수가 왜 그렇게 끔찍한 죄를 저지르게 되었으며, 바뀌어진 세상에서 서로 맺혀진 恨을 풀려는 과정과 그 회의를 극적인 장면으로 묘사하고 있다. 배점수가 황만복이라는 가명 아래 천성적인 근면으로 쌓아올린 富위에 군림하고 있을 때에 小說은 시작된다.

그는 지난 戰爭때에 부역을 하였으며 大地主이며 양반계급인 신씨 가문

밑에서 갖은 수모를 겪었다. 근면한 배점수가 어떻게 포악한 살인자로 변모하는가를 趙廷來는 論理的으로 그리고 있다. 지금 우리에게는 수많은 배점수가 있을 것이다. 신씨 문중은 그들대로 배점수에 대한 恨이 맺혀 있다. 무려 38명의 大小친척들이 戰爭中 배점수에 의해서 학살당한 것이다. 멀리 동학란부터 6.25에 이르기까지 이 두 계층은 서로서로의 꼬리를 물고 핍박하는 악순환을 계속한다.

이데올로기는 다만 그 껍데기에 불과하다. 오히려 양측은 희랍신화에 나오는 저주받은 집안처럼 보일 정도이다. 양측은 진실이 무엇이었나를 알려고 노력하지 않고 서로의 원한에 대한, '칼은 칼로, 이는 이'로 대결하는 舊習의 律法에 따른다. 찬규와 형민에 이르러서 그들은 진실이 무엇이었는가를 밝히려고 노력한다. 특히 형민은 찬규에 대하여 알려고 하기보다는 아버지의 과거의 실상을 알려고 고향에 간다.

『불놀이』의 치밀한 구성과 박진감 있는 묘사는 讀者들을 처음부터 끝까지 긴장시키고 있거니와 그것은 戰爭이라는 극한 상황에 몰린 등장인물들의 처지이기도 하지만 작가 趙廷來의 능력에 속하는 것이 아닐까. 그가 보는 歷史認識은 미사여구의 고답한 理論보다 더 깊은 의미를 지니고 있다. 그는 서양의 역사의 흐름 가운데서 생성되었던 자본주의와 공산주의의 사상적 싸움 속에 거대한 역사의 수레바퀴에 숨겨진 채 나타나지도 않았던 隱者의 나라에 그 처절한 歷史的 싸움으로 나타난 것을 그리고 있다. 한 걸음 더 나아가 소설 속에서는 그런 현학적 歷史觀을 넘어서고 있다.

오늘의 중견 작가들이 전쟁 직후의 전쟁소설보다 더 단단한 구성과 밀도 있는 작품을 쓰는 것은 전쟁 세대의 작가들의 체험이 너무나 격렬한 직접 체험이었기 때문에, 혹은 전쟁 후의 경직된 사회환경에 구속되어 객관성이 결여된 순화되지 못한 체험이었기 때문에 현금의 작가들에게는 정화된 작품이 나오는 것이 아닌가 생각된다. 참다운 전쟁문학이 戰後 30년에 꽃핀다는 俗說이 있듯이 지금이 바로 休戰 30년이고 그 가능성은 趙廷來와 몇 사람에게서 기대된다. 『불놀이』에서 주인공들이 형민이나 찬규에게서 나타났듯이 그들은 화해와 용서를 시도하고 있다. 韓國戰爭의 참상에 대한 새로운 해석이라고도 볼 수 있는 작품 『불놀이』는 기왕에 쓰여진 도식을 거부하고 있으며 역사적 상황 하에서 개인적 삶이 얼마나 어렵고 힘든 것인가를, 歷史와 個人間의 力學관계를 배점수라는 人物을 통하여 나타내고 있다. 특히 좋은 점은 이런 歷史를 보는 관점을 전혀 독자들이 눈치채지 않도록 진정한 의미로 小說化 하였다는 점이다. 이것이 藝術의 장점이 아니겠는가. 그가 사용하는 土俗的인 사투리는 주인공들의 삶이 다름 아닌 韓國人인 '나'라는 느낌이 가슴에 와 닿도록 한다. 마을마다 골짜기마다 열병처럼 번져간 이 『불놀이』는 아마도 후세에 이 歷史를 읽는 젊은이에게 窓밖을 초점 없이 보도록 만들 것 같다. 오히려 동족끼리의 싸움이었기에 이 소설에 나오는 찬규의 어머니가 그러했듯이 읽을 때마다 소금물로 눈을 닦아야 할지도 모른다. 작가 趙廷來가 보여주는 6.25에의 탐구는 어느 누구보다 끈질기고 한국적이다. 그의 內部에는, 아니 우리 모두에게 아마도 『불놀이』 주인공들이 들끓고 있을 것이다.

　인간 모두가 야누스적인 존재라고 하지만 그것을 미워할 수만은 없다는 생각을 『불놀이』를 읽고 난 후 깨닫게 된다. 『불놀이』를 읽고 난 독자들은 시간과 공간에 던져진 '나'의 역사 속에서의 역할은 어떻게 할 것인가를 심각하게 생각하게 될 것이다. 數千杖으로 평을 쓴들 무슨 소용이 있겠는가. 우선 무엇보다 한번 읽어야 할 것이다. 읽은 후에도 역시 서평은 쓸모 없는 것이리라. 趙廷來는 여러 등장인물을 통하여 스스로 서평을 써놓은 것이다. (『*한국문학*』)

# 恨의 실타래에서 엮어낸 敍事詩
## - 조정래의『薄土의 魂』-

한국인의 의식세계에는 지난 전쟁의 상흔만큼 깊은 것은 없는 듯 하다. 요즈음 발표되는 문예지에서 한국 전쟁을 주제로 삼고 쓴 소설은 거의 한 번도 빠지지 않는다. 그것을 쓰는 작가나 읽는 독자도 모두 함께 지나간 상처가 아문 듯 느끼다가도 다시 터져, 피 흘리고 말라버린 앙금 위에 또 다른 앙금을 만들게 한다. 그러기에 일상생활을 소재로 쓴 작품보다 박진감이나 긴장감, 호소력, 장중한 비극성 등을 더욱 느끼게 한다. 물론 이것은 전쟁이라는 극한 상황으로 소설의 분위기를 몰아가려는 작가의 의도 때문이기도 하지만 우리에게 도저히 지워버릴 수 없는 피 맺힌 체험 때문일 것이다.

근래에 와서 조정래는 한국 전쟁에서 좋은 작품을 우리들에게 보여 주고 있다. 지난해 연작(連作)의 형태로 발표한 작품『인간의 문』,『인간연습』등 네 편으로 구성된 장편으로서 하나하나가 모두 공들여 쓴 것임을 알 수 있다. 그는『인간. . .』에서 한국 전쟁 속에서 어느 마을에서 일어난 두 집안의 갈등을 묘사하였다. 두 계층간의 갈등이 전쟁의 소용돌이에서 어떻게 부딪치고 해소되었는가를 묘사하고 있다.

그는 이번의『薄土의 魂』에서 또다시 한(恨) 맺힌 한국인을 형상화시키고 있다.『인간』연작에서 두 계층, 두 집안이 그 무대설정이 되었다면『薄土의 魂』은 한 집안, 같은 형제들간의 비극을 그리고 있다. 소설의 주인공은 동명으로 되어 있지만 실제적인 주인공은 그의 어머니다. 소설의 서두에서 이미 어둡고 우울한 분위기를 설정하여 놓고 있다. 엘리아데의 말을 빌지 않더라도 겨울이 주는 이미지가 소설 전체에 짙게 깔리어 있음을 알 수 있다.

이 작품 속에서 이야기하는 시간은 동명이 어머니가 위독하다는 전보를 받고 고향으로 내려가 운명하는 어머니를 볼 때까지로서 하루의 이야기이다. 그러나 이야기되어진 시간은 어머니가 시집온 후부터의, 거의 어머니의 생애전체에 해당된다.

그러니까 이 이야기는 한 한국의 어머니를 통해 본 한국사의 단면이라고도 볼 수 있다. 주인공 동명이 고속버스로 고향을 향하여 내려가는 동안에 이 한 많은 어머니의 회상으로 연결되는 과거 시간으로의 여행은 단순한 회상적인 센치멘탈리즘이 아니라 단조(短調)로 이루어진 장중한 심포니를 연상케 하고, 전편을 통해서 심포니의 모든 악기가 소리를 내고 큰 북이 계속 울리는 효과를 낸다. 느린 템포나 서정적 요소는 일체 없다. 고속버스 속에서 얼어붙은 창에 동명의 아들 상섭이가 그리는 "무료의 그림" 장면에 약간의 느린 템포가 나타나기는 하지만 부자간이 생각하는 것은 역시 불협화음이고 버스조차 "맹수처럼 추위 속을 달려" 간다.

음악에서 몇 개의 모티브가 반복하여 나타나듯이 이 소설에서는 두 개의 좌·우의 사상에 의해서 사건이 연쇄적으로 나타난다. 일제하에서 농업학교를 다닌 큰 형 동일은 반일(反日)의 한 방법으로써 막연히 공산주의에 물든다. 그가 어떻게 최초의 감상적 마르크스주의자가 되었는지는 확실하게 묘사되어 있지 않다. 다만 큰 형 동일의 신체적 묘사에서 그의 물불가리지 않고 뛰어드는 성격을 암시하고 있을 뿐이다. 해방이 되어 좌·우의 싸움이 표면으로 드러나면서 그가 실천적 마르크스주의자가 되어 당연히 귀결되는 폭력을 사용하는 인물이 된다. 그는 공산주의자의 말로를 걷는다. 폭약과 죽창과 방화는 결국 그것을 사용하던 방법으로 죽게 되는 것이다. 둘째인 동현은 동일처럼 뚜렷하게 묘사되어 있지는 않다. 그러나 사변적이고 공산주의 헛점을 투시한 청년이다. 이 두 형제는 해방 전후의 젊은이들의 전형으로서 두 형제의 이견(異見)은 동명 일가의 운명이고 한국의 운명이다. 동일이 여순 반란 사건의 여세를 몰아 그의 무리를 이끌고 들어와 행하였던 일은 그후에 일어난 한국 전쟁에서 마을마다, 골짜기마다 일어났던 형제간의 살육이다. 한국에서의 동족의 싸움의 알레고리로서 나타난 형제간의 갈등은 밀고 밀리는 동안에 동명의 집안은 잿더미가 되어버린다. 도망갔던 동일이 밤을 틈타 야습하다가 잡히어 죽음을 당하고, 동생 동현이 자원해서 국군으로 나갔기에 또 다시 보복을 당한다.

이런 전쟁의 소용돌이 속에서 가련한 증인으로 배당된 역할이 어머니이다. 동명의 어머니는 인간이 겪을 수 있는 모든 수모는 다 겪는다. 일제하에서 과수원 주인인 이시하라에게 능욕당하고 세상이 바뀔 때마다 아들의 위험한 생명을 애타게 걱정하고, 두 아들을 잃고 남편마저 잃는다. 딸 정숙이의 불행한 죽음까지 겪는다. 만신창이의 이 여인은 모든 한국인의 어머니이고 또 나아가서 한국 바로 그것이다.

동명의 어머니가 그의 아내에게 아들 셋을 원하는 것도 의미가 깊다. 그것은 동명이 아내와 휴전선을 구경 갔을 때 우리에게 보여주는 그녀의 반응이다. 동명의 형들이 겪은 비극은 그것으로 끝나는 것이 아니다. 그것은 그저 과거의 것으로만 기억되지 않는 우리의 현실로서, 형제가 서로 총을 겨누고 있으며 북쪽에서는 서로간의 소식을 전하는 것조차 거부하고 있는 비극적 현실이다. 동명의 아내는 휴전선 철책을 중심으로 모든 나무를 잘라놓고 잡초를 뽑아 놓은 것을 보고 "꼭 토끼의 허리 부분 털을 뺑 돌려가며 뽑아버린 것 같군요. 너무 기가 막혀요" 하고 말한다. 동명의 아이들이 꼭 같은 비극을 낳을 가능성이 털 빠진 허리에 상존하여 있다. 한 세대가 지나도 그 비극적 요소를 상섭, 상희, 상준에게 물려주게 된 것이 우리의 비극이다. 그 비극은 동명의 현재의 가족, 즉 우리들 모두가 지니고 있다. 그러기에 동명의 어머니와 아내가 서로 이해하고, 세 아들을 원하는 것도 알 수 있다. 그의 어머니는 뒤에 또다시 올지도 모르는 비극을 예언한다. "워디 그때적 난리가 다 끝났간디?" 동명의 아내가 집을 나서는 검은 옷의 부자를 보고 섬뜩하게 느끼듯이 어쩌면 그녀의 아들 상섭은 그녀와 함께 치르게 될 비극의 주인공이 될 지도 모른다.

할머니와 손자간의 관계가 아무런 끈으로도 매여 있지 않듯이, 상섭에게는 '무료'한 것뿐이다. 그러나 그에게 다가오는 그 보이지 않는, 거역할 수 없는 운명은 버스 창 밖의 찬바람처럼 가혹하고, 뜻 모르게 펼쳐있는 창에 얼어붙은 추상화일 뿐이다. 박토(薄土)위에 불을 질러 옥토(沃土)가 되도록 하였으나 순식간의 추운 바람은 벌거벗은 박토를 우리에게 보일 것이다. 다만 그 떠도는 어머니의 혼(魂)이 우리에게 희망을 주고 끈질긴 삶이 동명 일가에게 빛이 될 것이다. 그것은 돌아가신 동명의 어머니가 손자들에게 남긴 저금통장에서 이미 그 증거를 보이고 있다.

이 소설에서 작은 역할을 하고 있는 강춘복을 동명의 어머니는 용서하지 않는다. 강춘복이 동명의 어머니를 죽였는가는 작품 내에 명확하게 나타나 있지 않다. 오히려 강춘복이 죽이지 않았을 것이라는 심증을 독자가 갖도록 묘사하고 있다. "어쩌면 남편은 자기 앞에서 자식 죽어가는 꼴을 보기보다는 자기가 죽는 길을 택했을 지도 모른다."고 그녀는 생각하고 또 그것이 더 작품 내에서 설득력을 지닌다. 동명은 어머니가 강춘복을 용서하지 못하는 것도 이해할 수 있다. 그녀의 남편이 "고의적으로 낭떠러지에서 몸을 던진"것이라 해도 그런 상황으로 몰아 간 것은 강춘복의 죄라고 생각하기 때문이다. 그녀가 느끼는 강춘복에 대한 적대감은 사상적인 것은 아니다. 오히려 그녀는 소박하나마 공산주의를 싫어하는 이유를 갖고 있다. 그것을 큰 아들 동일에게서 배웠다. 그가 그 쪽에 미친 것에 대해서는 어머니로서 있을 수도 있다고 수긍하지만 그에게 반대하는 사람이다. 방해가 되는 사람을 무턱대고 살해하는 공산주의는 너 나 없이 고루 잘 사는 세상을 만든다는 이야기와는 전혀 반대의 사실이다. 동명의 어머니가 며느리에게 보였던 고부간의 탁월한 견해와 같이 이즘에 눈먼 동일보다 그의 어머니는 사회를 더 정확하게 본다. 그러기에 그녀는 아이들한테는 도저히 용서 못하는 것이다. 그녀가 강춘복을 용서 못하는 것은 남편의 죽음에서 한의 응어리를 갖게 되었기 때문이다. 강춘복의 원래의 마음은 선(善)한 것이라는 것은 알 수 있다. 수십 년이 지난 오늘에도, 동명의 어머니가 죽은 다음이나마 자기의 어찌할 수 없었던 죄를 빌려는 마음은 그의 본성을 나타낸다. 그 일로 인하여 "이날 이 때까지 꿈자리가 사나운 사람"이라는 그의 실토는 그의 진심을 증명한다. 늦게나마 동명이 춘복에게 어머님과의 화의를 중개하는 장면은 감동적이다.

작가 조정래는 30년 전의 사건을 어머니의 죽음을 통해 동명의 기억 속으로 조명시키면서 그 처절한 비극의 반복 가능성을 예시하여 우리들로

하여금 까맣게 잊어버려, 어린 상섭처럼 살고 있는 상태에서 문득 흔들어 깨운다. 여기에 등장하는 인물 하나하나가 그대로 우리들의 하나하나였고, 또 앞으로의 우리들 개개인임을 암시한다. 그의 무겁고 침울한 이미지는 문장의 곳곳에서 우리를 괴롭혀 니벨룽엔의 처절함을 느끼도록 한다. 그의 『인간』 연작이 두 집안의 싸움의 역사라면 『薄土의 魂』은 보다 포커스를 좁히며 그 곳에 있었던 문제를 가정 내에까지 끌어들여 우리의 분단의 아픔을 느끼게 한다. 서양의 역사의 흐름 가운데서 생성되었던 자본주의와 공산주의의 사상적 싸움은 거대한 역사의 수레바퀴에 숨겨진 채로 나타나지도 않았던 은자(隱者)의 나라에서 그 처절한 역사적 싸움으로 나타났고 아직도 사라지지 않은 채 남아있다.

동명과 동명의 아내에게 휴전선에서 있었던 우울은 어떤 개인적인 우울이 아니라 한국인 전체의, 더 나아가 세계인의 우울이다. 작가 조정래가 보여준 동명 일가의 비극적인 싸움은 세계 전쟁의 축소형으로 상징된다. 그러기에 그 문장의 어둡고 무거운 느낌은, 형식이 내용을 담는 그릇으로 쓰여졌음을 말하여 준다. 겨울, 살인, 능욕, 총살 등, 우리의 목가적인 아름다운 강산에 역사의 비통함이 들어 있다. 우리의 역사 속에 이런 남성적 장엄함 혹은 비참한 것만 들어 있는가는 생각해 볼 일이지만 적어도 한국전쟁에서 작품의 소재를 끌어냈을 때는 어쩔 수 없는 귀결인 듯하다.

참다운 전쟁문학이 전후(戰後) 30년에 꽃핀다는 속설(俗說)이 있듯이 지금이 바로 그 30년이고 그 가능성은 조정래와 몇 사람에게서 기대되며 『薄土의魂』은 그 서곡(序曲)이 될지도 모른다.(『**소설문학**』)

# 우리들의 고향 이야기
## - 한수산의 장편소설 『유민』 -

  이데올로기가 휩쓸고 있는 현재의 우리나라 상황 아래서 서구의 여러 나라들이나, 심지어 중공에 이르기까지 탈이데올로기를 향하여 몸부림치고 있으나, 분단과 제한된 자유, 부의 편재 등은 우리 사회를 이데올로기로 강요하고 있는 지도 모른다. 그러나 작품 『유민』은 이념 이전의 더 원초적인 우리 고향의 이야기로서 우리의 부모, 우리의 어릴 적 동리 어른들이나 아이들이 여기서 살아 숨쉬고 울고 웃고 있다. 그들의 해학과 유모어는 어디서 배워서 얻은 멋이 아니라 한국적 토속의 농촌의 것으로 가장 한국적인 웃음의 원천이다. 나의 고향의 재구성이 아마도 이렇게 사실적이고 정확하고 구수하게 묘사되기는 어려울 것이다.

  산골 출신의 도회인이 설날이나 추석 때 고향에 찾아가도 그가 살던 고향은 이미 옛 고향이 아니어서 스스로 타향에 온 나그네와 같은 쓸쓸한 애상만이 남는다. "왕자같이 늠름하던 느티나무"도 사라지고 그 자리에는 생사공장이 들어서 있는 것이 아닌가. 이제 고향은 어느 곳에도 없다. 그것은 다만 가슴 속에 한 조각의 빛바랜 흑백사진으로 남아있어 관념으로만 남는 것을 느낄 때가 많다. 작가 한수산은 이 관념만 남은 고향을 우리 앞에 펼치어 놓는 것이다. 고향에 가도 고향을 잃은 사람은 이 책 속에서 고향 사람을 만나게 될 것이다. 왕자같이 늠름한 아카시아와 느티나무도 살아있고, 떨리는 마음으로 순이와 밀회하던 물레방아도 돌고 있다. 그럼으로 특별한 영웅을 주인공으로 하는 것이 아니라 어느 마을에나 있을, 평범한 우리고향 사람들의 이야기가 『유민』이다.

  양짓말(陽地洞)을 중심으로 한 몇 개 촌락이 모여 가산리(佳山里)라고 불리게 된 강원도 산촌 내린천의 농가는 한국 어디에서나 보이는 농촌마을로서 다른 곳과 다른 점이 있다면 산이 좀 더 깊고 내가 더 푸르다는 점일 것이다. 여기에 최상호라는 부농를 중심으로 전개되는 이 소설의 줄거리는 최씨 가문의 특수성을 나타내고 있다기보다는 한국 농가의 전형으로서 우리들의 이야기라고 볼 수 있다. 독자 모두에게 해당되는 〈나〉의 소설화는 그러기에 극적인 사건의 전개와 빠른 템포는 보이지 않으나 평범한 인간이 자연과 어떻게 어우러져 사는가가 아름다운 문장 속에 곱게 드러나 있다. 여기서 〈나〉라는 뜻은 최상호나 그 일가붙이 가운데의 〈나〉일 뿐만이 아니라, 양짓골이라는 마을 전체의 주민 모두가 주인공으로 등장하고 있어 어느 독자이던 그 유형에 속하지 않을 사람이 없을 것이다. 등장 인물들 뿐만 아니라 강이나 밭, 논, 심지어 개, 닭, 소와 같은 가축에 이르기까지 한 농촌 마을에 등장하는 모든 사물이 작가 한수산에 의하여 재구성되고 있다. 세밀하게 묘사된 사물의 형상은 작가의 사물에 대한 관찰력이 얼마나 치밀한가를 여실히 드러내 놓고 있다. 아마도 작가는 이 소설에서 그의 고향을 심혈을 기울여 복구하려고 애쓴 것이 틀림없을 것 같다. 그가 쓴 많은 소설 가운데 아름다운 영혼이 깃든 것이 없는 바가 아니었지만 이 작품만큼 정성을 들이고 갈고 닦으며, 표현이나 묘사를 가는 붓으로 세밀하게 그린 그림처럼 마음을 다하여 그린 것은 없었을 것이다. 이런 그의 묘사에 한층 더 우리에게 가슴에 닿는 점은 그의 특이한 센티멘탈리즘이다.

요즈음의 시(詩)가 너무 메마르고 건조하여 시의 본분을 잊은 듯 하나 다시 그 원래의 맛과 멋을 찾는 듯한 경향이 있지만, 한수산의 소설에 나타난 서정성은 가히 한국적 정서의 대표적이라 할 수 있을 것이다. 그의 서정성이란 한국인의 서정적 자아를 알 수 있게 하는 것으로서, 아련한 그리움, 무엇인가 마주 다가오는 문제에 대한 체념과 회피, 그러면서도 우회적으로 극복하려는 슬픈 의지, 눈물을 흘리면서도 웃음을 가져오게 하는 해학과 유머라고 볼 수 있다.

그러나 여기에 그치지 않고 그가 즐겨 사용하는 장치는 자연의 묘사이다. 그의 소설 속에서의 서정은 항상 자연묘사와 더불어 나타나고 있는데 주인공의 심정과 자연현상과의 일치는 그의 장기라고 할만하다. 언제나 소설의 첫 장에서 길게 서술하는 자연묘사는 일품이다. 그것은 한국적 서정성을 띄우고 있으며 그의 소설의 기조를 이루고 있다. 그렇다고 그가 작품

『유민』에서 서정성만 중심으로 쓰려고 했던 것은 아니다. 그것은 그의 고유의 목소리에 속하고, 그는 이 소설에서 고향을 소재로 하여 야심작을 보여주려는 것이 아니라 사랑의 마음으로 이 세상에 살아 있는 동안, 뮤즈와 함께 그의 고향사람들을 밤마다 불러 사랑과 연민과 고뇌와 즐거움을 함께하였을 것이다. 그가 수많은 밤들을 이 옛 사람들과 함께 울고 웃지 않았다면 이렇게 길면서도 아름다운 소설을 쓰지는 못하였을 것이다. 너무나 사랑하는 고향을 쓰려고 심혈을 기울였기 때문에 그는 결국 엄밀한 객관성을 갖고 재료를 대할 수 없어 사건의 극적 전개가 약화되고 소설의 결말을 열려진 형식으로 끝내고 있다.

작가가 그리고자 하였던 그중의 첫 세대인 최상호의 성격은 완고하고 엄격한 한국 지주의 모습을 지니고 있다. 그가 소설 속에 등장하여 행동하고 말하는 것은 많지 않으면서도 소설의 분위기랄까 그의 실재가 늘 느껴지게 되는 것은 마을 사람들의 대화 중에 풍기어 나오는 그의 위엄 때문이다. 그렇다고 그가 외고집이고 권위주의적 인물이기 때문이어서가 아니라 한 마을의 원노이며 드문 그의 말수가 그런 분위기를 만드는 것이다. 그가 산을 허물고 물길을 내어 밭을 논으로 바꾸려는 의지에서 보여주듯이, 다른 일상적 시골 노인과 구별되는, 자연의 순종만을 미덕으로 아는 사람은 아니다. 그가 물길을 내려다 장마로 인하여 사람을 죽게 하고, 폭약을 사용하다 상하게 할 뿐만 아니라 대대로 내려오던 산과 밭을 빚으로 넘기고 자금 마련을 위하여 팔아버리더라도 계속하는 것은 "일으킬 수 있는 부는 일으켜야 하고, 파헤칠 수 있는 땅은 남김없이 파헤쳐야 한다"는 그의 선각자적인 사명감 때문이다. 그는 이런 생각을 스무 살 초년 시대부터 마음먹었기 때문에 마을 사람들이나 아들인 형태가 말리지만 강행하는 것이다. 다른 마을 사람들의 협조를 구하지 않고 독단으로 강행하여 원성을 사게 되고 마을 사람들의 집단행동으로 화재를 당하면서도 혼자 공사를 하는 것이 이해되지 않는 듯 하지만 형태의 입을 빌어 말하고 있는 것처럼 그 일이 실패할 경우 가뜩이나 가난한 사람들에게 더욱 가난을 가져다준다는 생각이었기 때문인지도 모른다. 그러나 최상호의 독단적인

공사는 실패할 수밖에 없다는 암시를 작가는 암암리에 주고 있다.

　최상호가 쓰러진 후 형태는 그 공사를 계속할 뜻을 암시하면서 마을사람들과 함께 하겠다고 한다. 어떻게 보면 구세대의 독단적인 아집의 세대가 최상호라면 좀더 민주화한 세대가 아들 대라고 볼 수 있다. 아버지의 세대는 이웃에 사랑을 갖고 있는 것은 같다고 하더라도 만들어 나누어주는 시혜의 사랑이요, 아들은 함께 일하고 함께 나누어 가지려는 공동체의 민주의식이 있다고 볼 수 있다. 그것은 공사 중 두 번에 걸친 큰 사고 때에도 나타나 있는데 최상호는 피해자들에게 부족하지 않게 보상을 하여 주고 있음에도 의논이나 타협의 의해서가 아니라 일방적으로 나누어줌으로서 문제 해결을 보려는 데서 마을 사람들의 원망을 받게 되고 그것을 이용하여 선동자가 생기어 집을 부수고 방화를 하게 되는 것이다. 구세대인 최상호는 농토를 늘려나가면서도 새 시대를 예견하고 있다는 것을 알수 있는데, 땅을 가장 귀중하게 알면서도 "이제 농사꾼의 시절은 지나 간 거야" 하고 말하여 유민(流民)의 시대에 접어들었음을 아들과 주위 사람에게 알려준다.

　최상호의 큰 아들인 최형주는 작가 한수산이 자주 등장시키는 전형적인 인물이다. 예민한 감수성과 수줍고 남의 눈에 드러나려 하지 않는 소심성, 내면으로 향한 사색형이다. 그는 사물의 운행 이치에 밝으면서도 세상사에 대한 옳고 그름에 번민하다가도 그 고뇌는 사회로 향하기보다는 같은 의식의 여성을 발견하여 사랑에 빠지게 되고 사련과 윤리 가운데서 괴로워한다. 이때에 등장하는 여자는 보다 담대하고 세상 사람들의 속물근성을 대담하게 질책하고 도외시할 줄 아는 여성이다. 형주는 냉철하지도 담대하지도 못한 것이 그의 성격의 특성이다. 신애를 버리지도 갖지도 못하고, 그렇다고 농촌운동을 적극적으로 펴지도 못한다. 그러나 그의 사랑을 불륜이라고 욕할 수 없도록 그는 신애를 마음속 깊이 사랑하고 있다. 형주의 거의 모든 행동은 수동적이라고 볼 수 있다. 고향을 떠나 외지로 선생 생활을 하러 가는 것도 부인인 자명의 의지에 의해서이다. 신애와의 사랑도 신애의 강력한 흡인력에 끌려가는 인상이 깊게 풍긴다. 선이 굵고 행동 반경이 넓은 그의 아버지 최상호나, 거칠고 남성다운 그의 동생 형태나, 여자답지 않게 손이 큰 그의 아내를 조금도 닮지 않은 유약한 작은 지식인이다. 늘 사람의 이목을 두려워하고 바른 양심을 가지려 애쓰고, 그러나 힘겨워 하며, 행동이 없는 창백한 인물이다. 그러나 이런 인물이 행동이 전혀 없는 것은 아니다. 이 소설에는 나타나지 않았지만 이런 인물이 오히려 굳은 마음이 생기었을 때는 어느 누구보다 불퇴의 용감성과 행동력을 보이는 것은 흔히 있는 일이다. 우리가 흔히 겁쟁이라고 부르는 사람이 오히려 큰 일을 해 내는 것은 그의 사색에서 오는 응고된 마음의 덩어리가 무한한 에너지를 갖고 있기 때문이다. 그러나 제 일부에서 보인 형주의 성격은 샌님형에 머문다. 그가 그저 샌님으로 머물는 지 혹은 어떤 일을 해 내게 할런지는 전적으로 그의 창조자인 작가에게 달려있다. (그의 사색적이고 예민한 감수성은 작가 자신을 조금은 닮은 것 같다는 생각이 자꾸 드는 이유는 웬일인지 모르겠다.) 자명과 신애에 의하여 다듬어지는 형주는 그의 유약성에서 벗어나게 되는지도 모른다. 신애가 형주를 사랑하는 것도 두 사람의 교육관의 일치에서 온 것이기도 하지만 ( "인간이 인간답게 산다는 것, 바로 어떻게 사는 건가를 깨우쳐주는 것에 있다고 봐요...")
"몸 두었다 뭐 하겠어요, 쓰고 가야죠... 나눠주고는 싶은데 제가 갖은 건 조금뿐이니 그게 제일 안타까와요." 하는 것은 다른 뜻으로 해석 할 수도 있겠지만 신애의 형주에 대한 희생정신을 나타낸 것이라고도 볼 수 있다. 형주는 시대를 내면으로 앓고 있는 인물임에는 틀림없으나 형태가 보다 돋보이는 것은 무슨 이유일까.
　형태는 사색적인 형주와는 달리 거칠고 행동을 우선하는 인물로 묘사되어 있다. 그렇다고 생각 없이 살고 있는 인물이 아니라 그의 형과 비교하여 본다면 행동파에 속한다는 뜻이다. 그의 행동은 그러기에 죄와 함께하게 되어 산을 깎아 먹는 산판을 여는가 하면 시정에 나가 주색잡기에도 능한 편이다. 그는 생을 멀리 우회하며 고향을 사랑하는 마음을 갖게 되고 더욱이 옥살이를 한 후에 아버지를 도와 흙에 묻히어 살 것을 마음먹는다. 주먹도 쓰고 위협도 가끔 하는 형태에게 애착이 가는 이유는 그와 은선이와의 사랑에서 보여준 진실성이다. 은선의 무덤가에서 강줄기를 내려다보며 소주병을 비우며 말하는 독백과 사념의 조각들은 그의 내면세계를 보여주면서, 한 거친 인물의 변화과정을 잘 드러내 주고 있다. 비록 그가 죄를 범하고 거친 세상을 역시 거칠게 살아갔어도 그의 내면에는 그도 인식할 수 없는 선의지가 있다. 아니 그의 내면에는 선과 악이 함께 살면서 고뇌하고 있는 지도 모른다. 그러나 아버지 최상호는 그에 대하여 늘 회의의 눈으로 바라보고 있다. 그런 것에 개의하거나 자기가 그렇지 않다는 것을 아버지에게 설득하려고도 않는다. 고독한 사색가인 형주가 고향을 버리고, 세상의 삶을 몸으로 체득한 형태가 고향으로 돌아온 것은 당연한 귀결일지도 모른다.

한수산의 소설 속에서 여인들이 특히 아름다운 마음과 결연한 행동을 보이는 일은 흔히 있는 일이다. 아마도 그는 등장하는 여인들 속에 어릴 적이나 혹은 장성하여서도 크게 영향을 준 좋은 여인들의 체험이 있었던 것 같다. 그것은 어머니 일 수도 있고 다른 누구일 수도 있다. 그가 만들어 놓은 여성상은 천사이며 보살이다. 여기에 등장하는 자명이나 신애, 그리고 선한 여성의 대명사로 불려야 할 을생이 모두 다 그런 인물들이다. 을생이 최상호의 집에서 부엌떼기를 하고 있을 때도 이미 그녀의 착한 마음을 알 수는 있지만 원갑이의 사건을 겪고 양짓말을 떠나 춘천으로 와서 노상사를 만난 후의 삶은 너무 미화되지 않았을까 회의할 정도로 착하다. 그녀를 어려운 가운데서 구하여 주었다는 고마움에서 나온 것이기는 한지만, 노태석에게 보이는 그녀의 이해심과 희생정신은 읽은 후에 옷깃을 여미게 할 정도이다. 투기도 없고 물욕도 없는 을생을 그토록 기구하고 불행하게 만들어 놓고 있는 작가가 원망스러운 소박한 독자도 있을 것이다. 노태석이조차 "보살인가 보오. 하늘에 살던 보살이 구름을 헛디뎌서 여기에 떨어진 것인가 보오" 하고 말할 정도이다. 작가 한수산은 특히 을생에게 애착을 느끼고 있는 것이 보인다. 을생에 대한 묘사가 이 긴 소설 속에서 누구보다 많이 할애되어 있을 뿐만 아니라 소설의 구조를 최상호의 양짓말과 대비하여 대칭으로 내어놓고 있다. 작가의 원래의 의도는 그의 고향

마을의 보통 사람들에의 삶의 괴적을 추적하기 위한 것일 지도 모르나 을생이 소설 속에 등장하는 인물로는 다른 어떤 인물보다 장점과 단점을 고루 가지고 있는 편이다. 그것은 앞에서 말하였듯이 너무 미화되지 않았을까 하는 점과, 그럼에도 우리가 현실에서 만나고 싶은 이상적인 인물이기도 하기 때문이다.

반짝이는 것이 모두가 금이 아니 듯이 등장하는 여성이 모두 구원의 여성상은 물론 아니다. 초희는 육감적이라고도 그려놓고 있지만 그보다는 싸늘하게 계산하고 자기상승을 위해서는 자신의 육체를 미끼로 내어놓는 여성이다. 최상호의 자녀들에게 각각의 성격을 부여하고 있는 가운데 추호의 흐트러짐도 없이 계산에 의해 살아가고 있는 인물이 이 여자이다. 천목수는 농촌의 따분함과 고루함을 벗어나기 위하여, 그러니까 탈출을 위하여 선택되고, 두일은 돈을 잡기 위하여 선택된다. 오탁수와의 공모를 통한 두일에 대한 배반은 여자의 무서운 이면을 보면서 섬뜩함까지 느끼게 한다.

한수산이 이 소설에서 보여주는 또 다른 점은 시골 풍경의 탁월한 묘사이다. 장마철의 가축들의 생태, 김과부의 주막이나 국수집에서의 내기 화투 때의 오가는 말씨, 타작마당에서의 농민들이 주고받는 말들은 어설픈 농촌소설 쓰는 것을 단념하게 할 정도로 훌륭하게 만들어 놓고 있다. 한국인에게 있는 해학을 이만큼 생생하기 살려 놓은 것은 드문 일이다. 고향산천의 아름다운 사계절의 모습은 명절때마다 이미 변해버린 고향을 찾기 전에 이 책에서 찾아보는 것이 어떨른 지.

『유민』은 작가가 온 마음을 갖고 쓴 작품임이 도처에서 보인다. 그는 그의 생애를 걸고 고향애기를 작품화하려고 마음먹었던 것에 틀림없다. 그리고 이 이야기는 허구로만이 아니라, 강백이, 철주 달평이 . . 등 마을 사람들이 실제인물인 듯이 보인다. 그러기에 이렇게 생명력 있게 살아 움직이는 인물이 된 것이다. 고향에 대한 사무친 그리움조차 잃고 바쁘게 살아가고 있는 사람들에게 이 책을 꼭 읽으라고 우선 권하고 싶다. (**중앙일보사**)

# 남북조 시대의 풍속도
## 방영웅의 「사무장과 배달원」, 「첫눈」

먼 훗날 한국 전후 시대의 서민 풍속도가 어떤 모습이었는가를 알고 싶은 사람이 있다면, 방영웅의 여러 소설들을 읽는다면 틀림없이 그 본래의 모습을 보게 될 것이다. 그의 소설은 우리 사회를 웃음의 색깔을 살짝 입힌 현미경으로 들여다 보며 웃고 있는 것을 그린 것을 알 수 있다. 방영웅이 그의 장편 소설 『분례기(糞禮記)』(1967)를 들고 세상에 나왔을 때 한국 문단에서는 대단한 반응을 보였다. 그의 인간 탐구, 아니 한국인의 탐구는 우리의 허점을 너무나 가차없이, 너무나 사실적으로 파악하고 있어, 이 한국적인 풍속도는 풍속 사범이라고 할 정도여서, 관계 당국에서까지 흘겨 볼 정도였다. 그의 인간에 대한 관찰력과 묘사는 이제까지 어느 누구도 하지 못하였던 한국인에 대한 탐구였던 것이다. 여기에서 언급할 그의 두 편의 소설도 예외는 아니어서 작가 방영웅의 면모를 확실하게 보여 주는 작품이다. **「사무장과 배달원」**은 분량으로는 중편 소설에 해당되겠지만 단편의 구조를 지니고 있다.

주인공 정달현은 전후 한국의 어디에서나 볼 수 있었던, 자기의 과거를 크게 돋보이게 하는, 소위 "펑쟁이"로서 "이 승만의 직속 똘마니로 정당 생활 이십 년을 지냈고 이 박사와 단 둘이 앉아 맞담배질 한 것은 대한민국에서 나 하나뿐"이라는 허풍쟁이다. 그가 소설의 시작에서 신문을 보며 옛 정치인이 신문에 난 것을 "이런 놈이 실컷 해 먹었으니 ... " 하고 의로운 듯이 말하며 "청렴결백해서 돈에는 욕심이 없었다"는 그가 실은 배달원인 지한수와 함께 시장의 한편에 있는 작은 술 공사판에서 남모르게 막걸리에 "맹물을 타서" "해 먹는" 막걸리 공판장의 의롭지 못한 사무원

(員)이 사무장(長)으로 격상된 것은 동료인 배달원 한수가 그의 화려한 과거를 듣고 "존중하는 마음에서" 격상시켜 붙여 준 이름이다.

정달현이 여기서 구사하고 있는 여러 속임수의 수법들은 흔한 말로 고전적 수법에 불과하지만 읽는 이에게 거부감 없이 그저 웃어 버리게 되는 이유는 작가의 묘사가 너무나 자연스럽고 사실적이기 때문이다. 정달현이 백차의 순경을 맞아 다방에서 펼치는 언변은, 전후 한국 사회에서 어느 거리의 모퉁이나, 어떤 집단에게서나 한 사람은 발견할 수 있는 그런 사람이다. 전후 한국 사회의 이러한 인물이 흔히 나타나게 된 원인은 전쟁으로 인하여 각 지역의 사람들의 이동이 심하여 예전의 씨족 부락 단위가 무너져 이합집산으로 낯선 자끼리만 만나서 살게 되어 그의 과거에 대한 진위가 구별되지 않는 가운데 먹고 살기 힘든 생활고를 해결하기 위해 자연히 나를 남보다 더욱 돋보이게 하려는, 살려는 본능인지도 모른다. 그 당시 유행하던 어깨에 잔뜩 솜을 넣어 만든 옷도 그런 면을 보여 주고 있는지도 모른다. 하루하루가 살기 힘든 때에 살아남기 위한 방편으로서의 허위 의식에서도 온 것이기는 하지만 이것은 교활한 이기주의에서 오는 것이 아니라 그저 나를 다른 사람보다는 높다는, 지금 이 무리와는 근본이 다르다는 자기 향상 욕구에서 온 허위의식이라고도 볼 수 있기 때문이다.

정달현의 허풍에는 어떤 사랑스러운(?) 면이 보이는 허풍이 있지만, 이런 허풍을 무조건 모방하다가 큰 화를 당하는 한수에게서 우리는 씁쓸한 웃음을 갖게 된다. 정달현의 허풍은 주위의 실상을 알면서 나갈 길과 물러설 길을 알면서 하지만, 한수는 현실 감각이 예민하지 못하여 천방지축 아무 데서나 아무 말이나 하는 바람에 화를 입게 된다. 통행금지 시간에 "딱다기"인 야경꾼(방범대원)들에 걸려 그 이후에 일어나는 사건에서 두 사람의 역할은 전도되어 있는 것을 보게 된다. 정달현은 현실에 급히 적응하여 "협상"하는 반면에 한수는 돈키호테가 되어 버린다. 한수의 돈키호테적 역할은 독자에게 연민과 동정을 받게 된다. 정달현과 지한수의 수모는 사회적으로 신분이 높다고 볼 수 없는 사람들, 정달현의 말처럼 자기들처럼 "준사법권"밖에 갖지 못한 딱다기에게도 굽신거려야 하는 그들의 신분, 혹은 굽신거려도 결국 파출소로 끌려가야 하는 그들의 사회적 신분은 독자 앞에 적나라하게 드러나는 셈이다. 이것이 한국의 서민들이 겪는 애환의 풍속도이기도 하다. 아무 악의 없이 하는 허풍에 웃음과 애수가 함께 느껴지는 것이다.

그러나 이 소설에서 작가는 마지막을 너무나 현실적인 인물로 그리고 있다. 정달현이 공판장을 인수하고 난 후 자기를 그렇게 도와주었던, 혹은 그렇게 함께 우정어린 공생에 참여하였던 지한수를 잘라 버리는 것이다. 이것은 오히려 정달현이가 한수의 어깨를 두드리고 "함께 살자"로 끝맺었다면 어떠하였을까. 그렇다면 정달현의 인물은 한국적 인물로 살아 있을 것이다. 그러나 현실적 이해에 너무 빠른 계산을 하는 정달현에게서 우리는 이제까지 보여 준 웃음 섞인 그의 허풍이 계산된 허풍인 것을 알게 된다.

이 소설에서 보이는 허름한 시장 골목의 무대 장치는 또한 작가 방영웅의 소설 공간에 흔히 무대로 쓰이는 장치이다. 한국의 중소 도시 어디에나 가도 볼 수 있는 지저분하고 냄새나는 시장 뒤켠, 그 화장실, 이것은 자랑스럽지는 않으나 한국적 시장 풍속도이다. 방영웅은 이런 그림을 잘 그릴 줄 아는 작가이다.

「사무장과 배달원」이 한국 남자들의 일상생활의 어떤 단면을 보여 주고 있다면 단편 「첫눈」에서는 여인들의 애환을 그리고 있다. 동양인, 특히 한국인은 첫눈에 의미를 부여한다던가, 센티멘탈한 감정에 빠지는 경향이 많은 듯한데, 여기서도 예외는 아니어서 첫 눈 내리는 저녁에 술집 여자들의 하룻 저녁의 삽화가 독자들에게 펼쳐진다.

첫 눈이 오는 것을 보며 모여 앉은 "왕포집"의 "작부"들은 하나하나가 과거와 객지(客地)에서 모여든 여인들로 이루어진, 피곤하고 지친 여인들이다. 등장인물들의 구성이 이미 짧은 과거의 설명을 읽어보지 않더라도 갈 때까지 갔고, 올 때까지 온 사람들임을 알 수 있다. 여기에는 특별한 주인공이 따로 없다. 첫 눈 오는 날에 각자의 추억은 있으나 모두 객지에서의 술집 여인들로서 쓸쓸한 정경을 그린 것이 이 소설의 내용이다. 등장인물들은 왕포집을 털러 온 도둑까지 포함하여 그들이 서로서로가 각자를 먹이로 뜯어먹고 살려는 하층인들의 먹이사슬을 보여 준다. 매상을 올리려고 애쓰는 이들에게 속는 척하며, 취한 척하다가는 털어 가는 젊은 도둑의 무리와 술집 주인과, 주인의 의중을 알고 "바가지"를 씌우려는 여인들이나 모두 같다.

이들은 모두가 서로 피해자들이다. 도둑을 맞고 난 후에 여인들에게 행하는 주인의 횡포는 여성들이기에 당하는 수난임을 다시 한 번 느끼게 한다. 도둑으로 인한 피해는 주인집만이 아니라 단벌 여인들도 모두 털렸고 또 주인집의 매상을 올리려고 정신을 잃을 정도로 마셨기 때문에 도둑이 들어도 모른 것은 "피차 마찬가지"임에도 주인에게 다시 폭행을 당하는 것이다. 여기 모여 있는 여인들의 현실은 실은 모두가 남성에 의한 피해로 사회의 마지막 끝에 서 있게 되었는데도 결국 여기서조차 핍박받는 자는 역시 여자인 것이다.

방영웅의 소설의 기본 톤은 한국 고전에 닿아 있는 듯이 느껴진다. 그의 해학적인 언어 구사나 플롯의 흐름, 인물 배치가 그렇다. 사회와 약간의 거리를 두고 객관적인 사물의 관찰법을 유지하면서 희화적(戱畵的)으로 그려 놓는 그의 묘사법은 한국의 전통적인 고전 소설에서 발견되는 기지와 비꼼, 너털웃음과 눈물이 나면서도 웃는 상황이다. 그의 언어의 사용도 특별하다. 일상인들이 흔히 쓰는 속어가 아무 거리낌 없이 사용되고 있으나 천하지 않고 우리와 가까운 이웃이라고 생각되는 이유는 하층 서민들이 살아 움직이고 있는 생생한, 살아 있는 인물이기 때문이다.

방영웅은 한국의 소설가들 가운데 드물게 자기 스타일을 가진 작가이다. 그의 작품에는 가장 한국적인 한국인이 숨쉬고, 가장 한국적인 서민이 살고 있기 때문이다. (**계몽사**)

# 한 예술가의 수업 시대
## - 박영한의 「지상의 방 한 칸」 -

하나의 예술 작품이 탄생하기 위하여는 서정주 시인의 「국화 옆에서」와 같은 정신적 혹은 주위 환경에 따른 장애나 우여곡절도 많은 것은 이미 잘 알려진 사실이다. 내면적이든 외면적이든 쉽지 않은 것이 작가에의 길이다. 박영한의 「지상(地上)의 방(房) 한 칸」은 그의 소설가로서의 자리를 굳히게 하였던 장편 『머나먼 쏭바 강』과는 또 다른 면모를 보여 주고 있다.

누구나가 흔히 지나 온 고생을 표현할 때는 이미 많이 사용하고 있는 '말로 표현할 수 없는 고생'이라고 짧은 언어로 말하여 버리지만 박영한만큼 그의 소설의 표현이나 언어의 사용을 통해 예술가의 고통을 생생하게 그려 놓은 것은 아마 없었다고 해도 과언이 아니다. 예술가로서의 괴로움이나 갈등을 나타낸 소설은 멀고 가까운 나라에서 한두 편이 아니다. 예컨대 토마스 만의 「토니오 크뢰거」도 그런 류에 속하지만 「지상의 방 한 칸」에 비한다면 정말 배부른 소리요, 부르조아적 발상이라고 볼 수 있다. 물론 토마스 만의 소설에 예술가와 시민 정신과의 갈등이 들어 있어 다른 형태의 고뇌를 표현하고 있기는 하지만, 이와 반대로 「지상의 방 한 칸」에서는 자기의 정신적 고뇌를 괴로워할 조용한 장소조차 하나 없다는 것이 근본적인 문제이다. 이 땅의 예술가들의 고생스런 일면을 낱낱이 읽고 난 독자는 가만히 앉아 읽고만 있는 것이 미안하게 느껴질 것이다.

주인공인 소설가 '나'는 소설 쓰기 위한 조용한 방 하나를 얻기 위하여 지상에 있는 친구를 찾아보고 또 여기저기 찾아보았으나 실패하고 다시 돌아오는 것이 이 소설의 시작이다. 독자들은 처음 얼마 동안 방의 의미를 모른다. 오히려 원고지 앞에 놓았을 때의 괴로움과 고통이 먼저 나온다.

원고지와 대좌하는 시각. 고통스럽고 한편 불편하기 그지없는 이 시각엔 별 대

수줍잖은 담뱃재가, 손톱에 낀 때가, 발가락 새의 무좀이, 그리고 때로는 운수
사납게도 꽃순네의 강아지 낑낑대는 소리 따위가 벼랑 위에서 아슬아슬한 곡
예를 하고 있는 나의 신경을 출렁거려 흔들기 시작하는 것이다. 담배가 떨어졌
다거나 메모 한 장이 사라져 안 보인 다거나 … 어떻든 그런 자질구레한 것들
과 신경전에 패하면 그 날 하루는 공을 쳐야  하는 것이다.

　이것은 글을 쓰는 사람의 방을 국외자가 잠깐 들여다본 정도의 호기심
만을 만족시키는 창작자의 태도일 수도 있다. 그러나 작가인 '내'가 겪는,
방을 찾으려는 방황과 노력은 처절하기까지 하다. '방'에 대한 이미지는 몇
가지로 나누어 설명할 수 있을 것이다.

　첫째는 있는 내용 그대로의 소설가인 '내'가 겪은, 그러니까 작가 박영한
이 무척 많이 들어 있는, 체험과 상상력의 산물로 볼 수 있다. '방'에 대한
공간 설정이나 환경 문제를 이 작가가 이야기한 적이 있다. 그러나 소설
속에서는 무대 설정이나 부대 인물에 강한 인상을 주도록 하였을 것이며
상황도 더 극적으로 묘사하였을 것이다. 주인공을 궁지에 몰아넣기 위한
보조 인물 정씨는 약간 과장되기는 하지만 살아 있는 인물로, 한국의 농촌
어느 마을에나 하나 둘쯤은 있는 전형적인 사람이다.

　소설가가 작업하기 위하여 "예루살렘의 성전과도 같아야 할" 방의 필요
성은 말할 필요도 없다. 이 방의 문제는 "영양가 높은 알(卵)의 원천이요,
기도와 명상의 보금자리여야 할 내 방의 수난의 역사는 저 멀리 문단 데
뷔 시절로 거슬러 올라간다."우리들 빈번했던 이사의 역사는 우리들의 방
이 겪는 슬픔과 고난 그리고 분노의 역사와 일치한다"고  　내'가 말하고
있듯이 이 중편 소설의 내용은 방을 찾아 끝없이 헤매는 것이다.

　박영한은 거의 전국을 묘사하고 있으며 특히 서울 근교 사방의 지리적
묘사에 정확하다. 그리고 마을마다 발견되는 좋고 나쁜 집의 묘사와, 집의
상태 - 잘못 된 등기, 복잡한 소유주의 집 등 사건이 생길만한 모든 집의
종류를 알고 있으며, 건물 구조와 작업의 방해 요인을 다양하게 설치하여
놓고 있다. 그에게는 방에 대한 경험도 많았겠지만 그 경험을 재구성하는
문장력이 이 작품에서 탁월하게 나타나 있다.

둘째의 방의 의미는 예술을 위한 구도자적 방황의 끝으로서의 "조용한 방"이다. 안정되고 예술 창작을 할 수 있는 피안으로서의 방을 생각할 수 있다. 어디서나 구도하려는 '나'를 방해하고 있다. 그가 전국을 방황하면서, 모든 것을 버리면서 찾는 것은, 마치 스님이 참선하기 위한 조용한 암자를 찾 듯이 그의 궁극적인 목표인 예술 창작을 위한 것이다. 이런 방의 의미로서, 정씨나 주인 마나님이나, 그까짓 방 하나를 찾아 헤매느냐는 친구의 비웃음들이 모두가 상징으로 해석될 수 있다. 오로지 예술을 위해서, 방을 찾으려다가 그는 자기 아들까지 잃게 된다. 조용한 방 하나를 찾기 위하여는 산이고 내이고 간에 불원천리 찾아간다. 방을 보았을 때의 여러 가지의 장점과 단점, 집주인의 여러 성격들, 방 주위의 작은 인물들도 상징화시킬 수 있다.

이런 의미의 방은 방황과는 반대의 이미지, 정착하고 안주하는 이미지로 독자에게 와 닿는다. 마치 파랑새를 찾아 나선 아이들같이 읽는 사람은 "아아, 그것은 무엇 때문인가, 어찌하여 하나님은 소설가에게 조용한 방 한 칸 선처해 주는 일에 그토록 인색하단 말인가." 하고 탄식하게 된다. 주인공의 아내도 돋보인다. 너무 천사로만 되어 있는지도 모른다. 그러나 '내'가 방 하나를 얻기 위하여 이렇게 고생하고 괴로움을 당하더라도 그에게 힘이 있는 것은 그의 아내 때문이다. 소설가의 아내의 이미지는 현진건의 「빈처」에 이미 잘 나타나 있지만 이 작품에서의 아내야말로 가난한 예술가들이 모두 부러워할 아내의 상이라고 보여진다.

이 소설은 특히 예술을 지망하는 사람들이 읽었으면 한다. 이곳의 주인공 '나'처럼 꺾이지 않을 자신감이 있는가. '나'처럼 예술을 향한 정열이 끊이지 않는가. 구도자적인 "조용한 방"을 찾는 고행을 할 각오가 되어 있는가.

이 소설은 해석이 필요치 않은 소설이다. 읽으면서 누구나 느끼고, 구도자적 고행을 함께 할 작품이다. 예술을 위한, 상징적인 지상의 방 한 칸을 준비하는 과정은 천상의 방 한 칸을 준비하는 과정이라고 생각된다. 천상에 준비할 방을 위해서는 이기적이어서는 안 된다. 오랫동안 이곳저곳을 헤매다가 미금리라는 곳에 조용한 집을 발견하고 기뻐하였지만 그 곳에 살고 있는 사람이 '나'보다 더욱 가난하고 문학을 이해하는 사람으로서 "잔디네가 들어온다면 우리는 정말 대환영이에요. 우리 걱정은 마세요. … 이 집은 정말 심심할 정도로 조용합니다. 명작을 기대하겠어요." 하는 말에는 오히려 이 집을 포기한다. 그들 부부는 '나' 때문에 이 집에서 쫓겨나야 되며 작은 돈으로는 다른 집을 구하기가 막막한 처지이다. '나'는 아무리 나의 그것이 절대 지고의 것이라 하더라도 나의 문학을 위해 착한 이웃을 저버릴 수는 없었던 것이다.

예술가가 아름다운 것을 창조한다는 것은 착한 것과 통해야 한다. 지극한 아름다움(美)은 지극히 착함(善)과 같기 때문이다. 박영한은 방에 관한 테마로 이렇게 사실적이고도 상징성을 갖춘 중편을 그 테마에서 벗어나지 않고 잘 이끌어 나가고 있다. 아마도 단편만으로는 오랫동안 작품 생활을 하는 작가와는 달리 처음부터 장편을 다루었던 그의 저력에서 나오는 힘이 아닌가 생각된다. 지상의 방 한 칸은 천상의 방 한 칸인 것이다.(**계몽사**)

# 한국 사회의 정신병리학적 진단
## 최창학 창작집 『긴 꿈 속의 불』

　우리는 근대화라는 이름 아래서 거의 모든 자연을 파괴하고, 도시 곳곳의 푸른 공간은 하나하나 회색으로 바뀌어 사막 위를 걷듯이 메마른 생활을 영위하고 있다. 설상가상으로 정치현실은 온 국민들에게 위기감을 느끼게 하고, 쿠데타나 졸부에 의한 갑작스런 사회적 신분의 전도는 착실한 삶이라는 것이 얼마나 허망한 것인가를 누구나가 느끼게끔 되어있다. 이런 사회질서의 혼란은 서양 사람들이 말하는 위기 이상의 절망감으로서 불안, 우울, 자기 자신이나 동료로부터의 소외감, 강박관념 등 정신병적 요소가 한국인의 정신세계를 지배하고 있으며, 지금 우리 사회에서 산다는 것은 소유한다는 것으로 등식화하여 모든 수단을 동원하여, 우선 나의 것으로 만들자는 논리가 우리 의식세계를 지배하고 있다. 올바른 정신을 가진 자가 건강하게 살 수 있을까. 인간과 인간과의 신뢰를 아무리 구축하려해도 오히려 실망만을 가져오는 것은 아닐까. 모두가 다 자기 주위에 벽을 쌓고 사는 편이 더 나은 것이 아닐까. '나'의 마음을 열려고 노력하면 오히려 더욱 큰 절망을 느끼게 되는 것이 아닐까. '나'와 '너'를 연결시킬 가능성은 어디를 보아도 없는 듯 하다. 작가 최창학은 이러한 사회현상을 정신병리학적인 수법으로 형상화시키고 있다.

　그의 창작집 『긴 꿈속의 불』에 들어 있는 일곱 편의 단편과, 같은 이름의 장편인 『긴 꿈속의 불』에는 빠짐없이 정신질환을 앓고 있는 인물들이 등장하고 있다. 그는 한국이라는 한 나라 전체를 정신병동이라고 설정하여 놓고 사건을 전개시키고 있는 것이다.

　　정신병원의 특성이랄까 개성은 무엇보다도 그 창에 잘 나타나있다. 창마다 쳐
　　진 철책 말고도 그 철책의 저쪽에 바짝 붙어서 밖을 내다보는 환자들의 갖가
　　지 표정과 자세가 병동 전체의 분위기를 휘어잡는다.

이렇게 시작되는 이 장편은 '철책'이라는 용어를 사용함으로서 우리 해안선에 둘러쳐진 철책을 연상하게 한다. 우리는 한국이라는 정신병동에서 생활하고 있는 지도 모른다. 좁게는 한국이라는 공간이, 넓게는 인간이 살고 있는 이 세상 전체가 하나의 정신병동이라고 보아도 좋을 것이다. 이 세상의 살아가는 모습을 등장인물의 한 사람인 화가 김린이 "주간지의 세월"이라고 말하고 있듯이, 진지함이나, 인생의 참다운 의미를 찾는 모습은 보이지 않고, 쾌락추구나 물질만능주의로 흐르는 것을 뜻있는 사람이 본다면 어떻게 바른 정신을 갖고 살 수 있을까.

최창학은 그의 대부분의 단편에서도 등장인물들을 정신적 불구일 뿐만 아니라 신체적으로도 불구자로 등장시키고 있다. 단편 「지붕」에서는 정신적인 병 뿐만 아니라 신체적인 불구자로서 '사람 썩어 가는 냄새'가 나며 '이 집 식구들 중 몸의 어느 한 곳이라도 썩어가고 있지 않은 사람은 한 명도 없다'고 말하여 한국인 모두가, 혹은 이승에서 살고 있는 모든 사람들이 어딘가를 앓고 있다는 상징적인 말을 하고 있다.

최창학의 작품 속에서 정신병의 모티브는 큰 의미를 지닌다. 아마도 그는 이 세상에 대한 너무나 큰 애정을 가졌거나, 모랄 의식이 강하기 때문에 정신병을 늘 모티브로 쓰고 있는 것이 아닌가 생각된다. 그의 소설의 톤이 어둡고 칙칙한 색조를 띄우고 있는 이유도 그의 강한 모랄 의식이 투사된 세상이, 밝지 않기 때문이다. 정신병을 주제로 한 작품들이 서양이나 동양을 막론하고 없었던 것은 아니나, 대부분이 예술 지향적이거나, 정신병적인 관점에서 본 사물에 대한 관찰이지, 강한 모랄 의식으로 인한 정신이상자는 드문 편이다. 최창학의 사회에 대한 관찰이 어딘가 고독한 삶의 추적으로 느껴지는 이유도 혼자 칩거하며 생각하는 것이 문체에 나타나 있기 때문이다. 이것은 장점이며 동시에 단점인 양면성을 갖게 된다. 단점이란 그의 소설이 잘못하다가는 관념적으로 되어 버리기 쉽다는 것이다. 관념적인 작품을 생산하는 작가들은 실상 끈질긴 사유를 추구하며 모랄리스트가 대부분이다. 『긴 꿈 속의 불』은 정신과 의사인 현민을 중심으로 사건이 전개 되고 있다. 최창학은 다른 작품에서 정신병을 간접적인 묘사나 상황 설정으로 하고 있는 경우는 많지만 정신과 의사와 정신병원을 정면으로 내 세운 것은 드문 일로서, 여기서는 전공법을 택하고 있는 셈이다. 소설의 무대가 정신병원이고 주인공이 역시 그렇기 때문이기도 하지만 이 소설에 등장하는 중요 인물들의 대부분이 크건 작건 간에 정신병을 앓고 있거나 앓았던 병력을 갖고 있다. 현민의 환자 중에서 병의 진척 사항이 독자에게 상세하게 보고 되고 있는 - 이것이 소설의 내용이기도 하다 - 사람은 청년과 중년, 노인, 젊은 여인, 작가는 이렇게 고른 연령층을 선택하고 있다. 그것은 각 세대의 고뇌를 대표해서 선발된 인물들이라고도 볼 수 있다. 다른 소설, 특히 단편 「지붕」에서는 정신병 환자들의 별명이나 유형을 나누어 무엇이 그들의 고뇌인지, 다른 말로 한다면 한국인의 정신적 고뇌가 무엇인 지를 말하고 있다. 예컨데 "통일 할아버지", "혁명 할아버지", "큰 인물 할아버지" 등으로 불리어 우리들의 문제점이 무엇인지를 반영하고 있다.

주인공 현민은 병을 치료하고 병자를 돌보는 의사의 직분만을 갖고 있는 것은 아니다. 그는 이 소설 속에서 지식인으로서 병든 세상과 세상 사람들의 고뇌를 함께 하고 치유하려는 사람이다. 서양말에서 "치료한다 (heilen)"는 뜻은 흔히 '구원'이라는 말과 동의어로 쓰이고 종교에서는 마음을 다스리는 것을 구도자적인 과제로 삼고 있다. 정신과 의사는 일반 신체적 질병을 치료하는 것과 달리 마음의 병을 치유하는 것으로서 구원의 역할을 하고 있다. 그러니까 현민이 이 소설에서 상징하고 있는 것은 민중과 고뇌를 함께 하고 치유하고 어루만지는 지자의 역할이다. 물론 현민의 위치는 옛날의 지도자나 선지자 같은 형식을 빌어 환자보다 높은 곳에 위치하는 것이 아니라 함께 살고, 함께 사랑하고, 함께 걱정하는 보통 의사이긴 하지만 어딘지 속세에 내려와 육화한 성인의 모습을 풍기게끔 형상화시키고 있다. 작가는 현민의 성장과정이나 가족관계, 행복하지 못한 부부생활, 술 때문에 "자신도 그 병(알콜중독)에 걸려가고 있다는 의식에서 헤어나지" 못하면서도 매일 저녁 반복하는 "황혼병" 등으로 고독한 현대인이며 특히 대중을 치료하여야하는 고독한 지성인의 모습을 보여준다. "사람들은 모두가 미쳐있을 때에만 나와 함께 있기를 바란다"는 그에게 순심이 마저 간질병을 앓고 있다.

현민에게 있어 혜림의 등장은 회의에 찬 생활에 활력소가 될 가능성일 수도 있다. 이 소설에 등장하는 인물들 가운데서 가장 이상적이며 밝음을 지니고 있는 사람이 혜림이다. 그러나 이 밝음은 작가가 그의 소설에 더욱 어두운 그림자를 던지기 위한 조명에 지나지 않는다. 작가는 이상적 구원의 여인상을 등장시켜 지쳐 있는 정신과 의사에게 구원의 빛을 던지려는 듯 하다가 이정태라는 비이성적이고 폭력적인 인물에 의해 살해되도록 구성하여 더 이상 희망이 없는 듯한 암울한 사회를 암시하려고 한다. 폭력으로 상징되는 이정태는 현민에게나 화가 김린에게나 경찰에 이르기까지 속수무책일 뿐이다.

정신병을 앓게 되는 사람은 이런 폭력에 능동적이고 적극적으로 행동하지 못한 까닭에 현실과 이상의 틈새에서 강박관념과 퇴행으로 향하게 되는 것이다. 그러기에 올바른 정신이 있는 사람은 미치던가 죽을 수밖에 없다. 현민의 형인 영민의 경우가 그렇다. "그림을 그리겠다고 미대를 택한 그가 작품은 한 편도 완성하지 못하고 완성 단계에 이르기 무섭게 찢어버리기에 급급했던 것도 그 때문이었을 것이다. 자기가 이루고 싶은 것은 그런 것이 아닌데 캔버스에는 늘 그런 것만이 그려졌던 것이다. 세상도 그랬다. 자기가 꿈꾸는 세상은 그런 것이 아닌데 눈앞에 펼쳐지는 세상은 늘 잘못 그려진 캔버스와 다르지 않았던 것이다." 이런 "이상적이고 혁명적"인 성격의 인물은 이정태를 대표로 하는 사회적 폭력에 의해서이던, 정치적 폭력에 의해서이던 곧 파멸할 수밖에 없는 것이다.

혜주의 병력에서 우리는 자본주의 사회에서 흔히 보는 퇴폐와 데까당스에서 오는 정신질환을 발견한다. 그녀의 병은 일상인들이 가슴 깊이 감추고 드러내지 않고 살아가고 있는 '나'의 어두운 속성을 나타낸다. 자본주의 사회의 병폐를 김린의 경우 공격적인 반응으로 나타나 모든 "사이비"는 "극형"에 처해야 된다고 하였으나 그 공격성은 오히려 자신에게 화살을 돌리어 자기파괴(자살 미수)로 입원하게 되었지만 혜주의 경우는 자신과 사회에 대한 불만과 불안을 밖으로 향하게 하여 성도착에 이르게 된 것이다. 자본주의 사회의 부도덕성이 혜주와 같은 현상으로 나타나는 것은 당연한 것이다. 자본주의 사회에서 소위 순수라는 형태의 예술이 혜주의 이드의 순화된 변형으로 나타나는 현상을 우리는 본다.

「긴 꿈 속의 불」에서 젊은 세대의 대표로 등장하는 인물인 최동인은 지금의 대학생이 대부분이 그렇듯이 어렵게 좋은 대학에 들어가서 열심히 공부하려 하지만 주위 환경은 그를 폐인으로 만들어 놓는다. 동인의 일그러진 상은 한국 청년의 일반적인 고뇌의 모습이라고 해도 좋을 것 같다. 그의 정신병은 경쟁이 치열한 한국사회의 병폐에서 온 것이며 혼란한 정치기류에 의한 것이기 때문이다. 다만 그가 교문 앞에서 연행되고 학교로부터 퇴학을 당하는 것은 설득력이 약한 것이라고 볼 수도 있다. 도서관에서 뿌려진 종이 한 장을 갖고 있다고 해서 그런 결과를 가져오지는 않을 것 같기 때문이다(물론 한 때 그런 적이 있긴 하다.)

그의 아버지 최 장로를 등장시킨 것은 현대사회와 종교를 연결시키려는 의도를 갖고 있는 듯하다. 동인의 정신병을 기도의 힘으로 치유하려는 최장로의 신앙은 그러니까 이런 광기에 가득 찬 시대에는 아무런 효과도 역할도 하지 못한다. 오히려 최장로가 희생되어 버린다. 작가는 현대사회에서의 종교의 역할에 회의를 품고 있는 것이다.

흔히 우리가 살고 있는 시대를 위기에 직면하고 있다고 하지만 이것은 서양 사람들이 그들의 서구 문명의 몰락을 예고할 때에 인용하는 경우가 대부분이다. 지금의 한국 사회야말로 극과 극이 대치하고, 양심을 갖고 살기에는 너무나 어려운 지경에 이르고 있다. 서울 시내 교통의 무질서는 바로 우리의 내면세계의 무질서와 꼭 같은 모습을 보이고 있어 우리 의식세계를 컴퓨터에 넣고 대형 모니터에 비추어 본다면, 그 난맥상을 이루는 혼란된 의식 세계는 얽히고 설킨 무질서의 서울 거리처럼 나타날 것이다. 조그만 틈만 있어도 머리를 디밀고, 양보와 아량도 없이 경주하듯 달리다가는 욕을 해대는 것을 보고 있노라면 정신병원의 관찰실에서 정신병 환자를 관찰하고 있는 것이 아닌가하는 착각이 들 때가 있다. 올바른 정신을 가지고 살 수 있는 곳이 한국 사회인지 의구심을 갖지 않을 수 없다. 김린은 말한다.

> 이 광기로 가득 찬 세월을 미치지 않고 어떻게 살아갈 수 있겠느냐, 백 번 양보를 하고 백 번 타협을 하고 살아가려고 해도 잘 되어 지지 않는다.

작품의 끝 부분에서도 밝은 빛은 좀처럼 보이지 않는다. 그러나 작가는 정신과 의사인 현민이 이 광기로 가득 찬 땅을 탈출할 기회가 있었음에도 이곳에 계속 머물기로 결정함으로서 이 땅에 대한 사랑을 보여준다. 그는 미국인 부인이 미국으로 돌아오라는 권유를 뿌리친다. "(이곳은) 애니만이 아니라 누가 느끼기에도 제 정신을 제대로 잃지 않고 살아가기에는 너무나 어지러운 면이 많은 곳이요. 그러나 애니는 그것을 모르고 있오. 바로 그렇기 때문에 내가 이곳을 떠나 살 수 없다는 것을 … 내가 어떤 일을 하기 위해 이 세상에 존재한다면 나는 조금이라도 나를 더 필요로 하는 곳에서 살아야 될 게 아니겠오? … 그들대로의 긴 꿈속에서 불같은 삶의 의욕을 잃지 않고 있는 이 땅의 환자들을 위해 최선을 다해 노력해 보다가 정말로 그런 날이 오면 그 때는 이 땅을 떠나 살아도 상관없을 것 같소."

최창학은 어두운 소설의 분위기에 작지만 한 가닥 빛줄기를 그려 넣어, 읽고 난 독자가 적어도 각자의 고뇌를 상담할 정신과 의사의 역할을 해냈다고 볼 수 있다. 그의 소설은 무반성적 사고로 살아가는 우리와, 미쳐 있는 우리 시대에 항우울제가 될 것 같다. 최창학은 다른 작가보다 고독한, 그러나 끊임없이 한국인의 고뇌를 파헤치는 드문 작가 중 하나이다. (『불교문학』)

# 이데올로기의 희생자

## - 최창학:「먼 소리 먼 땅」 -

「먼 소리 먼 땅」은 전향 간첩의 짧지 않은 생애를 틀소설의 형식을 빌어 표현한 소설이다. 한국인이면 누구나 겪었을 한국 전쟁의 소용돌이 속에 확고한 이데올로기의 신념에서가 아니라, 우연에 의해서 혹은 살아남기 위한 방편에 의해서 좌익의 열성분자가 되어 버린 차상찬의 이야기다. 간첩 이야기면서 우리가 첩보 영화에서 보듯이 박진감 넘치는 액션이 있는 것이 아니라, 그저 평범한 한 서민의 이야기처럼 짜여져 있는 이유도 틀소설로서 소설의 첫머리에서 말하고 있듯이 전기를 쓰기 위한 것이기 때문이기도 하다. 그러나 더 큰 이유는 주인공 차상찬의 좌익으로서의 활동이 이념의 깊은 신념에서 나온 것이 아니라, 어쩔 수 없는 외부적인 환경 요인에 의해서 행동하였기 때문이다.

그가 처음에 남로당원이 된 이유와 정치 보위부원이 되는 경로도 머슴 생활을 하고 있었기 때문이지, 그 이전에 마르크스의 서적이나 공산주의 사상에 물들었던 것은 아니다. 비록 그가 전향하여 모 기관의 보호 아래 있으나, 죄를 가볍게 하기 위하여 그가 살던 마을에서 남을 죽인 적이 없다고 변명하고 있는 것은 아니다. 그를 정치보위부에서 일할 수 있게 한 것은 비록 "충분히 일할 수 있는 소양"이라고 보고 "사람을 무참히 죽일 수 있는 잔인한 면"이 있다고 보았을지는 모르지만, 그가 죽일 사람들의 명단을 받고 "손이 부들부들 떨렸"을 뿐만 아니라 전부 다 아는 마을 사람들이기에 "내가 죽으면 죽었지 도저히 그들을 내 손으로 죽일 수 없다는 생각이 들었다"는 것으로 보아, 증오심을 갖거나 새디스트처럼 정신적 쾌감을 느낀 것은 아니다.

주인공 차성찬은 또한 다른 사람들처럼 사회적 상승을 노리는 인물도 아니다. 그가 반탐정원으로 있으면서 월남자의 가족을 알게 되고 그 딸과 사랑에 빠져 당증을 빼앗길 뻔하였다는 것을 보면, 계산이 빠른 출세 지향적인 성격은 갖지 못하였다. 이런 일이 한두 번이 아니다. "이상하게도 마음에 드는 여자는 출신 성분이 불량하다고 지적되어 있는 사람의 딸이었던 것이다. 어떤 지주의 딸이 그랬고 어떤 목사의 딸이 그랬다." 차성찬이 공산주의 사회에서 어떻게 안전하고 보장된 생활이 되는 지를 몰랐다고는 볼 수 없다. 그가 인민군으로 있을 때 여자를 범하지 않은 것은 모랄리스트이었기 때문이거나 당성을 의심받을까 두려워서도 아니다. 또 남자로서 그런 욕구가 없어서도 아니다. 오히려 그는 다른 사람들이 그런 짓을 할 때 다른 방법으로 해소했었다. 그는 소설가인 '나'를 영화관람 후 거리의 여자에게 데리고 간 것으로 보아 성욕을 갖고 있는 평범한 남자인 것은 분명하다. 더욱이 그가 갖고 있던 정희 어머니에게 줄 옷감을 거리의 여자가 갖고 따라오기를 바랄 때 크게 놀라지도 않는 것으로 보아, 이미 이런 곳의 출입은 한두 번이 아닌 것으로 나타난다. 그러나 그가 끝까지 순결을 지켜주는 것은 역시 보통 사람임을 보여 준다.

주인공은 선량한 만큼 자기 생애를 자기 스스로 선택한 적은 없다. 남로 당원이 된 것도, 이북에서의 생활도, 남파되어 자수한 것도 자기 의지로 결정한 것은 아니다. 이미 전향을 결심한 오국태에 의해서이다. 전향 후 그의 수기를 쓸 때도 그의 의사를 분명하게 밝히지 못하고 있다. 그러나 한 가지 그가 결심하고 실천에 옮긴 것이 있다. 그것은 다시 월북하려고 한 것이다. 이 소설에서 그가 월북하려고 결심한 것은 조금씩 나타나 있다. 작품 속에 그의 마음의 변화는 직접 표현한 것이 없다. 다만 소설가인 '나'와 함께 잠을 자게 되어 수사관에게 알리바이를 성립하게끔 하고 있다. 즉 수사관이 그를 찾지 못하였을 때는 수기를 쓰는 소설가와 함께 있다는 생각을 갖도록 한다. '나'와 나의 애인인 화가, 정희 어머니와 함께 산행을 하였을 때 우연히 들려주는 듯한 산 속에서의 도피법, 그릇 없이 밥 짓는 법 등도 함께 월북할 정희 어머니에게 월북할 때의 안전함을 은근히 비추어 주는 것이다.

그럼에도 불구하고 작품 속에서는 차성찬의 월북 시도에 대해 어떤 해석의 실마리를 감추고 있다. 수사관 고씨가 '나'를 찾아와 수기를 중단해

달라는 소리에 '나'도 독자도 함께 놀라게 되는 것이다. 이것은 작가가 감추고 있었던 의도를 너무나 늦게야 알게 된 반전의 효과이다. 작가는 아주 몰래, 마치 어린이용 그림에 숨은 그림을 찾게 하도록 차성찬의 월북 의도를 숨겨 놓았다. 밤을 '나'와 보내는 것 외에 그의 묘한 "자조 비슷한 웃음"도 그렇고 산행의 의도도 그런 뜻으로 해석될 수 있을 것이다.

이 소설에서 주인공 차성찬은 선량한 소시민(小市民)으로서 이데올로기가 무엇인지, 마르크스주의자가 무엇인지 모르는 평범한 한국인의 비극을 다루고 있다. 이제까지 있었던 우리 소설의 한국 전쟁에 관한 내용과 다른 분위기 - 어느 정도 시니컬하고 유머가 있는 분위기 - 는 작가 최창학의 특징이라고도 볼 수 있다. 다른 사람들의 소설의 경우 한국 전쟁이 그 내용일 때는, 방화, 살인, 이념적인 논쟁 등으로 팽팽한 긴장감이 돌았으나 이 작품의 경우는 그렇지 않다. 그것이 먼저 말한 틀소설 때문이기도 하나 작가의 의도적인 분위기 조성이기 때문이다. 그것은 바로 주인공 차성찬의 평범한 성격, 무이념적 성격의 분위기가 독자에게 전달되고 언어의 선택에서도 그런 것이 많이 있기 때문이다.

다음으로는 이 작품에서 이북 생활의 구조적 특성이 짧은 설명문 가운데 특히 잘 나타나 있는 점이다. 마치 조지 오웰의 소설 『1984년』에서 나타나 있는 듯한 사회 구조, 당과 명령, 수령의 신문 사진, 개인의 생활에까지 미치는 당의 간섭, 이런 것들이 지금은 우리에게 많이 알려져 있지만, 모두가 이북 사회의 구조에 관한 좋은 묘사이다.

독자에게 무엇보다 궁금한 것은 전향한 차성찬이 왜 다시 월북 기도를 하였을까 하는 의문이다. 작가가 숨은 그림 속에 그의 월북 의향은 숨겨 놓았지만 그 이유는 명확하게 밝혀 놓지 않고 있다. 그러기에 수사관 고씨가 차씨의 월북 기도 중 검거되었다는 전언에 "나는 뭐가 뭔지 도무지 종잡을 수 없는 뒤죽박죽 상태"가 되어 버린다. 이것은 독자도 마찬가지이다. 이 점을 확실하게 암시하였으면 더욱 좋았을 것 같다. 다만 차성찬이 "인간적 삶이 완전히 박탈된 그 지긋지긋한 곳을 다시 택한 이유"는 필연성이 결여되어 있기는 하지만 - 차성찬 스스로가 필연성에 의해 행동하는 인물은 아니니까 - 가족 관계, 정희 어머니에게 남편을 찾아 주기 위하여 "먼 땅"을 다시 택하려고 한 것이 아닐까. 주인공 차성찬은 대다수의 보통 한국 사람으로 세계 사상이나 정치적 이데올로기와는 아무 상관 없는, 그러나 그 와중에 얽혀든 우리 중의 하나일 뿐이다.

한국 전쟁에 관한 소설이 끊임없이 나오고 있다. 그것은 전쟁의 참혹함을 우리가 겪었기 때문만이 아니라, 아직도 전쟁은 끝이 나지 않고 계속되고 있기 때문이다. 한국인의 대다수가 전쟁이 일어난다는 꿈을 꾸고 있다고 한다. 이 악몽 - 무의식 속에 들어 있는 불안감 - 은 우리 작가에게 문학 작품 소재의 보고(宝庫)라고도 말한다. 그러나 최창학은 이제까지 있던 패턴과는 조금 다른 유의 소설을 여기에 내놓고 있다. (**계몽사**)

# 近代化의 그늘 속에서

### - 申泳澈의 『겨울江』 -

　예로부터 가난을 주제로 많은 작가들이 글을 써 왔다. 어떤 사람은 가난 자체를 사랑하고, 어떤 사람은 저주하고, 어떤 사람은 담담하게 썼다. 우리 작가들도 가난에 대한 것은 많이 썼다. 아마도 해방 전의 작품으로 가장 잘 알려진 작품은 현진건의 「貧妻」일 것이다. 그러나 가난 그 자체만을 묘사한 것이 아니라 시대적 상황과 함께 조명하면서 가난을 사회적 병폐, 혹은 사회적 불균형의 소산으로 보고 글을 쓰기 시작한 것은 칠십 년대 후반에 속할 것이다. 그 칠십 년대 마지막 해에 문단에 데뷔한 申泳澈은 그러나 유행성 감기가 번지듯 퍼지기 시작한 사회적 병폐로서의 가난을 주로 다룬 작가는 아니다. 그가 이번에 발표한 장편『겨울江』도 그런 유의 소설은 아니다. 그의 가난에 대한 치밀한 묘사는 신영철 류의 독특한 가난으로서 사실은 다른 어떤 소설보다 사회적 모순을 비유적으로 잘 나타내고 있다. 그러니까 사회의 개선이나 병폐를 주장하는 선언문적인 소설이 아니라 한 가족의 궁핍을 사실적으로 그리면서 사회에 대한 모순과 개혁 의지는 행간에 감추고 있다고 볼 수 있다. 문학성이 짙게 나타나 있으면서도 사회적 상황을 표현한, 이제까지의 한국문학에서는 좀 다른 패턴의 소설인 것이다.

　『겨울江』에 등장하는 강씨 삼대는 한국인 서민층에 나타나는 평범한 가족사일지도 모른다. 한국인이면 누구나 겪은 수난의 기록이기 때문이다. 근대화 바람으로 좀 풍족하여졌다고 잊어버릴 우리들의 어제가 생생하게 재구성되어 있는 것은 작가 신영철의 재주에 속하기도 하겠지만, 사실은 아직도 공단의 그늘에서, 재개발의 웅덩이에서, 다닥다닥 붙어 있는 산동네에서 우리들의 강씨는 고통에 찬 삶을 숙명인 양 살아가고 있다. 한국인의 그 "지난(至難)한 세월"은 아직도 끝나지 않은 것이다.

　강씨 일가가 겪었던 근대화 과정 속에서의 갈등은 최초의 나레이터인

'나' 강우식의 고조부 강대칠이 침술사로서 신식 의원이 성죽골에 들어 왔을 때이다. 강대칠은 "편두통과 좌골신경통에 관해서만은 편작 그대로"였기 때문에 돈을 모을 수 있었고 무료시술도 하여 덕망까지 얻었다. 가세의 몰락은 그보다 그의 후대인 증조부가 천주교를 믿게 되어 남 돕는 걸 좋아했기 때문이다. 기독교 자체가 근대화라는 등식은 성립되지 않지만 후세대에 이르기까지 기독교와 샤머니즘은 강씨 집을 계속 갈등 가운데에 몰아넣는다.

아버지인 강상덕의 일생과 그 가족들의 삶은 전형적인 한국인의 가난한 삶으로 대표되면서, 척박한 땅에서 음습한 겨울의 이미지를 이루어 이 소설의 주요 모티브가 된다. 묘림의 말처럼 강상덕은 "태어나면서부터 천액(天厄)기를 가지고" 난데다 "월건(月建)마저도 천역(天驛)이 지네발처럼 서리고 … 야소귀신이 일진(日辰) 시(時)의 목에 동아줄을 걸고 끌어당기고 있기 때문에" 저주받은 괘를 타고난 것이다. 그러나 아버지 강상덕의 타고난 운명은 한국서민들의 일반적인 운명으로서 張三李四와 다를 바 없다. 아무리 선하게 살려고 노력하여도, 아무리 식구 - 食口라는 문자가 얼마나 절실한가 - 를 먹여 살리려 발버둥쳐도 아무 변화를 가져오지 못한다. 철도경찰이 되었을 때 정직이 오히려 가족을 굶게 하고, 경찰로서 정치적 중립과 주민들에 대한 공평한 처사가 불이익을 가져오게 한다.

> 정에 약한 그 천성으로 인해 끼니를 때우지 못하는 사람들을 보고는 그대로 지나치지 못했고 곧은 성격탓에 불의를 보고는 참지를 못했다. 사적인 일 이외로 면민들로부터 배추 한 잎 얻어 먹어본 일이 없었다.

강상덕의 바른 생각과 의로운 행동은 4.19를 전후한 학생운동의 대처에서도 나타나고 6.25 전투에서도 보여준다. 청렴한 경찰공무원은 오히려 점점 밀려나 경찰생활의 끝이라고 알려진 오지의 초소에 이르른다. "아부를 모르고 자기 일만 묵묵히 해 온 그런 사람들이" 가는 곳이다. 소설 속에서 선량한 사람들의 패배는 흔히 나오는 이야기지만 이 소설의 줄거리는 어떤 극적인 사건이나 독자를 놀라게 하는 반전이 없는 것이 특징으로서 그것이 오히려 우리들 가운데 있는 강씨 일가라는 생각을 갖게 한다. 그는 평범한 사람으로 책임감이 강한 순경 강상득이다. 그의 책임감과 끈질긴 점은 어린 소녀가 유괴되었을 때 보인 그의 태도에서 나타난다. 범인 유판술에 대한 추적과 잠복근무, 검거 후 도망하였을 때의 물 속으로 뛰어드는 것은 말단 공무원으로서의 책임의식이 강한 점을 보여준다. 이 사건이 오히려 공무원 생활을 결산하게 한다.

근대화 과정에서의 강씨 일가의 몰락은 강상덕씨가 경찰직을 그만 둔 후 급속한 템포로 나타난다. 방앗간 아저씨가 만든 낫을 상품화하려는 데서 최초의 몰락은 시작한다. 그 낫의 이름이 "다목적" 낫이다. "다목적"이란 말은 우리가 지난 십 수년간 무수히 들어온 말이다. 마치 도깨비 방망이와도 같이 한 번 흔들 때마다 여러 가지가 한꺼번에 쏟아져 나오는 "다목적" 이란 용어는 근대화에서 대표적인 상투어가 되어있다. 인간이 도구를 사용하는 동물 〔Homo Faber〕 로서 공작기계의 사용은 불의 사용만큼이나 혁명적이었지만 한 가지 도구를 여러 목적에 사용한다는 이 용어야말로 근대화와 함께 자주 쓰여지는 말이다. 우리는 "다목적" 이란 용어로 만들어진 물건들이 볼품없이 금방 녹슬고 버려지는 것을 보아왔다. 한두 번의 시행착오가 아닌 수많은 시행착오의 반복은 다목적이 아닌 맹목적이 되어 버렸다. 이 "다목적 낫" 은 강씨 일가를 결정적인 고생길에 몰아 넣는다. 낫을 상품화하여 만들어 내려는 "버스 속에서의 오십여 분은 그야말로 그후 이들 가족의 운명을 결정짓는 중대한 시간이 되고 말았다."

낫은 오히려 강상덕의 가족의 생계를 더욱 위협하고 나중에는 선산까지 빼앗아버리는 다목적의 낫이 되어버렸다. 강씨는 근대화의 부수적인 경기인 부동산 소동, 재개발, 대형주택 건설 현장에서, 커가기만 하는 괴물에 오히려 압사되고 만다. 근대화의 그늘진 곳에 살고있는 서민 강씨는 근대화의 희생의 제물이 되고 만다. 근대화가 이런 알려지지 않은 서민에게 어떤 혜택을 주지 않고 오히려 리바이어턴(Leviathan)같은 존재가 되어버리는 것이다. 그와는 반대로 비양심적이고 남을 속이며, 생사결단을 낼 싸움터에서는 뒤로 도망치는 장치수에겐 부를 쌓는 모순을 가져다주는 것이 근대화인지도 모른다. 강상덕의 상대적 인물인 장치수의 설정은 주인공과 평행을 이루면서 근대화의 음지와 양지를 보여주고 있다. 아버지인 강상덕의 몰락은 도시가 근대화 바람으로 빌딩의 숲이 높아 가면 높아갈수록 더욱 그 그늘은 짙어지고, 나락의 골짜기는 깊어만 간다. 그는 노동자 합숙소를 전전하며 벽지공장도 해보고, 지게꾼도 하고 목수 일을 하다가 결국 동네의 인분을 퍼내는 "똥꾼"이 되기에 이른다. 작가는 강상덕의 인분 수거 작업에 의미를 주고 있다. 똥꾼으로 인간의 가장 더러운 배설물을 처리하는 "밑거름이 되어 줄" 인물로 상징화시키고 있다.

이 소설에서 가장 생활력이 강한 인물로 등장하는 사람은 어머니이다. 우리 소설에 나오는 모든 어머니의 집약이라도 할 수 있는 이 여인은 가난과 자식들의 불행과 앞 세대부터 내려오는 저주를 한 몸에 지니는 우리들의 어머니이다. 어머니가 이 소설에서 먹고 살기 위하여 노력하는 것은 몸부림에 가깝다. 모든 종류의 행상을 하고, 근대화에 의해서 비뚤어지고 희생되는 자녀들의 아픔을 겪어 나간다. 잡초와 같은 생활의 대표적인 인물인 것이다. 잡범의 사전이라고 불리어야 할 장남 만식의 행각, 가난에 꺾이어 창녀로 전락하는 큰딸 영숙, 살겠다고 바둥거리다 공단의 이름 없는 여공으로 희생되는 정숙, 수재형의 젊은이이나 현실의 깊은 모순에 저항하다 꺾인 정식――이 소설의 대표적인 설정 인물이라 할 정박아 미숙, 한국 빈민층의 상징으로서 또 한국사회의 상징으로서 정박아 미숙은 이 소설에서 큰 의미를 갖고 있다.

정식은 강상덕의 비참한 가족에게 하나의 희망으로 등장한다. 세칭 일류대학 법학과에 다니는 대학생으로 어머니가 부러워하는 콩나물집 아주머니의 아들보다 더욱 희망적이다. 그러나 그가 현실과 이상과의 괴리감에서, 더욱이 동생 정숙이가 공단에서 겪는 일에서 동참보다는 저항을 택하여 데모에 참가하게 된다. 그가 "살기 위해서" 데모를 한다는 말은 인간의 가장 기본적인 생존권에 관한 문제이다 "하루 열여섯 시간의 노동, 피로와 질병, 저임금, 악덕기업주, 당국의 무관심, 환경개선, 조국근대화의 미망, 매장된 근로기준법, 노조의 감투배정, 눈치보기에만 급급한 노총, 그리고 숨막히도록 되풀되는 잔업과 철야"와 같은 저개발 국가에서의 근대화 과정에서 부가되는 문제의 해결은, 이성적 판단에 의한 것보다 자신들의 자각에 의한 요구에 이른다. 정식이 현실의 벽을 허물지 못하고 정신병자가 된 것은 - 혹은 정신병자인 척하는 것은 - 또 하나의 패배라고 볼 수 있다.

소설『겨울江』의 비참한 인간조건 아래서 똑똑한 사람은 정식이처럼 정신이상이 되든가, 형인 만식이와 같이 타락하여 범죄의 나락으로 빠지든가 둘 중의 하나일 것이다. 만식의 범죄는 범죄항의 사전을 펼쳐보듯 다양하고 그 수법도 가히 천재적이라고 할 수 있다. 어려서 공부 잘하던 그가 차츰 범죄의 늪으로 빠져드는 이유는 그가 스스로 외치듯이 "세상이 미쳐버린" 때문이다. 이성적인 사회가 아닌 곳에서 어떻게 이성적으로 살아갈 수 있겠는가. 만식이의 범죄생활에서도 우리는 정신질환적 증상을 발견해낼 수 있을 것이다. 소설의 나레이터인 '나'는 "그들 가족에게는 두 천재가 있었다. 만식과 정식이 그였다"고 말한다. 만식의 점점 깊어 가는 범죄와 정식의 광적 증상은 깨끗하지 못한 사회가 만들어 낸 산물이다.

『겨울江』에 등장하는 딸들의 변화 과정도 산업화 과정에서 일어나는 희생의 제물임을 보여준다. 큰딸 영숙의 타락과 작은딸 정숙의 자살은 강씨 일가의 비극적 내리막길에 더욱 박차를 가하는 효과를 내고 있다. 영숙의 삶의 형식과 정숙의 그것은 한쪽은 허영으로, 한쪽은 진솔함으로 그 양상이 다른 듯이 보이지만 사실은 모두가 다 가난에서 온 비극적 삶이다. 사흘 굶고 군자가 없듯이 영숙과 정숙에게는 가난이 죄일 뿐이다.

『겨울江』에 나타난 또다른 면은 무명의 강씨 일가를 통하여 한국 사회의 흐름을 보여준 점이다. 민족사 혹은 사회사의 측면적 고찰이라고도 볼 수 있다. 멀리는 구한말부터 유신 체제에 이르기까지가 소설 속의 이야기 되어진 시간이다. 그러나 특히 조명을 받는 부분은 아버지와 어머니, 그의 자녀들의 세대로서 가장 굴곡이 심하였던 한국 현대사라고 볼 수 있다. 아버지 강상덕은 경찰로서 육이오 때 공산주의자와 싸우는 반면에 삼촌은 고향에서 남로당 당원과 지방유지를 학살하고 있다. 민족의 골육상쟁과 그 비극이 펼쳐진다. 고향마을에서의 학살은 무당인 묘림의 당집 앞에서 벌어져 그 처참함과 비밀스러움이 짙게 묻어 있다. 묘림이 공산주의자와 자기의 조카를 죽이려는 것은 그녀가 반공투사였기 때문이 아니라 성스런 당 우물과 당집을 피로 물들인 더러움을 정화시키기 위해서이다. 더 크게 해석한다면 한국 전체가 피로 더럽혀진 성역에 대한 상징이라고 보아도 좋다.

4.19의 학생혁명은 강씨 일가에게 경찰 가족이었기 때문에 수난을 가져온다. 당시 자유당의 도구로서 쓰여진 경찰이 국민의 신뢰를 잃은 것도 사실이지만 강상덕이 당한 일은 장영감의 아들의 개인적 감정을 보여준 것에 지나지 않는다. 육이오 때의 많은 학살이 이데올로기에 의해서 희생된 것만이 아니라 개인적 욕구를 이념으로 가장하였던 것과 마찬가지로 강상덕이 겪은 4.19는 개인적 심리보상의 하나로 나타난다. 물론 K대생의 올바른 사리판단과 강순경이 어느 당의 도구가 아니었다는 증명으로 위기를 벗어나기는 하지만 시대가 아무리 바뀌어도 서민에게는 아무런 변화가 없는 것이다.

이 소설에는 월남전에 참전한 삼촌이 등장함으로서 월남전의 참상을 간접적으로 말하여 준다. 그러나 보다 중요한 것은 월남전으로 우리의 근대화 과정에 동기가 된 물질적 풍만이다. 삼촌이 가져온 나무상자에서 나온 풍부한 물질이라야 모두가 소비재와 물질 문명의 찌꺼기에 불과한 것이다. 여자 내의, 음란서적 등 우리가 근대화, 산업화를 서구화와 등식화시킴으로써 사실은 서구의 정신보다 그 정신의 쓰레기를 받은 것을 나타내고 있다. 월남전에서 얻은 삼촌의 정신질환은 그 후유증이다. (고모가 흑인과 국제 결혼을 하여 조부의 홧병을 가져오고 세상을 떠난 것도 같은 맥락으로 볼 수 있다.)

눈만 치뜨면 보이는 것이라곤 처참한 광경들뿐이었다. 인간이 취할 수 있는 최대의 잔혹성, 고통으로 일그러진 시신, 성기를 거세당한 베트콩, 간첩혐의로 연루된 월남여자의 음부에 꽂힌 칼, 부패한 육신에 더글더글 끓는 구더기, 늪에서 발견된 썩은 시신, 곡사포에 정통으로 맞고 싸라기처럼 찢겨진 살갗을 피비로 뿌리던 전우, 화염방사기에 까맣게 타 죽은 시체, 죽창이 뚫고 나간 모가지, 피를 먹고 자라는 수목, 허영의 시장, 전투 후의 뒷언저리, 부정과 부패, 유행병, 환락, 계집의 몸뚱이에 절어버린 정액 내음, 어둠 속에서 술김에 범한 오십대 여인의 검은 대퇴부, 성유희 도구, 술, 우기와 더위, 질병, 식중독, 비행기소리, 대포 소리, 교회와 불당의 발악, 꽹음 ……

우리의 젊은이들이 자유를 수호하기 위하여 싸운 것도 사실이지만 실은 그것이 하나의 명분이었고 달러를 위한 싸움이었다고 볼 수 있다. 삼촌은 그 역군으로 두 번씩이나 월남으로 갔다. 근대화를 위한 한국 자본의 축적을 위하여 한 모퉁이를 버텨온 그에게는 실의와 좌절만 남게 되고 결국은 정신병자가 되기에 이른다. 그에게 남은 것은 돈이 아니라 포로 때에 경험하였던 악몽만이 있다.

국가 안보를 지키기 위한다는 유신 선포와 통대의원 선거, 국회의원 선거는 수많은 약속과 미래의 청사진이 피난촌 같은 난곡동에 난무하지만 선거만 끝나면 더욱 쓸쓸하여 진다. 그러기에 못 살고 수탈 당한 사람들이 오히려 수탈한 자에게 몰표를 안겨주는 아이러니가 산동네에서 생겨나게 마련이고 특히 어머니에게서 보이는 자유의 포기, 즉 힘센 자에게의 의지함이 서민들의 성향이다. 중앙으로의 권력 편중은 서민의 생활에 불편을 가져온다는 생각보다는 오히려 더욱 편안한 삶을 가져준다는 착각에 사로잡히게 된다. "삶의 변화에 겁을 먹고 있는 이들이 정당한 선거가 어떠한 것인지도 알 수 없었을 뿐더러 … 이들은 자신들을 묶은 테두리가 무엇인지도 알지 못하면서 그 테두리 속을 벗어나는 것을 두려워하는 것이다. 그러다보니 마치 대자연 속에서 노닐 권리를 빼앗기고도 그건 의식하지 못한 채 타성에 젖어 우리 속의 생활에만 만족해하는 동물 같은 습성(고깃덩어리나 넣어주면 황송하게 여기는)으로 변해버리고 만 것이다."

작가는 이 소설 속의 주인공들에게서 가난한 사람들이 가진 자에 대한 적개심을 갖게 하거나 정치적 경향을 불어넣지 않고 있다. 있는 사실을 그대로 표현함으로서 주인공 가운데 누군가를 영웅주의로 흐르지 않도록 자제시키고 있다. 요즈음처럼 소영웅주의가 판치는 시대에 드문 일이다. 가난의 극치를 묘사하여 놓고 주인공을 의식화시키는 상투적인 수법, 이것이 근래의 환영받는 작품이 되어있다. 그러나 그런 유행성을 탈피하여 문학이 어떤 목적의 도구가 되지 않도록 배려한 것 같다. 그리고 신영철 특유의 소설의 결말을 보이고 싶기 때문이었다.

다음으로 『겨울江』에 나타난 사회적 현상은 근대화 과정에서 나타나는 이농(離農)과 공단(工團)의 모습이다. 아버지인 강상덕은 농부라고 할 수는 없을지 모른다. 그러나 그가 경찰직을 그만 두고 농사를 지었을 뿐만 아니라 풍족지는 않더라도 농토를 갖고 있었으나, 시대가 시대인 만큼 상경하여 공장을 차려 입신(立身)하고자 한다. 그리고는 모든 가족이 산동네 천막촌으로 들어오게 되는, 이농의 정해진 순서를 밟는다. 강상덕의 이농보다도 삼촌이 농토를 버리고 선산을 버리는 상황을 갖게 하여 이농의 정석으로 처리되고 있다. 상경한 강상덕은 빚 때문에 선산을 야금야금 잡히어 조합돈을 쓰고 결국은 농토를 빼앗기고 대도시로 흘러들게 된다. 이것이 근대화 과정에서 농촌 인구가 도시로 유입되는 경로이고, 대도시 변두리에 사는 대부분의 이농민은 실업자로서 사회적 불안의 요소가 되는 것이다. 이 소설에 나오는 난곡동이나 사당동의 환경묘사는 바로 그런 사람들로 가득 차 있는 곳을 나타낸다.

이렇게 올라온 사람들의 자녀들이나, 혹은 부모 몰래 집을 나온 젊은이들로 이루어진 작업장이 대부분 공단이다. 근대화의 그 첫 번째 단계는 노동력의 집약적인 기구가 필요한 섬유공장으로서 정숙이가 다니는 곳도 바로 봉제공장이다. 농촌으로부터 대도시로 흘러 들어온 수많은 노동자는 아무리 많은 노동자가 필요한 섬유공장이라고 해도 노동력은 남아돌고 사람은 제값을 받지 못한다. 이 소설에서는 이런 곳의 인적 구성과 환경문제를 우리에게 제기한다. 끈질긴 삶의 의지를 가졌던 정숙이 점차로 패배하고 결국은 자신의 삶을 스스로 끊는 것에서 근대화의 그늘 속에서 희생되는 선량한 사람을 보게 된다. 끝까지 자기를 지키려다 패배한 정숙과는 달리 일찍이 자기를 버렸던 그의 언니 영숙은 정반대의 길을 갔으나 결국 마찬가지가 되어버렸다.

강씨 일가의 가족 성원의 하나하나가 근대화의 그늘에서 패배한 인간으로 등장하지만 이 패배는 다음 세대를 위한 밑거름이 되어 줄 것이라고 확신하면서 이 소설은 끝을 맺고 있다. 정식이 "우리를 흐르는 강은 겨울이란 말이예요" 하고 아버지에게 외치듯이 소설 속의 계절은 대부분 겨울이 계속되고 있다. 그러나 아버지가 인분을 수거하므로 밑거름이 되어줄 것이고, 낙엽이 되어 산야에 지천으로 무지러져 앉을 것이다. 얼어붙은 강도 풀릴 것이고 결빙된 흙도 해토(解土)가 될 것"이므로 헛된 노력이 아닌 "제삼 세대"를 위한 순교자적 죽음이 될 것이라고 보고 있다.

주인공은 말한다 "전 강물이 풀리는 꿈을 꿀 겁니다." (『*한국문학*』)

# 상상력과 역사의 재해석

## 이원규 장편소설 『거룩한 전쟁』

　소설을 일컬어 흔히들 '타락한 시대의 서사시'라고 한다. 이 말은 소설이 서사시에 비해 미학적으로 열등한 쟝르라는 뜻이 아니라, 반대로 소설이야말로 새로운 역사적 상황 — 그것이 '산문 시대'이건 혹은 '신으로부터 버림받은 시대'이건 — 에 가장 적절히 대응할 수 있는 우리 시대 최고의 문학적 양식임을 의미한다. 세르반떼스에서 발자끄, 똘스또이를 거쳐 20세기의 로렌스와 토마스 만 등에 이르는 소설의 역사는 그 자체가 우리 시대의 삶의 조건들에 대해 어떤 근원적인 물음을 던져온 역사, 즉 최근 수 백년간 우리의 삶과 제반 담화(談話)들을 하나의 공통된 테두리 속에서 규정하고 있는 '모더니티'와의 대결의 역사인 것이다.

　그럼에도 소설이 과연 진정한 '예술'로서의 가치를 지니고 있는가 하는 의심을 끊임없이 받아온 이유는 소설의 탄생이 소설과 외형이 매우 유사한, 그래서 소설과 동일한 것으로 손쉽게 착각되어온 '오락물'의 탄생과 시기적으로 일치하기 때문이다. 예를 들어 『삼총사』니 『몽떼끄리스또 백작』이니 하는 알렉상드르 뒤마의 '오락물'들은 오늘날 텔리비젼이 수행하고 있는 것 이상의 비중 있는 역할을 당시의 가족 구조 내에서 떠맡고 있던 것이다. 그런데 이러한 사정은 소위 '책의 죽음'이 선언되고 있는 요즘에도 크게 달라지지는 않은 듯 하다. 오락물들은 탐정물, 폭력물, 에로물 등의 형태로 활자화되어 문화산업의 한 분야로 여전히 일익을 담당하고 있으며, 이에 반해 이른바 '문학성'을 고집하고 있는 소수의 작가와 비평가들은 이들 대중 오락매체가 장악하고 있는 생활세계의 광범위한 독자층으로부터 고립되어, 이들을 경멸의 눈으로, 그러나 부러움이 전혀 없지는 않은 눈으로 바라보고 있는 것이다.

　『소설 동의보감』 이후 우리 독서계에 하나의 '현상'이 되고있는 '역사물들'에 대해서 대다수의 비평가들은 이처럼 〈진정한 소설 대 오락물〉이라는 대립적 관점에서 보아온 듯 하다. 진정한 '역사소설'이란 과거를 통속화하거나 신비화하지 않고 현재의 필연적인 전사(前史)로 파악하려는 태도가 견지될 때 가능할 수 있는 것이라면, 많은 비평가들이 최근의 '역사물들'을 부정적으로 보아온 데에는, 그것들이 '소설'이라기보다는 '오락물'에 불과하다는 암묵적인 시각이 깔려 있기 때문이 아닌가 한다.

구한말의 반일 의병항쟁에서 간도의 독립군으로 이어지는 우리 근대사의 시발점을 형상화하고 있는 이원규의 최근작 『거룩한 전쟁』은 ─ 중국과 러시아에서의 항일투쟁을 거쳐 분단에 이르는 과정을 그릴 4부까지가 완성이 되어야 제대로 된 논의가 가능하겠지만 ─ 양자의 경계선에 서 있는 듯하다.

이 작품이 지니는 가장 커다란 소설적 미덕은 등장인물의 풍부성에 있다. 등장인물의 풍부성이란 숫적으로 얼마나 많은 인물이 나오느냐 하는 단순한 숫자의 문제가 아니라, 민족적 삶의 전체적 폭이 여러 계층의 인물들의 시각을 통해 얼마나 다양하고 객관적으로 조명될 수 있느냐, 요컨대 소설적 총체성의 문제이다. 소설에서는 실제 역사에서와 마찬가지로, 위기에 처한 종묘사직을 구하기 위해 을미년에 의병을 일으킨 유림 이강년이 선봉장으로 나오기는 하지만, 실제로 사건을 움직여나가는 주요 인물들은 이형재, 김천규 등 사대부 출신 의병들과 총바치(포수)인 마갑동, 노광 등 무명의 상민 출신 의병들이다. 또 작가는 이들 외에도 다양한 시각을 가진 많은 주변 인물들을 작품의 곳곳에 배치하여 이들과 적절하게 관계를 맺게 함으로서 주인공들의 고뇌와 활동을 한층 풍성하고 생생한 모습으로 부각하고 있다.

이강년은 위정척사의 꼿꼿한 유림으로, 그가 기병(起兵)을 결심한 것은 기울어 가는 조정에 대한 충절 때문이었다. 그러나 이러한 과정에서 그는 상민 계층인 총바치들과 손을 잡을 수밖에 없었다. 그것은 상민들이 양반들보다 의병 활동에 더 적극적이었기 때문이었는데, 그들은 반일 의병항쟁의 의미를 동학난의 연장선상에서, 즉 '신분제의 철폐'라는 근대적 관점에서 이해하고자 했던 것이다. 이강년 부대가 승승장구할 수 있었던 것은,

바로 이러한 역사의 변화에 일찍 눈 뜬 김천규 등의 사대부들이 봉건적인 반상제의 철폐라는 민초들의 열망을 등에 업은 총바치들을 진심으로 이해할 수 있었기 때문이었다. 이형재를 향한 김천규의 다음과 같은 언급은 시대적 변화를 꿰뚫어보는 통찰력을 담고 있다. "양반의 시대는 해가 기울었네. 우리가 이 전역에서 몸바치구 죽는다 해두 양반의 시대는 다시 오지 않네. 우리가 뿌리는 씨두 결국은 노광 같은 사람이 딸 거네. 임술년 민란에서 시작되어 지난해 동학 깃발 아래 모였던 농민 군대의 싸움에 이르기까지 더듬어 보문 이 나라를 이끌구 흘러온 큰 강물 줄기가 바뀔 거라는 느낌이 든다는 거지."

그러나 을미 기병은 조직이 커지면서 내부 분열로 와해되고 만다. 신분적 한계를 끝내 극복하지 못한 양반들이 전투를 앞둔 상황에서, 양반 출신의 장군과 갈등을 빚어온 상민 출신의 장군 김백선을 일방적으로 처형하게 되며, 이것이 결과적으로 전투력의 대부분을 차지하고 있던 평민 의병들의 사기를 크게 떨어뜨렸기 때문이었다. 의병은 큰 희생을 내고 붕괴되어 뿔뿔이 흩어지게 된다. 그러나 이강년은 패전의 원인을 제대로 파악하지 못한다.

> "형재야, 우리 일이 머이 잘못됐노?" "임진난 전역처럼 만약 관군이 의병과 함께 손잡고 나섰다문 일본을 바다 밖으로 몰아냈을 깁니다." "다시 그런 날이 올기다."

이강년의 물음은 단순히 패전의 원인을 분석하는 장군의 물음이 아니다. 그것은 역사를 향한 한 "보수적" 유림의 물음인 것이다. 물론 이강년이 바라는 '그런 날'은 결코 오지 않는다. 온건개화파적인 관군 대장 김기식은 이강년의 시대착오적인 생각을 이렇게 통렬히 비판한다. "한심한 사람, 세상이 어떻게 변하는 줄도 모르고 저것이 애국하는 길이라고 몸을 던지고 있군." 이처럼 작가는 이강년을 영웅적인 인물로만 신비화하지는 않는 것이다. 그랬다면 소설은 한갓 통속물로 전락하고 말았을 것이다. 작가가 한 인물에 대해 갖는 이러한 객관적 거리감이야말로 역사를 똑바로 응시하려는 진지한 자세가 아닐까.

10여년 뒤인 1907년의 전국적인 의병 봉기가 실패하는 것도 같은 이유에서이다. 총사령관을 자처하고 나선 이인영은 홍범도나 신돌석 같은 평민 출신의 의병장을 배제함으로써 패배를 자초한다. 반면 절치부심한 이강년은 "민초들의 거대한 욕구의 꿈틀거림을 읽을 줄 아는 의병장"이 되어, 온 백성의 신뢰를 얻는 강력한 부대를 이끌게 된다. 그러나 앞에도 언급한 바와 같이 이 소설의 주인공은 이강년이 아니라 실제의 역사에서는 부수적 인물에 불과한 노광인 것이다.

노광은 어려서 양반들의 폭정에 아버지를 잃고 노비로 팔려가려다 탈출하여 마갑동의 휘하에서 복수를 다짐하던 중 의병 활동에 참가하게 되는 평범한 중인 출신의 총바치이다. 그는 역사의 흐름을 읽을 줄 모르는 무력한 양반 계층이 아니며, 동시에 김백선처럼 편협한 시각으로 양반과 싸우다 희생당하는 거친 하층민도 아니다. 그는 "중인 출신으로 위아래 신분에다 통할 수 있는 출중한 인물"로서, 이러한 인물설정은 소설미학상 중요한 의미를 지닌다. 첫째, 평범한 인물이 작품 구성에서 주인공이 됨으로써 이 소설은 실제 역사상의 영웅을 신비적으로 기념비화하는 대다수의 사이비 역사물과 구분된다는 점이다. 둘째, 중인이라는 주인공의 특수한 신분으로 인해 '상층'과 '하층' 사이의 복잡한 상호작용이 그 민족적 정체성 속에서 폭넓고 객관적으로 형상화될 수 있었다는 점이다.

그러면 노광은 진정으로 역사적 대안이 되는 인물인가? 아마도 작가는 그렇게 생각하고 있는 것 같다. 실제로 화자는 노광에 대해서만은 아무런 비판적 거리감도 가지고 않지 않기 때문이다. 그러나 이는 혹 작품을 또 다른 의미에서의 영웅주의적 신비화나 추상적인 선악의 대결로 이끌고 갈 수 있지는 않은가? 이것은 노광이 지니고 있는 '민중' 이념의 강점과 단점을 동시에 보여준다. 역사의 전환점에서 항상 등장하는 급진적 민중 이념의 의의와 한계를 보다 냉철하게 진단해보는 엄정한 작가적 시각이 필요하다 하겠다. 작가는 노광을 통해 인물중심적인 영웅적 역사관을 넘어서고 있지만, 노광을 아무런 도덕적 결함이나 인간적 약점도 없는 또 다른 영웅으로 만든 것은 아닌가? 특히 소박한 민중 이념이 섣부른 민족주의와 결합될 때는 "혼란과 위기에 처하면 늘 그러게 마련이듯이 인민들을 괴롭히는 것은 개만도 못한 동족의 배신자들이었다" 라는 식으로 작품의 곳곳에서 직설적으로 내뱉어지는 화자의 말투에서 볼 수 있듯이, 작품의 퍼스펙티브를 작가의 주관 속으로 크게 협소화시켜버릴 수도 있는 것이다. 작가의 노골적인 작품 외적 간섭은 표현의 상투성과도 결부되어 엄정한 소설미학적 논리를 파괴할 수도 있다는 것이다. 이러한 문제점은 만주 등에서의 무장투쟁이 형상화될 작품의 2부 이후 더욱 크게 드러날 수도 있다. 이러한 주관화와 통속화의 위험을 어떻게 극복해나갈 것인가의 문제는 전적으로 작가의 역량에 달린 문제일 것이다. 역사를 소재로 하는 한국 소설문학에 사학자들은 우려를 나타내고 있다. 작가는 이 작품에서, 역사에서 자유로울 수도 있으나 견강부회하는 통속소설에서 벗어난 것을 느끼게 하는 소설이라고 본다. (『*문화예술*』)

# 어두운 시대를 응시하고 있는 작가
## 이상문의 작품세계

한국 문학에서뿐만이 아니라 한국문화 전반의 일대 전환점이 되었다고 할 1980년 이후의 우리 작가들의 현실 인식은 그 이전의 순수냐 참여냐의 경계를 넘어서 모두가 마주 오는 대상에 눈을 똑바로 뜨고 관찰하고 생각하는 비판의식을 갖게 되었다고 할 수 있다. 80년 초에 물리적인 힘에 의한 문학계의 침체가 내면으로의 칩거였다는 것을 증명이나 하려는 듯이 한국문학, 특히 소설에서 좋은 작품들이 나오기 시작하였다.

그것은 아마도 작가들의 인식의 변화에서 온 것이라고 생각된다. 80년 이전에는 현실정치와 〈나〉와는 막연하게 무관하다고 생각되었으나, 광주항쟁 이래 현실에 대해 몽롱했던 의식이 충격적인 놀라움과 함께 깨어나 누구나가 안일한 자신의 태도를 스스로 꾸짖은 것이다. 작가들은 일시에 자신의 일상적인 창작 태도를 던져버리고 ─ 언제까지 계속될 지는 모르지만 ─ 무딘 연필을 새로 가다듬어 날카로운 연필을 가지고 새로운 정신과 마음가짐으로 밤을 새우기 시작한 것이다.

어느 시대이고 자기 시대를 꿰뚫어 보고 있지 않는 작가가 없겠으나 작가 이상문의 작품을 통독하여 보면 그처럼 현실에 대한 날카로운 시선으로 여러 사건을 통찰하고 거기서 그 문제점을 독자에게 제시하는 작가도 드물 것이다. 그는 현실에서 일어나고 있는 여러 사건을 날카로운 감수성으로 파악하여 그 원인을 현실 자체에서만이 아니라 과거와 함께 반추시키어, 현재는 과거와 단단한 끈으로 연결된, 과거라는 시간의 집적물로 보고 있다. 그러므로 그의 대부분의 소설 속의 시간은 현재와 과거가 늘 사슬처럼 연결되어, 마치 시계추와도 같이 현재와 과거를 넘나들고 있다. 여기서는 그의 장편『**황색인**』과 신간 소설집『**숨은 그림찾기**』에 실리어 있는 중.단편 소설들을 중심으로 그의 문학세계를 살피어 본다.

이상문은 1983년『월간문학』신인작품상에 공모하여 문단에 데뷔한 작가로서 80년대에 등단한 작가들이 비교적 늦게 출발한 사람들이 많 듯이 그도 늦은 편이다. 그러나 그는 등장하자마자 주목받기 시작하였으며 장편 『황색인』은 월남전의 새로운 조명을 비쳐주는 계기가 되었다. 그의 소설 속에는 월남전이나 월남 참전 군인들이 자주 등장하고 있는 것은 그가 직접 그 전쟁에 참전하였기 때문이기도 하지만 월남전을 새로운 각도에서 관찰하였기 때문이기도 하다. 『황색인』은 주인공 박노하 병장이 한미월 합동연락사무소라는, 군수품을 각 연합군에게 배분하고 조절하는 기구로 전속되어 가면서 그의 선임자라고 할 수 있는 황칠성 상병의 의문의 사망으로 시작해서 그 의문이 풀리는 것과 함께 끝난다. "이병장님, 이병장님은 알아요? ... 황칠성 상병이 왜 죽었는지 아느냐고요." 이 의문을 푸는 월남 생활이 곧 박노하의 생활이며 동시의 자기 출생의 비밀을 알게 되는 계기도 된다. 즉 죽음에 대한 비밀과 탄생에 대한 비밀이, 소설이 계속되는 동안 월남전에서 풍기는 "무엇인가 썩고 있는 냄새"와 함께 독자에게 호기심을 일으키면서 드러나게 되는 것이다. 이 두 개의 아이러니한 이중 모티브는 자신의 출생 비밀은 한국 전쟁이, 황상병의 사망은 월남전이 자신들의 의지와는 상관없이 일어나 전쟁을 겪지 않았으나 피해자가 되었으며 또한 가해자가 된 것이다.

출생에 관한 모티브는 이상문의 소설에서 매우 빈번하게 나타나는 것으로서 단편 「탄흔」과 「다림질」에서도 나타나 있다. 「탄흔」에서 '나'의 어머니도 혼혈아를 낳았고, 지금 근무하고 있는 월남에서도 식민통치의 잔재로서 월남인과 불란서인과의 사이에서 태어난 탄이라는 여인, 또 탄 여인과 귀국한 김중사 사이에서 태어난 아들 등 혼혈인이 등장하고 있는데, 그 의미는 인종의 국제화라는 보다 개방적(?)인 뜻이 아니라 전쟁, 혹은 식민통치의 피해에 있다고 본다. 「다림질」은 그가 쓴 단편 가운데 처참한 전쟁 가운데서 아름다운 인간애를 보여주는 소설로서 '나'의 출생에 관한 비밀이, 엉클어지고 구부러졌던 것을 어머니가 구겨진 옷을 다리는 다림질의 의미와 이중 구조를 가지면서 나의 비밀을 알게 되는 것이다.

『황색인』의 박노하도 혼혈아인 셈으로 친구들이 '아이노고' 라고 놀리는 것도 무리는 아니다. 박노하의 연인인 월남 처녀 띤도 불란서인과의 사이에서 태어난 혼혈아이다. 이렇게 태어난 아이들은 자기들의 부모가 누구인지 모르는 자아상실의 인간들이다. 옛날 오이디프스는 신탁에 의해 자기를 상실하고 〈나는 누구인가?〉라고 묻고 있지만 박노하는 신들이 사라져버린 현대에, 리바이어턴(Liviathan) 같은 괴물인 전쟁이 그들의 아이덴티를 빼앗아 간 것이다. 소설이 진행되는 동안 끊임없이 제기되는 의문은 역시 박노하의 〈나는 누구인가?〉이다. 소설의 끝에 가서야 비로소 아버지의 편지에 의해서 자신을 찾게 되고 "그는 집으로 돌아갈 것이다. 돌아가 눈을 똑바로 뜨고 귀를 세워서 보고들을 것이다"고 말하고 있어 도피가 아니라 현실과 마주 서기를 선언하는 것이 다른 점이라고 볼 수 있다.

전쟁으로 자아를 상실한 경우로는 그 비참함이 극적에 이르고 있는 예로서 허마호라고 볼 수 있다. 그가 전쟁의 와중에서 대못으로 산 사람에게 못질을 해야하는 고통을 받고도 그냥 평상인으로 지낼 수가 있었다면 야만인일 것이다. 그는 전쟁으로 인하여 자기를 잊어버린 정신병을 앓게 된다. 황상병이 희생되는 것도 역시 전쟁으로 인한 것이다. 전쟁의 음모는 이렇게 무섭게 나타나고 김 중사의 귀국 조처가 아니었다면 박노하도 결국 자살하거나 정신질환을 앓거나 살해되었을 것이다. 전쟁은 똑똑한 사람일수록 해를 입히고 마는 무의미한 것으로 나타난다. 아무리 휴머니즘을 나타내려고 하더라도 그 무서운 괴물은 모두를 파괴하여 버린다. 킴멜 소위를 닮으려고 하였던 김 중사의 선행도 전쟁의 희생물이 되어버릴 뿐이다.

작가 이상문이 현실 문제들과 대결하고 있다는 말은 그의 작품의 주인공 대부분이 지금 우리 사회에서 일어나고 있는 사건 한 가운데 서 있기 때문이다. 단편 「살아나는 팔」에서 노무길은 운동권 학생으로 위장 취업하였다가 노동운동에 참여하게 된 이야기로 이상문은 마비된 주인공의 팔에 단순한 마비 현상만이 아닌 과거 그의 아버지의 팔과 연결시킴으로서 과거와 현재를 연결시키고 있다. 그의 아버지가 머슴이긴 하지만 조금이라도 사람들을 적게 희생시키기 위하여 자신의 아버지와 자신을 지적하고 바른 팔이 마비되었듯이 그는 애써 피하려고 하였으나 자신이 조직하고 함께 "거사"하려했던 동지들을 손으로 지적하여 넴으로서 바른 팔이 마비된다. "오른팔"의 '오른' 이란 뜻은 동양어권에서도 서양어권에서도 "올바른, 바른"의 뜻으로, 의롭다는 뜻이다. 그 "바른 팔"이 옳지 않은 일을 하였을 때 마비를 가져오는 것은 양심이 있는 사람에게는 당연한 것인지도 모른다. 사람들은 오른팔의 진정한 뜻이 무엇인지 모르고 마비되지도 않으면서 그른 일을 하고 있는 것은 아이러니가 아닐 수 없다. 마비되었던 그의 팔이 다시 「살아나는 팔」이 되는 것도 그런 이유에서일 것이다. 주인공의 이름이 노무길이라는 것도 노동이나 노조의 뜻과 어울리는 이름으로서 작가의 의도적인 작명이 아닌가 생각된다.

운동권 학생들의 소위 행동 강령에 맞추어 소설의 틀을 이루어 나간 것도 재미있는 것이었다. 그는 「편지」에서도 운동권 학생을 주인공으로 등장시키고 있다. 영춘옥에 있는 여인을 광주 사건과 간접적으로 연결시키고 있는 것도 작가의 의식세계를 드러내고 있는 것이다. 나일균의 훈훈한 인정은 눈온 날의 분위기를 드러내고 있다. 이상문의 소설 속에 나오는 대부분의 운동권 학생은 극히 첨예화하고 이데올로기로 무장된 이론가형이 아니라 인간미를 지닌 사람들이다. 훈훈한 마음을 지니고 있으면서 극단적인 행동을 삼가고 시위에 참가는 하더라도 수동적인 편이 더 많이 보이는 인물들이다. 「살아나는 팔」에서 노무길이 노동 쟁의에 가담하지 않으려고 하는 것이나, 『황색인』에서 박노하의 삼선개헌 반대 성명서 작성이나 데모가 그러하다. 우리의 현실 문제는 정치화한 학생들의 이야기만이 아니라 이산가족의 문제도 않고 있다.

그것은 「바늘 도막 하나」라는 기발한 착상으로 쓰인 단편에서도 나타난다. 우선 그 가족 구성원이 지난 전쟁으로 인한 기연으로 되어 있다. 구성원을 이렇게 한 이유는 작가가 늘 현재를 과거와 한 자리에 놓고 싶은 때문이다. 앞에서 설명한 것처럼 작가 이상문의 특성은 그의 소설 속에 과거와 현재를 넘나들며, 과거 없는 현재는 없다고 독자의 무의식 속에 되풀이 설명하고 있는 것이다. 김만식 씨가 증평댁과 함께 잠자리에 들지 않는 것도 이산 가족의 아픔을 배가시키는 효과를 노리고 있고, 무한 씨가 고아로 되어 김만식의 아들이 되는 과정도 전쟁의 피해자들이기 때문이다. 증평댁도 그런 면에서는 같다. 전쟁은 먼 옛날에 지나간 듯 하지만 그 후유증과 문제성은 아직도 우리에게 과거가 아닌 현실로 실재하고 있는 것이다. 기발한 착상이라는 것은 인적 구성에만 있는 것이 아니라, 바늘 도막에 있다. 한국에 살고 있었다면 누구나 지난 수해 당시 이북에서 보내온 쌀을 생각 할 수 있을 것이다. 더욱이 작가라면 이것이 어떤 소재가 되지 않을까 하고 생각하였을 것이다. 그래서 쌀 자루에 바늘 도막을 잃은 것으로 사건의 진행을 전개시키고 있다.

김만식 씨가 이북에서 보내온 쌀을 혼자 먹도록 지어 달라는 것은 충분히 이해할 수 있는 것이다. 그것이 바늘 도막 때문이 아니라는 것은 잘 알 수 있다. 여기서 바늘 도막은 바로 우리의 반으로 잘리운 국토일 수도 있고, 아직도 끝나지 않은 전쟁의 토막일 수도 있다.

현실에 대한 비판이기도 하고 어떤 세력에 의한 역사적 사건의 조작과 변조를 폭로하고 있다고도 보여지는 「숨은 그림 찾기」는 매우 흥미 있는 중편이다. 우선 각 장마다 주인공인 '나'의 아들이 오락용 숨은 그림 찾기를 우화처럼 설치하여 놓고 사건을 진행시키는 것은 좋은 발상이라고 할 수 있다. 이 소설도 과거와 현재를 접목시키고 있다. 이 작품은 마치 조지 오웰의 『1984년』의 "진리부"를 연상케 하는 데가 있다. 역사의 조작을 위하여 자신의 잘못된 것을 기술하여 놓은 저작물들을, 회장은 역사 속에서 자신의 상대역이었던 사람의 자식을 이용하여 변조하려는 것이다. 숨은 그림 찾기에서 여우가 좀처럼 보이지 않듯이 역사의 음지에 도사리고 있는 조작의 주인공은 보이지 않는다. 여기에서 회장은 곧 개똥이 아제라는 심증을 갖도록 만들고 있지만 그것은 너무 논리성이 약하다고 볼 수 있다. 개똥이 아재라면 지하철 역 구내 화장실에서 비품을 도적질해 간다고는 보기 어렵기 때문이다. 그러나 박씨 부자의 나쁜 행적을 실은 모든 책들을 다시 만든다는 내용은 시사성도 강할 뿐만 아니라 상징의 의미도 깊다. 역사의 조작적인 기술은 지금도 보이지 않는 곳에서 이 소설의 회장처럼 조직적으로 행하여지고 있다. 우리는 수많은 전기를 가지고 있고 또 지금도 쓰여지고 있으나 〈고백록〉은 없다. 수많은 전기서는 모두가 미화되고 조작된 역사서가 될 위험이 있다. 아무리 사회에서 지탄받았던 일도 전기 속에서는 미화되어 있고, 자기합리화 되어 있고, 변명하고 있다. 그것은 바로 이 소설에서 회장이 그렇듯이 전기를 쓸 대필자를 통하여 역사를 변조시키고 있는 것과 같은 것이다.

이상문의 소설에는 소위 연좌제에 의해 묶인 사람들이 자주 등장하고 있는데 여기 주인공인 '나'도 그것으로 인하여 고통을 받는다. 연좌제는 「천하대장군」에서도 나오는 모티브로서 이 작가가 즐기어 쓰고 있는 말로 한다면 "전쟁에는 직접 피해자가 아니면서도 피해자"인 오늘의 문제이다.

작가 이상문의 문학세계가 지금으로서는 어떻다고 결론지을 수는 없다. 그는 자기의 세계를 만들어 가고 있기 때문이다. (『문학사상』)

# 피안으로 가는 길의 명상록

## 백용운의 작품집 『대합실』

인간은 짧지 않은 생애를 살면서도 무엇인가 조금 열심히 추구하였다고 생각하면 이미 인생의 젊음은 가고 우리가 돌아가야 할 곳에 가까이 와 있어 어느덧 인생의 허무를 느끼고 삶에 회의를 느끼며, 이루어 놓은 것이 없음을 한탄하게 된다. 한 사람의 예술가도 그의 작품의 연보를 놓고 보면 긴 인류의 역사를 축소하여 놓은 것처럼 보인다. 젊었을 때의 폭풍노도 시절을 거치고, 낭만적인 청년기를 지나 장년에는 정관(靜觀)과 조화의 눈으로 세상을 보다가 만년에 이르러 삶의 체념과 허무를 나타내는 작품으로 표현되고 있다. 아마도 다른 예술 장르와는 달리 문학예술은, 대개는 만년에야 그 예술 작품의 대표적인 불후의 작품을 내놓게 되는 것은, 문학예술은 삶의 체험에서 오는 인생의 지혜가 무엇보다 중요한 요소로 작용하기 때문인 것 같다.

작가 **백용운**의 작품집 『**대합실**』이 그의 예술의 완성작이라고는 볼 수 없을 것이다. 그는 아직도 왕성한 작품을 쓰고 있기 때문이다. 그러나 그의 작품을 읽으면, 그가 이미 인생을 바라보는 지혜의 혜안을 지니고 있으며, 그의 작품에 이미 인간에게 있는 허무와 그것을 사랑하는 마음도 들어 있다는 것을 알 수 있다.

제 일 작품집 『**인형장례**』와 제 이의 작품집 『**고려장**』에서 작가는 사회의 불합리한 것, 부패한 것, 의롭지 못한 것에 대하여 신랄한 비판의 칼을 대고 있는 것을 볼 수 있었다. 그는 사회의 구석구석의 썩은 곳을 도려내려고, 조자룡 못지 않게 좌충우돌 비어내고 파헤치는 작품을 썼었다. 그의 말을 빌리자면 '절규하는 뜻으로' 작품을 썼던 것이다. 그러나 제 삼 작품집 『대합실』에 이르면, 그의 주위에 악이 없는 것은 아니나 사랑으로 감싸고, 주위의 작고 아름다운 것을 세밀하게 묘사하는 필치로 바뀐다. 작품집 『고려장』의 「**무연탄 작전**」에서 아무리 해도 이길 수 없는 풍차에게 달려

들 듯 부정의 조직을 파헤치려고 해도 오히려 피해만 입고 물러서는 나절루씨나 「고려장」의 남 주임의 패배와 같은 경향은 작품집 『대합실』에서도 여전히 등장하고 있지만, 패배에 그치는 것이 아니라 관조적인 인간으로 변하여 나타나고 있다.

『대합실』의 거의 모든 주인공들은 그 연녕 층이 초노이거나 노인에 속한다. 적어도 죽음의 불안을 알게 모르게 느끼는 인물이다. 그러니까 작품 「고려장」에서 보이듯이 이제는 '쓸모없는 인간'이라고 볼 수 있다. 그러나 「고려장」에서 실망과 소모적인 인생의 한을 어떤 피해의식으로 전개하고 있는데 반하여 『대합실』에서는 인간의 삶의 행로가 이런 것이며, 어쩔 수 없는 인간의 삶의 귀결로 나타나 있다. 이것은 삶의 연륜이 가져 온 지혜일 것이다.

그 대표적인 작품이 「고가(古家)」라고 볼 수 있다. 자녀들을 다 출가시키고 고향집에서 소일하고 있는 노부부의 잔잔한 하루의 생활을 그리고 있는 것이 이 작품이다. 이 노인들의 삶은 기다림이 전부이다. 잔잔한 기다림이다. 그러므로 까치의 울음소리는 "멀리 시집갔던 누나가 대문을 들어서며 부산하게 웃어대서 온 집안을 둥둥 뜨게 했던 그런 포근한 웃음소리"이며, 그날 함께 온 누나의 어린 아들 욱의 귀여운 모습을 통하여 길 노인의 어린 시절을 회상하게 하는 까치 울음소리이다. "까치 소리를 들을 때마다 어떤 기대나 기다림 같은 마음이 생기곤" 하는 것이다. 69세째 맞는 생일에 5 남매중 어느 한 자식이라도 오늘은 찾아오지 않을까 하는 기대에서 남의 집을 찾아오는 젊은 부부를 자식으로 오인하기도 한다.

이 작품은 인간이 평생을 살아가는 이 세상을 대합실이라고 규정 짓는 작가의 창작집 『대합실』 가운데 수작 중의 하나라고 볼 수 있다. 길 노인의 의식의 흐름도 뛰어나게 묘사되었을 뿐만 아니라, 호도나무, 양봉 등 집 주위의 사물에 관한 관찰이 작가의 정확한 관찰이나 경험 없이는 불가능한 것이라고 생각된다. 의식의 흐름이며 회상이라고 해야 할 자식 하나하나에 관한 에피소드, 오래되어 퇴색한 늙은 문패도 변질되어 있고, 집은 "등을 구부리고 쿨룩쿨룩 해소병이라도 앓고 있는 듯 웅쿠리고 앉아" 있으며, "얼마전 까지만 해도 이 동리에서는 제일 크다고 할 수 있을 정도의 기와집으로 행세를 해 왔는데 이제는 꺼꾸로 이방인과도 같은 초라한 행세로 밀려나기 직전의 낡은 집으로 버티고 있다." 집과 길 노인 자신과의 비유로도 볼 수 있는 이 집의 모양은 "거미는 새끼들을 키운 다음 그 새끼들에게 자기 몸을 다 파먹게 한 후 죽어간다는 말이 있다. 그의 집이 그 늙은 거미와 같아진 것이다." 어디 집뿐이랴. 그도 역시 자식 교육을 위하여 땅을 팔고 밭을 팔아 다 키워 놓았으나 자기는 빈 껍질만 남은 거미와 같다는 간접적인 비유가 들어 있는 것이다. "모두 무너져가고" 있는 적막함이 잘 드러나 있다. 노년의 삶을 안 노인은 "꼭 사막에서 길을 잃은 기분"이라고 까지 말하지만, 길 노인의 하루하루의 생활은 그렇지만은 않다.

이 소설은 한 노부부의 하루의 생활을 그리고 있는 데 그치지 않고, 또 노후 생활의 적막함을 그리는 데 그치지 않고, 체념 가운데서 달관한 모습을 보여주고 있다. 기다림의 상징을 까치 소리의 모티브로 반복하고 있는 이 소설은 작가 백용운의 근래의 중심적 모티브이기도 하다. 그의 소설 도처에서 까치 소리가 자주 들린다.

역시 노인 문제이기도 하며 인간의 본능적인 귀소본능을 보여주기도 하는 「둥지」도 상실에 대한 향수를 말하여 주는 수작이다. 작가 백용운의 제2의 창작집 『고려장』이 인간성 상실에 대한 고발이라고 한다면, 『대합실』에서는 인간미의 아름다움을 표현하면서도 인간이기에 어쩔 수 없는 고독한 말년의 슬픔, 혹은 인간으로서의 역할이 끝난 적막한 슬픔이 나타나 있다. 여기에 등장하는 인물은 모두가 아름다운 인간이다. 대부분의 노인들이 갖는 젊은 사람들에 대한 불평도 볼 수 없고, 노인을 모시는 젊은 아들 부부도 젊은이들이 흔히 그렇듯 노인을 귀찮은 존재라고 생각하지 않고 극진히 모시고 있다.

그러나 "아들 며느리가 도에 지나칠 정도로 극진히 효도를" 하고 있으나 서울이라는 대도시의 콘크리트 숲과 아내를 잃은 허망감을 감출 수는 없다. 작품 「둥지」는 도연명의 귀거래사를 대비하면서 작품을 이끌어 가고 있다. 아들 내외가 외로운 아버지를 위하여 속현(續絃)하여 드리려는 마음도 다 버리고, 고향을 향하여 이미 타계한 아내의 묘소로 가서 자연을 벗삼아 살려는 그의 아름다우나 시린 마음을 읽은 독자는, 작은 감동을 받을 것이다. 두형 노인이 물질적인 풍요로움도 버리고, 도회에서의 삶의 참 의미가 무엇인가를 회의하며 낙향하는 것을 보며, 우리는 어떤 소중한 것을 잊어버리고 바쁘게 살고있는 자신에 대한 생각을 떠올리게 하는 작품이다.

이에 반하여 작품 「**순예인들**」은 노인들의 마지막 삶의 무서운 죽음에 대하여 냉정하게 쓰고 있다. 자잘한 작은 죄의 업보로 한 사람씩 죽음의 사자에게 끌려가는 과정이 차가운 필치로 그려져 있다. 죽음의 사자가 안개가 조금씩 밀려들 듯이 주위를 감싸오면 한사람씩 세상을 떠난다.

이 작품집에서 특이한 소재로 만들어진 소설은 「**사탄의 조소**」이다 이것은 백용운 판 지킬 박사와 하이드라고 볼 수 있다. 성령이 충만한 목사로 행세하여 부흥 목회에서 많은 돈을 거두어 들이며 자기가 성공적으로 목회를 이끌어 돈을 모았다고 생각하던가, 병을 고쳤다고 생각하면 어김없이 그의 분신이 나타나 조소를 하는 그의 또 다른 분신 - 융의 심리학에서 말하는 그의 '그림자'가 나타나 그를 괴롭히는 것이다. 이것은 다른 면에서 본다면 파우스트와 메피스토 같은 '나의 분신'이기도 하다.

자아에 대한 비판적인 면이 들어 있기도 하지만 다른 측면으로 본다면 이 작품은 한국 기독교를 비판하고 있는 소설이기도 하다. 한국 기독교는 지금 무속 신앙과 큰 차이 없이 福만을 바라는 교인과, 구원과 지옥을 담보로 하여 교인을 위협하는 성직자들로 가득 차 있다. 한국 기독교의 갈 길이 어딘가를 남궁현 목사를 통하여 제시하고 있는 것이 아닌가 생각들도록 하는 작품이다. 불행한 이웃을 생각하는 기독교가 아니며, 사회의 빛과 소금이 되려는 기독교가 아니라, 더 호화로운 교회를, 더 많은 돈을, 더 많은 교인만을 목표로 하는 기독교인에게 경종을 울리는 작품이기도 하다. 그러나 작가의 고운 심성때문이라고 생각하지만 보다 신랄한 비판이 가해질 수도 있는 소재가 아닐까 생각된다. 기독교는 거듭날 때가 온 것이라고 생각되기 때문이다.

작가 백용운의 젊은 시절 흔히 소재로 택하였던 것을 다시금 느끼게 하는 소설이 「**아직 검은 가죽장화**」이다. 사회의 구조가 역류하여 아직도 흐르고 있다고 생각하는 모순된 모습을 여기서 보여주고 있기 때문이다. 일제시대 순경으로 있던 사람이 농촌 근대화를 빌미로 삼아 **훌륭한 독서운동**을 하는 듯이 꾸미어, 사실은 돈을 벌려는 거짓 독농가를 폭로하는 소설이다. 물론 주인공인 소설가는 오히려 한편으로 몰리고 모리배와 같은 민사장 즉 옛날의 오까모토 순경이 해방된 한국에서 애국자로 군림하는 것이다.

검은 가죽장화의 상징은 폭력이며, 전체주의이고, 국민을 앞세우며 자기의 이익을 추구하는 철권의 상징이다. 오까모토 순경이 지금 추구하는 것은 권력의 시녀로서가 아니라 맘몬(돈)의 주구로서 활동한다. 즉 가죽장화의 사나이는 자기의 목적을 위하여서는 수단과 방법을 가리지 않는다. 이런 류의 인간형은 어느 시대이던, 어떤 환경이건 가죽장화의 사람으로 행동하기 마련이다. 여기에 무비판적으로 합류하는 지식인, 언론인 등은 어느 사회에서나 보이는 현상이다. 깨여 있는 사람은 드물다.

「**날개 없는 천사**」는 어떤 의미로는 「아Q정전」과 비유될 수 있다. 노신은 중국의 현실을 바보 같은 주인공을 택하여 부정적으로 비유하고 있지만 진정한 선인이 있다면 바보 같은 삶을 살 것이다. 도스도에프스키가 그의 소설의 주인공 므이스킨에 관한 이야기를 써놓고 제목를 『백치』라고 부른 것은 우연이 아니다. 한 없이 깨끗한 삶이 있다면, 여기에 등장하는 순례나 칠보 같이 살 것이기 때문이다. 산다는 것 자체는 불가에서 말하듯이 이미 죄이고 업보이기 때문이다. 그러나 이 소설은 결말에서 다 끝난 것 같지 않은 느낌을 준다.

작품 「**賞**」에서는 문단의 치부를 소재로 삼고 있다. 예술가의 세계가 욕심 없이 순수히, 예술만을 위하여 살아가야 할 것 같지만, 아무 것도 아닌 상을 위하여 얼마나 부끄러운 일들이 벌어지고 있는가를 고발하고 있는 소설이다. 진정한 문인 추송(秋松)이 이 진흙 속의 싸움에 이끌려 들어가고, 상을 타는 싸움을 '출마'라고 표현할 정도로, 순진하게 그냥 기다리는 사람은 결코 차지하지 못하는 상인 것이다. 이 작품을 읽는다면, 독자는 문단의 일각에서 일어나고 있는 이런 현상을 적나라하게 볼 기회를 갖게 될 것이다.

　백용운의 작품집 『대합실』은 그의 청년 시절의 기(氣)가 역력히 보이고 있어 사회의 악을 고발하고, 의를 위하여 분노하는 작품도 발견되기는 하지만, 고발과 분노보다는 조용한 노인의 체념적인 생의 의미와, 욕심 없는 인간으로서 죽음을 맞이하려는 노인이 대부분이다. 그러므로 관조와 명상이 들어 있다. 인생을 정리하고 저 세상으로 가는 차를 타려고 기다리는 대합실의 노인들이 살아온 생을 회상하는 듯하다. 작품 전체에 걸쳐 행간에는 기독교적인 사랑이 흐르고 있으며, 인간애가 들어 있는 것이 이전의 작품집과는 뚜렷한 차이를 보이고 있다. 그의 완숙한 작품 정신인 인간을 사랑하고, 인간성을 옹호하려는 것이 두드러지게 나타난 이 작품집은 피안으로 가는 도정 위의 명상록이라고 할 수 있다. (『*문학세계*』)

# 『짧은소설』속에 담긴 번뜩이는 지혜

## 박석수의 작품을 통한 '짧은소설'론

한국 문학에서 「짧은소설」(꽁뜨)는 아직 완전히 정착하고 있지 않은 듯하다. 우선 불란서 말인 '꽁뜨'라는 말의 적당한 우리말이 아직 없다. 이 장르는 오히려 독일문학에 나타난 용어와 유사한 점이 많다. 독일 문화권에서는 쿠르츠게쉬히테(Kurzgeschichte), 우리말로 한다면 단편소설이라고 번역해야 되겠지만, 우리의 단편소설에 해당하는 에어첼룽(Erzählung) 혹은 노벨레(Novelle)라는 것이 있어, 그렇게 부를 수도 없다. 어떤 사람은 이 쿠르츠게쉬히테를 손바닥만한 크기의 소설이라고 장편소설(掌篇小說)이라고 부르기도 한다. 아마도 일본말의 수입인지도 모른다. 꽁뜨라는 장르도 우리가 흔히 지금 읽고 있는 종류의 꽁뜨와는 차이가 있다. 「꽁뜨」라고 부르는 것이 옳다고 생각되지만 아직 정착되어 있지는 않았으므로 여기서는 「짧은소설」이라고 부르기로 한다.

우리 나라에서 요즈음 특히 이 장르의 작품이 많이 생산되는 것은 다른 나라와는 좀 다른 환경 조건에서 오는 것 같다. 한국의 수출 러쉬는 많은 회사에서 경제적인 성공과 함께 자기 회사를 홍보할 목적과 사원들에게 회사 소식을 알리기 위하여 사보를 제작하기 시작하였으며, 여기에 초대 손님으로서 의례히 한 페이지 혹은 두 페이지 짜리의 짧은소설을 게재하는 것이 보편적인 편집 방법이 되어버렸다. 이제는 일간 신문에서조차 주말판에는 이 짧은소설을 하나씩 싣는 것이 습관이 되어, 한국에서 이 장르의 생산량은 굉장한 양에 달하리라 추측된다. 한국 문단에서는 풍요로워서 짧은소설이 많이 나오는 것과는 반대로 독일의 경우 짧은소설의 발전은 그 환경 여건이 아주 반대인 조건하에서 성립하였다. 전후 경제사정이 좋지 않은 시기에 출판계가 아직 제 자리에 들어서지 않았고 한 권의 장편 혹은 단편소설을 출판할 경제적 여유가 없을 때 작가와 편집자들은 지면이 작은 일간지나 잡지의 한 구석을 빌어 이런 류의 소설을 발표하기 시작하였고 대단한 인기를 끌었었다.

그러나 외국에서도 그렇지만 한국에서도 작품의 질은 천차만별이라고 볼 수 있다. 이것은 쓰는 사람도, 읽는 사람도 큰 기대를 갖지 않고 가볍게 쓰고 가볍게 읽는 것이 습관화 되어 버린 때문일지도 모른다. 그러나 쓰는 사람도 읽는 사람도 이 「짧은소설」의 생명은 종반부에서의 상상을 뛰어 넘는 반전(反轉)에 있다고 생각된다. 이 기대하지 않던 반전의 기술이야말로 작가에게는 재주에 속하고, 독자에게는 재미에 속한다. 우리는 아직 이 방면에 본격적인 논의가 이루어지지 않고 있으나 외국에서는 많은 책이 나와 있다.

짧은소설의 정수를 박석수씨는 이미 그의 첫 번째 작품집인 『독 안에 든 쥐』에서 보여준 바가 있다. 그 당시 얼마나 재미있었던지 필자는 특별히 그에게 개인적인 편지를 썼던 것을 기억하고 있다. 이번에 그가 두 번째로 펴낸 작품집에도 역시 그의 기지와 해학을 엿보이게 한다.

이 책에는 24편의 짧은소설이 들어 있다. 짧은소설의 특징은 여러 가지 있지만 그 중에도 앞에서 말한 반전으로 독자가 전혀 상상하지 못하였던 방향으로 결론을 맺는 것이다. 그런데 작가가 의도적으로 이끌어 낸 이 종반의 결론은 대개가 인간의 삶의 단면을 예리하게 파헤치며 보여주는 것이다.

짧은소설에는 몇 가지 특징적인 종류가 두드러지게 나타나는데 박석수씨의 이 작품집에서도 그 특징적 유형이 잘 나타나 있다. 크게 두 가지로 나누어 볼 수 있는데 하나는 긍정적인 인간의 따뜻한 휴머니즘이요, 다른 하나는 인간의 치사한 면인 천박성이다. 대개의 경우 짧은소설은 긍정적인 결론이 많다. 즉 해피 앤드이다. 긍정적인 끝을 맺고 있는 것이 이 소설집에도 반 정도이다. 「지상에서 가장 아름다운 눈빛」, 「목욕탕과 수증기」, 「미역국을 끓이는 법」 등이다. 그 외에 몇 가지의 특징을 분류하여 본다.

「목욕탕과 수증기」는 짧은 소설의 진면목을 보여주는 작품이다. 주인공 선구가 목욕탕에서 아무도 말하지 않는 '무례한 중년'을 꾸짖고, 그와 언쟁을 하는 것은 독자의 독서 습관에서도 늘 마주치는 사건의 진전이며 또 당연한 것이기도 하다. 그러나 바로 그 무례한 중년이 **회사의 이권**을 손에 쥔 관서의 국장이라는 것에서 주인공 선구만이 아니라 독자도 '이거 큰일 이구나'하는 생각을 하지만 작가는 이 독자들의 예상을 역습하여 그가 오히려 '내가 다른 사람은 못 믿어도 자네만은 믿을 수 있네. 목욕탕 안에서 공중도덕을 강조하던 그 용기 말일세. 이번 일은 자네 회사에 한번 맡겨 보도록 하겠네'하고 선구의 회사 일을 맡도록 도와주는 구원의 인물로 되는 것이다. 이런 반전을 작가는 아무리 작은 소설의 공간 속이라고 하여도 마련하여 놓고 있다. 회사 상사가 설명하는 그 국장이 청렴한 사람이라는 것이다. 그러나 어떻든 반전된 상황은 읽는 사람으로 하여금 우리의 삶을 긍정적으로 이끌어 갈 수 있는 교훈을 주는 것이며, 황량한 현실에서 살맛을 잃은 독자에게 짧은 순간이나마 청량제를 마신 것과 같은 효과를 나타내어 무의식 속에서 삶의 용기를 주게 되는 효과를 나타낸다. 부정적인 관찰에서 의외의 긍정적인 삶의 관찰로 돌아오게 하는 것은 첫 번째로 실린 **「지상에서 가장 아름다운 눈빛」**에서도 나타난다. 여성들은 이름 없는 무명의 대중의 한 가운데서 일상적인 삶의 천박성을 치한들로부터 겪는다. 한 남성으로부터 눈길이 '자신의 몸에 끈적끈적하게 달라붙고 있음을 직감'한 미영이 실은 애처가라는 것을 알았을 때의 신선감은 손수건이라는 하나의 매개체를 통하여 반전을 일으킨다. 이 손수건은 단편소설에서 소위 '매의 이론'과 같은 역할을 하기도 하지만, 역시 짧은소설에서의 특유의 역할이다. **「이혼과 가스 보일러」**에서는 남편의 평소와 다른 행동에 의심을 품었고, 더구나 보너스를 가져오지 않는 것에 의심한 아내가 보일러를 사오는 것에 감동한다는 이야기이다.

짧은소설에서는 일반적으로 상대방에 의심을 사는 사건들을 일으키고 그것이 점점 상승 작용을 하다가 나중에는 그것이 서로의 오해에서 왔다는 것을 보여주어 반전시키는 경우가 많으며 특히 남녀간의 성의 문제, 부부간의 불신이 파탄 직전까지 이르다가 반전을 일으켜 행복한 결말을 이끌어 내는 경우를 많이 사용하고 있다. 이 작품집에서 **「두집 살림」**이 그러하다.

두 번째 범주에 속하는 작품의 부류로서는 인간의 천박성을 드러내는 「재벌 2세」와 「분위기 있는 여자」, 「김소월과 1년치」를 들 수 있다. 「재벌 2세」에서는 자신의 처지와 위치를 생각하지 않고 사회적 상승을 위하여 겉으로만 꾸미서 실현하여 보려는 두 남녀의 행동은 가식적인 현대인의 단면을 보여 준다. 다른 친구들과 함께 자취를 하면서도 늘 일류 백화점에 가는 이유와, 자동차 정비공이면서 재벌 2세로 행세하기 위하여 남의 차를 빌리어 타는 청년은 우리로 하여금 저절로 쓴 웃음을 자아내도록 한다. 「분위기 있는 여자」에서 가식적인 인물이기는 하되 남을 속이는 것이 밉지 않고 오히려 연민을 느끼게 하는 인물인 미애는 사물의 분수를 모르는 여자의 이야기이다. 사랑하는 사람을 얻기 위하여 남자들끼리 말하는 소위 '분위기 있는 여자'이고 싶어하는 순박한, 그러나 사람의 행동의 규칙을 모르고 흉내만 내려는 현대인을 비웃는 내용이다. 모방이 창조에 이르는 길이라고 하지만 현대인은 자기의 몸에 맞는 지 안 맞는 지 생각하지 않고 무조건 남을 따라 부화뇌동(附和雷同)하면서 살아가는 사람들이 대부분일 것이다. 이러한 요소를 보이고 싶었던 것이 아닐런 지. 우리는 너무나 남의 것에만 따라하는 독립성이 없는, 물결 흐르는 대로 흘러가는 군중 속에 이름 없는 하나의 낙엽 같은 인간이 되어 버렸다. 모두가 개성이 있는 듯이 행동하지만 사실 미애와 다를 것이 무엇이 있을까. 우리는 일상생활에서 언어구사, 의복의 사용, 걸음걸이까지 너무나 대중적인 유행에 휩쓸리고 있는 것은 아닌 지.

미애가 분별력이 부족한 순진한 주인공이라면, 「김소월과 1년치」에 등장하는 우희범 군의 어머니는 사물의 근본 이치를 모르는 순박성에서 나오는 것이 아니라 자식의 교육이 돈이면 다 해결되는 천박한 현대인을 보이고 있다. 바빠서 학교에 와서 상담을 못한다면서 관광여행을 떠난다는 것도 작가가 만들어 낸 아이러니거니와 일년 치를 한꺼번에 지불한다는 후안무치(厚顔無恥)한 학부모의 모습에서 한국 2세 교육의 맹점을 보여준다. 작가는 이 소품에서 순진무구한 김소월의 시 「진달래」와 대비시키면서 대칭적인 수사법을 사용하고 있다.

세 번째의 유형은 사회를 희화적(戱畵的)으로 꼬집는 해학성이다. 짧은 소설의 특징에서 가장 중요한 점이기도 한 이 역할은 사회에 메스를 대어, 우리들의 속물근성과 자기 중심, 파렴치한 생활 태도 등을 백일하에 드러내 놓는다. 여기에 속한 작품이 **「커다란 희생」**과 **「어떤 깨달음」**이라고 할 수 있다. **「고향」**, **「누가 이 땅을 쭉정이로 만들었는가」**에서도 사회의 폐해를 말하고 있다. 그러나 후의 두 편은 비웃음을 입가에 담은 비꼬는 투의 작품이 아니라 진지성을 지니고 심각한 문제성을 우리에게 던지는 것이다. 「커다란 희생」과 「어떤 깨달음」은 독립적이지만 실은 전후가 연결되는 작품으로서, 유명한 시인이 사사한다는 미명하에 남의 작품을 한 글자도 고치지 않고 가로채는, '시인'이라고 볼 수 없는 몰염치를 보여주고, 그에게 당하는 김만복씨의 순진성에 독자들은 그에게도 책임이 있다고 생각하도록 한다. 진지한 짧은소설인 「고향」과 「누가 이 땅을...」은 그의 창작집 『철조망 속의 휘파람』과 같은 분위기의 작품이다. 전쟁으로 인한 외국 군인들의 주둔에서 오는 한국 고유의 가치관의 상실과 도덕적 타락, 한국인이라는 동질성의 상실 등이 벼가 익지 못하고 쭉정이로 된다는 비유로 우리 의식 속에서 허물어져 가는 것들을 상징적으로 나타내고 있다.

네 번째의 유형으로는 실수담이다. 우리가 살아가면서 실수하는 것은 정상에 속한다고 볼 수 있다. **「두번째 사건」**이 이러한 종류에 속한다. 주인공인 김일동씨가 실내화를 신고 가서 엉겁결에 남의 구두를 신고는 오히려 음식점 주인에게 큰 소리를 친다. 자기의 실수를 전혀 생각하지 않고 있다가 결국은 자기의 잘못이 만천하에 드러나면서 남의 웃음거리가 되는 것이다. 작품 속에서의 실수담은 평범한 인물이 만들어 내는 실수담과 언제나 완전한 인간인 척하며 살고 있는 인간형의 실수담이지만 여기서는 張三李四의 평범한 인간이 등장하고 있다. 완전한 인간이 주인공일 때는 그 완전성의 허구를 어처구니 없는 실수로 무참히 헐어 버리는 방법으로, 독자들에게 카타르시스를 주는 방법이다. 이 소설집에는 실수하는 주인공들이 많이 나와 있지 않으나 박석수씨의 장기에 속한다. **「예쁜 남자」**에서도 이런 수법이 조금은 나타나 있다. 이 작품은 인간 심리의 예리한 관찰력이 돋보이는 작품이다.

짧은소설의 특징으로는 유우머가 들어 있다는 점이다. 그러므로 짧은소설의 작가는 유우머 감각이 탁월해야 한다. 우리가 읽고 있는 거의 대부분의 작품의 생명은 유우머에 있다. 박석수 씨의 언어적 구사는 이미 시인으로서 닦은 실력이기에 잘 알려져 있다. 예컨데 "물밖으로 고개만 내 놓고 세월아 네월아 하고 있었고" 한다던가, "툭하면 특근이고, 빽하면 야근이고, 심심하면 철야니..."등등 이런 표현법이 도처에서 발견된다. 이와 동시에 그의 작품에서의 유우머의 역할은 웃기는 언어나 행동에서 기인하는 것도 사실이지만 단어의 선택이나 토씨 하나하나에도 들어 있다. 예컨데 주인공의 이름에 존칭을 붙이지만 결코 존경하기 때문에 붙이는 것이 아니다. 김만복이 아니라 '김만복씨'이며, '김일동씨'라고 하는 것이 그렇다.

이 작품집에 등장하는 인물은 대개가 서민층으로서 특히 출판사나 잡지사에 근무하는 사람이 대부분이다. 아내를 사랑하고, 가정적이지만 밖으로 들어내지 않으며, 유우머를 잃지 않고, 생활에 충실한, 그러나 풍족한 생활을 하지 못하여 늘 돈에 쪼들리는 전형적인 한국인이다. 비록 사기꾼일지라도 그에게 연민의 정을 느끼도록 우리와 친숙한 이웃이고 우리의 동기간들이 듯이 인간미가 있다. 그 이유는 작가의 훌륭한 묘사에서 오는 주인공의 창의력 때문이라고 생각된다. 여자 주인공의 이름은 거의가 같은 이름의 미영이니 미애니 하여 같은 자매에 속할 정도로 비슷하다. 아마도 이 이름과는 어떤 인연이 작가에게 있는 것이 아닐까.

우리는 휴가나 방학, 혹은 자의든 타의든 갖게 되는 긴 시간의 여유가 있을 때는 대하소설이나 장편을 읽어야 되겠지만, 현대의 바쁜 와중에서 시간이 없다고 탄식만 할 것이 아니라 이런 짧은소설을 틈틈이 읽어 생활의 청량제로 삼는 것이 어떨까 생각하여 본다. 전철에서, 약속 시간에 먼저 도착하였을 때, 어떤 창구에서 차례를 기다릴 때 초초하게 살기보다는 작은 책하나를 펴들고 읽는다면 자투래기 시간이지만 삶을 생각하는 순간들로 이어질 것이다. 그런 종류의 책으로 이 책은 좋은 동반자가 될 것이다.

끝으로 병마와 싸우고 있는 박석수씨에게 밝은 날 웃으며 함께 소주잔을 기울일 때가 빨리 올 것을 우리 모두 기대한다.

# 오늘의 가시 면류관

## - 박석수의 창작집 『철조망 속 휘파람』 -

옛날 영웅시대에는 시대의 고뇌와 우중(愚衆)의 죄를 흔히 영웅 혼자서 감당하고 처절한 비극적 파멸을 맞아 후세의 사람들에게 감동과 카타르시스를 갖도록 하였으나 영웅이 없는 현대에는 민중이 영웅으로 바뀌어 영웅에게나 걸맞던 가시 면류관은 없어지고 철조망이 나타난 것이 아닐까. 그래서 불신과 분열이 있고 분쟁이 있는 곳마다 철조망이 둘려 쳐지고 많은 무리를 가두어 놓기 위하여 철조망으로 철겹을 해 놓는다고 해도 그 안에 있는 사람이던, 밖에 있는 사람이던 시대적 불안은 해소되지않는다.

박석수의 소설의 세계는 이 철조망이라는 "집단용 가시면류관"의 세계를 그리고 있다. 그가 그리고 있는 기지촌의 주변 이야기를 좀 더 상징적으로 이야기한다면 그가 자라온 쑥고개 뿐만이 아니라 이 세상 자체가 온통 철조망으로 둘려 싸여 있는 병영이며 기지촌이라고 볼 수 있다. 이 소설집에는 다섯 편의 단편소설과 세편의 중편소설을 한 데 모아 놓고 있는데, 아마도 두 가지로 분류할 수 있을 것이다. 그가 문단에 나온 지는 오래된 셈이나 과작이었고 또 소설보다는 시에 주력하였기 때문에 아직 그의 세계를 명확하게 구분할 수는 없으나 우선 기지촌 주변의 그의 어릴 적의 체험을 바탕으로 한 "가시적인 철조망"의 세계와 고향을 떠나 도회 생활에서 겪은 "비가시적인 철조망"의 세계로 나눌 수 있을 것이다. 가시적 철조망의 세계는 기지촌이였던 만큼 한국과 미국과의 관계에 관한 물음을 던지고 있고, 비가시적 철조망의 세계는 산업사회 속에서의 도시의 소시민 생활에 관한 물음을 던지고 있다.

「철조망 속 휘파람」과 「외로운 증언」은 연작 단편으로 미군 부대 주변에서 일어나는 갈등과 범죄를 다루고 있어 전후 한국 사회의 단면을 보여주고 있다. 군용 비행장이라는 삭막한 벌판과 그 한쪽 모퉁이에 게딱지처럼 붙어 있는 가건물, 양색시, 고아원... 소설 초두부터 칼에 맞아 죽은 아버지의 이야기가 시작되는 것이 미국의 하드보일드 형식에서 보이듯이 아버지를 죽인 범인을 찾는 추리소설처럼 보이기도 한다. 살인 용의자이며 스미스의 하수인이기도 한 살갗이도, 쪽배도, 직무에 충실하려고 하였던 아버지도 미국인 스미스의 피해자라는 사실을 "외로운 증언"에서 알게 되고 결국 피해자는 한국인 전부라는 것을 알게된다.

또 다른 계열의 소설은 도회에서의 현대의 메카니즘에 억지로 떠밀려 살고 있는 봉급생활자의 애환이다. 특히 광고문안 작성자(카피라이터)나 잡지사 기자를 주인공으로 하고 있는 경우가 많다. 언어를 매개로 살아가고 있는 사람의 고충을 보여주고 있어 언어의 마술사가 아니라 언어의 노예가 되어 있는 고도 산업사회 속의 현대인을 나타낸다.

박석수의 소설은 무엇보다 그 재미에 있다. 번뜩이는 재치와 소설의 진행은 이미 그의 꽁뜨집 『독안에 든 쥐』에서 여실히 나타나고 있지만 그의 소설의 주인공들이 언어에 눌리어 압사할 지경에 있다면, 작가 박석수는 언어의 마술사가 아닐까 생각된다. 소설이 재미를 빼면 무엇 때문에 읽는단 말인가. 그의 소설집을 잡으면 하룻밤 사이에 읽어 버릴 수밖에 없다. 이것은 또한 그의 단점일 수도 있다. 너무 매끄러운 재치가 승하면 행간에 들어 있는 사상이 돋보이지 않을 수도 있기 때문이다.(『*소설문학*』)

# 천성적인 이야기꾼 홍경호

　내가 아는 홍경호는 교수요 유려한 번역가인 홍경호이다. 그러나 그 외에도 나에게는 평소에 존경과 부러움의 대상이기도 하다. 그것은 겉으로는 가장 한국의 전형적인 촌사람처럼 보여 - 그가 넥타이를 매고 있는 것을 본 기억이 없다 - 마음만 좋고 착하기만한 사람으로 생각되었기 때문이다. 그러나 그가 한번 무엇인가를 시작하였다 하면 그는 일류가 되어 버린다. 그는 테니스를 시작한 지 얼마 안되어 그 방면에서는 일약 발군의 실력을 보여, 전국 교수 테니스 시합에서 당당히 우승을 차지하였다. 말이 교수 테니스 시합이지 - 실제 대회 명칭은 국무총리배 전국 교수 테니스 대회 - 아마추어 선수 뿐만이 아니라 체육 교수까지 참여할 수 있어 대부분 선수 출신의 체육 교수들이 우승하게 되어 아마추어들의 불만도 많았었다. 그러나 그는 그저 조금 공만 상대편으로 넘기기만 하면 누구나 타게 되는 장려상이나 감투상 같은 상이 아니라 프로를 제치고 우승을 한 것이다. 이것은 테니스를 시작하고 얼마 안되는 때이다. 그는 얼마 전 골프를 시작하였는데 골프에 대하여 전혀 문외한인 나로서는 용어조차 모르고 있으나 들리는 바로는 실력이 보통이 아니라는 것이다. 어디 그 뿐인가. 독문학 전공인 그가 번역한 책은 말할 수 없이 많은 분량이다. 테니스하는 사람들은 그가 언제나 테니스 장에 있다고 말하고, 골프장 사람들은 그는 언제나 골프장에 있다고 말하고, 번역가 그룹들은, 그는 언제나 번역하고 있다고 말한다.

　도대체 그는 하루 24 시간을 어떻게 쪼개어 쓰고 있기에 가는 곳마다 '그는 거기에 있었다'고 하는 지 알 수 없는 일이다. 그는 아마도 우리보다 하루를 더 길게 쓰는 방법을 터득하고 있는 듯, 말하자면 하루를 48 시간으로 사용하고 있는 것이 아닌가 하는 생각이 들 때가 많다. 그러나 그를 막상 만나 보면, 그는 한 없이 게으른 사람으로 보인다. 그저 대충 넘기는 사람으로 보이고, 그저 대강 때우는 사람으로 보이고, 그저 적당히 살아가는 사람으로 보인다. 그러나 사실 그의 진면목은, 아마도 나만이(?) 일찍이 꿰뚫어 보고 있지 않나 생각하고 있는데, 이 세상에서 가장 부지런한 사람이 아닌가 한다. 그는 또 의리의 사나이라는 것을 사람들이 잘 모르는 것 같다. 왜냐하면 그는 무슨 일을 하되, 예컨데 누구를 도와줄 일이 있으면, 아무에게 공치사도, 무엇인가를 해 주겠다는 선심의 말도 없이, 그저 '한번 해 봅시다' 라는 말로 얼버무리듯 말하지만 끝까지, 결판이 날때까지 하는 것이다. 그러므로 누군가가 그에게서 '한번 해 봅시다' 하는 얘기를 들었다 하면 무엇이건 믿어도 좋다. 겉으로 보기에는 추진력도 없고, 치밀한 계획도 없는 듯한 구수하고 텁텁한 막걸리 형의 순 한국종이지만, 그게 아닌 것이다.

그런 그가 소설을 쓰기 시작한 것이다. 나는 안다. 이제 그가 장안의 지가를 올릴 것이라는 것을! 지금부터 그는 어디서나 '소설 작업장에 있다'고 듣게 될 것이다. 그는 소설을 쓰기 시작하더니 글쟁이들의 특징인 '구라 10단'의 언변을 구사하는 것을 보고 이제 한국 문단에 강력한 별이 떠오르기 시작하는구나 하고 내심 감탄하였다. 소설을 쓰는 사람들은 여러 가지 형이 있지만 어떤 이는 하루 종일 말이 없는가 하면, 어떤 이는 만나면 청산유수로, 유우머와 함께 화제를 이끌어가 좌중의 사람들이 요절복통하게 되어, 이런 사람만이 소설가가 되는구나 하고 감탄하게 되는데, 홍경호 형이야말로 막힘이 없고, 주저가 없이 가장 속된 것을 이야기하면서도 오히려 탈속의 경지를 보여 주며, 보통 사람들이 입에 담지 못하는, 그러나 하고 싶었던 말들을 줄줄이 쏟아 놓는다. 이 소설에서도 그런 것들이 보인다. 그와 만나 이야기하는 동안 시간 가는 줄을 모르고 있었던 것처럼 이 소설을 읽으면 끝까지 읽지 않고는 책을 놓을 수가 없을 것이다.

작가 홍경호의 『독신자의 낙원』은 그의 두 번째의 작품으로 『문학사상』 연재시 대단한 호평을 받은 작품이다. 그는 이미 이색적으로 골프를 소재로 한 소설 『녹색 꿈을 찾아서』로 화려하게 데뷔를 하여 평론가와 일간지 문화부 기자들에게 주목의 대상이 되어 각 신문의 문화면을 장식하였었다. 거기서 그는 한 시골 청년이 현대 스포츠의 인기 종목인 골프에 입문하여 유명한 프로 골퍼가 되는 과정을 그리는 입지전적인 주인공을 키워 냈다. 외국 소설의 용어를 빌린다면 성장 소설, 혹은 교양 소설인 셈이다. 그는 여기에 소개하는 두 편의 소설만이 아니라 소설을 쓴 지 반 년도 않되어 이미 수천 매를 써 놓고 누구나 '냅시다'하면 척 내 줄 준비가 되어 있는 소설가가 된 것이다.

소설『독신자의 낙원』은 세 개의 '마당'으로 구분되어 있다. 각개의 마당마다 주인공인 〈나〉라는 세 사람의 인물이 화자가 되어 자기의 생을 펼쳐 나가는 것이다. 두 남자는 친구지간이며 마지막 마당의 김보혜는 첫째 마당의 남자 주인공인 소설가와 연인 사이였으나 결혼에는 이르지 못하여, 옛 연인을 출세하도록 만든다는 이야기이다. 첫 번째의 주인공인 소설가는 다분히 사색적인 인물이다. 아마도 60년대식 사랑법이라고 해야 옳을 사랑과, 60년대 식 성장 과정을 보여 주는 시대적 정황을 정확하게 그리고 있다고 보아야 할 것이다. 그것은 젊은이의 가장 높은 이상과 가장 낮은 속물 근성도 함께 나타나 이것이 우리들의 삶의 참 모습이었다고 거침없이 보여주고 있다.

전후에 생겨난 후 60년대 초에 많은 젊은이들에게 객기와 방종, 저항과 좌절, 패기와 우울의 발산 장소로 보아야 할, 그런 의미에서 통과 의식의 '성소'라고 불러도 좋을 종삼에 관한 이야기를 다음과 같이 멋지게 쓰고 있다. "그곳은 그 시절에 젊음을 보냈던 모든 남성들의 처가였고, 그 처가로 말미암아 그들은 모두가 동서지간이 될 수 있어 지금까지 그 또래들을 하나로 묶어 주는 구심점이기도 했다.... 우리들은 술잔을 높이 들어 합창을 했고 ...그러자니 종삼에 이르러 애인들을 만나기도 전에 우리들은 엉망으로 취해 버렸다. 그러나 우리들의 후덕한 애인들은 엉망이 된 사내들을 잘도 달래 주었다."

송현태는 암울한 사회 여건과 마찬가지로 우울한 생활로 일관하고 있다. 가족 관계도 거의 고아나 다름 없다. 직업도 확고한 것이 아니다. 국문학을 전공하고 시간 강사로 하루하루를 근근히 이어 나가는 가난한 지식인이다. 이것은 등장하는 소위 '사인방' 모두가 거의 비슷하다. 가족이 많다고 해서 좋은 일도 없고, 도움이 되는 것도 아니다. 모두가 다 혼자이다. 비교적 유복하다고 볼 수 있는 김보혜도 결국은 집을 나오게 된다는 점에서 같은 상황이다. 이 소설에 등장하는 인물들의 가족 관계는 모두가 단절되어 있다. 성장한 후에도 결혼으로 가족 관계를 맺게 되는 사람은 드물다. 부유한 집안과 결혼한 고영만의 경우도 결국은 파국으로 끝나고, 허진이도 미국으로 이민을 가게 되어 그의 생활은 여기에 나타나지 않아 가족이라는 '재래식의 인간 연결 고리'는 이 소설에서 없어지고 만다. 그러니까 가족이라는 유대 관계로 고민하는 소설이 아니다. 오로지 혼자만의 삶, 혼자만의 고뇌를 이 소설에서는 이야기하고 있다. 이것은 결혼으로 인한 가족 관계가 성립되는 사회구조의 최소 단위가 파괴되고 있는 현대의 특징을 보여 주고 있다. 기존의 소설에서 이런 주인공들이 등장하지 않은 것은 아니다. 다만 옛날의 주인공들은 가족이 없는 것을 괴로워하고 가족으로부터 단절되어 있는 것을 슬퍼하고, 고향을 그리워하고, 가족을 위하여 자기의 혼신을 다하여 노력하고 희생하는 것이 대부분이었으나 여기의 주인공들은 부수적으로 등장하는 인물까지도 가족 관계가 파괴되어 있다. 다만 정치가인 고영만에게서 어머니에 대한 그리움이 있을 뿐이다. 그가 아내로부터 버림받고 정계를 등진 뒤 고향에 돌아가 여생을 한가하게 살면서 고향땅에 대한 애착심을 갖는 것만이 옛날 식 소설과 유사할 뿐이다. 가족관 혹은 결혼관은 이 소설에서 긍정도 부정도 하고 있지 않지만, 이 소설 제목이 시사하는 바와 같이 혼자 사는 사람들로 일관한다. 이 소설의 어느 누구도 성공한 결혼은 없다. 그리고 혼자 사는 것을 괴로워하거나 결혼이라는 제도로 두 사람이 하나의 가정을 이루겠다는 생각이 없다. 따라서 자식에 대한 애착도 없다. 김보혜는 자기가 낳은 자식을 함세덕 회장의 딸에게 돌려보내는 것이 당연하다는 확고한 신념이 있으며 그것으로 모자의 정 때문에 괴로워하지 않는다.

　따라서 성에 관하여서도 금지니 타부니 하는 기존의 도덕적인 징벌의 대상이라기보다는 인간의 본능의 하나로서, 이미 종삼에 대한 묘사에도 나타나 있듯이 배고프면 밥먹듯 인간의 본능 중의 하나일 뿐이다. 소설의 초두에서 보이 듯 약혼한 사람이나 애인에게서 그것을 풀기보다는 오히려 그들을 만난 다음 종삼으로 돌진해 가 '처가집'으로 생각하고 편히 쉬는 것이다.

다만 고영만의 여성관에서 보면 여자는 남자를 편히 쉬게 하는, 쉼터의 기능으로 보는 면에서는 재래의 남성상이 엿보인다. 공부도 한 것이 없고, 따라서 아는 척도 하지 않는, 무조건적인 순종형의 안양댁에게서 위안을 받는다는 것은, 따지고 캐묻는 영악한 여성에 싫증을 내는 남성상으로 나타나는 것이다. 소설가 송현태가 김보혜와의 결혼에 적극적이 아닌 이유도 그의 무의식 속에서 이런 적극적인 여성으로부터 도피하고자 하는 것은 아닐까. 김보혜가 결혼을 성공시키기 위하여 별장에까지 유혹하여 "제게서 힘을 얻으세요"하면서 적극성을 보이기까지 하였는데도 그는 뒤로 물러선 것이다.

그러나 무엇보다 괴테가 그의 『파우스트』에서 보여준 것과 같이 '여성적인 것이 우리를 구원한다'는 영원한 여성상을 제시하여 아직도 남과 여의 관계는 적대적이 아니라, 또 경쟁의 대상이 아니라 서로가 상대의 부족한 것을 보완하며 서로 보다 나은 세계를 향하여 나아간다는 좋은 이미지를 나타내고 있다. 안양댁에서 모성적 여성상을 그리워하는 고영만이나, 출판계의 대모로 군림하게 될 김보혜, 즉 김보영이 막강한 재력과 선전으로 송현태를 문학계의 제 일인자로 만들어 가려는 것도 여성의 힘에 의한 '이끌려 오르는 것'의 하나이다.

홍경호의 문장은 그의 말솜씨와 비슷하다. 호흡을 멈추지 않고 거침없이 계속된다. 이것을 읽는 독자에게도 그의 호흡이 전달되어 중단 없이 읽히게 된다. 그리고 그 안에 번뜩이는 재치는 읽는 독자들로 하여금 무릎을 치면서 웃음과 감탄을 터뜨리게 될 것이다. 그는 아마도 소설을 하루 저녁에 수 십매씩 끌고 나가는 재주가 있을 것이다. 이것은 장점과 단점을 동시에 갖게되는데 재미에 있어서는 타의 추종을 불허 하지만 그 대신 문학성은 깊지 못하다는 우려를 가져온다. 그러나 재미 없는 문학성도 생각하여 볼 문제다. 소설은 우선 재미 있어야 하는 것이다.

작가 홍경호에게서 보통 때는 내가 알 수 없었던 놀라운 점을 이 소설에서 발견하였다. 그가 가끔 센티멘탈하다는 점이다. 그의 바다에 대한 단상, 삶에 대한 느낌 등은 그의 외모에서는 전혀 보이지 않았던 것들이다. 여기에 그 모든 것을 인용하고 싶을 정도이나 독자가 스스로 읽고 느끼도록 양보하는 편이 더 좋겠다. 아무튼 이 소설은 재미 있고 진정한 이야기꾼으로서의 작가 홍경호의 앞날을 내다 볼 수 있는 작품이 되었다고 볼 수 있다. (『*문학사상*』)

# 우수의 긴 터널을 나오며
## - 김지원의 단편소설 「사랑의 예감」 -

이제까지 김지원의 소설을 읽은 사람이 이상 문학상 수상 작품 「**사랑의 예감**」을 읽는다면 약간의 당혹감을 갖게 될 것 같다. 그의 소설의 구성은 언제나 완벽에 가까웠고, 인간의 내면 세계의 섬세한 묘사와 미국으로 이민한 한국인들의 동서양의 문화적 갈등, 소외감, 이 소외감에 우수를 더욱 깊게 하는 결손 가정 혹은 채울 수 없는 이성의 욕구와 대상이 없는 막연한 기다림 등, 어쩌면 먼 이국땅에 버려져 있는 듯한 인간 실존의 문제들이, 단단한 소설 문법으로 짜여져 있었기 때문이다.

그의 언어적 수사도 언제나 적재적소(適材適所)여서 그가 단편에서 보여주는 언어 감각은 유려하고 재치에 넘친다. 예를 들자면 낡은 엘리베이터의 묘사를 "우물 속에서 두레박이 올라가듯 흔들거리고 덜컹대는 엘리베이터를 타고"(「사랑의 예감」)라던가, 콘트라베이스 연주가의 묘사를 "흑인은 연주하며 목에 용수철을 단 인형같이 머리를 흔들었다"(「**겨울나무 사이**」)던가, 산부인과 대기실에서 둘러 앉은 임신한 여자들을 보며 "몇 여자들은 당장이라도 책가방 메고 학교 가야 할 아이를 낳을 것 같은 커다란 배를 하고 있다"(「겨울나무 사이」)는 등 아마도 많은 생각과 고쳐 쓰기를 거치는 완벽한 언어 지배자라고 부를 수 있을 것이다.

그의 소설의 분위기는 독자들, 특히 異國에서 잠깐이라도 살았던 사람들이라면 그의 소설을 읽고, 그 심리묘사라든가, 문화에 동화되지 못한 상실감과 열등의식, 어떤 막연한 두려움에 대한 작가의 예리한 시각에 감탄하지 않을 수 없었을 것이다. 필자가 그의 소설을 읽고 최초로 이민 문학이란 용어를 사용하였던 것도 그의 소설의 주인공들이 미국인으로 살아가고 있는 것이 아니라, 한국인으로서, 한국인의 의식세계를 벗어나지 못한 이민 일세대가 겪는 갈등 구조를 너무나 예리하게 잘 표현하고 있었기 때문이라고 기억된다.

그러나 이민 문학이라고 엄밀히 말하기에는 아직도 주저되는 점이 있다. 그의 소설의 주인공들은 미국인과의, 혹은 미국 문화와의 갈등을 겪는 것이 아니라, 미국 속의 한국인들 간의 갈등이나, 먼 나라 미국이라는 광활한 땅에 그리고 초거대 도시에 던져져 있는 하나의 잊혀진 익명의 존재로서의, 개체의 내면적 갈등에 초점이 맞추어져 있었기 때문이다. 그러므로 그의 소설에서는 한국인으로 살고있는 개체이지 이국 문화에서 겪는 문화 충격, 혹은 인종간의 겪는 의사 소통이나 사고 방식의 차이에서 겪게 되는 갈등 구조는 아니기 때문이다. 그의 주인공들은 미국 국적을 취득하였을지는 모르나 한국인일 뿐이다. 그의 대부분의 소설은 이런 관점에만 머물러 있었다. 마치 노자 떨어진 방랑객이 미국이라는 불모지에서 고향을 그리고 오도 가도 못하는 신세가 된 듯하였다. 물론 이것이 소설의 소재가 되지 않는다는 뜻은 아니다. 그의 소설의 주인공들의 이제까지의 의식세계가 그렇다는 것이다. 마치 미국에 미국인은 존재하지 않는 듯하였다. 또 다른 하나의 특징은 그의 소설의 주인공들이 거의 프로이트의 친구들이었다는 점이다. 인간의 의식 세계나 행동의 양태가 성과 밀접한 관계가 있다는 것은 사실이고, 또 작가 김지원은 이것을 표현하는 데 누구보다 성공하고 있다.

인간 내면의 세계를 의식의 흐름의 수법으로 탐구하였던 작가 김지원은 이제 「사랑의 예감」이라는 소설을 통해 새로운 문학 세계로 들어가기 시작 한 것이 아닌가 생각된다. 물론 아직은 성급한 판단일 지는 모르지만, 그리고 수 십 년의 문학적 천착을 하루 아침에 변경한다는 것이 어렵기는 하지만 그에게 어떤 코페르니쿠스적 사고의 변화 - 이것은 또한 소설 작법의 변화일 수도 있다 - 가 온 것이 아닌가 하고 독자들은 생각할 것이다. 그의 소설을 펴고 읽기를 시작하는 독자가 늘 가지고 있던 그의 문학에 대한 어떤 선입견이 「사랑의 예감」에서는 달라진 것이다.

「사랑의 예감」의 주인공들은, 이제까지 등장하였던 김지원의 소설 주인공들이 고독감과 상실감에만 시달렸던 스티일과는 다르다. 우선 프로이트를 버리고 좋은 의미의 플라톤에, 혹은 세계시민을 주장하는 칸트에 접근

하고 있다고 생각된다. 「사랑의 예감」의 주인공들은 한국, 한국인이 화제로 오르면 비판적으로 되는 사람도 아니고, 완전히 미국화된 사람들도 아닌 생활인이며, 합리적 인물로서 미국과 한국을 동시에 객관적으로 바라보고 양쪽을 애정 어린 눈으로 바라보는 사람들이다. 올림픽 경기 중 마라톤에서 한국 선수를 지지하지만 벤쿠버에 살고있는 시누이 부부처럼 무조건 열광적이지도 않다. 그의 아파트는 '전파상'처럼 보일만큼 현대적인 기기들로 꽉 차 있는 '기능적인 도시인의 공간'으로 나타난다. 장미와 김 교수는 기기를 즐겨 사용하고 있지만(대화 중에도 컴퓨터를 자연스럽게 사용하고 있다) 기계만을 신뢰하고 사랑하는 호모 파버(Homer Faber)는 아니다. 이제까지 그의 소설에서 한국인의 집은(대부분 아파트) 거의 우중충하고 마치 이곳에 살고 있는 동안에 우울증에 걸리지 않으면 이상하게 생각될 만큼 외롭고 서러운 곳이었지만, 그러나 「사랑의 예감」에서는 다르다.

한국에서 잠간 여행 온 신옥도 교포 사회를 보며, "단단하구나, 여기 단단한 또 하나의 세상이 엄연히 있구나" 하고 생각할 뿐만 아니라 "여기 교포들 같이 하루를 살아도 필요한 정보를 수집하여 자신들에게 맞는 세상을 구축, 그래 구축하며, 나는 나의 가정을 단단히 구축"하겠다고 다짐한다. 김지원의 다른 소설에 등장하는 인물들, 「폭설」에서의 진주, 「**바닷가의 피크닉**」에서 공부를 끝냈으나 미국에서도, 한국에서도 설 자리를 잃고 막막하여 어쩔 수 없이 방황하는 김승언과 그의 부인 정이, 「겨울나무 사이」에서 보이는 우수와 절망은 이제 극복되어 있다. 이전의 소설의 주인공들은 "사랑과 꿈이 글러버린 감옥 속에 갇혀"(「**베갯머리 꿈**」) 살고 있었으나 세계가 하나일 수 있다는 '꿈의 힘'을 믿고 미래 세계를 그리는 희망적인 인물로 바뀌었다. 여기서 세계가 하나일 수 있다는 것은 주인공들에게 직접 간접으로 관계를 맺고 있는 남북한의 통일만을 의미하는 것이 아니라 휴머니즘적인 하나의 세계를 꿈꾸는 코스모폴리탄의 '꿈'이다. 그래서 "시계의 배터리를 갈 시간조차 없는" 생활이지만 괴로운 인고가 나타나 있지 않다. 작가가 흔히 사용하는 용어인 '공간'의 넓은 의미는 이제 적막하고 어둡고 텅 빈 공간, 우수의 긴 터널이 이 아니라, 유용한 '책과 컴퓨터와 기기들"로 쌓여 있는 공간이다. 그리고 이 공간은 E-Mail을 통하여 세계 각국과 연결되어 있다. 「지나갈 어느 날」에서 연자가 일상의 우수에서 탈출하는 길은 "참는 것 뿐", "사는데 필요한 것은 오로지 참을성뿐"이며 "겸손히 참고 견뎌야 하는 때"와는 다르다. 아직 속단하기는 어려우나 김지원의 우수의 긴 터널의 끝이 「사랑의 예감」에서 보이기 시작한다.

우리는 미국 소설문학에서 아일랜드나 스코틀랜드인, 폴란드인, 유태인 등이 미국으로 이민하여 역경을 겪으며 하나의 완성된 인간으로 성장하는 주인공들을 만나 볼 수 있다. 그들의 의식 세계는 물론 한국인과는 다르다. 그들의 모국과 이민국 미국과의 문화적 차이에서 오는 이질감은 적을 것이다. 그러나 아직 우리 소설에서는 그런 류의 인물이 탄생하지 않았다. 아마도 김지원의 변화는 그런 가능성을 시사하는 것이 아닐까 한다. 개체로서, 도처에 지뢰처럼 숨겨진 실존의 위험과 우수를 극복하고 미국 사회에서 한국인의 의지를 나타내는 그런 주인공을 기대하는 것은 지나친 것일까. 김지원의 소설들이 슬픈 아름다움을 정제하여 나타내고 있기는 하지만 주인공 모두가 형제 자매들처럼 그 시절을 '지나간 어느 날'로 표현할 수 있기를 바란다. 그 가능성이 「사랑의 예감」에서 서곡으로 본다면 지나친 성급함일까.

「사랑의 예감」에서 시간 개념은 상대적으로 나타난다. 이 시간의 상대적 개념은 그의 다른 소설에서도 가끔 사용하던 개념이다. 특히 '오늘'에 대한 것이 그렇다. 그러나 과학적인 설명인 상대성 이론보다는 불가에서 말하는 '인연'으로 만남과 헤어짐에 의미를 두는 것이 더 깊은 뜻이 있을 것이다. 작가는 인연에 대한 의미 부여를 이 소설에서는 특히 두 곳에서 나타내려고 하였는데 하나는 신옥과 이서환의 결혼이고 하나는 여인과 이서환의 구원이다. 소설의 가장 중요한 요소를 완전한 구성으로 생각하는 독자라면 이 인연을 오히려 흠잡을 수 있는 충분한 근거가 될 정도로 작위적인 구성이 엿보이기는 하지만, 그만큼 작가의 인연에 대한 애착이라고 볼 수 있다. 그리고 순간과 영원이 함께 하는 개념도 불가의 설명으로 할 수 있다.

이러한 의도적이 아닌 어떤 숙명적 인과의 인연이야말로 사랑이라고 설명할 수밖에 없을 것이다. '제2장 서울의 사랑'에서 이러한 작가의 의도가 명확하게 나타나 있다. 전장에 비해 짧은 길이지만 3 부분으로 나뉘어진 제목이 여름, 가을, 겨울로 되어 있다. 그러나 겨울의 마지막 부분, 즉 소설의 말미에는 봄이 오는 것을 알 수 있으며, 이 봄이 온다는 것도 작가의 의도가 예전의 그의 수법인 숨겨진 은유로 나타났던 것에 비한다면 너무나 확실하게 드러나 있다.

제1장의 무대(공간)은 미국이다. 1장과 2장이 언발란스로 보이기는 하지만, 작가의 의도는 1장에서 미국이라는 공간의 특수성을, 다양성과 기계처럼 스피디하게 돌아가는 삶과, 빠른 템포의 대화로 표현한 것이 아닌가 한다. 2장의 미국과는 전혀 다른 분위기를 한국, 즉 동양의 세계로 표현하려는 의도로 보인다. 미국 사회를 동적으로 본다면 한국 사회, 동양 사회를 정적인 사회로 나타내고 있다. 굳이 엘리아데의 용어를 빌린다면 '시간과 우주 history and cosmos'라는 두 모순된 개념을 통해 이 작가는 미국과 한국이라는 이질성을 나타내면서도, 이러한 상이성을 시간과 공간을 초월하여 우연성과 인연으로 합일시키려는 시도가 1,2장의 의도, 특히 2장의 의도가 아닌가 생각된다. 여인의 생활에서 보이는 안정감, 북한으로 납치된 남편을 생각하는 보다 미래적인 희망을 지닌 여인의 묘사에서 상반된 개념을 장미의 동적인 미국 생활과, 납북된 남편으로 상심한 여인의 정적인 것과를 비교하고, 그것을 합일시키려 신옥의 남편과의 해후를 설정하여 놓은 것이다.

2장에서 분단된 한국의 현실은 오히려 희망의 내일로 나타난다. "나는 나가 아니므로 나를 잘 대해야겠다는 생각"도 독자들에게 삶의 의미를 준다. 이것은 납북된 남편을 의심하며 조사하였던 형사의 입(관계 기관)을 통해서도 아이들에게 "너희는 중요한 사람이에요. 미래가 있거든"하고 다음 세대의 분단 극복의 희망을 말한다.

이러한 동서양의 극복과 그 상이점을 조화시키려는 작가의 의도가 독자들에게 잘 인식될 수 있는가는 물론 약간의 의문으로 남는다. 평소의 그가 소설 쓰기를 완벽한 구조물로 만들려는 건축가처럼 작업하였던 것을 생각한다면 - 그는 소설의 구조에 관한 한 완벽주의를 지향하고 있었다 - 우리는 그의 「사랑의 예감」에서도 소설의 구조와 작가의 의도를 간과해서는 안될 것이다. 그러나 첫 머리에서 이미 언급한 바와 같이, 마치 등단하지 않은 소설가 지망생이 두 소설을 짜깁기 한 것으로 이해할 수도 있기에 필자는 독자들이 당황할지도 모른다고 말하였다. 그러나 명확히 나타나지는 않았을지라도 이것은 작가의 의도이며 새로운 실험으로 이해되어야 한다고 생각된다. 작가의 새로운 진로 모색, 혹은 실험성이 강한 새로운 방법은 이제까지의 그의 탐구정신, 혹은 완벽주의로 보아 앞으로 좋은 작품의 가능성을 보여주고 있는 것이 아닐까 한다.

실험적이란 아직 완성되지 않았다는 의미이다. 따라서 이 소설은 이전의 김지원이 그의 문학세계에서 보여준 작품과는 다른 의미를 지닌다. 새로운 형식의 이 소설은 그의 소설문학이 보여주었던 것과 비교해볼 때 하나의 작품으로서 완성도는 기존의 작품들보다 떨어져 있는 듯도 하지만, 이제까지 그의 소설의 주인공들이 이국에서 정착하지 못하였던 부초와 같은 몸과 마음이, 어디엔가 정착하고 한국적인 장점이 새로운 이국 문화에 긍정적으로 기여할 수 있는 발판이 되어 있는 듯이 보인다. 그것은 그의 소설에서 흔히 등장하였던 우주에 관한 관찰과 - 그의 많은 소설에서 자연관찰 특히 별을 보는 것이 등장한다. 작가의 코스모폴리턴의 의지가 들어 있는 것이다 - 아인슈타인의 상대성 이론에 의한 '모든 것은 상대적 개념으로 파악될 수 있다'는 것으로 흑백 논리를 벗어난 동시적이고 다원성의 자세에서 이미 미래를 내다 볼 수 있다. 그의 주인공들은 작가와 함께 긴 고독의 터널을 빠져나와 희망을 지니고 미래를 사랑하게 될 '예감'을 느낀다.(『*문학사상*』)

# 성의 해방과 가정에 관하여

### 김지원의 「폭설」

인간의 외로움을 처절하게 표현하는 작가가 누구냐고 한다면 아마도 단연 작가 김지원 씨라고 대답할 수 있을 것이다. 그는 인간이 홀로 던져져 있는 상태의 소외감, 함께 살고 있는, 혹은 곁에 있는 사람과의 의사소통의 난해성, 막연한 기다림, 채울 수 없는 이성의 욕구에서 오는 공허함 등, 대도시에 살고 있으나 마치 광활한 광야에 혼자 버려져 있는 사람처럼 살고있는 사람들이 그의 주인공들이다.

이런 고독한 인간 실존의 문제를 김지원 씨는 완벽한 구조와 적절한 언어로 표현한다. 그러나 과장된 묘사도 아니고, 너무나 사실적인 묘사로 인해 있는 그대로의 우리의 생활에서 오는 것 같이 나타난다. 그의 소설의 배경이나 인물이 외국 생활이어서 외국에 체재하는 사람이나 외국에서 체재하였던 사람이면 그의 소설의 주인공들이 모두가 자신을 그리고 있는 것 같아서 공감하며 자신도 모르는 사이에 소설 속으로 빠져든다.

소설의 주인공들이 대개는 혼자 사는 사람들이거나, 한 두 사람의 가족과 함께 살고 있더라도 외부와는 차단된 환경에서 사건이 전개되기 때문에 더욱 적막감에 싸여 있다. 대도시의 복잡한 거리와 차량의 홍수 속에서 익명의 잊혀진 인물들로 살아가는 현대인들의 심리묘사를 통해 모든 인간의 삶은 결국 혼자서 이 세상을 살아가는 외로움과의 싸움이라는 것을 부각시키는 것이 그의 소설 명제였다. 그러나 우리를 우수와 권태로 몰아가고 있지만 인간성을 지키려고 애쓰고, 도덕적 가치관을 지키려는 그의 주인공들에게서 우리는 김지원 씨의 휴머니즘을 발견한다.

김지원 씨의 작품의 대부분의 주인공들은 외국, 특히 미국에서 살고 있는 한국인 이민들이다. 이들은 늘 그렇듯이 매일 만나고, 함께 일하고, 생존 경쟁의 싸움터에서 외국인을 대하지만, 사생활에서는 어디까지나 한국인으로 남는다. 아무리 서양적 사고와 생활 습관 속에 서양의 문물이 들어와 있고 그 땅에 살고 있다고 해도, 우리 내부의 무의식 세계는 아주 큰 영역을 한국적 전통 가운데서 살게 된다. 그러므로 집 밖의 생활에서의 작은 충돌, 즉 인종적 차별감, 소수 민족의 비애, 문화적 상이감에서 오는 갈등을 비롯하여 자연히 외국인으로서의 열등의식과 상실감이 소외 현상으로 나타나지만 문화적 갈등이 소설의 주요 모티프로 나타나지는 않는다.

소설 「폭설」은 그의 「겨울 나무사이」, 「바닷가의 피크닉」, 「베갯머리 꿈」, 「지나갈 어느 날」 등의 미국 생활을 하는 한국인들이 등장하는 일련의 소설 중 하나이다. 그러나 다른 소설과는 좀 다른 점이 있다. 그에게서는 그리 흔치 않았던 서양의 가치관과 동양의 가치관과의 충돌 현상에서 오는 혼돈이 이 소설의 내용이다.

처음 서양에 발을 디딘 사람들에게 신기하기도 하고 한탄도 하게 되는 것 중에 하나는 서양의 신문 광고 가운데 '파트너 교환' 광고이다. '우리 쪽의 남자 나이는 몇 살, 여자는 몇 살임. 흥미 있는 사람은 연락 바람'이라는 광고가 큰 지면 한 면을 가득 채울 때가 있다. 서구는 일찍이 산업혁명을 통하여 공업을 일으키고 과잉 생산품으로 시장 공략에 나서 식민지 쟁탈을 위하여 전쟁을 치르거나, 침략의 부도덕성을 일반적으로 인정하고 상업적 경쟁으로 변경한 후에 나라마다 국부론을 제창하여 빈곤을 퇴치한 후 사회 보장제도와 여러 장치를 통하여 사회적 안정에 주력하였다. 그 결과로 사회가 안정되어 옛날의 궁핍으로부터 해방되자, 여가 생활은 많은 사회 현상을 변화시켰으며 그 중에도 성의 해방을 가져왔다. 이것은 여성 해방 운동과도 함께 한다. 여성 해방 운동이 성의 개방을 의미하는 것은 아니었으나 역사의 전개 과정에서 억압된 성은 인간의 자유를 억압하는 것과 함께 한다고 주장하는 사람도 있다. 성의 개방은 여러 단계를 거쳐왔으나 현대에는 호모나 레스비언에까지 이르렀다. 호모도 그 역사가 오래되기는 하였으나 - 레스비언은 고대 그리스의 여류시인 사포의 섬의 이름 레스보스에서 유래한다고 전해진다 - 성에 관한 한 모든 것을 다 겪은 현대인이 마지막 수단에 도달한 것이 아닌가 한다(물론 더 나아가 동물과의 관계도 있다). 「폭설」에서는 서로 다른 부부간의 성해방을 문제로 다룬다.

작품 「폭설」에서는 이런 서양 성의 풍속도에 직접적으로 문제 제기를 하고 있는 것이 아닌 듯 전개시키고 있다. 오히려 논리 정연한 그들의 이론이 긍정적인 면이 있는 듯이 보인다. 그러나 결론적으로 말하면 성의 해방이 가져 오는 인간의 황폐화를 그리려고 한 것이다. 무명의 대중 속에 살고있는 현대인은 누구나 여기 등장하는 주인공 진주나 기와 같이 소극적이든, 적극적이든 자기의 동질성을 잃어버린 사실에 자기 확인을 성에서 찾을 지도 모른다.

앞으로 수 십년 후에는 이런 풍속이 보편화되어 있을 지도 모른다. 그러나 밀레니엄이 바뀌었다 하더라도 좋은 옛날의 가치관을 지닌 오늘날의 지식인에게는 가정 파괴이며 동시에 인성 파괴로 보이는 성의 해방은 부정적이다.

미국 뉴욕에서 살고 있는 주인공 진주는 결혼에 한 번 실패한 적이 있는 여자로 병든 어머니를 모시고 살고 있다. 그녀의 어머니는 진주를 의지하고 살고 있기 때문에 진주에게 다른 연인이 생기면 소외될 것을 걱정하여 그녀를 매사에 묶어놓으려 한다. 진주는 이 짐을 의무감 때문에 벗지도 못하고 우울하게 살고 있다. 진주가 변화할 수밖에 없는 상황 설정을 작가는 주도 면밀하게 그려 놓고 있다. 결혼의 실패, 어머니의 병, 아파트의 묘사. 이런 환경은 아픈 사람은 어머니이지만 사실상 마음의 병이 든 사람은 진주라는 것을 독자로 하여금 읽고 있는 사이에 무의식 속에 연상하게끔 한다. 이 때에 다른 사람의 유혹의 음성은 메피스토처럼 말한다. "당신은 추격당하는 사람 같애. 늘 무엇이 뒤쫓는 듯해. 당신은 무엇엔가 잡혀 나중에 꼼짝없이 먹히리라고 쫓기고 있어. 그게 바로 가족인 거요. … 자기 인생을 사는 것은 아니지. 한 집에 살면서도 자기 본연의 자신이 될 수도 있어요. …, 당신은 당신이고 그들은 그들인 거요." 그녀가 이 환경을 벗어나지 못하는 것은 미국에 살고 있으나 한국적 의식 세계를 벗어나지 못하기 때문이라고 그녀에게 접근하는 기(起)라는 해방된 의식을 가진 듯한 남성은 말하고 있다.

그러나 그녀가 병든 가족의 일원을 뿌리치지 못하는 것은 기가 말하듯이 한국인이기 때문만이 아니라 이제까지의 인간의 가치가 무엇이며, 인간은 어떻게 살아야 하는가를 알고 있기 때문이다. 굳이 미국적 가치관을 지니지 못한 동양인이기 때문만은 아니다. 그녀는 보편적 가치관을 진정으로 지니고 있는 '진주'이기도 하다. 가족 관계, 특히 한 사람의 온전치 못한 사람이 다른 사람에게 의지하고 살아야 하는 경우가 이 소설에서는 주요한 모티브로 등장한다. 캐시가 병든 전 남편 루이를 돌보는 것도 간접적인 작가의 의도를 보여 준다. 결국 그들은 따뜻한 남쪽 나라 플로리다의 노인촌에 정착한다.

그녀의 상대역으로 등장하는 기는 나이는 그녀보다 많으나 오히려 앞선 생각을 하는 듯 살아가는 사람으로 등장한다. 인간은 자유롭게 살아가야 하며, 어느 누구에게도 구속되지 않고 살아야 할 권리가 있으며, 설혹 결혼하여 함께 산다 하여도 "서로를 방해하며 사는 인생 방법"은 그릇된 것이며 부모를 돌보지 않더라도 그것은 그들의 삶이기 때문에 "죄의식을 느끼지 말아"도 되며 "같이 있기 힘든 사람이나 환경을 개선하든가 혹은 적응할 도리가 없으면 빠져 나오도록" 해야 하며 "그런 성가신 것들에 빼앗긴 인생은 너무 짧다"고 한다. 남에게 피해를 주는 대표적인 인물들이 이 소설에서는 어머니와 루이이다. 기는 루이의 방 앞을 지나며 "죽어버려" 하고 외치며 발을 구른다. 작품 속의 기의 나이는 46세로 되어 있다. 남에게 의지하며 살 나이가 얼마 안 남은 것이다.

기의 여성편력은 여성 해방이라는 것으로 포장되어 있다. 그의 여성편력은 그에게는 다행스럽게도 현대 여성 해방 운동과 일치하면서 진정한 여성해방을 왜곡하고 있다. 집안에서는 여전히 폭군으로 군림하면서(진주는 라디오도 마음대로 끄지 못한다) 여성 해방의 깃발을 높이 들고 있다. 첫 번째 부인 윤마를 식물인간으로 만들고, 두 번째 세 번째 애인에게는 정신병을 주어, 세 사람의 여성에게 상처를 입히면서도 그는 현대를 가장 앞서서 살고 있는 사람이라고 착각하며 살고 있다. 다른 각도로 본다면 그는 패배한 불운의 사나이이기도 하다. 이미 40대 말이면서 루이만도 못한 신세가 곧 닥칠 것이라는 것은 불을 보듯 뻔한 일이다. 기의 애인으로 등장하는 중국계 여인 아이린은 현대 서양에서 흔히 볼 수 있는 자칭 해방된 여성이다. 그녀는 기의 말처럼 "반석 같은 결혼의 안정을 위해서 오히려 연애를 하자"고 한다. 그리고 튼튼한 가정을 위하여 이혼은 하지 말아야 되며 그 대신 애인은 모두 가지고 있어야 한다. 이제까지 결혼한 부인이 "애인 있는 것을 숨겼지만 요새는 애인 없는 것"을 비밀로 해야 한다. 남의 남편과의 치정은 "남편을 훔치려는 것"이 아니라 각각의 부부가 서로 즐기는 것 뿐이다. 가정도 지키고 재미도 보는 이상적인 관계가 된다는 것이다. 그러므로 부부의 파트너 교환은 "모두에게 중대한 문제예요. 우리 네 사람의 관계는 대단히 귀중하고 가치가 있어요. … 우리 한번 다른 사람들 앞에 내보일 수 있도록 훌륭한 인간관계를 지속시켜가요. 사실 애인 때문에 부부가 헤어져야 한다는 것처럼 비합리적인 사고 방식이 없어요." 이런 것이 여성에게 "독립된 인생"이라는 신념을 중국계 부인회에서 연설하는 아이린 역시 착각 속에 살고 있는 것이다. 아이린도 역시 비극적인 패배자로 남는다. 벤에 대한 묘사는 절제되어 있으나 그는 "사랑하는 여자가 생겼다고 이혼"을 요구하여 떠나버린다. 아이린과는 사랑이 없었다고 밖에는 볼 수 없다. 혹은 가치가 전도된 여성 해방에 반기를 들었다고 볼 수 있다.

한국인인 진주를 이런 환경으로 이끄는 것은 어려운 일이다. 그러나 작가는 진주가 그렇게 될 수밖에 없는 필연성을 설정하여 놓고 있다. 한 발자국 씩 빠져 들면서 너무 혼돈일 때는 토하는 장면으로 대신하고 있다. 이 작품에서 토하는 것은 생리적인 메스꺼움이 아니라 도착된 삶에 대한 메스꺼움이다. 직장 보스와 애인 관계로 있으나 펀치만은 안은 미스 오도 가끔 토한다.

김지원은 작품 「폭설」에서 현대의 윤리관을 비판하고 있다. 인간 해방을 구실 삼아 도취되는 인간의 삶은 아직까지는 쉽게 받아들일 수 없는 윤리관이다. 이 작품이 나온 지 이미 시간이 지났으나 우리 나라에도 기혼한 여성들이 남자 친구를 갖는 것이 유행이라고 한다. 물론 친구의 개념이 어떤 것인가에 따라 다를 수도 있을 것이다. 그러나 가정이 파괴되는 것은 아닐까. 수 십 년 후에 가정이라는 사회의 최소 단위가 소멸될 지는 모르겠으나 아직은 아이린이나 기가 생각하는 가정이 아니라, 서로를 도우며 살아가는, 어떻게 보면 얽매이는 듯 하지만 타인을 사랑하는 최후의 보루일 수 있다. 진주가 그들 간의 관계를 '동물'이라고 하였듯이 동물은 늙거나 먹이를 구할 수 없으면 죽을 수밖에 없다. 그러나 인간은 태어 난 후 부모에게 의지하여 자라듯, 늙어서는 남을 의지하여 살게 된다. 정도의 차이는 있겠으나 하나의 생명을 목적 없이 사랑하는 것이 인간주의(휴머니즘)이다. 누구나 자신은 남의 신세를 지지 않고 살면서, 나는 남을 사랑하는 삶이야 말고 가치 있는 삶이 아닐까 한다.

작가 김지원은 그의 작품에서 미국으로 이민 간 한국인의 의식 세계를 묘사하려는 작업을 계속하고 있다. 그의 주인공들은 먼 이국에 버려져 있는 듯한 고독한 인간 실존의 문제를 정확한 언어 구사로 형상화하고 있다. 그의 이상 문학상 수상작품인 「사랑의 예감」에서도 나타났듯이 몇 마디의 단어나 문장으로 깊이 있는 의미를 독자들에게 전한다. 예를 들자면 기의 방을 묘사하는 가운데 그의 성에 대한 장황한 설명 대신 의미도 없는 듯이 "다른 쪽 벽에는 튼튼한 생나무로 짠 큰 침대가 딱 버티고 있었다"는 말로 기의 강한 성의 이미지를 나타내고 있고, 정섭이 찾아오던 날을 "그때 진주는 영화 장면에서 옛 사람을 만나는 히로인처럼 섹시한 잠옷 차림이 아니고 낡은 티셔츠에 비눗물을 투기며 욕실 청소를 하고 있었다"고 묘사하는 것은 우리의 의표를 찌르는 것이다.

여기서 작가는 현대의 비뚤어진 가정관이나 부부의 윤리관에 대한 강한 비판을 하고 있다. 우선 왜곡된 여성 해방이니, 무슨 운동이니 하는 사람들을 모두 "머리통하고 입만 있는 사람들 같애. 문어 같애요 그런 괴물들이 국가 인종 성별을 초월하여 모여 앉아 궤변을 지껄이고" 있다고 한다. 가정 파괴나 가족의 해체를 주장하는 사람들에게 비극적인 파탄을 보여준다. 이런 괴물들의 논리에 어리석은 기는 결국 보물(진주)을 잃어버린다. 진주는 잠깐이나마 돼지에게 던져져 정신착란을 일으킨 것이다.

김지원 씨의 소설의 특징은 인간의 고독감과 채울 수 없는 이성의 욕구에 대한 예리하고 섬세한 심리분석이 단단한 소설 문법으로 짜여진 조형물이었다. 어쩌면 인상주의적 기법이라고 할 수 있다. 여기에 적절한 언어 구사는 그의 소설의 장인(匠人)정신에 어긋나지 않는 소설가다운 면모라고 할 수 있다. 그러나 소설 「폭설」에서는 여기에 고발정신을 하나 더 보태고 있다고 볼 수 있다. 소설 「폭설」에 등장하는 인물들의 이름 하나하나에도 의미를 부여하고 있다.

김지원 씨는 작가 오 헨리를 의식하며 글을 쓰고 있는 것은 아닌가 생각한 적이 있다. 그와 겨루어 보고 싶은 것은 아닌지 모르겠다. 그의 분위기가 보이는 것은 사실이다. 오 헨리에게서 보이는 주거 환경, 마음이 가난한 사람들이 등장한다. 외국어로 소설을 쓴다면 작가로서 좋은 반영을 보일 것이라고 생각된다. (**작가정신**)

# 우리의식의 사각지대 - 북한인의 고통
## 이나미의 『실크로드의 자유인』

　전후 우리 문학의 소재가 대체로 남북 전쟁, 산업화 과정, 노동 문제를 포함한 이념 전쟁과 독재와의 싸움에서 오는 저항 정신으로 이어져 왔다면, 앞으로의 문학적 관심은 조금씩 알려지기 시작하는 북한의 실상과 함께, 북한에서 일어난 일들과 북한 주민의 경험 세계 중의 하나이며 공산주의 사회에서의 질곡과, 그 허위 세계를 고발하는 것이 될 것이다. 이와 함께 러시아에서 살고 있는 우리 동포들의 모습도 차츰 작가들의 관심사가 되어 이에 관한 작품이 차차 등장할 것으로 예견 된다. 말하자면 소위 남북조 시대에서 어쩔 수 없는 사각지대로 우리가 아무리 관심을 가지고 있다고 할지라도 알 수 없었고, 나아가 대부분의 사람들은 관심을 가져 보지도 않던 북방에 관한 여러 생활상이다.

　독일의 통일이 동부 독일인의 서부 독일로의 대거 이주와 함께 시작되었듯이 북한 주민도 앞으로 세계의 어느 곳에서 무슨 일을 하고 있던, 남한으로 필사적으로 탈주할 것이며, 이들은 철의 장막보다 더욱 두텁고 완전히 밀폐된 장막 속에 숨겨진 이야기를 우리들에게 흥미 있게 전하게 될 것이다. 이미 북한에서 탈출에 성공한 몇몇 사람들이 그들의 경험을 책으로 내어놓고 있다. 이러한 진기한 이야기들은 작가들의 관심의 대상이 되고 소위 운동권 문학에 식상한 독자들에게 새로운 독서의 재미를 안겨주어 지구에서 가장 가까우나 가장 먼 나라인 「미스터리 북한」은 많은 흥미를 끌 것이 분명하다.

　북한에 관한 이제까지의 대부분의 저작물들은 학자들의 연구서이거나, 저자들이 대부분 북한을 탈출하여 남한으로 귀순한 자신의 체험을 기술한 르뽀르따쥐 형식의 체험기였다. 혹은 이민족인 일본인들의 여행기, 수기 종류였다. 이런 단편적인 지식만으로는 작가들이 아무리 상상력을 풍부히 가지고 있다고 하더라도 작품화하기는 여간 힘든 일이 아닐 것이다. 하나의 작품을 쓰려면 적어도 그곳에 실제 살았던 경험이 있거나, 그 사회를 재구성할만한 자료가 없으면 아무리 재주가 많아도 어려운 일일 것이다. 이런 의미에서 이나미의 소설『실크로드의 자유인』은 북방에서 일어나고 있는 현대사에 관한 우리 작가의 최초의 작품 중에 하나가 아닌가 생각된다.

『실크로드의 자유인』은 시베리아 원시림에서 벌목을 하고 있는 병도라는 북한 출신의 노동자가 탈출하여 소련의 알마아타에서 정착하기까지의 이야기를 다루고 있다. 모두 10장으로 된 이 소설은 주인공 병도가 기차를 타고 두만강 철교를 건너는 것으로 시작된다. 소설의 전개는 등장인물의 성격묘사에 치중하지 않고 사건이나 주변 묘사에 초점을 맞추고 있다. 혹은 작가가 주인공 성격 창조에 심혈을 기울였다고 할지라도 또는 소기의 그러한 목적을 달성하였다고 할지라도 같은 동포의 유별난 삶에 대한 흥미가 우선하기 때문에 읽는 사람이 주인공의 성격을 간과하여 버렸기 때문인지도 모른다. 그 이유는 한국인에게는 같은 한국인 우리라고 하여도 이 세상 어느 곳보다 멀리 떨어져 있는 듯한, 우리의 의식 세계에서 도저히 상상할 수 없는 사각 지대, 북한과 북한인의 고통이기 때문에 어쩔 수 없었을 것이다. 그러기에 이 소설을 읽기 시작하는 사람은 주인공의 성격 창조나 묘사에 흥미를 느끼기보다는 우선 전혀 상상할 수 없었던 "사실"에 대한 궁금증에서 책장을 빨리 넘기게 될 것이다. 그만큼 이 소설은 독자에게 흥미와 재미도 주고 있다.

이 소설은 북한 출신 노동자들이 시베리아 원시림에서 열악한 조건과 인권유린으로 시달리며 어떻게 살고 있는가를 생생하게 묘사한 하나의 고발문학이기도 하다. 그러므로 이 소설의 장점은 무엇보다 현장감이 넘치고 있다는 점이다. 독자로 하여금 마치 현장에서 일하던 사람이 기록한 것을 읽는 듯이 느끼게 된다. 그것은 나무를 베는 산판의 재구성이나 인물들이 사용하는 북한 말이 너무나 자연스럽게 사용되고 있으며, 북한인의 국가에 대한 의식 구조가 잘 드러나 있기 때문이다.

북한 노동자들의 생활 환경을 묘사하기 위하여 동원되는 소도구 - 예컨데 신발, 장갑, 옷, 숙소, 노름의 종류 또는 사고사로 죽는 사람의 시신대신 알미니움 상자에 머리만 절단하여 넣어 보낸다는 이야기 - 가 세밀하게 기술되어 있다. 그리고 그들의 비참한 생활상은, 만일 소련이 와해되지 않았고, 사회주의 국가의 실상이 우리들에게 알려지지 않았다면 소위「운동권」에서는 정부가 쓰게 한 소설이 아니냐고 의심할 정도로 비참하고 사실적으로 묘사되어 있다. 사실적인 것은 나무 이름에서부터 구소련 사정, 러시아 말에 이르기까지 현장에 있었던 사람도 그렇게 묘사하기는 힘들 것이다. 러시아어를 중간에 넣은 것은 이 작품에 장점이기도 하고 단점도 될 수 있을 것 같다. 장점은 병도가 잠깐 산판에서 나와 소련인을 만나 대화하는 것과 탈출한 후에 만나는 소련 사람과의 대화에 러시아어를 삽입한 것은 이 소설을 보다 북방적 분위기로 이끄는 데 큰 역할을 하고 있다.

소설의 구성은 무리 없이 잘 짜여졌다고 보여진다. 병도에게 삶의 힘이 되는 여성으로 등장하는 정희라는 인물을 삽입한 것도 무리 없는 구도라고 여겨진다. 기운이 소진할 때마다 그녀는 나타나서 병도를 이끄는 것은 어떻게 보면 한국인의 구원의 여성상의 전형이라고 보여진다. 정희 대신 그의 탈출이 남한의 자유를 그리워하는 열정으로만 그렸다면 이 소설의 재미는 반분되었을 것이다. 남한의 자유는 확실히 소중하고 북한인이 누구나 그리워 할 것이기는 하지만 - 그들이 남한의 자유를 안다면 - 너무나 도식적인 형식으로 빠져버렸을 것이다. 남한의 방송을 들은, 그래서 남한의 실상을 잘 알고 있는 해덕이 소설 속에서 주인공이 아닌 이유도 이것으로 오히려 확실하여 지는 것이다. 해덕의 성격이 오히려 뚜렸하게 부각되어 있고, 그의 단호한 결단성과 용의주도한 준비, 사물을 판단하는 분별력, 큰 체구에서 오는 믿음직함 등은 그가 주인공이기에 알맞은 듯 하지만 그는 너무 도식적인 인물이다. 오히려 허약하고 약질인 듯 느껴지나 넘어지지 않는 병도가 탈출에 성공한 이유도 바로 이점이다. 물론 소설에서는 설명하고 있지 않으나 해덕이 탈출에 성공하여 소련인 여인과 결혼한 후 산판 가까이로 여행을 감행하다 다시 북한 안전원에게 체포된 것도 그의 성격에서 오는 것이다.

이 소설에는 시베리아에서 고통 받는 북한 노동자만이 그려져 있는 것이 아니라 산판을 중심으로 북한과 구소련의 사회구조가 잘 묘사되어 있다. 물론 소련이라는 큰 나라의 모든 구조가 드러나 있는 것은 아니며 그럴 수도 없을 것이다. 그러나 우리가 한번 구소련을 여행하고 얻을 수 있는 내용이 아니기에 이 방면에 많은 지식을 쌓은 듯이 보인다. 사마르칸트의 사원에서 깊은 사념에 잠긴 병도의 모습은 또 다른 면의 주인공을 보여준다. 이 장면을 제외한다면 작가는 너무나 사실에 매달린 나머지 주인공의 마음의 변화나 생각하는 면을 소홀히 다룬 것이 아닌가 한다. 르뽀 형식으로 되어 있는 소설이기는 하지만 많은 실제의 사건을 자료로 가지고 있는 경우 종종 주인공의 내면의 모습을 소홀히 나타내는 것이 흠이 아닐까 한다. 너무 관념적으로 흐르는 경향도 경계해야 하겠으나 사실만의 기록은 행간의 의미를 축소할 수도 있기 때문이다. 그러기에 좀더 욕심을 낸다면 산판을 탈출한 후 광활한 대지에서의 방황에 보다 면밀한 묘사를 하였으면 어떠하였을까 생각하여 본다. 눈 덮힌 산 속에서 사냥을 하는 에피소드처럼 절박한 절대 고독의 인간의 모습은 독자에게 보다 큰 감동을 줄 수도 있지 않을까 한다. 작가가 수집한 자료나 인터뷰가 너무나 극적이어서 그것을 꼭 작품에 포함하려는 욕심이 주인공의 내면화에 실패한 것이 아닌가 한다.

그러나 무엇보다 이 작품을 읽고 우선 의문을 가진 것은 어디까지가 픽션이고 어디까지가 논픽션인가 하는 것이었다. 세밀한 묘사와 너무나 사실적인 상황 설정은 경험자가 아니고는 이렇게 쓰기가 힘들다는 생각에서였다. 더욱이 작가는 스스로 「작가의 말」에서 '논픽션을 바탕으로 재구성한 픽션'이라고 쓰고 있어 독자들에게 혼란을 주고 있기 때문이다. 또한 '재조합된 가상의 인물'이라는 말은 창작이라는 말로 해석할 수도 있기 때문이다. 만일 재조합된 인물이라면 이것은 창조한 인물이다. 헤밍웨이의 『노인과 바다』의 실제 주인공은 그 소설이 자기의 이야기로서 마땅히 자기에게 그 이야기의 「권리」가 있다고 소송을 제기하였으나 작가의 창의성이 존중되어 패소하였다고 한다.

필자는 여러 번 망설이다 작가에게 직접 문의하여 보기로 하였다. (이제까지 문단의 변두리에서 어줍지 않은 글을 쓰는 동안에 작가의 의견을 물은 적은 한번도 없었다.) 이나미씨는 물론 탈주에 성공한 당사자에게서 시베리아 벌목장의 현장 이야기를 취재한 것은 사실이나 작가에게 보여준 몇 장의 메모일 뿐, 모든 것이 북한에 관한 자료와 북한어 사전에 의해 쓰여진 것이라고 한다. 그의 작가정신에 놀라움을 금치 못하였다. 정작 취재 대상 인물과는 다른 사람으로 완전히 창작된 인물임을 알게되었다. 주인공 병도는 작가가 만들어낸 인물이고 병도라는 인물이 실존 인물은 아니었다. 이 글을 쓰기 위하여 북한을 재구성 할 수 있는 자료가 있는 곳은 모두 찾아갔던 것이다. 이 소설의 성공 여부를 떠나서 한 작가가 하나의 작품을 쓰기 위하여 얼마나 피나는 노력을 하고 있는가를 알게된 것이 부수적인 소득이라면 소득이라고 할 수 있을 것이다. 이나미 씨는 이 소설로 제3회 MBC문학상을 수상하였다. 역시 공부해야(?) 상을 받는 모양이다.

북한이나 북한 사람에 관한 소설을 쓰는 것은 아직 어려운 일이다. 그러나 앞으로 작가들은 모든 예민한 감각의 레이다를 동원하여 북방을 소재로 작품을 만들어 낼 것이다. 한국인에게 통일은 아직 요원한 것 같지만 의식 속에는 너무나 가까이 있어 이미 이루어진 것처럼 느껴진다. 그것은 세계사의 흐름을 막을 수 없다는 것을 누구나 알고 있기 때문이다. 분단된 민족인 독일인들도 이런 류의 소설은 쓰지 못하였다. 시대를 예측하지 못하였기 때문이다. 그러나 한국 작가들은 그런 작품을 쓸 수 있을 것이다. 우리 작가들의 민족 동일성은 독일 작가들보다 더욱 절실하기 때문일 것이다. 이런 현상의 하나로 나타난 소설이 이나미 씨의 『실크로드의 자유인』이 아닐까. (『문화예술』)

# 한국적 정서의 소설

## 이미륵의 『압록강은 흐른다』

오늘날에는 시간의 흐름이 화살보다 더 빠르다는 느낌이 든다. 옛날에도 시간의 흐름을 나타내는 상투적인 표현으로 '화살처럼 빠르다'던가 '유수와 같다'고 말하고 있지만 지금은 누구나 각자의 생활 속에서 시간의 흐름이 어떤 비유로도 적당치 않을 정도로 빨리 가고 있다는 것을 느낄 것이다. 시간이 멈춘 것을 느끼고 싶은 독자는 이미륵의 소설을 한 번 읽을 것을 권한다. 거기에는 우리 조상의 유려하고 한가로운 가운데에서도 서두르지 않으나 빠른 변화 과정에 적응하는 것을 읽을 수 있을 것이다. 오늘날과 같이 수선스럽고 야단스럽게 변화하는 것이 아니라 조용한 가운데 누구에게도 뒤지지 않게 변화를 받아들이는 우리의 전통적인 선비의 모습을 볼 수 있을 것이다.

시간이 잠깐 멈춘 것 같은, 그럼에도 시대적 급변화를 한 몸으로 받아들이며 살았던 증인으로 우리는 작가 이미륵 씨를 들 수 있을 것이다. 그는 그의 자전적인 소설 『압록강은 흐른다』에서 식민지의 근대화 과정을 조용하고 유려한 필치로서 문자 그대로 담담하게 그리고 있다. 이 소설은 독일어로 쓰여진, 원제는 『Der Jalu fließt』(1946)로서 전후 독일에 잔잔한 파문을 일으킨 작품이다. 뮌헨에 있는 한 출판사가 전후 최초의 출판물 중의 하나로 이 작품을 택하였다는 것도 의미 있는 일이려니와 독일어가 딱딱하다는 종래의 선입견을 바꿀 정도의 아름다운 문장으로 되어 있어 한때 바이언 주의 중등학교 교과서에 이 작품이 실려 있을 정도였다. 최초의 한국어로는 유명한 여류 독문학자 전혜린씨의 『압록강(鴨綠江)은 흐른다』(여원사, 1959)로 번역되어 있다.

성장 소설의 하나라고 볼 수 있는 이 작품은 세 부분으로 나눌 수 있을 것이다. 다섯 살때부터의 기억으로 시작하는 아버지의 엄한 한문 교육과 서당 시절, 신교육을 위하여 학교에 들어가 새로운 학문에 접하는 시절, 의학 공부 중 삼일 만세에 참가하여 고국을 떠나 중국을 거쳐 독일에 이르는 기간이다.

소설 속에서 한문 공부를 하는 어린 시절은 그 전개가 어떻든 누구나 갖고 있는 유년 시절의 아득한 기억이다. 여기에 수암이라는 동갑내기의 사촌 형과의 우정과 사랑이 얽혀있다. 한국 사람이면 누구나 기억하는 1900년대 초의 한국 농촌 양반집 자녀들의 평범한 이야기이지만 읽는 사람에게는 어딘지 모를 향수를 불러 온다. 소설의 전개는 잔잔한 물이 흐르듯 꾸밈이 없고, 흔히 사소설에서 등장하는 주인공 〈나〉의 우월감이나 우수성, 또는 바보스런 행동도 없다. 있는 그대로를 그린다는 소설의 가장 기초적인 규칙을 충실히 따르고 있다. 그러나 소설에서 이 기초적인 것을 지키고 있는 것이 얼마나 드문 것인가는 읽을 때마다 느끼게 되는 것이다. 어떤 가치 판단도 들어있지 않고, 자기의 주장을 독자에게 불어넣으려는 의도도 없다. 아마도 작가의 겸손한 생활 태도가 소설 속에 드러난 것이 아닌가 한다. 그러기에 이 소설에 대하여 한 독일 평론가는 '이 작품의 우수성은 신비로운 동양 세계를 알게 하는 것보다는 한 인간(작가)의 순수한 인간성'이라고 말하고 있다.

신학문을 배우면서 느끼는 점을 조용한 필치로 새로운 문화충격도 없는 듯이 묘사하고 있지만 어느 웅변가가 시대적 변화를 웅변하는 것보다 더욱 잘 전하고 있다. 학교 재학중 한국이 일본에게 탈취되는 과정(소위 한일 합방)도 마치 은자의 생활처럼 외딴 바닷가 송림 마을에 가서 지내고 있는 것으로 표현하여 보통의 소설에서 보여지는 영웅주의도 없다.

의학 전문학교에 입학하는 것도, 삼일 만세운동에 참여하는 것도 극적이 아니다. 검거 선풍으로 서울을 떠나 집에 돌아와서 좁혀 오는 체포의 불안을 급박한 템포로 그릴 수도 있었겠지만 역시 차분하게 묘사하고 있다. 한밤중 안내원을 따라 압록강을 건너는 것을 읽으면 거의 백년 전의 국경이 지금도 닫혀진 채로, 목숨을 걸고 넘고 있는 것이 한스럽기도 하다. 상해에서 유럽으로의 출국의 불안감을 간접적으로 나타낸다. 선편으로 유럽에 오기까지의 과정은 작가의 체험이 그대로 표현되었을 것이다.

김은국씨의 『순교자』는 인간의 실존과 종교라는 어떤 이념적인 메지지를 전하려는 의도가 들어 있으나 이미륵씨의 이 소설은 메시지를 전달하려기 보다는 인간 내면의 순수성을 과장 없이 나타내고 있는데에 그 강점이 있으며 그것으로 인해 독일인의 가슴을 감동하도록 만든 것이 아닐까 한다. 현대의 급탬포의 삶에서 그윽하고 정관적인 삶의 자세를 살펴보고 싶은 이는 한번 읽을 것을 권한다.

작가 이의경씨는 1899년 해주에서 출생하였다. 그의 이름이 이미륵이라고 불리운 것은 이미 소설에서도 알 수 있듯이 그의 부모에게 아들이 없자 미륵불에 빌어서 태어났다고 해서 미륵(Mirok)이라고 불렀다 한다. 그는 1916년 경성의전에서 의학을 전공하던 중 1919년 독립만세운동에 참가하여 왜경에게 쫓기자 중국으로 도피, 상해를 거처 독일로 갔다. 그는 1928년 뮌헨 대학에서 박사학위를 받았으며 1947-1949년 뮌헨대에서 한국어, 중국 문학, 중국 역사를 강의하다가 1950년 3월 20일 타계하였다. 그가 순수한 사람이었다는 많은 일화가 있으나 한 가지를 소개하면 이런 것이 있다. 그는 자기 집을 수리하고 목수에게 돈을 지불하였으나 그날 밤에 화폐교환이 있자 다시 찾아가 새로운 돈으로 지불하였다고 한다.

매년 3월에는 뮌헨 지방의 한인 사회를 중심으로 그곳 교외의 작은 마을 그레펠핑을 찾아서 한국식의 제사를 지낸다. 각 가정에서 제사에 쓸 음식을 장만하고 한국어를 잘 할 줄 모르는 한국인 2세 뿐만 아니라 독일 사람과 결혼하여 외형이 독일인 어린 학생도 참가하는 작은 국제적인 제사이다. 먼 이국 땅에서 한국인으로 외롭게 살다 간 작가 이의경, 이미륵 씨에게 바치는 제사이다. 1996년에는 재독 한인들의 성금과 한국 정부의 도움으로 이곳 마을의 공동묘지에 한국식 묘가 만들어져 제단과 비석이 독일 묘원 방문객에게 이국적인 분위기를 느끼게 한다. 묘자리도 다른 사람보다 2배의 크기로 묘지 입구에 이장되었다. 이 모두가 뮌헨의 몇몇 한인들의 노력으로 이뤄진 것이다. 쓸쓸히 살다 간 이미륵 씨는 아마도 후세에 이런 행사가 매년 있으리라고는 전혀 상상하지 못하였을 것이다. 그의 소설에서 조용하고 유려한 주인공인 '나'의 삶이나 이미륵 씨의 삶은 아직도 여전히 조용히, 그러나 많은 사람들의 존경을 받으며 외지에서 기억되고 있다.

뮌헨 지역을 지나는 한국인이 있다면. 그의 묘 앞에 잠깐 고개 숙여 명복을 빌 여유를 갖는다면 피곤한 여행에 기쁜 마음을 지닐 수 있을 것이다. 뮌헨 모차르트 가의 아세아 식품점 송준근 씨는 알려지지 않게 이미륵 씨의 묘를 관리하여 온 숨은 공로자이다. 좋은 안내자가 되리라 생각된다. (『*한국인*』).

# 이반의 문학 세계
## - 바다와 휴머니즘의 혼합 -

우리가 흔히 수사적인 언어로 사용하고 있는 '척박한 땅'이라고 하는 말을 문자 그대로 사용할 수 있는 곳이 아마도 한국 희곡문학이 자라고 있는 한국문학 풍토가 아닐까 한다. 우리가 예술을 사랑하는 민족이라고 자랑하고 있지만 거의 모든 문예지에서 희곡을 게재하는 것은 희귀한 일에 속한다. 그것은 편집자의 책임이기도 하고 독자의 책임이기도 하다. 편집자는 말한다. '좋은 희곡이 우리에게 부족하다'고. 독자는 말한다. '희곡이 재미가 없다'고. 우리 독자는 희곡을 읽는 습관이 되어 있지 않고, 활발한 연극 활동이 있으나 번역극이 대부분이거나 진정한 연극적인 구조가 결여되어 있는 마당극 류의 사설조이다. 마당극이 좋지 않은 것은 아니나 연극 행위의 일부분일 뿐 세계 무대로의 진정한 방향은 아니다.

이러한 어려운 분야에서, 데뷔 이래 자기 길에 정진하고 있는 적은 사람 중에 한 사람이 희곡 작가 이반 이다. 그는 희곡을 쓰는 일과 연극 행위에 자기의 일생을 보내고 있다. 세상이 여러 번 변하고 남들이 눈여겨 보지 않을 때도 그는 꾸준히 자기 일을 하고 있다. 이미 대한민국 연극제에서 희곡상을 수상한 경력이 있으니 그의 공적인 평가가 이루어졌다고 볼 수 있다. 자기 세계를 끊임없이 살아가고 있는 사람을 우리는 존경한다.

여기 모아 놓은 단막극 등은 그의 작품 세계를 잘 나타내고 있다. 무엇보다 그의 작품 중 가장 그의 특색을 잘 드러낸 작품이 「바다로 나가는 사람들」, 「나자의 소리」, 「샛바람」, 「황무지」, 「F선상의 아리아」 등이라고 생각한다. 앞의 세 작품과 뒤의 두 작품은 현격한 차이를 나타내고 있는데 이 점은 작가의 관심이 그 만큼 다양하다는 것과 그가 작품을 구체화시키는 방법으로 '느낌'과 '사고'를 동시에 활용하고 있음을 알 수 있다. 다시 말하면 앞의 작품에서 정서를 바탕으로 썼다면 두 작품은 지적인 사고로 꾸몄다고 할 수 있다.

「샛바람」은 6.25의 경험이 있는 우리 세대에게는 매우 아픈 작품으로 다가선다. 안개 낀 암울한 포구와 등대지기의 고동소리, 그 바다로 노 저어 가는 세 소년, 소녀의 이야기는 등장인물의 연령과 관계없이 비장미를 전해준다.

독일 북부 교회에 가 보면 교회 건물 입구에 배 모형을 달아 둔 것을 볼 수 있다. 교회는 배고, 바다는 곧 세계라는 의미를 전달하기 위한 상징물이 아닌가 생각을 해보았다. 나는 그 교회 속에서 험한 파도를 지나는 요람 속에 있는 것일까, 혹은 오히려 외부와 단절하고 요나가 되어 다시스로 가던가 니느웨이로 가는가 반문해본 적이 있다. 「샛바람」의 돛대와 돛을 묶어두는 가로 지르기 막대기를 이반은 '십자가처럼 보인다'고 지문에 적고 있다. 동해안 범선에는 없다는 '가로지르기 막대기'를 돛대에 매어 둔 것은 동해안에서 자란 작가가 이 작품을 통해 말하려고 하는 것이 무엇인지를 상징적으로 표현한 것이라고 할 수 있다.

지금도 쉬지 않고 세계 도처에서 전쟁을 하고 있다. 전쟁은 전쟁이 왜 일어났는 지도 모르는 어린이들을 살해하고 불구로, 또는 고아로 만든다. 「샛바람」의 마지막 지문은 매우 충격적이다. "조명 어두워지기 시작하면 돛대는 십자가가 되어 기식을 짓누른다."

기식이는 집에 폭탄이 떨어졌을 때 동생인 기호를 감싸 안았기 때문에 고막이 터지고 벙어리가 되었다. 희생의 대가로 벙어리가 된 것이다. 그의 행동은 골고다로 십자가를 메고 올라가던 사람을 상징한다. 그러나 그 사람의 십자가와 기식이의 돛대가 다른 것은 그의 행동으로 인해 세계는 구원 받았지만 기식이를 짓누르는 돛대는 너무나 무겁기 때문에 일어날 수가 없다. 여기에 작품이 지니고 있는 비극성이 있다. 어린 소년 소녀가 등장하는 작품으로 너무 무거운 주제를 다루고 있다는 평을 면할 길이 없는 작품이지만 뛰어난 수작인 것만은 사실이다.

그의 희곡 작품에서는 바다가 언제나 무대 배경으로 되어 있다. 그가 자란 배경이 그렇기도 하지만, 그의 작품 속에 나오는 바다는 어떤 때는 잔잔한 평화로운 놀이터로, 어떤 때는 폭풍이 몰아치는 격전장으로, 어떤 때는 무정한 삶의 현장으로, 어떤 때는 에덴동산으로 묘사되고 있다. 그의 작품을 손에 들면 이미 읽기 전에 바다 냄새가 나는 것을 느낀다.

「바다로 나가는 사람들」은 삶의 터전으로서의 바다를, 몇 세대를 살고 바다 위에서 희생당하면서도 떠나지 않고 살고 있는 바다 사람들을 그리고 있다. '겨울 바다'이며 '새벽'이기도한 시간 설정은 죽음과 희망을 동시에 지닌 삶의 모순의 시간을 말하는 것이다. 장면 설명에서 파도 소리를 '젊은이의 군화소리처럼 몰려오다가 어머니의 자장가 같이 밀려 간다'고 묘사한 것에서 이미 이 작가의 바다에 대한 이미지를 알 수 있다. 또 여주인공의 이름를 '쌍가매'라고 붙인 것은 세심한 작가의 배려에 속한다. 이 뜻을 독자(관객)은 이 작품의 나중에야 깨닫게 된다.

쌍가매와 시어머니인 노파와의 작은 언쟁에서 죽음을 두려워하는 며느리와, 시어머니의 삶의 세찬 파도를 어떤 일이 있어도 헤쳐나가려는 모습을 볼 수 있다. "바닷 사람이 바다에 아이 나가면 어떻게 되는 줄 아니?", "우리가 갈디라구는 바다밖에 더있니?" 하는 노파는 며느리가 좋지 않은 꿈을 꾼 것을 모르고 하는 소리는 아니다. 그는 바다는 어차피 삶의 터전이며, 이것을 피한다는 것은 삶을 포기하는 것이라고 생각하고 있다. 길수도 "그렇지만 나는 바다에 나가야 됩메"하고 역시 바다에 나갈 것을 주장한다. 남자들이 바다와 직접 싸우고 있다면 노파는 삶의 현장에서 삶과 싸우는 불굴의 의지를 지닌 것을 알 수 있다. 나그네의 등장과 함께 이미 자기의 잃어버렸던 장남이라는 것을 잘 알고 있으면서도 끝내 알아보지 못하는 것처럼 행동하다가 둘째가 죽은 것을 알고 그의 시신을 바다에 넣을 것을 주장하면서 나그네를 찾아오라는 것은 약한 여성인 듯 하면서 얼마나 강한 삶의 의지를 지니고 있는가를 나타낸 것이다. 이것은 특히 우리가 흔히 이야기하고 있는 南男北女의 北女의 기질을 나타낸 것이 아닌가 한다.

희곡의 구성의 정점은 바로 둘째의 죽음과 맏이를 찾으려는 것에 있다고 볼 수 있다. 이러한 극적 구성의 정점과 전환은 이 희곡을 읽는, 또는 연극을 구경하는 재미의 절정이라고 보여진다. 이러한 극적 전환이야말로 극작가의 재주에 속한다고 볼 수 있는데 작가는 이러한 구성을 '극적'으로 성공하고 있는 것이다. 물론 큰아들이 난파를 당하고 여럿을 어쩔 수 없이 바다에서 희생시킨 선장으로서 혼자 살아남아 집으로 돌아오지 못하였다는 모티브는 약한 편이다. 인재가 아니라 천재를 만나 다른 사람들을 죽게 하였다고 해서 돌아오지 못하였다는 것은 설득력이 약한 것이다. 그러나 그것은 이 희곡에서 주요 모티브는 아니다. 이 희곡을 읽고 나면 삶과 바다와 운명을 생각하게 한다.

「裸者의 소리」는 인간의 허위 의식을 만천하에 고발하는 멋진 작품이다. 일생동안 하나의 진실을 보고하기 위하여 살았다는 사나이의 모습은 독자로 하여금 우선 광인이라는 느낌을 갖도록 한다. 사실 현대인은 진실이라는 것에서 멀리 떨어져서 살고 있다. 오히려 진실을 외치는 사람을 광인으로 대하고 있다. 그리고 여기에 등장하는 최 소위와 같은 허위의 지식인들은 진지한 척, 심각한 척, 사물을 꿰뚫어 보는 척 살고 있다. 최 소위같은 사람들이 작가가 되여 전쟁의 허위를 고발하는 지식인으로, 전쟁 속에서 일어난 일들을 모든 비인간적인 전쟁의 탓으로 돌리는 일이 얼마나 많은가. 이것은 비단 지식인만이 아니오 능동이던 수동이던 전쟁에 참가한 모든 사람들이 말하는 것이 아닌가. 이반은 이 희곡에서 전쟁 속에서 모든 나쁜 것들 - 배반과 약탈과 겁탈과 비겁한 자가 - 나온다는 변명을 하는 사람들에게 가장 정곡을 찌르며 양심의 가책을 느끼게 하는 말을 하고 있다. "전쟁도 인간이 하는 게 아니요? 그리고 그곳에는 분명히 인간들이 있어요." 이 얼마나 멋진 말인가.

이 희곡 작품은 구성과 변전에도 성공하고 있으나 이 한 마디의 말만으로도 아무나 할 수 없는 말을 하고 있다는 것을 증명하는 것이다. 어떤 극한 상황 하에서도 이제는 이 말 한 마디로 어느 누구도 자기 행위의 변명이 불가능하여 진다. '거기도 인간이 있지 않았는가?' 이 희곡은 허위와 가식에서 살고 있는 지식인의 실체를 고발하는 통쾌한 작품이다.

「대학동창생」은 이북에서 월남한 사람만이 진정한 뜻을 아는 작품이라고 볼 수 있다. 사람이 너무나 그리워서, 조금이라도 어떤 관계가 있으면

동향인이며, 친척이고 싶은 외로운 사람들의 이야기이다. 그 외의 작품들은 대학생들의 발랄한 모습을 담고 있다.

　이반의 희곡에는 거의가 바다가 등장한다. 그리고 바다에서 살고 있는 인간의 역학 관계를 다루고 있다. 그의 희곡을 읽으면 깊은 휴머니즘을 느낀다. 또 그는 누구보다 어린이를 많이 등장시키고 있다. 그의 천진스런 성품에서 오는 것이기도 하고, 아마도 그의 유년기의 체험이 강력하게 그의 상상력을 작용하고 있는 것이라고도 생각된다. 이반은 아직도 왕성한 활동을 하고 있는 작가이다. 그의 작품에 큰 기대를 해본다. (**종로서적**)

# 제 3 장. 짧은 평 - 깊은 생각

# 겨울의 詩

어느 때부터인가 우리는 겨울이라는 계절을 혹독하고 무서운 이미지로, 죽음의 전령사로, 현실의 암울한 비유로 사용하고 있다. 그러나 근래의 시를 읽으며 언제나 느끼는 것은 어느 계절에 쓰인 시이건 간에 암울한 분위기를 지니고 있는 것이 대부분이라는 사실이다. 이것은 우리 시뿐만 아니라 외국의 경우에도 그렇다. 산문 시대에 운문은 슬픔만을 노래할 수밖에 없을 지도 모른다.

현실문제의 시도 뒤로 미루고 삶의 과정이나 시인의 생애를 노래한 것을 우선 들어보자. **김경린**(金璟麟)의 「**개미처럼 훈장도 없이**」는 독자에게 깊은 비유나 상징을 주려는 시가 아니라 시인의 긴 삶의 과정을 "오로지/ 외곬수 길만을 위하여/ 꾸준히 걸어야"하였던 것을 담담하게 노래한다. 두 번째 연에서 세월의 흐름을 여름, 낙엽, 차가운 바람으로 이야기하고 그 평탄하지 않은 것을 동굴로 표현하고 있다. "전자무늬처럼/ 화려한 의상도/ 남기고 가야 할/ 아름다운 언어조차도 없는 길"로 보여지는 인생의 여정에서 한 가지 일에만 꾸준히 전념해 온 시인을 비록 아무 훈장도 없는 개미 같다 할지라도, '개미'의 뜻에는 이미 끊임없이 노력하는 이미지를 갖게 한다. 노력하는 인간만이 구원될 수 있다는 괴테의 말과 상통된다. **김광림**(金光林)의 「**半老人2**」도 늙어 가는 '나'를 객관적으로 살펴보며 노인이 되어 있음을 담담하게 읊고 있다. 초두에서 시인은 왕성한 일을 하고 있으며 젊은 사람 못지 않은 생활을 하고 있다고 이야기하지만 세월이 흐르면서 저절로 다가 오는 늙음의 징조를 발견한다. 이 시는 건망증을 탓하고, 당황하고, 인생의 덧없음을 슬퍼하는 것이 아니라 그저 매일 일어나고 있는 노인으로서의 과정을 어렵지 않은 말로 이야기함으로써 독자에게 친숙한 반노인으로, 내 이웃이며 내 친지로 느끼도록 한다.

이 시와 아주 대조적인 **이준섭**(李準燮)의 「**四更무렵**」은 젊은이의 방황과 숙취를 느끼게 한다. 먼저의 시가 인생의 달관 경지에 이른 것이라면,

후자는 아직도 도(道)가 무엇인지 어디에 있는지 모르고 찾는 구도자의 방황이다. 「四更무렵」은 시인인 '나'의 어느 날의 술 취한 모습을 읊고 있는 것이다. 그러나 이것은 어지러운 삶 속에서 찾고 있는 빛에의 절규이기도 하다. "취한 채 비틀대며" 그는 골목을 돌며 돌아 "꿈을 찾고 있었다"에서 길 잃은 방랑자를 나타내고 있다. 둘째 연에서 나타나는 "내 絶望의 갈대숲"에 이르면 시인의 마음이 어떻다는 것을 알 수 있게 되고 다음 연에서 "침을 퉤퉤 뱉으며 돌아서" 버릴 때 세상에 대한 실의와 절망을 느끼는 '나'를 알 수 있다. 마지막으로 사용된 새벽은 희망의 이미지라고 볼 수는 없다. 이것은 보는 이에 따라서 그 반대의 뜻을 생각할 수 있으나 여기서는 구도의 길에 서광이 보인다는 뜻이 아니라 숙취로 방황하다가 날이 밝는다는 뜻이 더욱 강하다. 「半老人」과 「四更무렵」은 퍽 대조적인 시로서 젊은 날의 방황과, 황혼기에 접어든 시인의 마음을 잘 표현하고 있다.

위의 시들은 비유와 이미지를 많이 사용하지 않은 작품들이다. 그러나 시인이 자기 생애의 출발에서 시적 이미지를 가장 풍부하게 사용한 작품이 **박애봉의 「가을에」**이다. 이 작품은 첫회 추천 시로서 시인의 연령이 어떻든 간에 앞의 두 시인과는 또 다른 시인으로서의 출발이다.

> 자연과 시간은
> 나를 켠다
> 바이올린처럼
> 어느새 가을
>
> 이제 계절은
> 남은 한줄 - 죽음
> 만으로 충분하리라
>
> 한 밤 보다
> 더 깊은
> 울림통 속에

앉아 있는 - 理霜

나의 전부여
노래 하라
生의 비밀을.

- 가을에, 金文

　자연과 시간이 나를 바이올린처럼 켠다는 시구는 아주 놀랄만한 은유이
다. 쉽게 만들어 낼 수 없는 언어이기 때문이다. 더욱 훌륭한 점은 첫 연
의 마지막을 "어느새 가을"로 끝맺는 것이다. 어설픈 경우 이 문구를 처음
에 일으키는[起] 시구로 사용하였을 것이다. 그러나 끝에 갔다 놓음으로써
뒤에 오는 말들이 살게 된다. 앞에 놓았다고 제 이 연과의 연결이 안되는
것은 아니다. 앞에 놓아도 되는 것을 뒤의 위치로 옮겨 놓아 시의 여운을
갖게 하고, 연결의 자연스러움을 만들어 놓은 것이다. 중간에 사용한 "울
림통"이라는 문구도 좋긴 하지만 마지막 연의 "나의 전부여/ 노래하라/
生의 비밀을"하는 것은 첫 연과의 관계로 볼 때 역시 훌륭한 끝맺음이라
고 볼 수 있다. 바이올린으로 비유된 '나'를 향해서 "나의 전부를 바쳐"
"생의 비밀을" 나의 전부가 생의 비밀을 노래하라고 읊은 시인의 작품은
첫 번 추천시로서도 가장 적합한 의미의 시이다. 앞으로 그가 스스로 켜고
노래할 생의 비밀을 우리는 귀를 기울여 들어보자. 이제 그에게 다가올 계
절은 남은 한 줄 - 시만을 노래하도록 숙명지워져 있으니까.
　삶에의 구도자적 추구라고 할 존재론적인 인생의 노래와 함께 현실에
대한 시가 근래에 많이 씌어지고 있다. **최일환**(崔日煥)의 「**전라도 머슴3**」
은 의미가 깊은 시로도 생각할 수 있다. 머슴의 가난하면서도 죽도록 일하
는 모습을 "검정고무신이 찢어지도록/ 쟁기 보습이 깨지도록" 쟁기질하고,
황소의 되새김질을 아픔과 한숨으로 비유한 이 작품은 머슴과 황소에게
밝은 날이 오기를 기다린다고 노래한다. **권선옥**(權善玉)의 「**마늘씨를 꽂
으며**」는 겨울의 언 땅속에 "알몸의 마늘쪽"을 심으며 추위가 혹독하여 심

하면 심할수록 "맵고 아린 맛을 더해 가리란 것"과 눈이 많이 쌓이면 쌓일수록 "검북데기 뚫고 치솟아 오르리란 것을" 믿는 노래이다. 여기서 뜻 깊은 언어는 언 땅, 알몸의 마늘쪽, 추위, 맵고 아린 맛을 더하다, 검북데기......등 추운 현실과 봄에의 기대 사이에서 신념과 소망을 나타내는 말들이다.

김순일(金淳一)은 「동물예배」에서 현대의 교인들이 가슴을 서늘하게 하는 시를 던져 주고 있다. 시의 멋과 맛이란 앞의 시와 함께 이런 것이 아닐까. "하느님은/ 사람들의/ 찬미 속엔/ 없었다." 사람 대신 동물들을 교회로 끌고 가 예배를 드리게 한다는 착상이다. 오늘날 교회와 교인들의 타락과 형식주의로 흐른다는 비난이 퍽 높다. 이 시에서는 교회와 교인을 직접 비난하는 말은 없다. 다만 사람들의 찬미 속에 하나님이 없었다고 말하고 그 대신 페러독스한, 그러나 진실이기도 한 동물의 이미지를 배열하고 있다. 그리고는 그 위에 빛이 내린다고 쓰고 있다. 교인들은 매주 교회 방문 때 지니고 다니는 성서의 첫 장에 이 시를 적어 놓아야 되지 않을까? 성경을 읽기 전 이 시를 한 번씩 읽어야 한다. 교인들은 교회 벽에 이 시를 적어 놓아야 되지 않을까? 실천하지 않고 있는 예수님의 말씀을 붙여 놓는 대신 이 시를 읽고 깨달아야 되지 않을까. 겨울의 시가 모두 암울한 것은 아니다. 겨울을 죽음의 세계라고 말한 엘리아데의 영향이 서구에서 들어온 까닭일 것이다. 우리가 눈 덮인 산간 마을이 펼쳐지는 포근한 동양화의 연하장을 주고 받는 이유는 암울한 이미지만 있기 때문만은 아니기 때문이다.

박문재(朴文在)의 「첫 告白」은 겨울의 따뜻한 방에서 읽을 사랑의 시이다. 늦게, 불혹의 나이에 문득 느끼는 사랑의 마음을 노래하고 있다. 아마도 여기서 '너'로 표현되는 라일락 향은 청초한 소녀인 듯, 그래서 '나'는 "두 어깨 후줄근해진/ 막사내 다 되었지만" 옛날의 고향집 토담길로 가고 싶고, 고향 바다를 이미지로 사용하여 젊고 순박한 '나'로 돌아가고 싶은 마음을 나타내고 있다. 김남곤(金南坤)의 「누이들」도 겨울 이야기이며 슬픈 서정이 들어 있지만 한국적 정서를 나타낸 수작이다. 겨울의 시와 함께 이야기 할 수 없는 작품으로 성찬경의 「아무리 넓은」도 깊이 생각하게 하는 시이다. 공간이란 마음 속에 있는 것이며 생각하기에 따라 넓고 좁아진다. 마지막 연은 경구에 가깝다. (『소설문학』)

# 삶의 詩的 비유

예술가에게, 특히 시인에게 현실과 이상과의 괴리감은 누구에게보다 크게 압박해 온다. 현실의 부조리와 의롭지 못한 것에 대한 대항은 어디까지 행동으로 나타내야 될 것이고, 어디까지가 지나친 것인가는 분별하기가 어렵다. 예술가는 투사이어야 하는지 혹은 요나와 같이 현실을 버리고 고래 속에 들어가 자기 세계만 구축하고 살아야 하는지.

**김영재**의 「**아버지의 겨울 농사**」는 복합적인 상징이나 이미지를 난해하게 사용하지 않은 단순한 시처럼 보이면서도 이런 문제를 그 나름대로 잘 표현하고 있는 시이다. 여기서 겨울과 눈, 웃자란 보리와 아이는 어느 독자라도 읽으면 알 수 있는 뜻을 지니고 있다. 이 시가 말하고 있는 내용은 눈 내리는 겨울에 시인이 자기 아이를 선산에까지 동행하다가 한국 농촌이면 어디에나 흔히 보이는 보리밭을 지날 때를 노래한 것이다. 아이는 웃자란 푸른 보리가 눈 오는 한 겨울에 추위 속을 헤치고 올라온 것에 경탄을 하지만 시인인 '나'는 키 작은 보리가 눈 속에 덮여 있듯이 "묵묵하게 걷고" 있다. 아이는 이 추운 겨울에 살을 에이는 날씨에도 불구하고 솟아 나온 그 용기와 "소리치는 초록빛"에 "까르르까르르 눈송이 같은 웃음을 날린다." 그러나 시인의 마음 속에는 "웃자란 보리는 꼭꼭 밟아 줘야 해/ 그렇지 않으면 뿌리가 떠 죽는 법이야"하는 돌아가신 아버지의 음성이 들린다.

현실의 추위 속에서도 "이까짓 눈쯤이야"하고 "소리치고" 있는 사람들이 있다. 그리고 그들의 그 용감성과 "소리치는 초록빛" 때문만으로 그들의 시가 문제작 혹은, 예술작품이란 말을 듣기도 한다. 그러나 대부분의 시인들은 그들의 행동의 논리가 틀린 것은 아니지만 어딘가 "웃자란 보리"가 아닌가 하고 생각하면서 "묵묵하게 묵묵하게 걷고" 있다. 그렇다고 이 시에서처럼 키 작은 보리가 눈 속에 묻혀 지내듯이 사는 것이 옳은가

하는 회의도 갖게 된다. 여기에 현실을 대하는 예술가들의 고뇌가 있는 것이다. 이 시를 쓴 시인은 웃자란 보리만을 푸르게 보는 어린 자식과는 달리 그것은 오히려 뿌리가 떠 있는 것이고, 보다 결실을 맺을 보리는 키 작은 보리라는 것을 알고 있다.

-웃자란 보리는 꼭꼭 밟아 줘야해 그렇지 않으면 뿌리가 떠 죽는 법이야

또는 어느 사회에나, 어느 그룹 안에서나 의례히 있기 마련인 목청 높은 사람에 대한 느낌이라고 볼 수도 있다. 「아버지의 겨울 농사」는 여러 사람들이 마음 속으로 느끼고 있던 점을 잘 표현하고 있다. 우선 "겨울 농사"라는 말부터가 의미 있는 것이다.

함동선(咸東鮮)은 「驚蟄節」(경칩절)에서 시제(詩題)만으로도 깊은 뜻의 시를 내놓고 있다. 우수, 경칩이면 대동강물도 풀린다는 말과 함께 겨울나기를 하는 동물들의 입이 떨어지는 절기이다. 추위로 상징되는 억압과 숨막힘의 표현을 "三冬내 내린 눈이/ 쌓이고 쌓여 내 오두막집을 덮은 긴 추위"라고 하여 독자에게 구체적인 상을 이루게 하면서 뜻을 전달하려고 하였다. 이 긴 추위는 끝날 듯 하다가 다시 이어지는 추위라고 하였는데 이것을 이기려고 '마음속에 떠다니는 한 사람의 얼굴은/ 四壁에 오려 붙이자' 마음은 푸르른 여름으로 되어 버렸다. 여기서 "마음속에 떠다니는 한 사람의 얼굴"은 읽는 독자에 따라 그 생각되는 바가 다를 것이다. 각자의 환경이나 바라고자 하는 기원의 대상이 다르기 때문이다. 시가 평범한 보편인에게 상상력을 불러일으키는 것은 이런 경우가 아닐까. 이 시에서 경칩절이 되어 눈 덮인 오두막집의 문이 열리고 푸르름이 소생하였다는 의미는 아직 없다. 다만 네 벽에 "얼굴"을 오려 붙이자 세월의 다리를 넘어 "산골 물소리 되어/ 내 오두막집의/ 자꾸만 떠내려간다"고 되어 있다. 아직 경칩절이 되지는 않았다. 삼동(三冬)의 추위 속에서 곧 경칩이 될 것이며 우리들의 입이 떨어져 삼동을 이기고 봄을 기대하는 것이다.

오순택(吳順澤)의 「기차를 타고 가며」는 위의 시와는 다른 생의 관조

적 명상시이다. 인생의 삶을 순간적인 짧은 시간의 것으로 보아 마치 기차를 타고 가며 차창 밖으로 스치고 지나가는 풍경에 비유하고 있다. 관조를 더욱 깊은 뜻으로 받아들이게 하는 묘사는 "새떼들도 잠을 자러 가는지"에서 보이듯 황혼을 암시하고 - 이 시귀는 동양시에서는 자주 사용되는 메타포이다 - 등(燈)의 이미지에서 황혼이라는 것이 확실하여 진다. 가고 있는 기차 속에서 바라보는 저녁이 아니라 사실은 밖의 풍경을 바라보는 시인의 마음 속에 이제 삶의 완숙기에 들어 관조의 경지까지 들어 와 있음을 알 수 있다. 그렇다고 체념이 있는 것은 아니다. 이미 첫 연에서 "산은 고운 선을 드러내며/ 女人처럼 눕고"에서 부드러움과 고요함이 드러나 있다.

그는 "언제나 가장 고운 일생을 꿈꾸고" 살아 왔다는 것을 알 수 있다. 그러나 그의 고운 꿈이 언제나 이루어진 것이 아니라 "흔들리며 조금씩 흔들리며" 살아온 것이다. 삶의 황혼을 저녁 풍경에 비유하며 기차를 타고 가며 인생을 음미하는 시이다.

김준식(金浚埴)은 「별」에서 도달할 수 없는 이상과 이룰 수 없는 꿈을 노래하고 있다. "빛나지만 만질 수 없는 것은/ 모두 아름답다"의 첫 연에서 이미 시인의 체념과 괴로움이 엿보인다. 그가 아직 말하지 않은 불가능의 세계에 대한 동경이 나타나고 따라서 이루어 질 수 없다는 체념이 나타나 있다. 이 이상 혹은 꿈이 잠깐 나타났다 없어지는 것이 아니라 늘 머물러 있다. "그런데도/ 별은 웬일로 떠나지 않는가"하고 한탄한다. 차라리 "만질 수 없는" 별이라서 쉽게 잊을 수 있다면 얼마나 좋을까. 그러나 우리는 아름다운 것, 이상적인 것, 선한 것에 비록 도달하지 못한다 해도 거기서 떠날 수가 없는 것이다. 그곳에서 쉽게 떠난다면, 혹은 떠날 수가 있다면 일상의 평범한 삶으로 되돌아 갈 수 있고 시의 세계를 떠나는 것이라고 볼 수 있다. "내 청춘이 그러했듯이/ 아 괴로운 것에서/ 벗어날 수 있는 출구는 어디인가" 시인이란 괴로움을 타고난 것이며 그 짐을 벗을 수는 없다. 시인은 아마도 손에 닿지 않는 별을 일생 동안 잡으려고 괴로워하는 사람일 지도 모른다. (『소설문학』)

# 일상적 사물의 상징화

시의 큰 의미 중의 하나는 일상적인 의미의 사물을 추상적 의미로 변용시키어 예술적 사물로 전달하는, 사물의 상징화일 것이다. 그러기에 시는 문학의 어떤 장르보다도 사물을 언어화시키는 것과 형식화가 작품의 성공 여부를 판가름한다. 누구든지 시적 이미지는 지닐 수 있으나 형식화하는 것은 시인뿐이다. **박진환**의 「**同行**」은 사람이 사는 동안의 이상과 현실의 괴리감을 나타내고 있다. "맨발의 나와/ 꽃신의 내가 同行이다."로 시작되는 이 시는 화려함과 초췌함, 밝음과 어둠, 의로움과 불의가 나란히 같은 길을 가는 우리의 삶에 대하여, 혹은 시인인 '내'가 느끼는 "철들수록/ 길 아닌 길과 만나고/ 철들수록/ 길다운 길의 험난함과 만나는" 삶의 길에 대하여 노래하고 있다. 이 시의 두 번째 연의 의미가 '길' 아닌 길 천리를 돌아온 '나'에서 청년기의 방황과 편력시대를 보여주며 삶의 괴리를 말하는가 하면, 이미 나이가 든 후를 뜻하는 넷째 연 "철들수록/ 길 아닌 길과 만나고"에서는 이미 성인이 되어 정도(正道)와 사도(邪道)를 분별할 나이가 되었어도 자신의 절름발이로서의 '同行'을 나타내는 인생의 여정을 표현하고 있다.

위의 시가 삶 전체를 표현한 전 생애의 관조 같은 시라면 **오세영**의 「**停電**」은 섬광 같이 짧은 순간을 표현한 시이다. 정전이 된 순간을 포착하는 것이 마치 자연주의자들이 흔히 사용하였던 순간 묘사를 연상하게 하는 이 시는 "아직/ 쓸 文章이 남아 있는데/ 팍, 꺼지는 電燈"에서 '팍'이라는 단어의 사용을 통해 아주 사실적으로 우리에게 접근한다. 이것은 전기가 나가는 순간만을 리얼하게 표현하는 것이 아니라 "탁 부러지는 한밤의/ 연필"이라는 마지막 연과 함께 무엇인가 단절되는, 다음의 효과에서 상징의 이미지까지 불러 일으키는 역할을 하고 있다. 무엇인가 아직도 쓸 말이 있는 데도 단절되는 것은 전기뿐만이 아니라 연필까지도 부러지게 함으로

써 독자에게 답답함을 전달하고 있다. 간단한 두 의성어는 처음과 마지막에 사용함으로써 정전되는 순간의 장면만을 나타내고 있기에 언어로 표현되는 시간예술이라기보다는 공간예술의 분위기를 주고 있다. 순간을 시로 표현하는 방법은 어렵다. 언어의 선택이 쉽지 않기 때문이다.

이와 반대로 인생을 관조하는 입장에서 씌어진 **박진숙**의 「不歸」는 흔한 말로 한번 가면 오지 않는 인생을 노래한 것이다. 그러나 일체의 감정이 생략되어, 삶의 허무를 나타내는 것이 아니라 담백한 동양화의 여운을 풍기고 있다. "눈부실수록 외로운 햇살 속을/ 나를 닮은 저 나뭇잎과 저 나뭇잎을 닮은 내가/ 하나가 되어 사라진 뒤에도/ 과수원에서는 사과가 익고/ 들에서는 벼가 익는다." 시인인 '나'와 나뭇잎과의 비교에서 쓸쓸함이나 인생무상을 느끼지 않는 이유는, 뒤에 따르는 '과수원에서는 사과가 익는다'는 의미 때문이리라. 자연의 섭리로서, 우주의 법칙으로서 자연의 일부인 내가 다시 돌아오지 못한다는 사실에, 감정보다는 달관을 표현하고 있다고 볼 수 있다. 그러나 마지막 연에서 "그대와 나는 한해살이 나뭇잎/ 한 번 시들어 땅에 지니 돌아올 수 없다"에서는 읽는 이에 따라 그 이미지를 다르게 받아들일 수 있다. 우선 너와 나라는 일상의 모든 총칭으로 본다면, 시인이 느끼고 서술한 이야기의 확인으로서 불러본 것이라 할 수 있다. 특정한 관계로서의 너와 나라면 그것이 사랑이든 미움이든, 달관된 세계에서의 우리의 관계란 결국 애증을 넘어서는 아가페의 경지, 자비의 경지가 불귀의 우리를 순간에서 영원으로 이끌 것으로 생각하여 볼 수 있다.

시를 향기롭다고 표현할 수 있다면 향기로운 시는 **신달자**의 「**모과**」를 들고 싶다.

> 그렇게 살고 싶어요
> 못난 세상 찌그러진 길
> 걸어가지만
> 바라보면서 서서히 익어가고
> 사랑받는 손에서

오래 머물다가
용서나 나눔 익히 배워
한겨울 시린 밤
한점 살점으로 저며져
더운 향기로
그대 입속에 피어나는
그대 가슴에 스며드는
順命의 인연
그렇게 살고 싶어요

「모과」

　좋은 시는 해설이 필요하지 않은 작품이다. 좋은 시는 어렵지 않고 쉽게 이해되어야 한다. 서구의 문학사에서 가끔 어려운 시들이 학자의 현학적인 해설로 등장하고 있긴 하지만 여러 사람들의 입에 오르내리고 불리어지는 시는 역시 쉽고 난해하지 않은 것이다. 어려운 시는 몇 사람의 소수인을 위한 것일 뿐이다. 시인이 보는 사물이 다른 어떤 사람보다 새롭게 비춰질 때 그 낯설음의 표현이 가끔 독자에게 생소하게 느껴지는 난해시가 되는 것은 어쩔 수 없는 일이라 할지라도, 즉 난해시의 존재 이유는 긍정한다 하더라도 시는 만인에게 그 감정의 전달이 명확해야 한다. 낯설음의 표현, 경이의 표현, 사랑과 기쁨의 표현을 형식화한다는 것은 카오스의 세계를 로고스화 한다는 뜻으로서 시인 고유의 영역이기 때문에 아무리 복잡한 것도 소박한 표현의 기술을 시인은 터득해야 할 것이다.
　이런 의미에서 작품 「모과」는 이름 그대로 작품 자체로서 화려하다거나 어려운 단어나 이미지의 사용이 없으면서도 모과의 향기를 전달하고 있다. 모두에 문득 사용한 구절 "그렇게 살고 싶어요"는 독자에게 큰 호소력을 지니는 듯 하다. 모과와 같은 삶의 방법을 그 아래서 이야기하려는 의도가 있음에도, 이런 서두로 운을 떼는 것은 시에서 늘상 사용되는 방법임을 알고 있음에도 불구하고 마음을 끌고 있다. "못난 세상 찌그러진 길"에서는 두 가지 이미지를 갖게 한다. 씌어진 대로 이 세상의 모순의 모습을 연상할 뿐만 아니라 모과의 겉모습이 비록 찌그러지고 못났어도 **향기**를 내고 "서서히 익어가고" 용서를 배우고 사랑 받는 손에서 오래 있기를 기원한다. 그러나 "한 점 살점"에 와서는 섬뜩함까지 느끼게 한다. 이 시의 분위기는 여기서 마조히즘에까지 이르게 되는데 한국시의 전통에서 마조히즘은 오히려 시적 아름다움에 속한다. 멀리는 「가시리」에서 소월의 시에 이르기까지 좋은 의미의 마조히즘이 한국시에 관통하고 있는 것은 부인할 수 없을 것이다. 그렇다고 「모과」에서 우수와 체념이 깃들어 있는 것은 아니다. 그 이유는 아마도 모과라는 이미지에서 오는 것과 "그대 입속에 피어나는/ 그대 가슴에 스며드는/ 順命의 인연"에서 보이듯 '順命'에서 오는 자신의 번제가 체념의 이미지와 멀기 때문인 듯하다.

시인이 모과이고 싶은 것과는 달리 이러한 모과를 추운 겨울에 나누어 주고 싶은 마음을 노래한 **정진규**의 「**따뜻한 상징**」은 산문시이다. 여기에 나타난 '추위'는 읽는 사람마다 각자의 위치에 따라 다르게 해석할 수 있겠으나 그 추위를 녹여줄 수 있는 '따뜻한 상징'을 나누어주고 싶은 시인의 따뜻한 마음을 읽을 수 있다. "요즈음 추위는 그런 것 때문이 아니라고 하지만" 하고 추위에 의미를 부여하고 있다. 그러나 그 추위가 어떤 형태의 추위이든 간에 언 발과 혈관과 같다.

**권선옥**의 「**흙탕물을 보며**」와 **김동일**의 「**온**」은 각기 다른 표현 양식의, 따라서 각기 다른 이미지를 전달하고 있으나 현실 감각은 같다. 권선옥은 장마비 때문에 뒤집어진 흙탕물에 비친 나무들을 관찰하며 현실을 상징화시키고 있다. 마지막 연으로 사용한 "안타까와라"라는 어귀는, 안타까운 마음이 시인의 마음과 일치되어 감정 이입이 된 상태가 아니라 어느 정도 객관화되어 보이는 이유는 구절의 끝맺음을 산문적으로 처리한 때문이리라. "물바다로구나" 혹은 "그래도 살았다고 손을 흔드는 구나"에서 보이듯 어느 정도 감정이 배제된 언어 속에서 마음을 녹여 주고 싶은 시인의 심정을 읽을 수 있다. 현실을 보는 안타까움과 함께 현실에 대한 저항보다는 연민을 느끼는 시이다. 현실에 대한 시인의 표현 욕구는 시가 서정적이기를 거부할 정도이다. **김동일**의 「**온실**」은 흙탕물의 이미지와는 전혀 반대임에도 불구하고 그 안으로 들어가는 것을 주저하는 이유는 안일한 삶에의 거부를 뜻하기 때문이다. 권선옥이 밖의 현실을 흙탕물에 비유하고 있듯이, 온실이 비록 아름다운 꽃과 열매가 탐스럽다 해도 바람은 그의 자유로움을 가두고 있는 온실을 거부하는 것이다. 위의 시들은 상징성이 돋보이는 것이 적은 것이다. 그러나 시인들이 일상의 사물에 던져 주고자 하는 시어의 추상화와 예술적 사물로 인식하려는 노력은 도처에서 보인다. (『소설문학』)

# 존재와 시

인간이 시간이란 자[尺]를 만들어 놓고 있는 이유는 무엇일까. 시간이란 단순히 지구의 자전과 공전을 등분하여 놓은 단위의 연속인가. 어떻게 보면 시간은 모든 존재의 감옥으로서 소박한 의미의 주관적 단위일지도 모른다. 시간으로 파악되는 인간의 삶은 그 특징이 유예된 죽음을 동반하고 있기 때문에 고통에 찬 존재로 인식된다. 그러기에 시간의 단위로 재어지는 삶의 유한성은 인간에게 종교를 만들게 하고, 무엇보다 시를 짓게 한다. 종교와 시로서 인간은 신의 영역인 영원을 소유하려고 하는 것이다.

새해 원단에 발표되는 시는 대부분이 삶의 근원, 영원의 의미, 종교적 명상 등 인간의 존재에 관한 물음이 많았다. **박두진**은 「**기도하게 하소서**」에서,

> 새해에는 무릎 꿇고 기도하게 하소서,
> 한밤에, 새벽에, 한낮에, 저녁녘에,
> 아무 때 어디서나 기도하게 하소서.

모두[起]의 기도(祈禱)는 화자가 기독교적 사랑을 실천하기 위하여 예수에게 도움을 바라는 기도로서 시인은 무의식으로 썼을지도 모르지만 제한된 시간을 살 수 밖에 없는 인간이기에 오히려 시간 속의 존재로서, 인간이 소유하는 시간 단위의 모두[하루]를 둘째 줄에 쓰고 있다. 〈시간의 베틀〉에 짜여지는 한정적인 인간이기에 오히려 시간의 단위를 나열하여 "늘" 혹은 "영원"까지도 표현하는 것이 동양이든 서양이든 간의 관습적인 수사법으로 되어버린 것이다. 시간의 연속적 의미는 간절한 마음의 표현 방법이기 때문이다. 유한적 인간에게는 올바른 가치관과 그것을 실천하는 것만이 영원에 가까이 갈 수 있는 길이라고 우리는 믿고 있다. 〈헛된 것들 vanitas〉이란 욕심이나 미움, 부귀 등으로서 영원의 문으로는 갖고

들어가지 못한다. 그러나 사랑이 정말 영원에 속하는가는 우리는 알지 못한다. 全無 혹은 니르바나가 옳은 지도 모른다. 그것은 각자의 양심에 따른 가치관의 문제이지, 끝없는 회의주의에 빠질 필요는 없다고 생각된다. 기독교에 기대어 "4천만, 6천만, 50억을 위하여" 기도하기를 바라는 시인이 성자 없는 시대에 그 직분을 대행하고 있는 것이 아닐까.

　김구용의 「해탈」과 조병화의 「삼백육십 오일」도 박두진의 시와 같은 의미로 파악된다. 다만 앞의 시가 강한 기독교적인 기도시 같은 톤을 지닌 반면에 「해탈」은 은은한 불교적 여운이, 조병화의 작품은 불교적이라고 하기보다는 한국인의 일상의 의식에 들어 있는 시간과 존재에 대한 시라고 할 수 있다.

> 내년 이맘땐 어김없이
> 다시 돌아오려니
> 그때, 나는 이 자리에 있으려나
>
> 기약 없는 인간의 자리, 목숨의 자리
> 너와 나, 우리의 무상의 자리
> 잠시나마 사랑하다 떠나는 이 고마움
>
> 　　　　　조병화, 「삼백육십 오일」

　위의 세 분 시인의 시를 읽으면 왜 문학은 연륜이 들수록 성숙이 더하는가를 알 수 있다. 자연과학에서는 20대 전후에 그 기여도가 나타나지만 문학의 세계에서는 시간의 축적은 예술의 경지에 깊이를 더하여 준다. 그것은 아마도 실제로 살아온 경험의 세계가 깊고 넓기 때문이기도 하지만, 그보다는 죽음에 대한 명상, 죽음에 대한 불안, 시간의 감옥에서 인간의 본향인 영원으로 돌아가려는 준비를 젊은이보다 더 많이 한 때문인지도 모른다.

　우리 나라의 문예지 편집 방침은 시던 소설이던 그 계제 순서를 영년

순에 따라 하고 있는 것이 일반적인 관례이다. 세 시인의 시간적 존재로서
의 인간관이 달관된 경지에서 쓰여졌다면, **김후란**의 **「내일」**에서 희망을
갖거나, **서원동**의 **「비가」**에서 절망을, 혹은 맨 끝에서 꽃다운 나이에 죽어
간 무덤을 노래한 **복거일**의 **「어느 푸르른 동해물과」**에 이르기까지 기쁨
과 슬픔, 분노와 사랑이 나타나 있다. 문예지에 실리어 있는 시를 젊은 시
부터, 예컨데 복거일에서 반대로 박두진으로 읽어 간다면, 몇 편의 예외가
있기는 하지만 놀랍게도 한 인간의 연대기적인 생애로도 읽을 수 있는 것
은 주목할 일이다. 다시 김후란으로 돌아가면,

> 청순한 목 둘레에
> 내일을 감고 서 있는 사람
> 너의 먼 앞날은 아득하고
> 무한히 뻗어가는 어딘가로 향해있다.
> 젊은 그대여
> (...)

시간을 나타내는 명사 "내일"은 젊음이라는 단어와 연결될 때 "무한
히 뻗어 가는" 어떤 가능성의 세계이며 "밝는 날"이다. 아무리 시간적인
존재로서의 인간이기는 하나 "세상은 너무나도 할일 많은 곳"이기에 풍성
한 계절인 여름의 이미지를 갖게되고 사용된 음절은 양성모음이 많다.

**정재원**의 **「知命」**은 耳順에 이르기 전, 천지의 도를 아는 경지를 노래한
다. 그의 시에서는 "큰 나가/ 작은 나를 보듬어 주어야지" 하고 실존적
자아를 깨우치는 시간대에 들어서고 있어 사용된 단어만으로도 실존적인
경향을 띄고 있다. "세계의 어디/ 우주의 영으로/ 떠있는 나"는 실존적
자아를 깨달은 지명인 것이다.

**이상범**의 **「詩가 이 지상에 남아」**는 제한된 생의 여로에 오아시스의 역
할을 하는 위로인 듯 하다. "한줄 시가 지상에 남아/ 흩어진 마음을 꿰고
/ 황량한 삶의 창에/ 문득 등을 켜 든다면/ 가다간 달무리 쓴 적막/ 풍금
쯤은 안 되겠나." 이 시의 분위기는 어둡고 황량한 삶의 공간을 어루만저

주는 유일한 위로자로서 시가 지상에 있어 체온도 되고, 시원한 바람도 되며, 삶의 의미도 되어 결국은 구원에 이르는 종교로 되어 있다. 이상범의 시는 어려운 시가 아니다. 읽으면 누구나 알 수 있는 시이다. 한때 어려운 시가 우리 시의 대명사처럼 되어 독자로부터 멀어져 소수의 전유물로 되었었으나 다행이 이제는 다시 주인에게 돌아오게 된 느낌이 든다. 그러나 다른 한 편으로는 시인의 사물에 대한 인식이 사물의 질서에서 전혀 새로운 것을 발견하지 못하고 있는 것은 아닐까 걱정되기도 한다. 쉬운 시가 옳다고 필자는 생각하고 있기는 해도 난해시의 존재 이유를 정당하다고 보는 까닭은, 시인은 객관세계를 기존의 감각이 아닌 새로운 감각으로 파악한 다음 그 세계를 기존의 언어가 아닌 자기 고유의 언어로 표현하기 때문이다.

위의 시가 삶의 위로인 반면에 **강우식**의 「**유령**」은 제한된 시간의 인생 가운데서도 얼마나 인간들이 헛된 것을 쫓고 있는가를 보여 준다. 마치 "인생은 유령들의 잔치"라고 생각할 정도로 헛된 것을 따른다. **정영해**의 「**알기나 하듯**」은 인간의 존재론적 삶을 동양적 윤회관으로 노래한 시이다.

나의 육신을 사람의 형상으로
태어나게 하였다가
도로 묻어버리는 대지의 대본
알기나 하듯
금세 백발로 늙혀버린
연륜의 땅돌림.

윤회 사상을 만들어 낸 이유는 어디에 있을까. 그것이 옳은 지는 모르나 짧은 인간의 이성으로 생각하여 본다면 유한한 시간 속에 살고 있는 인간의 허무를 위로하기 위한 것이 아니었을까. 시의 화자는 부친의 묘를 늘 떠올리며 그곳을 갔다 오는 사념을 "육신의 윤회가 휘돌은 길목에서/ 알기나 하듯/ 떠나신 선친의 산 너머 외길로/ 마음은 무시로 다녀옵니다"고 말하며 이승과 저승의 세계를 "알기나 하듯"넘나든다.

　**김광협**의 「**희망론**」과 **서원동**의 「**悲歌**」는 같은 계열의 시에 속한다. 김 광협이 절망론적 희망을 역설적으로 노래하는 반면에 서원동은 릴케의 「두이노의 비가」 첫 련을 연상할리만큼 현존재의 절망을 노래하고 있다. 앞에서 읽었던 박두진 등의 시와 비교한다면 다시 연륜의 지혜를 말하게 된다. "암울한 이 시대의 시작도 끝도 모를 고통과 아픔에 젖어/ 외로움에 지친 내 손은/ 멀리 떨어진 당신의 손을 원하고 있건만/ 내 손과 그대 손의 거리는 우리들이 살고 있는/ 이 티끌만한 행성보다 더욱 멀다네." 현존재의 절망적 회의를 너무나 통열하게 노래하고 있는 이 시는 삶의 허무와 황량함을 젊은 파토스의 열기로 뿜어내고 있다. 이 시인의 언어들이 힘차게 역동적으로 들리는 이유는 "지워버리자, 어제로부터 오늘에 이르는/ 내 모든 기억의 창고를", 혹은 "... 떠나버리자/ 죽음마저 망각한 잠든 공룡 같은 이 페허의 도시로부터"하고 강력한 의지가 들어 있는 문구들 때문이다. 그러기에 동양적 체념의 회의나 애상이 아니라 위에서 지적하였듯이 통열하게 들리는 것이다.

　一年之計를 설계하는 새 해 아침에 독자들은 위의 시들과 더불어 시간의 감옥 속에 존재하는 현존재인 자아에 대한 실존적 자아를 문득 자각함으로서 그 한계의 벽을 허물 계기가 되었을 것 같다. (『**현대문학**』)

# 물의 이미지

한국의 고전시[漢詩]는 중국시와 함께 동양적 정서의 표현으로 물[水]을 시의 모티브로 사용한 것이 많다. 동양 삼국의 자연의 이미지는 달, 대나무, 소나무 등을 맑은 물과 함께 어울려 표현하여 자연과 시인과 작품을 혼연의 일체로 묘사하는 것이다. 지난 여름 유난히 비가 많았던 탓인지, 혹은 아직도 우리 시인에게 물의 이미지가 소위 집단 무의식으로 전하여 오는 까닭인지 특히 물 혹은 비를 소재로 한 시가 많다.

> [...]
> 사람은 가까운 땅을 본받고
> 땅은 위로 하늘을 본받고
> 하늘은 근본인 참을 본받고
> 참은 만의 자연을 본받아야 하는데
> 그 중에서도 으뜸은, 물이라고 말씀하셨다.
>
> 물은 밤낮으로 낮게 낮게 흐를 뿐 뽐내지 않는다.
> 물은 만을 돌아서 감싸고 부드럽게 흐를 뿐 성내지 않는다.
> 물은 다만 목마른 자에게 생명을 줄 뿐 바라지 않는다.

원영동의 「물 같은 인생을 찾아서」의 일부

**원영동**은 그의 시 「**물같은 인생을 찾아서**」에서 물의 속성을 과학적인 인식과 함께 참된 삶, 나아가 만물의 근본 참으로 파악한다. 자신을 언제나 낮게 처신하는, 그렇게 함으로서 결국 높은 곳에 임하게 되는, 물이 우리에게 가르쳐 주는 진리를 말한다. "한없이 낮게／ 한없이 부드럽게" 낮은 곳으로 낮은 곳으로 흘러서 결국 "망망대해로 흐르는" 물은 너의 물, 나의 물이 없고, 낙동강의 물, 영산강의 물이 따로 없다. 흙탕물도, 공해에

찌든 물도, 맑은 물도 망망대해에 섞이면 하나의 물일 뿐이다. 종파도, 지역도, 이데올로기도 없는 순수 뿐이다. 옛날 희랍의 철학자 탈레스가 만물의 근본을 물로 표현하여 유물론적으로 표현하였다면, 원영동은 진리의 근본을 물로 표현하여 형이상학에 이르고 있다. 인자는 산을 좋아한다는 옛말이 있으나 이 시를 읽으면, 물을 좋아하는 것이 옳다고 생각하게 된다. "크게 버리고 크게 얻으며" 떠난 스승을 기리는 형식으로 된 이 시는 시이며 동시에 아포리즘이기도 하다. 장자를 기리고 있는 것이 아닌가 한다. 물의 이미지를 그가 이와 같은 의미로 사용하였기 때문이다. 동양 고전에도 이미 이와 같은 물에 관한 명언이 들어 있다.

윤고방도 거의 같은 의미의 시 「뚝심 좋은 사랑으로」에서 물의 또 다른 의미를 적고 있다. "물방울이 다스리는 나라에 살겠네/ 하나에 하나씩 몸을 섞어도/ 억만 개가 어느새 또 하나 되는/ 단단하고 끈끈한 뿌리의 나라// 세상 구석구석 우리는 외톨이지만/ 깊은 데로만 함께 흘러서/ 가장 높은 하늘에 닿는/ 돌아보라 세상은 넘치는 물소리뿐..."이라고 하여 물이 개체와 전체의 하나 되는 일체성을 이야기한다. 이 시는 원영동의 시에서도 이야기 한 것과 거의 같은 뜻이라고 볼 수 있다. 섬을 즐겨 테마로 사용했던 송재학의 「적막한 사람」은 이생진의 시집 『섬에 오는 이유』와 같은 톤은 아니나 물, 즉 바다라는 이미지를 연상시키어 그 쓸쓸한 삶의 고독과 광활한 바다와의 어울림이 잘 나타나 있다. 김형으로부터 받은 편지로 떠올리는 「적막한 사람」에 대한 시는 "그가 그림에 기대어 모든 걸 작파하고/ 섬으로 떠나"버린 것이 "단순히 그림만 그리고 싶은 것이 아니"라 "스스로 하나의 섬이 되고자 / 남행을 이루었으리"라고 화자는 생각한다. 여기서 물은 원영동의 시와는 다른 이미지를 갖는다. 「적막한 사람」의 둘레는 온통 "안개"나 "불안의 물이끼", "자기를 완전히 적시는 비", "겨울강" 등의 적막한 이미지로 둘러싸여 있다. 김형의 편지는 서정적 자아인 '나'를 적막으로 휘감고, 따라서 시를 읽는 독자들도 물의 이미지들로 인하여 "적막한" 수신자 혹은 受感者가 되어버린다. 물은 지극한 도를 나타내는 것이 아니라 하나 하나 흩어져 미립자로 존재하는 안개로서 고독의 상징으로 변화된다. 송재학은 이 시에서 사물의 묘사가 아니라 편지를 읽고 난 후의 화자의 의식의 흐름을 물의 흐름과 같이 대비적으로 써 나가고 있다.

> 한줄기 겨울강 지켜보면
> 불안의 물이끼, 불면의 고기떼 모여있고
> 오래 김형의 풍경 일부가 떠내려왔다
> 밤 동안 얼음 꺼지는 소리
> 늦은 한탄 따위로 목젖 붓고
> 새벽이면 물소리는 빨라졌다.

「적막한 사람」중

같은 작가의 「강」도 역시 제목 그대로 물의 이미지를 갖고 쓴 시로서 삶의 내면을 흐르는 강의 이미지를 나타내고 있다.

새로운 시를 발표한 **백학기**와 윤동재 두 시인의 작품 중 백학기의 시는 10여 편의 시에 물의 이미지를 강하게 드러내고 있다. 그의 산문시 「어제」에는 "그대"의 멀어지는 모습을, "그대는 지상 가득한 썰물로 멀어져 갑니다"고 말하고 있어 연인의 멀어져 가는 모습을 물의 비유로 나타내고 있다. 「세월에 대하여」에서도 "흘러가는 강물소리로 그대에게 다가간다면 세월 속에서 그대는 투명하게 부신 햇살로 내 혈관 속 어디를 굽이치며 가까이 올지" 하고 세월을 물과 "나"(혈관)와 연결시켜 이미지를 오버랩하며 일치시키고 있다. 더욱이 그는 「빗소리 1, 2」에서 "밖에서는 낙엽 쓸리는 소리가 비에 젖고/ 바람은 불어왔던 애초의 자리를 찾아가는 듯 합니다/ 앞산 가득 캄캄하듯 그대가 보고 싶지만/ 빗소리로 마음을 달랩니다/ 그대 하마 처마 끝 한 낙수소리를 듣는지요"(「빗소리 1」)하고 비의 의미를 직유로 사용하고 있다. 그러나 초두의 "젊은 노동시인"이 어울리지 않은 듯 하고 "앞산 가득 캄캄하듯"에서 "ㄱ"과 "ㅅ" 받침은 두 단어가 연속하여 단음이 되어, 물의 흐르는 이미지가 단절된 느낌이 들도록 만들어 버린 느낌이 든다. 이 단절은 독자의 마음 속에서 흐르는 어떤 흐름도 끊어 놓고 말아 율격이 흩어지고 애상의 이미지는 흔들리기 쉽다. 그는 오히려 산문시에서 서정성과 율격이 보이는데 이것은 비단 그에게만 나타나는 현상이 아니라 다른 시인들에게도 보이는 현상이다. 요즈음 시작 현상이 다시 율격시로 돌아가는 모습이 나타나기는 하지만 최근까지만 해도 율격시에서는 산문적인 것이 느껴지고 오히려 산문시에서 강한 시적 율격과 서정성을 보이는 적이 많았었다. 그것은 두 가지 이유가 될 것이다. 하나는 의도적인 형식의 파기이겠으나, 다른 하나는 언어의 세련에 문제가 있는 경우이다.

　**윤동주**는 앞에서의 맑은 물과는 다른 탁한 현실의 늪에서 날카롭게 주위 환경을 풍자하고 있다. 그는 「**큰일**」에서 "큰일"을 이야기한다. "영선이 어머니가 학교로 찾아오셔서/ 큰일났다 한다/ 글쎄 우리 영선이가/ 교과서나 꼼꼼히 읽고/ 문제집이나 찬찬히 풀어볼 일이지/ 시나 소설도 읽는다는 것이다./ 그게 어떻게 큰일이 될까/ 영선이 어머니는/ 서울대에 들어가는 데 그게 무슨 소용이냐며/ 선생님이 시나 소설 좀 못 읽게 해달라며/ 봉투까지 턱밑으로 들이민다..." 우리 교육 풍토의 모순된 점을 개탄하는가 하면 「귀뚜라미」에서는 "제가 부르고 싶은 노래를" "당당하게" 부르는 귀뚜라미의 "고고함"과, 사람들이 오히려 해야 할 말을 하지 못하는 비겁성을 해학으로 나타낸다. 그의 시는 어딘가 형식에서도 내용에서도 독일의 브레히트를 닮은 데가 있다. 현실을 고발하되 비관적이 아니라 독자로 하여금 현실의 모순을 거리를 두고 관찰하여 인식할 수 있게 한다. 그리고 언제나 마지막 연에서는 시침 떼고는 상황을 반전시킨다. 위의 「귀뚜라미」에서도 그렇고, 「앞집 아줌마」에서도, 「부처님」에서도 그런 독특한 수법을 사용한다. (『**현대문학**』)

# 서정시로 돌아오는 한국시

시의 정수는 무엇보다 서정성이라고 누구든지 말할 수 있을 것이다. 이번에 읽은 시의 많은 부분이 사랑과 자연을 노래하고 있는 서정시이다. 그 동안 공리성을 띤 시에 대한 찬반 논의가 있었고, 한국의 정치 현실과 함께 그것은 설득력이 충분히 있었다고 생각되긴 하였다지만 예술성을 포함하고 있었는가는 의심스러운 점이 있었다. 이제 한국 시는 정치적 변화와 함께 천천히 제 자리를 찾는 것이 아닌가 생각된다. - 그러나 모두가 연가만을 읊지 않기를 바란다 - 그런 변화 가운데 가장 두드러진 시인은 아마도 高銀이 아닌가 한다. 그가 평론가들에게 다시 주목을 받게 되는 것은 우리의 암울한 시대에 현실에 대한 저항을 그렇게 철저히 하고 이제 다시 홀홀 털고 그의 본령인 감성의 세계로 복귀하는 듯한 징후가 보이기 때문이다. 사실 그가 저항시를 시작하였을때 "그 사람까지도?" 하고 말할 정도로 그의 시세계는 순수시에 속하였었다. 그러나 그의 직관력은 현실세계의 모순구조를 발견하게 되었을 것이고, 그것은 그를 감성의 세계에서만 머물지 않고 오히려 행동하는 세계로 이끌어 내었을 것이다. 예술의 영역에서 순수라는 것은 "참"이란 뜻이고 왜곡된 참이란 견딜 수 없는 것이며 "참"을 찾는 시인에게는 "순수시"와 "참여시"란 구별될 수 없기 때문이다. 어떻든 그가 「어느 서정시편」이라는 제하에 발표한 열 편의 시는 최근의 변화를 보여주었던 「전원시편」의 계열에 속하고 있다. 그가 이번에 발표한 시의 첫 련에서,

비로서 세상이 제 모습입니다
제 모습에 저녁 연기 피어오릅니다.

- 「저녁」 일부 -

"비로서 세상이 제 모습"으로 보인다는 뜻을 독자는 이해할 수 있을 것이다. 그가 현실의 어두움을 고발하기 시작하였을 때는 이상세계를 포기한 것이 아니라 이상은 바로 현실에서 이루어져야 된다고 믿었기 때문이었다. 순수미의 추구는 지상에서 멀리 떨어져 있는 것이 아니라 지상에서 이루어져야 할 것이다. 그가 이번에 발표한 시는 현실의 문제를 도외시한 것은 아니다. 예컨데 「오늘」이라는 시에서는 임을 그리는 형식으로 쓰여지기는 하였으나 그가 바라는 세계의 도래를 염원하고 있는 것이다. 많은 시의 독자들은 그의 시를 계속 주목할 것이다.

서정성의 시만이 하나의 유행처럼 번져 가도 독자들에게는 지루할 지 모른다. 우리 나라의 특이한 현상은 무엇이든 유행병에 너무 민감한 반응을 보인다는 점이다. **문덕수**는 그의 시에서 인간 탐구를 시작하고 있는데 이번에 발표된 그의 **「이런 인간」** 연작 시리즈는 각양 각색의 인간을 그리고 있다.

> 어떤 학생은
> 그 사람의 눈 속으로 들어가버리고
> 어떤 청년은
> 그 사람의 입 속으로 들어가버리고
> 어떤 노동자는
> 그 사람의 위장 속으로 들어가버리고
> [...]
> 이렇게 군중을 몽땅 삼킨
> 한 사나이가 연단에서 혼자 민주주의를
> 외치고 있다.
>
> — 「이런 인간」 — 14

시인의 눈에 비친 인간은 여기서 동물적인 탐욕의 인간으로 나타난다. 인간의 탐욕은 동물보다 더 동물적이다. 동물보다 더욱 동물적이라는 의미는 일반적으로 동물은 자기가 필요한 것 이외에는 탐욕을 부리지 않는다는 것이다. 그러나 인간은 앞의 시에서 보이듯이 한없는 탐욕과 기만으로 일그러진 모습을 보이고 있다.

　자연의 일부이기도 한 인간이 인간에 혐오감을 주고 있는데 반하여 자연 자체는 언제나 인간의 길을 알려 주는 모범으로 되어 있다. **김현숙**은 「**산이 하는 말은**」에서 침묵의 세계로, 내면의 세계로 들어가라는 묵시를 받는다. "산은 말을 줄이라 한다/ 소리 없는 길로만 가라고/ 눈짓만 한다." 그리고 산을 닮은 사람을 만나라고 한다. 일반적으로 동양 문화권에서 산의 이미지는 침묵의 세계이며 내면의 세계로 향하는 달관의 경지를 의미한다. 김현숙의 시 속에는 은은한 서정성을 배경으로 한 동양적 정관의 세계를 표현하고 있다. 거의 같은 이미지로 쓰여진 **손부순**의 「山」도 산이 우리에게 의미하고, 가르쳐 주고 "참으라" 하고, "배우라"하고, "닮으라" 한다. 그는 「기쁨이 고여오는 것을」에서도 아름다운 서정성을 표현하고 있다. 서정성이 강하고 곱게 잘 쓰여진 시가 또한 **오미리**의 「**바다 해바라기.4**」이다.

> 갈밭끝 샘에서 퍼올린
> 내 유년의 물 한 사발
> 어두운 시대의 목마름을 해갈하고

　비교적 긴 시 중에서 첫 연은 가장 아름답고 함축된 의미를 지니고 있다. 무엇보다 "퍼올린"의 의미와 그 동작의 연상은 시의 아름다움을 살리기에 충분하고 그런 아름다운 동작의 뒤를 잇는 "목마름"의 "해갈"은 각박한 현재를 살고 있는 오늘의 모든 사람들이 마시고 싶은 "물 한 사발"이기에 독자에게 여운을 남기어 준다. 현재의 시점에서 쓴 이 시는 다시 현실의 각박함으로 돌아와 '갈밭끝 샘'은 어디에도 없음을 슬퍼하게 되어 그냥 옛 "갈밭끝"에 머물고 싶기는 하지만 "오뇌의 수렁"에 누워 있는 것이 어쩔 수 없는 우리의 삶이라는 것을 보여준다.

　아름답고 좋은 중견시인들의 이 시들은 서정성이 강한 것이 특징일 뿐만 아니라 각 시인들의 특징을 잘 나타내고 있기도 한 시이다. **강은교**의 시에서는 어두운 그늘의 실루엣에 나타난 여인의 모습이, **김광규**의 「**당신의 나무**」에서는 그의 특유의 산문풍을 살려내며 맨 끝 련에서 경구가 나타나 있다. **김승희**는 다른 시인들보다 많은 시를 쓰고 있는데 섬세한 감각이 드러나 있다. 「**벽과 함께**」와 「**달걀 속의 茄**」은 일상적인 것에서 관찰하여 얻은 시상의 놀라운 솜씨와 그 발상이 돋보인다. **이동순**의 「**말더듬이 먹물**」은 불운한 세대의 모든 선생의 모습을 그리고 있어 선생 독자의 한숨을 절로 나오게 하는 저력을 발휘한다. **이성복**은 다섯 편 모두가 강한 서정성을 풍기고 있는데 특히 「**입술**」은 강렬한 감각적 이미지를 갖고 있으며, 보는 이에 따라 「**숲**」도 감각적으로 받아들일 수 있을 것이다.

시라는 것이 아무리 시인 자신에 의해서, 시인 자신을 위하여 쓰여졌다고는 해도 이제까지 너무 독자와 유리되었던 것은 시인 자신의 책임과 한국의 특수한 상황 때문이기도 하였으나 이제는 아마도 여러 사람에게 읽히는 시가 될 것으로 전망된다. 그러나 어려운 시도 계속 생산되기를 빈다. 시인만이 새로운 감각으로 기존의 사물을 파악하여 새로운 언어를 창조할 수 있기 때문이다. *(『현대문학』)*

# 구도자적 서정성의 시
## 송용구의 『님에게 묻히고 ...』

　　우리는 비록 세파에 시달리며 살고 있다고는 해도 누구나 마음속에 시적 감정과 시적 이미지를 지니며 살고 있다고 생각하였었다. 그러나 이런 시적 여유의 생활이 없어진 것을 느낀다. 이것은 우리도 언제부터인지도 모르게 갑자기 다가온 우리의 현실이다. 이것은 현대가 산문 시대라고 해서가 아니다. 우리 나라에서 "현대는 산문시대"라고 처음으로 말하기 시작한 한 세대 전만 하더라도 우리는 그것을 멋있는 명명이라고 생각하기는 했어도 피부로 느끼지는 못하였던 것이다. 그러나 지금, 고향의 내면적인 상실이 아니라 현실적으로 죽어가는 산과 강을 생각하면 산문 시대라는 정의로는 오히려 부족한 느낌이다.

　　우리는 관념적인 고향 상실의 상태에서, 그것을 그리워하는 마음이 일어야 마땅할 것 같으나 오히려 그 의식조차 차츰차츰 사라지는 것이 문제이다. 어느 때부터인지 우리의 의식에서 차츰 고향은 멀어지고 누구나가 낯선 이방의 땅에서 고향을 생각조차 하지 않는 기계의 인간이 되어버린 것이다.

　　여기 송용구의 『님에게 묻히고 님에게서 태어나는 노래』는 우리의 마음의 고향이라고 할 서정성을 그 근본 토온으로 하여 쓰여진 시들이다. 그의 서정성은 막연한 잃어버린 고향을 찾아 나서는 것이 아니라, 고향이 내 앞에 실제로 보이는 듯하다. "빈 몸으로 마을길을 걸으면/ 언제나 영혼의 술에 취합니다./ 봄바람 실은 소녀의 미소가 영혼의 항아리에서 익어갑니다./ 올망졸망 아이들의 뜀박질과/ 강아지와 고양이의 죄 없는 눈동자가 / 심장의 녹을 닦아 냅니다"(「빈 몸으로 마을 길을 걸으면」 일부). 詩題인 「빈 몸으로 마을길을 걸으면」이란 언어 자체가 이미 시이며 우리의 고향이다. 유년에의 향수를 일깨우는,

산그늘 깊은 곳
돌옥함을 깨치고 흐르는 꽃내음
바다를 덮는다
벌거숭이들은 숨겨진 산짐승의 울음을 찾아
초목들과 외곬수의 말을 수런댄다

막걸리 한 사발의 詩情을 핑계로
찾아온 어릴적 바다는 말이 없다.

「어린 시절」 중 일부

그의 시가 지닌 의미는 고향을 그리워하는 향수에서 한 걸음 더 나아가
구도자적 기도시라고 보여진다. 그러므로 그의 시는 릴케의 구도자적인 시
와 가깝다. 그가 릴케를 연구하는 사람이라는 선입견을 갖지 않았어도, 곳
곳에 릴케와 같은 분위기를 느끼는 구도자적 서정성이 보인다. "나를 가꾸
어 주소서/ 당신의 모진 목숨을 / 내 영혼의 뿌리에 간직해 주소서 ... "(「
포도나무」 중 일부) 라는 기도시와 같은 분위기는 또 다음과 같은 시에서
도 나타난다.

내 영혼에서 말을 버리시고
내 입술을 안으로 타오르게 하소서
나를 버러지로 빚어주소서
당신의 말씀을 알고자
한 평생 촉수의 신열을 앓다가
흙으로 돌아가게 하소서.
「구월의 성전」 에서

우리의 기도가 욕망과 탄식의 옷을 벗고
당신의 말씀 앞에 닳아진 무릎을 꿇는
초라한 나무이길 원합니다.
(.....)

우리의 기도가 당신의 **호흡**을 받아
감미로운 사랑의 줄기로 솟아나고
지조 높은 가지에
믿음의 무거운 열매 맺길 원합니다.

「초라한 나무」에서

이 시는 읽는 사람의 견해에 따라 종교시라고도 볼 수 있다. 릴케의 시가 그렇듯이 종교적 엄숙성이 이 시를 지배하고 있다. 그러나 종교시라고 하더라도 믿음으로 경직되지 않은 시적 정조를 지니고 있어 좋다. 그의 시적 자아는 무한한 절대자 앞에서 아주 겸손하고, 작고, 보잘 것 없는 "버러지"로 시작하여 점점 확대되는 우주의 천공을 나타내고 있다. 그 중간자로서 그는 사물의 관조를 마치 무상념으로 바로 보며 그리고 있다. 따라서 시를 읽어갈수록 송용구는 사물에게 말을 시키며, 언어를 사물에게 되돌려 주고 있다. 간혹 관념적으로 흐르는 경향도 있어, 이점은 경계해야할 것 같다.

그의 시는 두 가지의 경향을 지니고 있다. 하나는 천진한 고향 마을의 소년 시절에 대한 동경어린 노래이며 또 하나는 절대자 앞에 선 그의 고독을 노래한 것이다. 그의 시의 세계에 큰 가능성이 보인다. 그는 이제 막 저 무한한 공간을 향하여 조용한 비상을 시작하려는 준비를 끝낸 것을 이 시집에서 볼 수 있기 때문이다. 그의 시의 서정성은 한국 시인들에게서 많이 보이는 단순한 서정성만은 아니기 때문이다. 무한대 앞에 던져진 고독한 존재로 스스로를 파악하고 있는 것이 보이기 때문이다. 혹은 "말없이 영원의 석탑을 돌며" 구도자적 삶을 살아 갈지도 모른다. (『**한터**』)

## 소 설 평

# 移民文學의 序曲?

戰後에 독일에서는 亡命文學이 論謂되어 외국에 나갔던 작가들의 작품이 많이 읽혀졌었다. 아직도 망명문학에 대한 평론과 그 문제성에 대한 책이 많이 나오고 있다. 우리는 日帝下에서 사십여 년간 시달렸음에도 망명문학이나 抵抗文學이 없는 것은 여러 가지 의미로 해석할 수 있을 것이다. 그 대신 요즈음 이민한 사람들이나, 혹은 그곳에서의 한국인의 생활을 소재로 한 작품이 자주 눈에 띈다. 이것을 "移民文學"이라고 부르기로 하는데 용어가 옳은 것 같지는 않으나 달리 이름할 적당한 것도 없어 이민문학이라고 부르기로 하자.

정연희(鄭然喜)의 「여우볕」과 박시정의 「꺾꽂이」는 이민간 첫 세대가 겪는 생의 고달픔과 이질 문화와의 갈등에 대한 소설이다. 그러나 두 소설의 색조는 좀 다르다. 鄭然喜의 「여우볕」의 주인공은 미국 뉴욕에 이민 온 지 이미 십 년이 넘는다. 그녀는 화가로서 메마르고 우울한 생활을 "빛깔 한 가지가 찾아지지 않아서 그러는 거야. 그 빛이 무엇인지, 어디에 있는지 어떻게 해야 찾게 되는 것인지 알 수가 없는" 때문이라고 생각한다. 그 빛은 화가가 쫓기는 듯한 생활에서 잃어버린 것이다. 기다리던 남편이 밖의 한기를 묻혀와 싱그럽게 느꼈으나 말 한 마디 없는 그에게서 빛은 멀어졌고, 긴 머리채를 좋아하던 옛날의 자신을 "여자로 만들어 주며 그 머리채를 쓰다듬던 젊고 싱싱한 사내의 손"을 느끼지 못하였을 때 빛은 없어졌다. 또 그의 아들 명훈이가, 이민 온 대부분의 자녀들이 그렇듯 따로 방을 얻어 "살림을 내" 어느 나라 계집앤지 모를만큼 "두루 국제적으로 해 내고" 있는 것도 동양적 가족관계에서는 생각할 수 없는 일이다. 작가는 여러 가지 측면에서 주인공의 잃어버린 빛에 대하여 어두운 분위기로 묘사하고 있다. 이러한 잃어버린 빛의 결과는 쇼핑백 레이디이거나 미친 사람이 된다고 이야기한다.

어느 날 문득 너무 고단한 삶의 중압감에서 기억상실증을 얻고는 "노상에서 갑자기 자기가 속해 있던 모든 것에서 끊어져 기억이 지워져버린 병을" 앓게 되는 것이다. 혹은 정신이상자가 되어 여기서 "南美의 여자처럼" 된다. 작가는 주인공을 쇼핑백 레이디나 미친 여자의 직전 상황에까지 이른 것을 보여 준다. 이민 생활의 "눅눅하고 춥고 기댈 자리 없는 비"속의 생활, 이것을 다시 한 번 증명하듯 곽 선생 부부의 에피소드와 그 부인의 죽음을 묘사하여 더욱 어둡고 쓸쓸하게 만든다. 국어 선생으로서 국어를 버리고 이민 온 곽 선생은 고달픈 생활을 "내가 날 속인 것"이라고 한다. 미국에서의 생활이 각박한 것만은 사실이나 어두운 면만은 아닐 것 같다. 주인공은 이런 어둠 속에서 잠깐이나마 빛을 발견한다. 곽씨 부인을 묻던 자리에서 보였던 남편의 눈물은 잿빛 하늘에 잠깐 드러난 햇살이 비칠 때 "금빛"으로 빛났다. 그러나 작가는 그것조차 환상으로 만들었다. 「여우볕」으로.

같은 이민의 애환을 그리지만 좀 긍정적으로 본 소설이 박시정의 「꺾꽂이」다. 이미 미국으로 간 아들과 딸을 찾아 한국을 떠난 송 노인 부부는 미국에서, 한국의 가치관과 그 쪽의 윤리관과의 갈등을 겪게 된다. 우선 훨씬 먼저 그쪽으로 공부하러 가서 지금은 미국인과 결혼한 큰 딸은 반 미국인으로 젖혀놓고 있다.

이 소설에서도 세 부류의 사람들이 등장한다. 첫 번째로는 이곳의 가치관이나 윤리관을 이미 극복하여 적응하고 있는 큰 딸, 정목사 장현이들이다. 두 번째는 전혀 적응을 못하고 거부 반응을 일으키는 송 노인 부부, 세 번째로는 두려움을 갖고 조심조심 적응해 나가는 작은 딸 영란, 민경, 빈 등이다. 첫 번째 그룹은 이미 오래되어 정착하였고 아직도 한국적 사고에서 완전히 벗어난 것은 아니나 - 큰딸과 그의 미국인 남편과의 갈등에서 보이듯 - 희망의 내일을 갖고 이겨나가려는 의지가 보인다. 두 번째 그룹은 새로운 가치관을 전혀 받아들이지 않아, 송 노인이 미아가 되듯이 정신적 방황에 시달리는 경우이다. 세 번째 그룹은 새로운 세계를 경이와 두려움으로 하나씩 개척하여 나가는 사람들이다. 영란 등은 남자 친구들을 사귀는 데서도, 볼링을 하다가 혼이 난 경우에도, 조금씩 새 生活을 익혀 나가는 것이다. 이들은 연령 층으로도 뚜렷이 구분되는데 중년, 노년, 청소년의 세 가지이다. 세 부류는 언어적 장애에서도 그 특징이 나타난다.

청소년들은 어려운 현실이 닥칠 때 군에 입대하여 현실과 약간의 거리를 둔 후 다시 시작하는 모습을 보여준다. 「여우볕」에서도 「꺾꽂이」에서도 이민 제 일세대의 상황이나 구질서와 신질서의 갈등 관계를 구조적으로 알 수 있도록 씌어 있다. 「여우볕」에서는 그 우울함과, 그 삭막함이 잘 나타나 있고, 「꺾꽂이」에서는 타이틀이 시사하는 바와 같이 새로운 생명이 굴절하였다가 태어나는 것이 보인다. 「여우볕」에서는 자녀들이 독립하여 나가는 것을 퍽 부정적으로 묘사하고 있다. 주인공의 남편이 자조적이고 해학적으로 명훈의 독립심을 이야기하고 또 곽 선생도 "새끼들은 개뼉다귀 쇠뼉다귀 하나씩 물고 뿔뿔이 제멋대로 놀아"난다고 생각하지만, 「꺾꽂이」에서 큰딸은 영란이의 독립을, 화분에서 새로 돋아나는 꺾꽂이로 보고 있다.

「꺾꽂이」에서 월남 청년인 빈의 오빠도 「여우볕」의 주인공들과 동혁의 인물들이다. 구조적으로 돋보이는 것은 외국에서 한국인이 집단으로 모였을 때의 그 상관 관계이다. 현실에서 늘 경험하는 바와 같이 언제나 부정적으로 나타난다. 「여우볕」에서 주인공이 수금하러 다닐 때의 경험이나, 「꺾꽂이」에서 영란이가 영어 학습에 들어갔을 때의 한국인의 음성들은 그것을 말하여 준다.

이민 제 일세대의 애환은, 그 문화적 갈등으로 인해 우리에게 적지 않은 작품을 보여 주고 있다. 그러나 대개 피상적인 일상 생활의 삽화가 그 대부분이다. 이번의 두 작품이 깊이를 더 하였다고는 볼 수 없겠으나 긍정적인 면과 부정적인 양면에서 다른 때보다 좀더 밀도 있게 다룬 것 같다.
(『문학사상』)

# 삶에의 추구와 상상력

작가의 다양한 특질 뿐만이 아니라 한 작가일지라도 생각하는 것과 삶에의 다양함이 나타나 있거늘 하물며 열 개의 작품을 한 자리에 묶어 평을 한다는 것은 퍽 어려운 일이다. 그것은 소재의 다양성, 접근법의 다양성 등등으로 더욱 그렇다. 그러나 다양성에도 불구하고 문학의 공통적인 분모라고 볼 수 있는 삶에의 추구는 어느 작품에나 나타나 있기 마련이다. 그러기에 소재를 어디에서 취하였든 어떤 작품은 허위를 폭로하고, 어떤 작품은 산다는 것 자체에 의문을 품어 보기도 한다. 어떤 작가는 삶을 역사성 위에 얹어 놓기도 하고 어떤 작가는 영원히 불변하는 코스모스 속에서 파악하기도 하였다. 이 글을 쓰기의 어려움은 다양성의 단일화에도 있지만, 어떤 작품은 평론가들이 선택하여 놓은 문제작의 반열에 오를 것이 아닌데 올라와 있는 때문인 경우도 있었다. 그러나 삶 자체가 진지하기도 하고, 유희적이기도 하고, 가벼운 경우도 있으니 작품인들 그렇지 않을 수가 있겠는가.

**윤후명**(尹厚明)의 「엉겅퀴 꽃」은 삶의 바다, 의식의 바다에서 문득 떠올리는, 산다는 것과 역사와 현실을 의식의 흐름으로 묘사한 작품이다. 주인공 '나'의 생각은 조용히 침잠해 있는 바다의 표면 같으나 그 내부 의식 속에는 마치 신문의 사회 면이나 광고 면처럼 심인, 구인, 구직, 모집, 임대, 금융, 혼인 등 삶의 무수한 양식이 들어 있다. 무수한 삶의 조각 조각을 무거운 짐을 진 용접공이 배를 만들 듯이 조각조각 붙여 삶의 바다에 띄우려고 한다. 편한 갑판의 일도 있고 무수히 많은 탱크 속에 기어 들어가 독한 연기를 마시며 삶의 작업을 하기도 한다.

시간 속의 삶은 배를 만드는 것으로 비유되었지만 공간적 삶은 거제도라는 곳에서 무수히 많은 역사를 본다. 역사란 무엇인가 ─ 공간 위에 무수히 쌓아 올려진 시간의 층이다. 매립 공사로 임란 시대의 현자통포(玄子筒砲)가 발견되어 역사를 문득 발견하고 찾아간 곳은 임란뿐이 아닌 거제도

포로 수용소와 함께 있는 곳이다. 십 년이면 강산도 변한다는 말처럼 바다였던 자리는 매립공사로 육지가 되어 있다. 상전벽해(桑田碧海)가 아니라 벽해가 상전으로 변한 것이다. 인간의 삶이란 과거 시간의 무수한 층들 위에, 또 현재의 잡다한 사건들 속에서 영위된다. 이런 것을 '나'는 무의식 속에만 갖고 있었지 그것을 의식의 세계로 떠올리지는 못하였다. 그 촉매 작용을 한 것이 '엉겅퀴꽃'이다. 그가 생물 시간에 무수히 들었던 명사와 실물 사이의 갭을 해소하며 엉겅퀴꽃으로 동일성을 찾은 것과 마찬가지로 역사적 사건을 개념으로 배운 것과 거제도에서 역사 자체를 발견하고 가슴 두근거리는 것이 「엉겅퀴꽃」의 내용이다. 그러니까 동일성을 상실한 '나'는 엉겅퀴꽃을 통하여 '나'와 역사와 현재를 동일선상 위에서 발견한 것이다. 무수히 오고가는 '나'의 상념들은 등대를 찾지 못한 삶의 바다 위에 뜬 무수한 배나 마찬가지이다. 삶의 좌표를 등대로 인하여 발견한 후에는, 마치 엉겅퀴꽃을 보면서 방황했던 옛날을 회상하듯(방이 없어 결혼을 못하는 용접공과 나) 이제 다시 자아를 발견하고 '누군가를 깊게 사랑하지 않으면 안 된다는 강렬한 충동'까지 갖게 된다.

그가 '처음 거제도에 오고자 했을 때 나는 꽤나 피폐해 있었다'고 말하고 있듯이, 무수히 명멸하며 나타났다가는 사라지는 기억의 조각들은 불안정한 삶의 인식에서 나오는 것으로, 안정된 이미지인 등대, 방, 엉겅퀴꽃은 그에게 남을 사랑하는 용기를 주는 것이다. '엉겅퀴꽃'은 시간과 공간의 좌표 위 에선 '나'를 실체로서 확인시킨다는 과정의 이야기이다.

문순태(文淳太)의 「대추나무 가시」는 진정한 삶과 죽음이란 무엇인가를 이야기하려고 한다. 요즘 유행되는 말로 조길만은 '의식 있는' 노인이다. 그의 할아버지가 동학군으로 저항 운동에 참석하고 관에서 곤욕을 당한 후 대추나무에 목을 매었고 그의 아버지 조천수는 일제 식민지 치하에서 만세 운동을 하다가 옥사하였다. 조만길 노인이 앞의 이대(二代)를 자랑스럽게 생각하지만 또 그와 함께 자기가 늙기까지 아무 것도 참된 삶을 살지 못하고 비단이불에서 편히 죽는 것을 한스럽게 여긴다. 그것은 선대가 모두 '운동권'에 들어 일찍 타계하자 외아들인 그를 어머니가 홍두께로 다리를 쳐서 부러뜨려 버렸기 때문이다. 그가 6.25를 무사히 넘긴 것은 목발을 짚고 있었기 때문이었다. 아마도 문순태가 조만길을 한국 전쟁 가운데 살아 남게 한 이유는 목발 때문이 아니라 "동족끼리 민주주의다 공산주의다 하고 두 쪽으로 갈라져서 서로 죽이고 죽는 꼬락서니가 못마땅했기" 때문일 것이다. 그러니까 조씨의 5대를 보면 첫째 세대는 동학군으로, 둘째 세대는 만세군으로 되어 있고 3대째인 조만길 할아버지는 목발을 짚게 하여 6.25의 와중에 어느 편에도 가담시키지 않았다. 4대째인 조 목사(여기에는 이름조차 주지 않고 있다)는 4.19 세대이나 사대(四代) 즉 사대(死代)로서 대학 일년생임에도 불구하고 방 속에 웅크리고 앉아 하나님을 외쳐대고 있는 인물로 그리고 있다. 오대째인 조길만 노인의 손자 병태는 할아버지의 영향을 받아 매사에 비판적이고 사물의 옳고 그른 것을 가려내어 시시비비를 가리는 고등학교 3년생으로 등장한다. 조씨 가계를 통한 한국인의 대대로 이은 수난사가 나오는 셈이다.

올바른 죽음을 작가는 말하고 있으나 다른 말로 바꾼다면 그것은 올바른 삶이라고 볼 수 있다. 작가는 한국 근대사에서 조씨 일가를 통해 상상력으로 구성하여 놓은 '참 사는 법'을 독자에게 메시지로 전하려 한다. 이것은 아마도 단편소설보다는 장편소설로서 그 소재가 적당할 것 같다. 이것은 오대에 걸친 사건이기 때문만은 아니다. 할아버지와 마지막 손자 병태로 압축하여 사건을 전개시켰으면 어떠하였을까. 모두를 묘사하다 보니 필연성이 결여되고 있다. 예컨대 어머니가 아들의 다리를 홍두깨로 부러뜨렸다든지, 병태가 할아버지의 목을 대추나무에 걸었다든지 하는 점, 조 목사의 과장된 악의 역할 등. 아마도 그것은 역사적 대추나무에 너무 압도된 느낌에서 오는 것인지도 모른다. 그러나 구성에 약간의 무리가 있다고 하더라도 독자는 작가가 무엇을 말하고 있는 지 명확하게 알 수 있다. '참되게 사는 것은 무엇인가?' 하는 성찰을 갖도록 하기 때문이다.

**이청준**(李淸俊)의 「**해변 아리랑**」은 서정적인 분위기 속에서 삶의 고뇌와 우수와 체념을 짙게 느끼게 하는 작품이다. 영겁의 시간 - 차라리 흐르지 않는 시간 속에서 피곤한 삶을 잠깐 살다가 가 버리는 뜬 구름 같은 생애, 생은 곧 번뇌일 뿐이다. 이곳에 등장하는 인물의 삶은 모두 아련한 그리움과 무엇인가 이루지 못한 좌절의 삶이며, 그것은 사실 산다는 괴로움이다. 삶의 고뇌에서 해탈하는 것은 죽음 즉 니르바나에 이르는 것이다.

뱃사람이 되어 이름 모를 섬에 묻힌 큰 아들도, 남의 후처로 출가한 누이도 삶에의 고통이 그려져 있다. 삶의 고통이란 먹고 살기가 어렵다는 말과는 다르다. 물론 가난은 이런 생애에 늘 따라다닌다. 그러나 가난 자체가 괴로움이 아니라 괴로운 것은 등불처럼 깜박이는 삶, 무상과 허무의 삶이다. 금산댁의 "원망과 체념과 자탄기가 한데 실린 바람 소리 같은 입 속 읊조림"과 "이따금씩 하얗게 콩잎을 이랑치며 굴러가는 바람기, 일된 수수모개를 타고 앉아 간들간들 위태로운 곡예를 피우다가 푸르륵 혹연 환청 같은 날개깃 소리를 남기고 사라져 가는 멧새, 오래오래 하늘을 아껴 흘러가는 구름덩이, 그리고 산 아래론 물비늘 반짝반짝 눈부신 바다위에 어이어이 어여루 먼 뱃노래 소리 한가로운 돛배들의 들고 남 ..." 길고 지루한 듯한 자연 묘사와 지루하고 덧없이 흘러가는 삶, 문장의 곳곳마다 보이는 휴지부, 많은 간접 화법, 인용 부호 없이 어눌하게 잇는 대사 등 작품의 내용과 형식은 잘 조화되어 있다. 동화적 색채가 강한 이 작품은 어린이와 어른이 함께 읽어야 할 명상소설이다. 이런 분위기에서 태어난 아이가 풍각쟁이가 된 것은 너무나 당연하다. "아이의 기억 속에 뒷날까지 살아남은 생애 최초의 세상 모습이자 그 여름의 나날의 경험이었다. 아이는 이를테면 그 여름 밭가의 무덤에서 생명이 태어난 셈이고, 그 하늘의 햇덩이와 구름장, 앞바다의 물비늘과 돛배들을 요람으로 삶의 날개가 돋아오른 셈이었다." 이 작품의 등장인물들은 우수와 체념에 찬 삶의 휴식을 죽음으로서 얻게 된다. 거의 모든 비극의 종말이 육신의 종말로 비분과 카타르시스를 얻는 것과는 반대로 여기서는 '편히 쉬다' 혹은 '고이 잠들다'라는 흔하디 흔한 비명이 그 확실한 뜻을 갖는다. 중생의 근원적 현상으로서의 번뇌는 막을 내리는 것이다.

아이가 커서 노래 짓는 사람이 된 것은 이미 말한 바와 같이 당연한 귀결이다. 또 소설 제목이 말하는 바와 같이 「해변 아리랑」은, 그런 삶을 노래하기 위한 것이다. 노래를 짓는 일이 성공적이었다고 한다면 이 소설은 대중소설로 되었을 것이다. 거기에는 한 마디의 언급이 없이, 그의 형색이 초라하다는 것으로 그에 대신하고 있다. 독자들을 감탄시킨 것은 노래장이 소년(어른이 됐지만)이 그가 뒹굴며 자연의 소리를 듣던 언덕이 아니라 자연 자체를 그의 묻힐곳으로 삼았다는 점이다. 한 가지 작가가 잘못 쓴 곳이 있다. 작가 이청준은 독자가 그의 의도를 꼭 이해하여 주길 바라는 마음으로 우를 범한 것이 아닐까. 섬사람들은 늙고 피곤한 노래장이가 죽은 후에는 꼭 그 언덕에 묻히리라고 생각하였다 - 작가가 독자에게 그런 예상을 갖도록 하였다 - 그러나 그는 "저 바다의 눈부신 물비늘로 반짝이는" 그의 자연으로 돌아가겠다고 한 것이다. 여기서 독자는 작가의 그 상상력과 솜씨 있는 전환에 놀란다. 그러나 그 빗나간 사실을 설명하는 대목에서 "한 가지 빗나간 일이 있었다. 그것이 실상은 이 이야기의 가장 중요한 대목인지 모르는데" 하고 별안간 작가가 뛰어들어 자기의 노파심을 보여주는 점이다. 필요 없는 사족이 아니었을까. 이런 설명문이 없었다면 오히려 그의 기술에 감탄이 더 컸을 것 같다. 그렇다고 이청준의 솜씨가 줄어든 것은 아니다. 마지막에서 그의 비목에 씌어진 이름이야말로 역시 이청준 다운 솜씨를 보여준다 - 노래장이 이해조. 아마 한자로 표기한다면 '海潮'가 아닐까.

예술가의 창조 작업은 어쩔 수 없이 자연의 모방이거니와 궁극에 가서 자연에의 귀의가 피곤한 삶과 어려운 예술 활동의 승화일 터이니까. 「해변 아리랑」은 불교적 명상과 니르바나, 한국적 한의 삶, 허무한 생의 도가적 (道家的) 요소가 어느 한 가지라고만 주장할 수 없도록 융해되어 있는 작품이다.

김문수(金文洙)의 「끈」은 강화도에 취재차 갔던 박준호와 그의 아내 양찬숙의 하루 생활에서 만난 사람들과 그곳 전설에 얽힌 이야기를 다룬 작품이다. 생각하고 느낀 바를 언제고 밖으로 나타내는 평범한 아내 양찬숙에게 있었던 강화도 사람(뒷집 여자)에 대한 선입견에서 이 소설은 시작된다. "넉살 좋은 강화년"이란 옛말과 강화에 들어서자마자 밟힌 발로 인해 무의식에서부터 나온 혐오감이 합치어 결국 부부 싸움까지 이끌어 나가는데, 아무리 화가 났다 해도 박준호가 그녀를 구타하게 되는 것은 약간의 무리가 아닐까 생각된다. 또 각씨 전설을 노인이 "전설은 그럴 듯하지만 별로 구경거리는 못되오" 하고 별것 아닌 듯이 넘기는 것도 그 노인의 꿈과 연결시켜 볼 때 쉽사리 그냥 지나칠 곳은 아니다. 물론 부부 싸움의 원인이 거기에 있다고 생각하였기 때문에 고의적으로 그렇게 하였는지는 모르지만 꿈 이야기를 그곳에 할 수도 있었을 것이다. 박준호도 정신과 의사에게 간접적으로 의견을 구하였던 것처럼, 우연한 동반 여행이기는 하나 충격요법과 노인의 간접적 카운셀링(노인의 꿈 애기와 냉정리 샘의 전설)로 작은 피해망상증의 치유를 보게 된다. 하지만 이야기의 중점은 병의 치유에 있는 것이 아니라 부부 사이의 화해를 말한다. 주인공들의 이야기보다는 아이들과 주고 받는 대화가 오히려 신선한 감이 있다. 마지막 에피소우드의 아내 양찬숙과 아들놈과의 대화에서 독자는 밝은 웃음을 갖게 된다. "배탈날지도 모르는 물을 뭣하러 두 통씩이나 떠다가 냉장골 복잡하게 만드는지 알 수가 없네"하는 순진한 말은 김문수만이 할 수 있는 재주다. 그러나 작가가 의도하였던 인연의 끈은 오히려 읽는 독자에게 부담을 주고 있지 않은지. 그저 노인 부부의 헤어져 있음과 그 사랑, 여행 갔던 부부의, 일상적인 생활인에서 다시 깨닫는 부부애를 그린 소품이라고 보면 좋을 것 같다.

　　김용성(金容誠)의 「침묵의 소리」는 소설가인 　'내'가 고무줄 행상을 관찰한 작품이다. 수다스럽게 외쳐서 자기의 물건을 선전하는 사람들과는 달리, 아무 말이 없이 녹음기에 유행가를 틀어놓고 팔고 다니는 고무줄 행상에 대한 설명은 　'낯설게 하기'의 수법에는 잘 들어맞는다. 정장을 차리고 말을 될 수 있는 한 하지 않으려 하는 그는 고무줄 걸이를 각목으로 십자가처럼 만들어 가로 대어 걸고 다닌다. 이 십자가는 햇빛에 비추어 마치 골고다 산을 올라가던 예수의 상을 연상시킨다. 그러나 그는 형상만 예수를 닮았지 세계고를 앓고 있다는 것이 어떤 것인지 독자에게는 명확하게 나타나지 않는다. 그가 일상의 평범한 삶을 살고 있지 않다는 것은 명백하다. 가난한 대학생에게 학비를 대어 준 적이 있다는 것이 예수의 마음 중의 하나일 수도 있다. 그래도 작가가 독자에게 제시하려는, 혹은 암시하려는 메시지는 명확하지 못하다. 형상이 예수 같다는 점만으로는, 그가 예수 같은 고통을 살고 있다고 보기 어렵다. 보일러 고치는 배씨 아저씨의 말처럼 그가 가장 행복한 사람일 수는 있다. 처자식에 매여 있지 않고 직장 없으니 맡은 책임 없겠다 어쩌면 속(俗)을 떨쳐 버린 사람인 지도 모른다. 그러나 그의 침묵이 무엇을 의미하는지 나타나 있지 않다. 간첩으로 몰리어 경찰서에 갔다 온 후 고무줄이 없는 십자가를 메고 '소리'를 낸다는 것에서도 큰 의미를 발견할 수 없다. 그저 낯선 사람, 낯선 생활 방식의 한 사나이의 생활일 뿐이다. 제목이 시사하는 '침묵의 소리'라는 중압감에 오히려 이 작품 속의 예수는 평범한 사나이가 되어 버린 것이 아닐까.

**백시종**(白始宗)의 「**하리케인**」은 가식의 삶을 폭로하여 진정한 삶을 웅변하려는 작품이다. 본국에서 온 박만봉의 허위에 찬 하루를 묵묵히 참으면서 안내하던 김 대리의 하루를 그리고 있다. 해외 건설 현장에서 일하는 사람들에게 그곳 현장의 일보다 더 많은 것이 본국에서 온 전보 뒤치다꺼리이다. 박만봉의 허위에 찬 삶은 일본 대사관에서 그 절정을 이룬다. 얼마나 많은 일제 때 사람들이 지금도 일본에 가면 옛날의 상전들을 그렇게 찾고 있으며, 그런 말을 하고 있을까. 그런 사람일수록 큰 소리로 떠들 것이 분명하다. 자기의 창씨 개명인 일본식 이름을 공공연히 칭하고, 영국 장교를 포로로 하였다는 이야기, 달갑지 않게 생각하는 대사에게 술을 사겠다고 초대하고는 일본어를 모른다고 생각되는 김대리에게는 오히려 대사가 사겠다고 한다. 김 대리는 올바른 삶을 살다간 하국철 교수를 비쳐본다.

작가는 하국철 교수를 함께 엮어 놓아 박만봉과 대비시켜 보는 것이다. 하국철에 대한 박만봉의 반응은 역시 그의 성격다운 태도이다. 못난 사람으로 치부한다. 그러나 김 대리에게 보인 하교수는 "강렬하게 그를 지배한 사람"이었다. "정의가 힘이 없으면 무기력해지고, 힘에 정의가 없으면 포악해진다"고 말하여 좋은 교수의 이미지를 독자에게 심고 있다. 김 대리가 고국에서 온 손님을 악성병인 하리케인이 휩쓰는 곳으로 던져 넣는 것은 백 시종이 너무하다는 생각이 들기는 하지만 독자가 통쾌감을 느끼는 것은 사실이다. 하나의 풍속도를 보는 느낌이다.

　이동하(李東河)의 「표집반」은 중학교 2학년 학생들의 이야기를 다루고 있다. 학생들의 실력이 어느 정도인가를 알기 위하여 어느 반을 택하여 그 반의 성적을 표본으로 조사하여 그 학교의 교육 성과를 알려는 것이다. "중요한 건 표집반 성적이었다. 표집반의 윤곽이 두세 개 반으로 좁혀지면서부터 권외의 반들은 관심 밖으로 밀려나는 대신 문제의 몇 개 반은 비상이 걸렸다(....) 학교의 명예가 걸린 이상 제값을 못하는 녀석은 사정없이 응징해야 마땅하다는 분위기"가 된다. 그러나 문제는 학생이 아니라 가장 실력이 낮은 학과목의 담당 교사이다. 궂은 일은 도맡아 하여 걸레라는 별명을 얻은 종태의 담임 선생은 몇 번이나 나쁜 성적을 얻어 시말서를 쓰곤 하였다. 공부를 못하는 측에 드는 종태는 이것을 극복하려 한다. 그러나 열심히 공부를 하여 성적을 올리려는 것이 아니라 여럿이 집단적으로 컨닝을 하려는 것이다. 그것이 성공적으로 끝났으나 너무 성적이 좋아 오히려 화를 불러일으킨다는, 성인 독자에게 옛 시절을 상기시켜 주는 내용이다. 이야기가 중학생들간의 사건을 다루어서 참신한 대화, 넘치는 위트가 좋다. 그러나 중학교 2학년으로서는 너무 어른스러운 말이 씌여지고 있다. 고등학교 3학년 수준의 위트가 도처에서 보인다. 물론 중학교 2학년의 정신 연령은 성인들이 보고 있는 것보다 사뭇 높고, 그들이 사용하는 말은 상상보다 퍽 지적인 것이 있긴 하다. 그렇다고 해도 시간을 아끼자는 뜻의 "단 한톨도 엉뚱한 곳에 빠뜨리는 일이 없도록 각별히 유의하자. 만원버스에서 특히 요주의, 소매치기 당할 위험은 물론, 버스표나 동전 따위를 꺼낼 때 자칫 분실할 위험이 큰" 하는 것은 보통의 재치가 아니다. 또 현관 유리를 주먹으로 치고 "아아 X 같어" 하는 신음은 중학교 2학년에게 성적에 관한 중압감 때문에 일어나는 사건으로는 보기 힘들다. 구성상에 문제가 좀 있다고 해도 이동하가 우리에게 보여 주는 소년 시절에의 회상은 그의 특별한 장기이다. 그는 전쟁의 폐허에서 놀던 우리들의 어린 시절이나 들판에서 뛰놀던 시절을 잘 재구성하여 놓는다.

삶에 대한 상상력으로 구성하여 놓은 것이 아니라 정말 있었던 실화를 우리에게 보고하듯이 리얼하게 전하여 주는 이야기가 **윤정모의 「가자, 우리의 둥지로」**이다. 각 문예지에 심심치않게 등장하는 이민 문학은 동양의 전통, 좁게 말하면 한국적 전통이 미국에 건너가서 와해되는 과정 속에서 겪는 갈등을 그리고 있다. 그런데 이상하게도 거의 대부분의 이민 생활을 그린 작품이 꿋꿋이 살아온 성공담이 아니라 실패담을 많이 그려놓는 이유는 왜일까. 외국 소설에는 한 민족의 개성이 타민족 속에 들어가 전통적 사고와 상이한 전통 속에서 부딪히고 깨어지는 한편, 그 독특한 성격을 나타내는 것이 많다. 미국적 사고방식을 모두가 나쁜 것으로 거부하는 이유는 왜일까. 그 이유는 여기에서 간단히 밝힐 수 없다.

「가자 우리의 둥지로」에서 기독교, 특히 신교의 성직자가 부정적으로 그려진 것은 기독교인의 반성을 촉구한다. 여기서 목사들이 악역을 맡고 있지만 악인은 끝까지 악인의 역할을 하고 있는 것은 약간의 무리를 가져오지 않을까. 실제로 있었던 일이라고 해도 소설의 플롯에서는 그렇게 도식적이어서는 안 될 것 같다. 더욱이 등장하는 목사마다 악인일 뿐만 아니라 미국이라는 사회는 악인은 보호받고 선인은 피해를 보는 듯이 그려져 있다. 보다 정의로운 사회는 어느 쪽일까. 쇼셜워커 혜리김은 잘 형상화된 인물로 보인다. 논리 정연한 필연성 위에 형성된 인물이다. 주인공 태민은 결국 한국으로 돌아온다. 이것이 불행 중의 행복한 결말인 지는 모른다.

우리 소설에는 늘 귀향이 모티브로 되어 있는 것이 많거니와 이 소설의 제목인 '둥지'에서도 그러한 모티브가 드러나 있다. 우리는 작은 소설에서 어떤 큰 가치관을 선전할 필요는 없을 것이다. 그러나 서양의 것과 비교한다면 그들은 늘 미지세계로 도전한다. 소설도 그런 것이 유행이었다. 고향을 떠나 오지에 가거나 외지에 가서 성을 쌓고 토착화한다. 서양의 많은 모험소설은 나쁘게 말하면 식민지주의의 문학적 표현이다. 모험심을 갖고 도전하는 것이다. 그것은 특히 소년 소설에 많이 나타난다. 우리는 이제 막 해외로 나가기 시작하였기 때문인 지는 모르겠으나 외지에서의 고

생, 못살 곳이란 푸념으로 끝나 버리고 만다. 「가자, 우리의 둥지로」라는 작품의 성패를 말하는 것이 아니라 한국인에게 있는 폐쇄성이 근래의 이민 문학에 나타나 있음을 이야기하는 것이다. 우리가 어릴 때 읽은 모험소설은 일제하에서 아시아 공영권을 부르짖은 일본 제국주의 영향이었는지도 모른다. 오늘날에 이민이란 식민지 정책의 일환은 아닐 것이다. 힘찬 한국인의 의지를 보이는 작품이 나타나길 고대한다. 그러나 윤정모의 작품을 읽는 동안 독자들이 분노에 떨게 되는 것은 어쩔 수 없는 일이다. 그것은 윤정모의 솜씨에 속하며 그 이유는 아주 리얼한 묘사와 치밀한 구성에서 오는 것이다. 어떤 기독교인 독자는 목사의 위선에 화를 낼지도 모른다. 그러나 기독교인은 너무나 세속화 되었고 타락하고 있다는 것은 사실이다. 분노에 앞서 반성해야 될 것이다. 비기독교인 작가가 쓴 소설 가운데 나타난 기독교인의 상은 대부분 부정적이다. 윤정모에게서는 극단으로 나타나 있지만, 예민한 사회의 안테나로서 작가가 감지한 실상인지도 모른다. 작품에서 목사의 일관된 부정적인 모습이 작품에 흠이 된다는 뜻은 소설의 구조상의 문제라는 뜻이다. 소설의 결말을 '나'의 위협으로 해결하는 것은 서부 활극을 보는 느낌이다. 좀 대중소설적인 구성이 아닐까. 결론을 송건호 씨의 글로 인용한 것에서 「가자, 우리의 둥지로」는 사이비 목사를 고발한 소설로 그 기능을 맞추고 있는 듯하다. 목사(기독교인)가 나쁜 사람도 많다는 것은 이미 잘 알려진 사실이다. 인용은 사족에 불과하다.

　**이제하**(李祭夏)의 「**나그네는 길에서도 쉬지 않는다**」는 인생의 도정만큼이나 긴 제목을 가진 작품이다. '그'의 길은 산길, 눈길, 물길 험하고 가혹하다. 눈으로 문득 길이 끊어지는가 하면 길마다 인연으로 만나는 사람들이 있다. 그가 만나는 여인마다 불행을 겪게 되는 이유에 대해서는 밝혀져 있지 않다. 다만 샤머니즘에 젖어 있는 간호원이 예언하고 있을 뿐이다. 생이란 어차피 논리적인 설명으로 불가능하겠지만, 어떤 암시도 주어져 있지 않아 독자는 왜 작가가 만나는 여인마다 죽게 하였는지 모르게 된다. 나그네가 길 위에서 수없이 상봉하는 인물과 사건 가운데 특별한 액센트가 주어지지 않아 주제가 산만하게 된 느낌이다. 단편에서의 (이 작품은 중편이지만 역시 마찬가지이다) 맛을 살려 보려는 의도가 없어졌다고 볼 수 있다. '그'가 죽은 아내의 뼈를 갖고 나온 것, 병든 회장이 고향 가까이 가고자 하는 것, 문화부 사람들과의 산행, 눈길, 간호원과의 해후 등 모든 것이 소설의 강한 모티브가 될 수 있는 것이었다. 소설의 끝을 간호원이 신이 내리는 장면으로 끝나는 것도 큰 의미를 부여하지 못한다. 그만큼 절실하지가 못하다. "서른의 물가에서 관(棺) 셋 짊어진 사람을 반드시 만난다..... 그 사람이 전생의 네 남편이다...."라고 하였으나 윤회 사상이 담겨져 있는 작품도 아니다.

오랫 동안의 허위를 서로 감추고 다정한 척 살아간 죽마고우의 이야기가 김국태의 「일그러진 構圖」이다. 많은 사람들이 일생 동안 비밀을 간직하고 있기도 하고, 원한의 비수를 품고 살기도 한다. 이 소설에서는 거의 전 생애를 함께 살고 있으면서도 응어리를 밖으로 드러내지 않은 두 선생이 주인공이다. 정 선생은 친구 원 선생이 죽었다는 소식에 취중이지만 "놀라시게 해드려 죄송합니다." "놀라다니, 이 사람아.....그래, 그런데......허 참 내, 응, 놀랍군" 하고 무의식에서 품고 있던 소망이 이루어진 것을 저절로 나타낸다. 정 선생인 '나'는 죽은 원 선생을 눈으로 직접 보며 "나는 나의 가슴 복판에 오랜 세월에 묻혀 있던 응어리가 풀려져 나감을 느끼는 것"이다. 두 사람 간의 한 여인에 의해서 시작된 경쟁의식은 나중에 원 선생은 베푸는 듯한 태도의 새디즘이, 정 선생에게는 도움을 받는 듯한 마조히즘의 연속이 된다. 중요한 것은 심리적 현상의 두 선생이 아니라 죽는 사람이 진실을 말하고, 죽는 자리에서 달인이 된 자세로 이승을 떠나지 않는 점이다. 속설에 흔히들 임종의 자리에서 모든 사람이 철인이 된다는 말은 믿을 수 없는 일이다. 원 선생은 품어온 한을 그의 둘째 아들 - 실은 정 선생의 아들 - 에게 부탁하여 세상에 아이로니칼한 복수를 - 이중적

이며 복합적인 복수를 - 유언으로 남긴다. 이 작품에서 인간의 삶은
아무리 가까운 친구라도 숨겨진 비밀이 있으며, 죽음의 자리에서도 용
서할 줄 모르는 인간의 무서운 점이 보인다. (『**소설문학**』)

# 우리 意識世界의 해부

　예술이 현실세계의 반영이라는, 진부한 이야기이면서도 거듭 강조되는 이유는 예술작품을 읽고 그 뒤에 숨겨진 의미를 찾으려 하거나 작가의 의도하였던 뜻 혹은 그것을 만든 사람조차 인식하지 못하였던 뜻을 찾아냈다 해도 그 깊은 의미란 결국 현실에 대한 반응이라는 것을 알게 된다. 그것은 **이제하**(李祭夏)에게는 거대한 龍으로, **오탁번**에게는 저녁 연기로, **정소성**(鄭昭盛)에게는 배로 파악되는 '現實'이기도 하다. 현실이란 그것이 논리적 질서로 파악되든, 동키호테 앞에 나타난 풍차로 파악되든 우리가 맞붙어 해결하고 개선하고 생각하여야 할 문제 투성이의 대상이다. 이 문제야말로 '현실적이며 이상적이고, 이상적이며 현실적'인 실체로서 이것을 작가들이 파악하여 구체화시킨 것이 小說이라고 볼 수 있다.

　우리는 위에 든 세 권의 소설집에서, 각자가 다른 세계의 토양에서 자란 작가들이 어떤 반응과 어떤 현실인식을 갖고 있는가를 살펴보자. 李箱文學賞 수상자인 李祭夏를 읽는 독자는 우선 당황하게 된다. 일상적인 우리가 생각하는 현실에의 접근법과는 다르기 때문이다. 그는 전통적인 소설의 문법을 조금 벗어나 그것에만 길들여진 독자에게 불편한 자리에 앉은 듯한 느낌을 갖게 한다. 그 이유부터 밝히자면 작가 李祭夏가 보는 인간의 삶[現實]이란 논리 정연한 것이 아니라 우리에게 보이는 현상 뒤에 있는 그 무엇이라고 생각하기 때문이다. 삶은 논리적으로 파악할 수 없는 그 어떤 것, 그것이 不條理(absurd)라고 해도 좋고, 또는 보이는 삶은 우리가 감각에 의하여 받아들여진 것이기 때문에 진정한 본래의 모습(reality)은 사물 뒤의 모습이라고 생각해도 좋다. 그것을 표현하려다 보니 그의 소설은 난해하게도 보이고 不可解 하기도 하다. 그의 소설집 『龍』에는 李箱文學賞을 받은 「**나그네는 길에서도 쉬지 않는다**」와 함께 이 작품에 버금가는 「龍」 등 열편의 중, 단편소설이 들어 있다.

　작품 「나그네는....」 그의 소설 중 비교적 전통적 기법으로 쓰여진 것이다. 그러나 그의 소설의 특성은 여전히 강하게 나타나 있다. 「나그네..
...」에서 우선 눈에 뜨이는 점은 주인공이나 보조 인물들의 이름이 없다.
누가 나그네의 이름을 알겠는가. 나그네는 나그네일 뿐이다. 주인공 '그'
는 자기 의지로 어떤 행동을 하지 않는다. 서울에서 버스를 탈 때도 "충동
에 쫓기다 시피" 탔으며, 설악산 입구 물치에서도 "자신도 모르는 힘에 떼
밀려 마지막 순간"에 차를 내린다. 山行도, 여관에 들게 되어 문화부 사람
들과 겪는 이야기도 거의 수동적으로 행동한다. 이 우연적 행동의 연속은
우수와 삶의 권태를 나타낸다. 수동적인 여정은 「나그네...」에서 정처 없
는 인생에 비유될 수 있으며 중도에서 겪는 우연적 사건은 인간의 운명을
저울질하는 동기가 된다. 주인공이 겪는 3일 간의 사건이 결국 아무런 변
화 없이, 그의 임지인 서울로 돌아와 일상적인 '그'로 돌아가게 하지만
그런 여정 가운데서 인간은 성장하는 것이라고 보여진다. '그'가 가는 곳
마다 앞길을 막아서는 고비가 있다. 물치에서 음식점 주인이, 문화부 사람
들이, 눈길이, 간호원이..... 그러나 그는 쉬지 않는다. 이 과정에서 약간의
고독과 약간의 허무함을 독자에게 불러 일으킨다. 이 소설을 통하여 작가
는 분단의 문제, 한의 문제, 샤머니즘의 문제를 제시한다. 「龍」에서 李祭
夏는 분단의 비극과 인간의 카인적인 요소를 샤머니즘과 결합시켜 우리의
현실 문제로 생각하도록 한다. 용산각에 뿌려진 피가 우리 모두의 현실을
깨끗하게 씻지는 못한다고 해도, 이데올로기에 의한 동족 살상이든, 범죄
에 의한 살인이든 번제(燔祭)로서의 뜻을 부각시키고 있다. **「降雪」**에서
는 아동도서 편집 책임을 맡은 '나'를 통하여 출판계의 비리를 보여주고
있으며, **「풀밭위의 식사」**는 참여의 한계와 독선을, **「밤의 窓邊」**은 왜
소한 현대인의 심리를 그린 것이다.

　**오탁번**은 그의 창작집 **『저녁 연기』**가 "고향의 이야기와 내 삶의 이
야기만을 다시 모은" 것이라고 밝히고 있다. 그의 말처럼 이 소설집에는
그의 고향 이야기, 아니 우리들의 고향 이야기와 우리들의 유년시절이 그
속에 들어 있다. 모두 십오 편의 中短篇 小說이 '나'의 성장시대별로 배
열되어 있어 마치 '그'의 성장 과정을 보여주는 듯하다. (「저녁 연기」

가 맨 처음에 놓여 있어 예외이긴 하지만, 오히려 「아버지와 雉岳山」 전후로 갔으면 더욱 좋았을 것 같다) 「부엉이 울음소리」, 「砂金」, 「달맞이 꽃」, 「호랑이와 은장도」의 네 편은 모두 열 살 소년의 눈에 비친 어른들의 世界이다. 흔히들 좋은 단편을 가리켜 주옥같다고 하지만 오탁번의 작품들이야말로 그런 소설들이다. 「砂金」은 폐가가 되어 도깨비 집이라 불리우는 다 무너져 내리는 집에 흘러 들어온 갑순이네 집 이야기이다. 오탁번 소설의 특징은 이 작품에서도 나타나는데 이야기가 어렵지 않게 술술 읽혀지고 재미있는 점이다. 그러나 그 뒤에 깊은 뜻을 지니고 있다. 이중의 의미를 갖고 있는 것이다.

「砂金」에서 나타나는 도깨비에 관한 이야기는 몽매한 시대의 상징으로서, 설화 시대에 얽혀 사는 개인 혹은 집단을 의미한다고도 볼 수 있다. 계몽주의 전 시대라고나 할까. 유년 시절의 '나'에게 비쳐지는 삼라만상의 신비스런 혹은 두려운 객체로서의 세계가 한 꺼풀씩 벗기어지는 과정이다. 신비에 쌓인 자연도, 여성도 그렇다. 갑순이와 금을 만들고 나서 앓는 것도 통과의식을 겪는 '나'의 성장 과정이라고 생각된다. "사금을 훔치러 왔다가 갑순이에게 붙잡혔을 때부터 나는 이미 쇠여물이나 먹이고 식수나 날라 오는 시시한 나는 아니었다. 뭔지는 모르지만 이미 나는 다른 내가 되어 있었다." 그리고 '나'는 물통에 물을 가득 담아도 전처럼 뒤뚱뒤뚱 하지도 않는다. 정신적으로나 육체적으로 성장하였음을 보여준다. 惡과 미신(몽매)의 상징으로서의 폐가는 죽음의 상징일 뿐만 아니라 죽음의 세계를 딛고 일어선 성장의 매체로 사용되고 있다. 청년기로의 변신이다.

「달맞이 꽃」은 戰爭을 배경으로 한 한국 농촌의 일면을 보여 준다. 특히 이 작품 속에서는 性과 生産性을 상징으로 하고 있다. 달맞이 꽃을 여성에 비유하고 있는 곳이 여러 번 나온다. 등장인물과 마소에 이르기까지 성에 관한 이야기이다. 여름밤 멱을 감을 때의 부녀자들이나 어른들의 음담에서부터 송아지와 돼지의 生産, 갑분이와 삼촌과의 관계, 나중에 보이는 프로이트 심리학에서의 남성으로 상징되는 손칼에까지 이른다. 「아버지와 雉岳山」에 이르러 주인공 '나'는 청년으로 성장한다. 소년기의 호기심에 찬 세계, 미지의 안개 속을 걷는 듯한 세계는 벌거 벗고 드러난 세계, 가정에서 고부간의 갈등 틈에 눈치를 보는 세계, 허위와 참을 가려 내려 노력하려는 세계로 바뀐다. 어린 소년의 세계가 비록 전쟁 속의 잔인한 살육이 있었다 하여도 꿈과 동경의 시절, 자아와 객관적 세계와의 융화 였다면 「아버지와 雄岳山」이후부터의 세계는 나와 세계와의 갈등 관계를 나타낸 二分된 세계이다. 이것은 계몽된 세계이고 동시에 주체와 객체가 구별된 갈등의 세계이다.

오탁번의 창작집 『저녁 연기』는 비록 하나하나 독립된 십오편의 중단편소설로 이루어진 것이지만 한 사람의 성장 과정을 보여주는 교양소설이라는 생각이 들게 한다. 내용이나 문체에서는 이효석을 비교하게 한다.

鄭昭盛의 작품집 『아테네 가는 배』는 정평 있는 東仁文學賞수상 작품이기도 하다. 이 작품을 읽으면 鄭昭盛은 깊이 생각하고 진지한 고뇌를 하는 작가라는 것을 금방 알 수 있다. 그의 소설은 페이지마다 로댕의 생각하는 사람을 연상케 한다. 특히 그의 소설의 공간은 한국을 벗어나 서구와 동양을 잇고 있다. 이것은 우리 작가들에게 흔한 일이 아니다. 소설의 무대가 한국을 벗어났다고 해서 요즈음 이민문학이라는 것과는 다르다. 인간의 삶에 대한 근원적인 물음이 한국인인 '나'에게만이 아니라 전 인류에게 보편적으로 나타나 있는 것을 그는 보여준다. 이것은 이론상은 가능할지 모르나 소설의 구조상으로는 퍽 어려운 플롯의 구성을 전제로 한다. 그러나 鄭昭盛은 그런 점에 강하다. 「아테네 가는 배」는 고향을 잃은 모든 사람들에 대한 이야기이다. 이 헤어짐은 비단 한국 전쟁으로 인한 우리들의 이산 가족이나 실향민을 이야기함이 아니라, 고대 트로이 전쟁부터 한국전쟁에 이르기까지, 트로이의 여인들부터 주하 어머니에 이르기까지 모두가 현실적으로 대두되는 문제이다. 아테네로 가는 배에서 만난 국적이 다르고 인종이 다른 여러 사람들이 인연에 얽히어 있는 것도 소설 구성상의 장점이다. 중국인 이굉석, 불가리아계의 엘리자베드, 한국전 참전 용사 그리스인, 주하 이 모두가 같은 '배'에 타고 있는 것이다. 이런 여러 종류의 인물들이 등장하는 소설 속에서 흔히 보이는 반복되는 우연성이 쉽게 눈에 뜨이지 않는 것만으로도 작가가 작품에 치밀한 구조를 염두에 두었다는 것을 알 수 있다. 鄭昭盛은 우리의 분단의 문제를, 또한 우리의 이산 가족의 문제를 통시적이고 공시적인 눈으로 파악하고 전 인류의 공통적인 문제로 파악한 것이 놀라운 점이다. 주인공 주하를 지체 부자유자로 등장시켜 허리 잘린 한국을 상징화시키고, 父母를 남북으로 갈라서게 된 인물로 등장시켜 신체적이며 정신적인 불구를 보여준다. 이산 가족의 문제는 희랍인에게도 나타나고 옛 전설의 헥토르의 부인에게도 나타난다. 주하 모친의 수공예점은 아테나이 여신의 길쌈과 같다. 鄭昭盛은 시간적으로는 고대와 현대를 잇고, 공간적으로는 전 세계를 펴놓아 인간사의 반복되는 문제를 코스모스의 눈으로 보고 있다.

시간과 공간의 확대 뿐만 아니라 인간의 근원적인 문제를 깊게 다룬 면에서 우리 소설에서는 보기 드문 스케일과 문제 접근이라고 보여진다. 이 작품보다 더 심화되고 더 구성의 짜임이 돋보이는 것이 **「쌀 안치는 소리」**이다. 독자는 이 소설 제목을 무심히 지나쳐서는 안된다. 읽고 난 후 이 제목은 한국인의 깊은 의식 속에 있는 한국인의 동일성의 뿌리라는 것을 알 수 있다. 주인공 영길이가 외국에서 만나게 된 입양아의 정신 질환과 쌀 안치는 소리와의 상호 관계속에서 이 작가의 소설에 대한 문제의식과, 그 문제를 문체로 이끌어 가는 테크닉과의 양면이 가장 잘 돋보이는 작품이다. 그의 진지성과 그가 결코 안일한 작가, 타성에 물든 작가가 아닌 것을 보여준다. 「슬픈 귀국」에서도 한 지식인이 겪는 분단 문제와 외국에 살고 있는 한국 인간의 不信, 추악한 한국인에 대한 주인공 仁植의 의식을 그리고 있고 「돌아오지 않는 섬」에서는 극한 상황하에서 나병의 부모가, 감염되지 않은 아들을 기르며 일어나는 이야기는 개척정신이 적었던 우리에게 모험심을 일깨운다. 또 가족과 사회 간의 갈등관계를 보여준다.

세 사람의 작가 李祭夏, 오탁번, 鄭昭盛은 모두가 다 각각 다른 세계관, 다른 접근 방법, 다른 문제를 갖고 자기들의 세계를 구축하고 있다. 李祭夏가 현실의 보이지 않는 後面을 보든, 오탁번이 오염되지 않은 소년의 눈으로 현실을 보든, 혹은 가장 진지한 자세로, 있는 현실을 그대로 탐구하는 鄭昭盛의 태도이든 던져져 있는 '현실의 삶'에 관한 탐구는 공통적이다. 그들의 의식세계를 가장 많이 지배하고 있는 문제는 한국인 모두의 공통과제이듯이 분단(이데올로기)문제이다. 이들 작품의 거의 반이 직접 혹은 간접으로 이 문제에 관련되어 있다. 우리 의식세계의 깊은 곳은 당분간 이 문제로 가득 차 있을 것 같다.(『문예중앙』)

# 憂愁를 나타내는 소설

동양에서의 삶에 관한 이야기 가운데 야스퍼스도 그 삶의 기조가 '우수와 체념'에 있다고 하였거니와, 특히 한국인에게 있는 서정적 우수는 우리 문학의 주제 중 큰 비중을 차지하고 있다. 이번에 읽은 소설들도 우수가 깃들여 있거니와, 그것을 직접 표현하지 않았다 하여도 읽고 난 후의 독자들은 우수를 느끼게 한다.

**이청준의 「흰 철쭉」**도 고향과 그곳의 어머니를 그리워 하다가 끝내는 고향에서 가져온 흰 철쭉나무와 함께 시들어버린, 望鄕을 이야기한 단편소설이다. 새로 이사온 주인공 '나'의 집에 꽤 연륜이 있는 나무를 '나'는 그저 자연 가운데의 하나의 나무로서 보며 즐거워할 뿐이다. 가을에 이사를 왔기에 큰 관심을 두지 않았지만 이듬해 봄부터 해마다 피는 흰 철쭉은 화사한 "순백의 합창의 잔치"가 되어, 먼저 살았던 옛 집터의 주인에게 감사와 기쁨을 전하고 싶을 정도였다. 작가는 흰 철쭉나무에 대한 서두 묘사에 무관심한 듯한, 그러나 무엇인가 얽혀 있을 사연을 간접적으로 비추어 놓고 철쭉나무의 내력을 천천히 밝히고 있다.

사물의 상징화는 문학에 특히 잘 등장하는 것으로, 그 역사는 문학보다 더 거슬러 올라 원시 종교에까지 이른다. 장소나 바위, 오래된 나무 등을 둘러 싼 聖物 혹은 魔性의로서의 상징적 의미 부여는 종교학자들이 많이 거론하였었다. 그러나 철쭉나무의 상징화는 그런 종교적 상징의 의미를 갖고 있지는 않다. 여기 등장하는 실제적인 주인공인 나물 장수 아주머니의 개인적인 사연에 있다. 황해도에서 갓 스물에 시집올 때부터 이곳에다 심어준 어머니와 고향의 정표로서, 그후의 남북 분단으로 못 가는 고향과 보지 못하는 어머니에 대한 그리움이 이 흰 철쭉나무에 담겨져 있다. 나물 장수 아주머니가 독자에게 보다 우수를 자아내게 하는 것은 고향이요, 친정집과 같이 산다고 느꼈을 이 집조차 떠나게 되었고 가세가 기울어졌다는 것이다. 시간의 경과와 함께 그 명칭은 아주머니에서 할머니로 바뀌면서 독자에게 점점 불안감을 준다. 결국 할머니는 철쭉꽃조차 구경하러 오지 못하자 철쭉나무도 죽어간다. 철쭉나무는 큰 상징을 갖고 있지 않으나 한국인 전체가 갖고 있는 염원이 이 소설 속에 나타나 있다. 소설 속의 아주머니는 바로 우리 모두이고, 흰색의 꽃의 의미는 너무나 한국적이다. 그러나 할머니도 철쭉도 없어져버린다는 것은 너무나 절망적이지 않을까. 마지막 부분에서 아내가 "꽃나무가 이제는 더 꽃을 피워 기다릴 사람이 없게 됐나보네요" 하고 말한 것은 잘못이 아닐까. 우리 모두가 그 꽃을 보려고 봄마다 찾아가고 싶기 때문이다. 적어도 말미에 죽은 나무 밑둥에 새순이 나오게 하였더라면 보다 희망적이지 않았을까. 그것은 다만 너무나 통일을 바란 현실적 욕구에 대한 필자의 감식안의 마비 인지도 모르겠다.

우수의 짙은 회색 그림자는 교육의 성장에서도 보인다. 全商國의 「예」는 고등학교에서 문제아 처벌을 둘러 싼 담임 선생 유만복과 학교 측과의 갈등 문제이다. 이상적인 교육자로서의 유만복 선생과 현실적인 교육자로서 대표되는 교감과의 의견의 차는 한 마디로 가부를 가리기는 어렵다. 그러나 한국에서의 교육 현장 축소판이라 할 (교등학교 교사간의 대화는 너무나 사실적인 묘사여서 더욱 두드러지게 나타난다) 이 소설은 어느 이름 모를 고등학교가 아니라 한국 사회 자체라는 확대 해석도 가능할 듯하다. 강경 대처니 일벌 백계니 하는 용어는 사실은 식민지적 발상의 순화교육적인 용어이며 옛날 유럽에서 군주 제도하에서 있었던 교육 방침이었다. 교육은 인간을 개조. 변혁시키는 것이 목적인데도, 이 학교에서 문제 학생 이택구를 출교시킨 것은 교육의 포기를 뜻하기에 유만복 선생은 적극 반대한다. 〈배운다〉는 뜻은 모르고 있는 상태를 말하기 때문에 배우는 사람에게는 늘 시행 착오가 있다는 전제가 될 수 있고, 잘못 된 길에 들어설 때가 있는데도 학교에서 내보내는 것은 부당하다는 것이다. 그러나 초두에 나오는 교감 선생님의 말은 교육 현장이 아니라 교도소에 수감된 학생들을 감시하는 임무를 갖고 있는 사람들이 선생인 듯이 들린다. 全商國은 유만복이라는 시대에 뒤진 듯한 인물을 불러 내 우리 교육의 문제점을 꼬집고 있다. 우리 환경 여건의 우수(憂愁)는 교육에만 보이는 것이 아니다.

宋河春의 「큰 즘생」은 한 개인을 통하여 점점 멀어져 가는 인간 관계의 소외를 보게 한다. 주인공 김준호의 꿈으로 나타나는, 무의식의 세계를 그렸다고도 볼 수 있는 인간 관계는, 그의 직업인 구청 민원 담당 서기에서 보이듯이 - 구청 민원실에서 싸우지 않는 사람이 있었을까 - 특히 인간적 접촉이 이루어지는 것이 아니다. 큰 즘생인 금강이 겨울잠을 깨어 새로운 활동을 시작할 때 배고픔을 참으면서 인간을 해치려고 하기는 커녕, 그런 오해를 될 수 있는 한 피하려 해도 점점 오해의 수렁으로 빠져 들어가는 것이 이 단편의 줄거리이다. 고사리를 캐던 할머니나 갈퀴질을 하던 남녀와의 만남도 그렇다. 금강에게서 타인들이 원하는 쓸개조차 주어 버리고 싶은 마음이 이는 것도 타인과의 화친을, 어떤 희생을 치르더라도 이루고 싶기 때문이다. 그의 친구가 쓸개가 없다고 한 말은 유희적인 말이긴 하지만 의미가 있다. 지금 세상엔 쓸개 빠진 사람이 더 많이 살고 있지 않을까. 쓸개 갖고 사는 사람이 오히려 더 드문 듯한 세상이다. 우화적으로 김준호가 곰으로 나타난 꿈이라고 볼 수도 있지만, 카프카의 「변신」에서와 마찬가지로 김준호의 무의식의 세계가 꿈으로 나타나 그의 의식세계를 보여준 것으로 해석할 수 있을 것이다. 세상이 너무나 각박하여 아무리 선의로 상대방에게 행동하여도 믿지도, 듣지도 않은 세태를 꼬집은 것이다. 작가 송하춘은 위트와 유모어로 이런 종류의 소설을 써 왔지만, 이 작품에서는 그 위트가 조금 나타나 있다.

김국태는 「끝나지 않은 질문」에서 무책임한 사람들로 인하여 죽어간 어린 소녀를 둘러 싼 이야기를 우리에게 보여주고 있다. '나'의 관찰 형식으로 씌어진 이 중편소설은 김국태 특유의, 사회의 어긋난 부분에 시선을 맞추어 놓고 있다. 마리아의 가련한 이미지와 마리아를 낳은 아버지의 무책임한 발언, 미혼모가 되어버린 마리아 엄마의 일관성 없는 생활 방식과 의식구조는 잘 묘사되어 있다. 이런 사람들의 행동이 현대인의 특성 중의 몇 가지가 아닐까. 여유 있는 마음과 연민의 정을 가진 '나'와, 너무나 규칙만 따르고 강경한 노처녀로서의 이미지를 갖고 있는 윤 여사는 시대에 뒤진 사람들인가. 윤 여사와 미나 엄마의 진정한 像은 무엇인지 갈피를 잡을 수 없다. 그것은 작가가 잘못 묘사하여서 그런 것이 아니라 오히려 의도적인 성격으로 그렇게 만들어 놓은 것이다. 그것이 바로 현대인의 모럴이기 때문이다. "체념이 빠르고 결심도 빠른 게 제 성미거든요" 하고 말하는 것은 그녀의 단면을 잘 알게 한다. 그녀는 아이들 낳아 놓고는 "정도 가지 않는 개를 이용해서 그이를 말려 죽일 결심"을 한다. 아이를 하나의 수단으로 사용하는 그녀에 비한다면 '나'는 오히려 크리스마스 선물도 사주지 못한 것을 자책하고 무안해 한다. 마리아의 부모보다 "별로 나을 것이 없다"고 한다. 소설의 끝 부분에 가면 윤여사와 '나'와의 대화에서 약간의 우수를 벗어나게 되지만 그래도 그 그늘에서 완전히 벗어나기는 어렵다.

盧命錫의 「門」은 형제 간의 불협화음을 나타낸 중편소설이다. 재산을 차지하기 위해서 아버지를 살해한 후 동생을 정신병으로 몰아 속칭 기도원에 강제 수용시켜 제거하려는 형의 계획을, 탈출하여 폭로하게 되는 줄거리이다. 그러나 대부분이 사설 정신병자 수감원인 기도원 〈구원의 배〉에서의 광인 일기라고 볼 수 있는, 퍽 공들여 쓴 단단한 구조의 소설이다. 병원에 수용된 후 방안에서의 관찰묘사, 홀로 있는 사람의 의식의 흐름, 탈출하는 박진감 등이 꼼꼼한 문체에 잘 나타나 있다. 맑은 정신의 형우가 느끼는 광인 생활은 인부들의 도움과 어머님의 면회로 탈출할 수 있었고, 그의 형 앞에 나타나 억눌린 분함을 해소하고 부친의 사인을 규명할 수 있었지만 역시 우수만은 떨쳐버릴 수 없다. 노명석은 문단에 글을 발표한 지 얼마 안 된 소설가로 퍽 단단한 구조의 소설을 보여주어 좋은 작가로서의 기대를 갖게 하였다.(『현대문학』)

# 삶의 편린

문예지에 네 번에 걸쳐 나누어 실었던 **金龍雲**의 「**끝없는 합창**」이 끝을 맺었다. 이 소설은 4.19를 배경으로 한 젊은이들의 이상과 현실을 그린 작품이다. 金龍雲은 그가 성장한 장소와 주위의 인물들에 상상력을 동원하여 써내려 간다. 우리의 역사에서 4.19의 의미는 대단히 크다. 그러나 그것을 형상화시키기는 어렵다. 그것은 인물의 설정을 어떻게 하고, 사건의 전개를 어떻게 하느냐에 따라서 여러 가지 다른 양상의 소설이 씌어지기도 하겠지만, 4.19가 어떤 지도적 인물에 의해서 이루어진 것이 아니라 자연발생적인 학생들의 봉기였기 때문에, 소설 속에서 특별한 액센트를 줄 인물을 설정하기가 어려울 것이다.

그러기에 金龍雲이 여러 인물을 고루 등장시키고(물론 주인공은 있지만) 사회의 여러 측면을 대비시키어 반 논픽션의 분위기를 조성한 것은 어쩔 수 없는 일이라 생각된다. 태풍 사라호의 피해가 뒤에 오는 사건을 암시하기도 하지만 다른 여러 가지 사건 - 선거 이야기, 북송, 대통령 후보자들의 사망 - 등은 도스 패소스의 수법을 연상하도록 한다. 작가는 4.19 당시의 젊은이들의 의식세계를 보여주면서 그들이 가난 가운데서도 얼마나 이상에 불타고 있는가를 말하고 있다. 엄 교수의 말을 빌어 그 당시의 - 그리고 지금도 - 필요한 지성인의 상을 이야기 한다. 엄 교수보다 더욱 현실인식을 날카롭게 하는 젊은이는 백정립이다. 그는 한국인의 찰나주의를 맹렬히 공박한다. 지성적인 면에서 〈동우회〉의 모든 회원들이 속세에서 벗어나 있는 것은 사실이지만 현실 파악에서는 백정립 같은 인물은 없다. 그것은 무엇보다 엄 교수가 국회의원 입후보를 결정하려는 토론에서 두드러지게 나타난다. 그는 이미 민중에 대해서 요즘처럼 우상시 하지도 않고, 그렇다고 니체처럼 바보들의 무리로 보지도 않는다. 그는 있는 그대로를 정확하게 볼 뿐이다. 많은 인물들 가운데 백정립만이 형상화에 성공한 인물이 아닐는 지. 그 외에는 개성이 뚜렷하지 못하다.

엄 교수는 이상주의자이나 결국 책상 물림의 백면서생이라는 점을 부각시킨 것이 잘 드러나 있다. 이점은 특히 홍범과의 선거 운동 과정에서 잘 드러난다. 그 다음으로 살아 있는 인물은 육손이 광일인 듯하다. 거리의 우두머리로 좀 미화되고 모순된 묘사도 있지만, 백정립과 연결시켜 소설 속에서 필연적인 귀결을 가져오도록 하였다. 홍범이나 한승엽도 언급할 만하다. 「끝없는 합창」은 4.19 전야의 각 사회나 여러 인물을 마치 카메라를 통하여 재생하듯이 우리에게 그 상황을 재 구축하여 놓고 있다. 소설은 어떤 결말을 향하여 가고 있는 것이 아니라 그냥 열려진 채로 끝맺고 있다. 4.19 때의 젊은이들의 삽화를 보여준 것이다.

李東河의 「폭력 요법」은 그 제목과 함께 흥미 있는 단편이다. 비록 「폭력연구」의 결과는 독자에게 작가가 전달하고자 하는 것이 명확하게 드러나 있지는 않으나, 그저 읽고 넘길 만한 소설이 아니다. 한 마을에서 공포의 대상이 되는 '장가'라는 무뢰한이 측은할 정도로 "위축되고 참혹하게 꺾여진" 상태로 변화된 이유가 무엇인가를 독자는 깊이 생각해 보아야 될 것이다. 간혹 고향을 방문하는 '나'의 눈에 비친 장가의 횡포는 부정적이긴 하지만 자유의 향유라고 할 수 있다. 자유란 무례와는 다른 것이긴 하지만, 장가의 한 작은 사회에서의 반항 정신은 물리적 힘에 의하여 무참히 부서지는 모습을 본다. '나'는 그렇게 두려워하면서도 그의 폭력을 제지할 어떤 힘을 거의 무의식적으로 회구하였지만(독자가 그런 힘의 출현을 기대하도록 꾸며 놓고 있다), 막상 그의 동물적 순종은 '나'에게 "우울을 깊게" 만든다. 그러나 '나'는 그 이유를 모른다고 생각한다. 그것은 장가를 압송할 때의 묘사에서 보여주는 것이 아닐까 생각 된다. "미명의 대지로부터 갑자기 불쑥 솟아나기라도 한 듯 철망을 씌운 자동차 한 대"가 나타나 "그 안에서 똑같은 복장을 한 일단의 사내들이 내려와......구둣발로 안방 문을 차 넘겼다"

그러나 이 소설은 분명한 의미 전달을 유보하고 있다. 장가가 읍내 나들이를 가끔 하고 있지만, 그 이유가 무엇인지 어떤 암시도 독자에게 주고 있지 않다. 작품 「폭력 요법」은 독자에 따라서는 장가의 폭력에 대한 작가의 견해에 의문을 갖게 하는 측면도 있다.

김원우는 「어머니 語錄」과 함께 중편소설 「탐험가」를 발표하였다. 여기에는 후자에 대해서만 평하여 본다. 가장 한국적으로 상상하도록 묘사된 주인공 호섭과, 한국을 사랑하고 좋아한다는 知韓派 미국인 슈로더와의 여행기인 이 소설은 미국적인 것과 한국적인 것의 대비를 통하여 그 사고의 차이와 행동의 차이를 정확하게 보여주고 있다.

우선 소설의 초두에 김원우는 한국적 남편을 그려놓아 호섭이 전형적인 한국인임을 보여 준다. 또 그에게 소설가라는 직함을 부여하여 독자에게 그의 이미지를 부각시키는 데 성공하고 있다. 호섭의 상은 그것만으로 그치는 것이 아니다. 그에게 배탈을 안겨 주어 그의 진면목한 일면을 더욱 알도록 한다.

그 반대로 미국인 슈로더는 서양인(미국인)의 전형이다. 감정적이나, 기분에 따라 행동하지 않고, 철저한 준비와 합리적 사고, 한국을 모두 좋게 보고 있지만 사실은 한 수 위에서 내려다보는 데서 오는, 이해심 같은 우월감, 오딧세이의 후예다운 탐구심등이 서로 대비된다. 호섭에게 미국인이란 혐오감이 앞서는 것은 결코 아니다. 왜냐하면 그는 "미국문화원에 적기가 안 펄럭이는 것만도 다행"이라고 생각하는 사람이기 때문이다. 그러나 슈로더와 대화하는 중 한국의 약점 (예컨대 틀린 지도, 엉터리 여관) 에 대한 그의 이해심은 호섭에게 오히려 은연 중 반감을 갖게 한다. 아주 작은 일이겠지만 좌석 배정에서의 겸양의 미덕을 모르는 서양인에게서 호섭은 "미덕"이나 "덕" 없는 나라의 후손이라고 생각한다. 이렇게 보이지 않는 이견에 늘 불협화음으로 깔리어 있는 배음(背音)은 배탈이다. 어떻게 보면, 호섭의 불만은 열등 의식에서 온다고도 볼 수 있겠으나 그것이 열등 의식이라기보다는 그의 배탈이 크게 작용하고 있다고도 볼 수 있기 때문이다. 한국인과 서양인의 인식의 차이는 여러 에피소드를 통하여 〈우리에게 미국과 미국인은 무엇인가?〉하고 의문을 나타내려고 하였다지만, 그보다는 동양인과 서양인의 차이점이 두드러지게 나타난 것이 아닐까. 한국인이 한국인을 묘사하는 것은 그리 어렵지 않을 지도 모르겠으나, 김원우의 미국인 관찰은 보통 수준이 아니다. 미국적 사고방식을 어느 누구보다 잘 이해하고 있는 것을 알 수 있다. 읽으며 감탄하고, 웃고, 느끼게 하는 것이 「탐험가」이다.

**趙廷來**는 중편소설 「시간의 그늘」에서 일제 때의 군인이나 관리였던 자들이 유형으로서 해방 후에는 애국자연하며 사회적 상승과 부귀를 누린 자들의 유형으로서 이경재를 등장시켜 그의 가식의 삶을 폭로하고 있다. 이런 유형의 인물은 소설상의 허구적 인물이 아니라 우리 주위에서 아직도 얼마든지 발견할 수 있다. 이런 소설을 읽을 때마다 생각나는 것은, 아무도 이런 유의 고백록을 쓴 사람이 없다는 점이다. 참회할 줄 모르는 민족인가? 근래 입지전적인 자서전이 많이 나오고 있지만, 지난 일을 부끄러워하며 다시는 이런 일이 있어서는 안 되겠다는 통한의 고백록은 없는 것이다.

「시간의 그늘」의 주인공 이경재도 지난 일을 뉘우치지 않는, 오히려 손자인 원규의 역설적인 공격으로 분노에 떨며 자기의 지나온 '시간의 그늘'을 회상하고 있다. 일제 하에서의 자기의 행동이 모두가 조국의 광복을 위한 우회적 방법 - 얼마나 많이 실제 인물들에게서 들은 변명이었던가 - 이었으며, 만주에서 일군으로서 독립군을 추적하였으면서도, 그들을 도왔다고 생각하는, 또는 그의 자서전에 씌어졌을 내용들이, 손자에 의해서 폭로된다. 일제에 협력한 사람들을 단순히 나쁘다고만 치부할 수는 없을 것이다. 그러나 "이상적이거나 감상적인 생각을 스스로에게 용납하지 않았고, 퇴폐적이거나 쾌락적인 생활"보다는 "현실을 직시하는" 나쁜 의미의 리얼리스트인 그들이었다. 趙廷來는 특히 독립군을 수색하는 장면에서 그가 얼마나 잔혹한 행위를 하였는가를 보여 주고, 해방 직후의 기회주의자였음을 잘 보여주고 있다. 이경재 의원의 삶의 패턴은 많은 사람들의 삶에의 여정이었음을 알 수 있다. 어쩔 수 없이 친일하였다는, 혹은 조선을 위해서 친일하였다는 사람들은 이 소설을 읽고 혼자 부끄러워할까? 혹은 아직도 자신의 행동에 신념을 갖고 있을까? (『**현대문학**』)

# 떠도는 삶

소설들이 이데올로기의 시녀가 된 듯한 느낌이 들 때가 가끔 있다. 그것은 작품 속에 메시지의 전달을 가장 바람직한 것으로 여기는 경향이 있기 때문이기도 하지만, 오늘의 삶의 양식이 아무리 세상 물정 모르는 사람이라고 하더라도 이념의 틈바구니에서 희생이 되고 있기 때문일 것이다. 소박한 의미의 〈이야깃거리〉도 이미 지났을까. 그러나 **金源一**의 중편 「**바람과 江**」은 그런 의미의 〈이야기〉이다. 바람과 강처럼 흘러 다니는 이인태라는 사나이의 일생을 그리고 있다. 그는 독립군이기도 하고, 배신자이기도하고, 바람둥이이기도 하지만 그의 행위나 그의 신분에 소설의 포커스가 맞추어진 것이 아니라 그의 몸과 마음의 방랑에 있다. 바람과 강의 마음이란 어디 이인태 뿐이랴. 그의 상대역인 최지관 역시 정처 없이 흘러 다니는 바람과 물을 동경하고 살았다. 그들이 삶의 후반에 만나 서로 심기가 통하고 친구가 된 것도 그런 연유에서다. 바람과 강의 마음은 이 소설에 등장하는 인물들만 그런 것은 아니다. 인간은 누구나 마음 속에 바람과 강을 지니고 산다. 계절이 바뀔 때마다, 눈이 오거나 비가 내릴 때마다 사람들은 매여져 있는 일상의 사슬을 끊고 어디론가 정처 없이 길을 떠나고 싶은 것이다. 인간은 아마도 저 까마득히 먼 태초에 산과 숲과 강가를 자유로이 다니던 본능이 아직 남아 있어, 가족이란 이름으로 불리는 소집단으로 거주하기 이전의 상태로 돌아가려고 희구하고 있는 지도 모른다.

장텃거리가 사람을 모으기도 하고 흩기도 하듯이, 소설의 무대는 바로 그 시골 장터의 월포옥이다. 월포옥에 모여드는 사람은 거의가 구름처럼 흘러 다니는 사람들이다. 장꾼들이 그렇고, 산판 사람들이 그렇다. 명구도 역시 그렇다. 그의 가족들의 흩어짐도 이 소설의 의미에 보탬이 된다. 그의 마음도 늘 어디엔가 살고 있을 어머니와 동생을 향하고 있다.

「바람과 강」의 방랑의 모티브와 함께 등장인물들이 모두 상처받은 사람들로 나타난다. 그들은 채워지지 않은 현실에서의 상처와 그것이 크든 작든 간에 이루어질 수 없는 소망을 갖고 있다. 이인태의 방랑은 말할 것도 없거니와 **최지관**도 큰 아들은 일제 때 징용 나가 소식이 없고, 둘째 아들은 전쟁 중에 한 쪽 다리를 잃었다. 딸 계연이 마저 **결핵**으로 미이라처럼 말라서 신음하고 있다. 월포 댁이 퍽 강한 삶의 이미지를 주고 있으나 그녀도 전 남편을 바다에서 잃었다. 월포옥을 중심으로 **나타나**는 인물들의 배경은 어쩔 수 없이 무엇인가 그리워하고 찾아 헤매는 무리인 것이다. 고정된 확고한 이미지의 立岩이니 卓立이니 하는 명사가 나오지만 탁립은 오히려 이인태의 호로서, 그의 남성으로서의 상징을 갖게 하는 뜻으로 쓰인다. 주인공 이인태는 동양 3국을 두루 편력한 파란만장한 경험을 쌓은 인물이지만 피곤하고 삶에 지친 인물이다.

작품 「바람과 江」의 줄거리는 이인태가 묻힐 곳을 찾는 내용이다. '바람과 강'을 쉴 수 있도록 하는 것 - 그것은 흙으로 돌아가는 것이다. 이 소설에서 특별히 눈에 띄는 점은 탁월한 묘사이다. 앞에서 말한 바와 같이 요즈음의 소설이 이념화 경향으로 묘사에는 크게 주의를 기울이지 않고 있는 것은 반성할 일이다. 김원일의 좋은 점은 또한 그의 어휘력의 두터운 층이다.

> 손 시린 맑은 물이 **빤빤한** 바윗돌을 부시며 흘러내리는 자양천을 건너고 계양제를 넘어 산새들의 울음을 새기며 산협 오솔길로 가이없이 들어가면 계곡의 비탈을 타고 앉은 첩첩의 다랑이 밭이 나섰고, 그런 깊은 오지에 웬 대촌이난 듯 일백 호에 가까운 초가들이 양지바른 산자락에 모여 있는 마을이 두 마리였다.

최지관의 마을을 설명하는 대목이다. 흔히 요즈음 문장법에 짧은 문장을 권하려는 사람이 많다. 그러나 그것은 잘못이라 생각된다. 짧은 문장은 오해의 여지를 없애주기에는 좋다. 그러나 짧은 문장은 이미지의 여운을 끊어 놓는다. 정확한 의사 전달의 기능이 있는 반면에 무미건조하다. 소설이 대화체 위주로 구성되었다면 짧은 문장이 좋겠지만, 서술문으로 구성될 때는 긴 문장이 좋다. 긴 문장은 풍부한 어휘력과 논리적 사고를 전제로 한다. 김원일은 이 소설에서 사물을 묘사하는데 있어 정확한 표현을 사용하여 독자로 하여금 감탄케 한다. "손 시린 맑은 물"이라고 냇물을 표현하여 독자에게 그 깨끗함을 무엇보다 잘 나타낸다. 또 서설의 배경과 인물이 시골이라 사람들의 대화에 나타나는 풍물이 마치 영화를 보듯이 리얼하게 나타난다. 이인태가 죽기 전 집으로 데려온 소리패에 관한 설명은 자칫하면 그 방면에 대해 현학적으로 흐를 가능성이 있었으나 잘 정리되었다고 생각된다. 판소리 춘향가 가운데서도 역시 이별가가 이 소설의 내용과 맞는다. 이인태가 죽고 난 후 명구가 입암을 뜨는 것은 또 하나의 방랑이 시작된다는 암시를 독자에게 갖게 한다.

**鄭乙炳**의 「**人草이야기**」는 난을 좋아하는 '나'와 난을 돈벌이로 이용하는 박종철과를 대비시켜본 사회 풍속도이다. '나'는 친지인 이병우와 함께 난을 보기 위하여 부산까지 내려 간다. 그들은 자기들의 관심의 대상인 난에 대하여 이야기도 하고 산을 헤매며 찾기도 하는 사이이다. 비록 그들이 난을 좋아하는 것이 옛 선비들의 마음 그대로는 아니겠으나 난을 사랑하는 기본적인 마음을 가졌다. 난을 사려는 것도 아니고 그저 보기 위하여 차를 몰고 부산으로 간다는 것이 그 열의를 나타내고 있다는 증거다.

부산에서 난을 기르는 박종철이란 사나이의 그들에 대한 태도는 난을 기르는 마음이 아닌 것을 알 수 있다. 그는 가지 가지의 난을 보여주고 난에 대한 상식도, 찾아간 두 사람보다 더 많이 알고 있지만 그것은 한낱 지식에 불과한 것이고, 난을 화폐로 생각할 뿐이다. 한국의 모든 산에서 희귀한 것을 다 캐내어 일본으로 팔아넘기면서도 멸종이나, 한국 난의 보호는 조금도 생각 않을 뿐만 아니라 그것으로 부를 쌓을 뿐이다. 그는 한국 난을 지키고 있으며 일본에 그것을 팔지는 않았다고 한다. 그러나 거실에는 일본 춘란 협회의 감사장 등 여러 장의 인쇄물이 걸리어 있어 이미 난을 외국으로 판 것이 간접적으로 드러나 있다.

난에 얽힌 하나의 평범한 이야기라고도 볼 수 있으나, 독자들은 여기서 또 다른 삶의 모습을 볼 수 있다. 즉, 고귀하고 참된 것을 심술 사납고 상업적 이익에 밝은 사람들이 쥐고 있고, 정말 난을 사랑하고 아끼며 그 가치를 아는 사람은 가까이 하지 못한 채 버려져 있는 것이다. 값이라도 조금 헐하게 하여 사려고 다시 내려갔을 때 박종철은 말한다. "고나미 같은 사람은 난 값을 평생 깎아본 일이 없더군요. 난 값을 깎아서 됩니까. 시장의 콩나물 같은 것은 아니거든요. 꼭 깎아야 할 입장이라면 아예 난을 사지 않는 것이 좋지 않겠습니까." 말이야 옳은 말이다. 그러나 박종철은 참된 도는 지니지 않고 살면서, 남에게는 그 도를 지키면서 살도록 강요하여 도를 찾아 헤매는 사람을 여지 없이 쓰러뜨리는 자이다. 오늘의 세태를 보는 느낌이다.

安章煥의 「카인의 회상」은 주인공 '나'의 고향 문상 길에서 만나는 사람과 '나'의 회상을 다루고 있다. 6.25의 와중에서 일어난 시골 마을의 지주와 머슴 간의 살육, 그 자식들의 불행 등이 나타난다. '나'는 어린 소년으로 그 사건을 훔쳐 본 보고자로서 등장한다. 그리고 그 죽이고 죽는 싸움은 아직도 도처에서 계속되고 있다는 것을 옛날의 살육 장소에서 새와 매의 모습을 보면서 상징화시키고 있다. 그런데 제목 「카인의 회상」은 독자에게 오해를 살 소지를 갖고 있다. 회상하는 자가 카인이라는 뜻이 제목속에 들어 있기 때문이다. 〈카인에의 회상〉이 어떨는 지 모르겠다. 〈~에의〉란 문법적으로 오류라고도 하지만 이제는 그 의미가 확실해 졌을 뿐만 아니라 흔히 사용하고 있기 때문이다.

玄吉彦의 「얼굴 없는 목소리」도 주목되는 작품이다. 보이지 않는 통제 속에서 살아가는 현대인을 어떤 회사의 세미나 연수를 비유로 하여 나타내고 있다. 우리가 거의 그렇게 살고 있음에도 비유적으로 나타난 그 실상은 사실 무섭다. 오늘날의 모든 인류는 그런 보이지 않는 강요와 통제하에서 살아가고 있다. 소설 속의 상황이야 구체적으로 더욱 무서운 모습이지만, 아도르노의 '문화산업'이란 말을 실감하게 한다. ( 『현대문학』 )

# 昏迷속의 旅路

　인간의 삶이란 불확실한 도정이기 때문에 종교도 생겨나고, 철학도 생겨났 겠지만 문학에서의 삶도 불확실성의 암중 모색이 대부분의 주제로 등장하고 있다. 崔正柱의 「안개길」은 안개를 메타포로 하여 昏迷한 삶과 그 주변 환 경을 깊은 뜻을 가지고 묘사하고 있다. 작품 「안개길」에 나오는 안개는 헤 르만 헤세의 유명한 시 「안개 속에서」와는 그 양상이 다르다. 헤세는 안개 속에 존재하는 개체의 고독을 노래하고 누구나가 홀로 존재하는 어쩔 수 없 는 외로움을 나타내고 있지만, 「안개길」에서의 안개는 청명한 것과 밝은 것, 그리고 모든 빛을 흡수하는 것, 그러므로 우리의 길을 혼미케 하는 것이다.

　등장인물들이 4대에 걸쳐 싸우는 것이 바로 이 안개와의 싸움이며, 마치 투 망처럼 우리를 덮어 씌워 자유롭지 못하게 하는 그 무엇이다. 헤세의 인간관이 안개 속에 던져진 삶이라고 한다면 崔正柱의 그것은 안개 덮인 사회 속의 삶 이라고 할 수 있다. 그러니까 고독이 문제가 아니라 한 단계 더 높은 고독한 삶을 만들려고 하는 안개가 문제다. 교도소를 나오는 아들을 맞는 아버지의 걱 정도 "안개 때문"이고, 그의 아들이 "큰집살이를 한 것은 순전히 안개 때문"이 라고 한다. 주모까지도 밖의 지독한 안개를 보며 "아이구 징한 놈의 안개, 사 람 여럿 잡아먹게 생겼구만"하고 아무 뜻 없는, 그러나 독자에게는 큰 의미를 주는 말을 한다. 안개를 메타포로 사용한 더 큰 의미는 두울리 행 버스에서이 다. 안개 때문에 목적지인 두울리까지 버스가 떠나지 못한다는 의미 뿐만 아니 라, 떠난 후에 버스기사와 안내양의 횡포의 묘사에서도 안개의 의미가 드러난 다. 버스 승객들의 건의를 안전운행의 방해로 보며 차장은 "여러분, 조용히 하 십시오. 여러분의 소요는 버스의 안전운행에 아무런 도움도 되지 않습니다. 이 버스는 기사님과 저를 비롯하여 사십여 명(!)의 생명을 싣고 있습니다. ...... 안 전운행을 위하여 입을 다물어 주시고 잠이라도 한 숨 푹 주무십시오"하는, 의 미있는 말과 나중에는 승객들을 강제로 차에서 내리도록 하는 것이다.

　작품을 읽으면서 생각나는 것은 버스가 결국 두울리에 도착하느냐는 것이었다. 만약 두울리에 도착한다면 안개 속에서 이 작은 집단은 기사와 안내양에 대한 불평이 비록 봉쇄당하기는 했어도 목적을 달성했다는 선의지가 합리화 될 수 있기 때문이다. 말하자면 안내양이 강조하는 "승객의 의무"가 비록 일방적인 요구라 할지라도 합법적이라고 결과론적으로 용인되는 것이다. 그러나, 崔正柱는 버스를 목적지까지 도착시키지 않고 있다. 안개 속에서 버스 기사와 안내양은 승객에게 위협과 강요를 하여 안정을 찾아가는 듯 하였지만 결국 사기에 지나지 않았다. 작품 「안개길」에서 주인공에 대한 상황 묘사는 거의 눈에 띄지 않지만, 할아버지가 광주 고보를 다녔다는 말로서 일제에 대한 항거를, 아버지가 4.19 세대라는 것에 대해서 독재와의 싸움을 말할 뿐, 아들에 관한 구체적인 묘사는 않고 있다. 다만 "안개 때문에 큰집"에 들어갔다 나왔으며 그 안개는 지금도 걷히지 않고 있고 귀가 길에도 안개 때문에 걱정이 되고 있다는 것이다. 안개를 사용한 짧은 이 작품은 뛰어난 수작이다. 그것은 안개를 메타포로 해서 상황 묘사를 하였기 때문만이 아니라 선택된 언어 하나 하나에 이미지를 주고 있으며 독자로 하여금 생각하게 하는 작품이기 때문이다. 또 일상의 틀을 벗어난 작품의 줄거리이기 때문만이 아니라, 교도소에서 나온 아들이 귀가하는 짧은 내용으로 깊은 의미의 작품을 구성하여 놓았기 때문이다. 어느 작가든 이런 종류의 작품을 쓰고자 하였을 것이다. 그러나 어려운 관념에 빠져들지 않고, 또 수많은 사건을 섞어 넣지도 않고 간결하게 쓴 것은 흔치 않았다. 상황을 간접적으로 묘사해서가 아니라 단편의 간결한 구조로서도 좋은 작품이었다.

  박시정의 「세개의 물방울」은 이민 온 사람들의 세 가지 삶의 암중모색을 짧게 엮어 놓은 옴니버스 형의 작품이다. 이것은 같은 부류의 소설인 金知原의 「시간과 강물」과 함께 미국에 거주하는 작가들의 작품이다. 「세개의 물방울」 중에서 「同居」는 이민 온 여자들의 고뇌와 어떤 그리움에 젖은 삶을 이야기하고, 「분수」와 「메리 고 어라운드」는 자녀들에 대한 약간의 희망을 나타내고 있다.

  「同居」에서는 이혼한 미숙이와 남편 밑에서 "꼼짝 못하고 살아가는" 여란이와의 대화를 통하여 삶의 권태를 나타내고 있다. 계약 이혼 6개월간 살아

본 여란과 미숙과의 동거가 편할 듯 하였으나 결국 남편에게 돌아간다는 이야기이다. 「분수」와 「메리 고 어라운드」는 내용은 조금 다르지만 자녀를 보는 엄마의 마음 상태에서는 동질적이다. 「분수」에서 혼자 사는 지영은 첫눈이 오는 날 함께 뉴욕 거리를 거닐 사람을 한국에서부터 꿈꾸며 왔으나 이것을 억누르고, 아들을 데리고 센트럴 파크를 거닐며 아들이 예수의 물길을 건너주었다는 크리스토퍼와 같이 보이게 하였다. 어쩌면 아들이 지영의 혼미한 삶을 피안으로 건너 주는 크리스토퍼인 지도 모른다. 지영과는 달리 아들 민호는 밝은 색을 좋아하고 명랑하여 새로운 땅의 밝은 주인공이 될는지도 모른다.

「메리 고 어라운드」에서의 딸 혜경이도 밝은 색을 입고 있다. 미국 아이들처럼 빨강, 파랑의 원색은 아니지만 그맘 때의 '나'와 비교하여 볼 때 나의 어린 시절은 우수가 깃들 때였으며 그 알 수 없는 우수는 신부님에 의하여 차차 치유된 것이었다. 여기서도 민호와 마찬가지로 딸 혜경의 밝은 모습이 이민 온 첫 세대의 외로움과 대비되고 있다.

**金知原**은 「시간과 강물」에서 미국에 이민 온 도혜의 몇 일간을 그리고 있다. 박시정과 마찬가지로, 결손 가족을 그리고 있는 이 소설은 그녀의 가게에 든 강도 사건과 이웃 가게의 살인강도 사건에 초점을 맞추면서 삶의 고달픔을 묘사하고 있다. 이 소설을 읽으면 삶의 허무와 어둠 속에서 살고 있는 중생을 생각하게 한다. "인생은 꿈이다, 공수래공수거다, 풀잎에 맺힌 아침이슬이다, 하고 여러 가지로 정의를 내려보아야 시원해지는 것은 하나도 없고, 일 많이 해야하고 돈 낼 데 많은 인생은 전과 다름없이 끝이라곤 보이지 않는 망망대해 같은 침묵으로 도혜를 누르고"있다. 삶의 여정은 이렇게 안개 속과 같다. 그저 시간의 강물 위에 떠 흘러가는 것이 인생이라고 그는 끝을 맺고 있다.

삶의 피곤과 우수는 **김익하**의 「雨期日誌」에도 나타나 있다. 이 작품의 처음부터 끝까지 내리는 비의 이미지는 이미 그런 분위기에 젖게 한다. 주인공이 그저 대명사인 "그녀"로 되어 있는 이 소설은, 그녀가 만나는 남성마다 죽게 되어 더욱 우울하고 어두운 이미지를 주고 있다. 4.19 때 태호를, 월남전에서 그의 친구 선우를 잃었으며, 그리고 이제는 남편인 동구가 크게 다쳤다. 그녀가 인연으로 해후한 사람들이 그렇게 가버리듯, 비오는 날의 바람과 습기와 누기가 소설 속에 가득히 괴어 있다.

그녀는 친정집에서만 힘이 있고 雨期을 제어한 이미지가 있다. 그러나 그 이미지는 가식의 삶에서 온 것이다. 의롭지 못한 그의 친정을 버린 그녀가 의로운 것을 택하여 집을 나온 후, 그녀의 인생은 오히려 음지이고, 비가 오는 축축한 삶이 되었다. 그녀가 만난 세 사람들은 모두 의롭게 살려고 하였기 때문에, 우기 속과 같은 어둠 속에서 살았다. 그것이 바로 삶의 여로인 지도 모른다.

**金容誠**은 근래의 단편들 속에서 현대에 나타나는 예수의 상을 그리고 있다. 이번에 발표된 「**勝負師**」에는 아예 이름조차 예수(金禮秀)를 붙여주고 있다. 주인공 이영규는 대학 강사로 월부 책장수 예수와 끈질긴 싸움을 하고 있다. 책을 사라고 설득하는 예수와 그것을 거절하는 영규와의 대화나 행동은 서로가 밉지 않은 것들이다. 예수가 권하는 명저들을 그는 이미 낱권으로 소장하고 있거니와 예수의 접근 방법에 속았다는 거부감, 부인에 대한 미안감으로 그는 한사코 거부하지만, 예수와의 山行과 그의 집을 방문하고는 월부책을 구입할 마음이 인다. 예수와의 산행 참가에서 영규의 마음의 선량함이 돋보이고, 영규의 승리감도 오히려 진 게임이라는 것을 자각하는 과정이 독자에게 설득력이 있도록 꾸며져 있다.

金容誠이 「침묵과 소리」에서 보여준 예수의 상보다 더욱 역사적 예수의 실상에 가깝게 그려진 것이 이 작품에 나타난 〈김예수〉가 아닌가 생각된다. 영규 같은 착한 사람이 있기에 예수도 돋보이는 것이 아닐까. 선한 사람은 하나도 없고 악한 사람만이 존재하는 사회라면 예수는 오히려 불의 심판으로 대하였을 것이다. 마치 〈죄 짓지 않은 자가 이 여인을 돌로 치라〉고 하였을 때 모두가 말없이 돌아섰다고 하지만, 요즈음은 모두가 돌로 치고는 돌아서 죄 지으러 갈 사람들만이 살고 있으니까. 金容誠의 여러 모습의 예수를 계속 기대한다. 그럼으로써 안개 속에서 방황해도, 우리 시대에 등불이 되어줄 것을 바란다. (『**현대 문학**』)

# 소설의 공간 - 가면 무도회

삶 - 그 자체는 가면무도회인지도 모른다. 누구나가 하나 씩 혹은 몇 개 씩의 가면을 갖고 생활한다. 그러나 소설에서의 인간 탐구는 이 가식된 삶 의 가면을 벗기려 노력하는 공간이다. 그것이 자기 자신의 가면을 벗으려 고 노력하든, 타인의 것을 벗기려 노력하든, 혹은 가식의 삶 자체를 묘사 하려고 하든, 소설의 큰 의미 중의 하나는 허위를 드러내는 데 있다. 더구 나 근대 이후의 작가들이 의식하고 있는 소설의 사회적 기능과 연관시켜 본다면 그 역할은 사뭇 의도적이다.

**최학**의 「**더러운 病**」은 글 쓰는 사람의 모럴 의식을 더욱 느끼게 한 다. 요즘 유행어가 되어버린 〈자서전들 쓰십시다〉라는 말과 같이, 이 작업 에 동원된 작가 후보생인 '나'는 거짓된 허구의 독립운동가를 도저히 만들 어 낼 수 없는 괴로움을 갖게 된다. 가면무도회에서 가면을 쓰지 않고 등 장한 강 선생 '나'는 혜린 여상의 국어 선생으로 설립자 동산 선생의 전기 를 〈소설화〉시킬 것을 주문 받는다. 현 이사장이나 교장, 교감은, 소설가 허구를 현실세계인 듯 꾸며내는 사람이니까 학교사나 인물의 전기를 "이 얘기 저 얘기 종합해서 근사하게 엮어놓으면 되는 것"으로 알고 있다. 그 러니까 가면 무도회에 등장한 그에게, 완벽한 가면의 생을 사는 사람들은, 소설가란 원래 픽션(허위)을 만드는 것이 직업인데, 그것이 무엇이 어려운 가 라고 반문한다. 그러나 동산 선생의 참 모습을 찾으려는 '나'에게 가식 적인 삶의 재구성은 갈등을 느끼게 한다. 이 갈등에 부수적인 갈등 요인을 더하도록 작가는 몇 개의 보조 장치를 첨부한다. 아내인 미경의 직장 관계 와 '나'의 힘겨운 질병이 그것이다. 즉, 맘몬(돈)과의 싸움이다. 가면 무도 회에서의 인간을 가장 가식적으로 살게 하는 것은 정치적 이데올로기의 싸움이거나 황금에 대한 싸움이다. 허위의 가면을 쓰고 사는 사람들의 〈더 러운 병〉을 물리쳐 버린 것은 맘몬과의 싸움에서의 승리이기도 하다. 또 "진실이 기록되어져야" 한다는 신념에서이기도 하다. 가면 무도회에서 진정한 얼굴을 보려고 가면을 벗기려는 것은 그 무대에 설 자격이 없는 지도 모른다. 그리고 가면을 쓴 사람들은 진정한 얼굴을 한 인물에게 퇴장을 명령할 지도 모른다. 여기에서 주인공은 가면을 하나 구하여 쓰던가, 자기를 규정하려는 모든 에고이즘(역시 가면중의 하나이다)을 던져 버리고 참을 찾으러 그곳에서 나올 수밖에 없다.

최학의 소설이 화려한 무도회의 가식을 표현하였다면, **김상렬**의 「**도둑고양이**」는 무도회에 등장하기 천에 몰래 숨어 분장하는 모습을 볼 수 있다. 이 가면 무도회의 초대자는 김수회 여사라고 볼 수 있다. 대부분의 인물들이 직접 혹은 간접으로 그녀의 연출로 조정된다. 모두가 가면을 썼으나 병준만이 그의 결점 있는 얼굴 그대로 등장한다. 소위 "문제아"로 취급되는 - 가면을 쓰지 않았기에 손해를 보는 듯한 - 청년이다. 면 소재지의 이 작은 마을은 하나의 축소된 국가라고도 상징되며 가면극이라고도 불릴 수 있도록 작가는 무대 설정을 해놓고 있다. 김수회의 외교 솜씨, 그녀의 남편 정만호의 아마튜어적인 행각, 비교적 오염되지 않은 강신애의 교육관, 넙치 일당의 범죄 행각 등 한 사회가 갖고 있는 여러 병폐가 짧은 중편소설에 모두 들어 있다. 강신애의 가면은 몇 개씩이나 된다. 가정에서의 가면, 미군에게 보이는 가면, 넙치에게 보이는 가면......

작가 김상렬은 사일구 직전의 가면 무도회를 적나라하게 독자 앞에 펼쳐 보이며, 대학을 다니지는 않고 있으나 허위를 싫어하는 청년 병준으로 하여금 가면 속에 둘려 쌓인 환경에 대한 반발과 저항을 보여주며 그에게 새로운 희망을 기대하도록 한다. 즉, 병준으로 하여금 포탄으로 된 학교 종 대신 정말 잘 울리는 종을 사다 달게 하여 4.19 혁명이 성공했을 때 "새로 매어 단 종을 마구 난타했다. 맑고 투명한 종소리가 빠른 속도로 울려"퍼지게 하여 가면 무도회의 종막을 알려주도록 한다. 그러나 작가는 소설의 첫 머리에 강신애에 비중을 두고 있는 듯이 전개되었으나 여기서의 역할이 적은 것은 독자를 혼란에 빠뜨리는 우를 범하고 있지 않나 생각된다.

앞의 두 소설이 가면 무도회라고 할지라도 그것이 우리 땅에서, 우리가 출연자이기 때문에 미움이든 사랑이든 애착을 갖고 있는 사람들이 주인공이라면 **文淳太**의 「**第三의 國境**」은 또 다른 의미의 가면 무도회라고 할 수 있다. 소설의 주인공 박동실은 무대 위에서 벌어진 싸움의 심각성보다는 그저 하나의 이름 없는 사람으로서 함께 출연한 동지애만 갖고 있는 사람이다. 그러니까 이 가면 무도회가 우측이든 좌측이든, 혹은 제3의 입장이든 관계치 않고, 출연한 동료들 - 소위 民草라고 말할 수 있을 - 이 그의 가장 큰 관심의 대상이다. 그의 어릴 적부터의 친구인 배출도, 이기철과는 무대의 혼란으로 각각 그 세계를 달리하게 된다. 그러나 박동실은 아무리 많은 세월이 흘렀다고 해도 그 우정을 잊거나 "체면 같은 것 따질 사이가 아니다." 그것은 함께 인민군에 끌려나갔다가 모두 포로가 된 후 비록 남과 북, 제3국인 인도로 헤어졌다해도 "우린 한국 사람"이라는 무대 동료의식을 굳게 간직한 때문이다. 포로수용소에서 그들 셋이 모두 가면 무도회에 참석 않는다고 테러를 당한 것도 세 친구들이 한 마음 한 뜻 이었기 때문이었다. 그러나 제3국 인도를 택하였던 이기철은 다시 이곳 무대에 서기를 거부한다. 오히려 아이들이 공부하고 있는 미국으로 가 미국인이 되고자 한다. 이곳의 가면 무도회에조차 서기를 거부하는 것이다. 이곳은 안정되지 않았고 전쟁의 위험이 있지만, 미국은 남쪽에도 북쪽에도 얽매이지 않아 "자유롭다" 는 것이다.

한국인으로서 한국에 얽매이지 않으려는 것은 이기철 뿐만은 아니다. 박동식의 아들 박만기와 배출도의 아들 배달수도 이곳의 무대를 달갑지 않게 생각하고 산다. "조국이 조국답지가 않았을 테니까" 가면 무도회나마 떠나버리는 것은 당연하다고 한다. 문순태의 이 소설은 독자로 하여금 가면 무도회에서 나마 애증을 함께 갖는다는 것이 얼마나 어려운 현실적 과제인 가를 알게 한다.

**羅明淳**의 「**손자와 노인**」은 가면을 쓰고 살고 있는 무대 위에서 진실의 얼굴을 갖고 살려 애쓰는 노인과 청년을 그리고 있다. 강 노인의 옛날의 생애가 신사 참배와 창씨 개명을 거부하며 저항하다 해방을 맞아 적치를 빠져 나오면서 가족을 잃은 대신 다른 사람(황목사)을 구원하게 되었다던가, 손자를 얻게 된 경위에서 보여주는 가식 없는 생애는 비록 같은 피붙이는 아니지만 인한이와 비슷한 성격을 갖고 있다는 것을 독자는 알 수 있다. 인한이의 살인과 "운동" 행위가 옳으냐 그르냐를 말하기 전, 그의 행동이 가식인가 아닌가를 판별하는 것은 어렵지 않다. 그가 가면을 쓰고 행동하지 않은 것은 확실하다. 오히려 가면이라고 생각되는 것을 벗어버리려고 문제 학생이 된 것이다. 인한의 살인 사건도 그 정황 설명이 정당 방위로 되어 있거니와, 자신의 행동을 변명부터 하려는 현대인의 가면무도회의 생활과는 다른 점이다. 어렸을 때부터 "시끄러운 아이"였으나 강노인을 "부끄럽게 한 적은 별로 없다"는 그에게서 가면 없이 살려고 노력한 사람임을 알 수 있다. 소설의 공간 속에서 살고 있는 주인공들이 가면 무도회에서 살고 있는 것에 비유된다면 거의가 모두 가면을 쓰고 있는 주인공들은 외견상 성공적인 삶을 갖는 반면에, 가면을 떨쳐버리려는 주인공은 패배하고 있다. 그것은 읽는 독자에게 카타르시스를 갖게 하는 효과를 노리고 있기 때문일 것이다. 그러나 인한은 단편의 주인공으로 생의 단면을 보여주고 있기 때문에 작가가 어떤 결말을 내고 있지는 않다.

가면 무도회에 속하는 소설은 아니지만 이번에 읽은 소설 가운데 수작으로 **盧淳子**의 「**저녁 안개**」를 들 수 있다. 꼼꼼한 묘사와 단단한 구성, 주인공 '나'의 내면성, 銀을 상징으로 사용한 분별력은 좋은 작품을 읽었다는 기쁨을 갖게 한다. '나'의 실어증이 가져다 주는 이미지는 작품 전체의 색조를 조화있게 나타내고 있다. 은과 함께 마지막 부분에서 표현하고 있는 "나는 그날 저녁 하늘에서 희미한 별을 찾았다"로 시작되는 별의 이미지는 독자에게 서정시와 같은 아름다움을 느끼게 한다. **유종흥**의 「**죽은 皇女를 위한 파빈느**」는 색다른 소재로서 흥미 있게 읽은 소설이다. '나'를 살해하려는 동기가 설득력이 약간 부족한 것 외에는 치밀한 구성과 신비스럽기까지 한 두 사람의 행동 양식은 독자로 하여금 여백이 없는 면의 구성에도 불구하고 지루함을 잊게 한다. "선생님 저예요"라는 아무 숨은 의미가 없는 듯한 편지의 첫 구절은 끝에 가서는 에드가 앨런 포우 류의 섬뜩함조차 느끼게 한다. (『**현대문학**』)

# 피곤한 삶

만나고 헤어지는 것이 우연 같기도 하지만 또 어쩔 수 없는 필연인 듯이 느껴지는 것이 우리의 삶이다. 이런 현상을 옛 성현들이 필연이라고 역설하고 있는 것을 보면 인간은 태초 이래로 헤어짐과 만남에 신비함을 느꼈던 것 같다. **安章煥의 「여랑別曲」** 은 父子의 만남을 다룬 소설이다. 눈길을 헤치며 산골을 오르는 기차에서 이미 인생의 여로를 생각하게 한다. 서로 모르고 있는 방황하는 두 사람이 종착지에 이르는 기차 여행은 우수와 삶의 피곤을 아련하게 나타낸다. 두 사람의 대화에서 보이는 여랑의 아우라지와 정선 아리랑은 글을 읽는 사이에 그 가락이 들려 오는 듯하다.

아버지인 장병도는 어렸을 때 그의 부친과 함께 떠돌다가 흘러 들어온 정선에서 구차한 생활을 하게 된다. 나이 많이 든 아버지는 어린 병도를 객주집 뒷방에 남겨둔 채 피곤한 삶을 이곳에서 하직하고 만다. 여기까지는 약간의 우수가 깃든 삶이기는 하지만 일상적으로 만나게 되는 '어떤 人生'에 속한다. 그러나 병도도 그의 아버지와 꼭 같은 인생 행로를 걷게 되어 주모(酒母)가 된 아내의 생활에 염증을 느끼고 문득 집을 나간다. 이런 과정을 거쳐 다시 만나게 되는 부자(父子)의 이야기는, 스토리의 전개와 함께 들리지는 않으나 들리는 듯한 정선 아리랑의 구슬픈 가락을 배경음악으로 하여 단편의 짜임새를 잘 조화시켜 놓고 있다. 이 소설을 읽으면 문득 李孝石의 「메밀꽃 필 무렵」이 생각날 것이다.

만남이란 필연인 지도 모른다고 하였으나 두 사람이 만수 노인의 무덤에서 만나게 되는 소설적 필연성은 좀 결여된 것이 아닐까 생각된다. 예컨데 그날이 기일이라거나 하는 장치가 있었으면 어떠하였을까. 그러니까 만남이 필연이라는 필연의 장치가 두 사람이 한 핏줄이라는 점을 우회적 수법으로 그려놓고 있기는 하다. 아들도 장돌뱅이라는 것, 그래서 삼대 째나 떠돌이 생활을 어쩔 수 없이 하고 있다는 것 등. 또 친자(親子) 확인의 장치도 잘 되어 있다. 「여랑別曲」은 눈 속을 달려온 기차가 종착역 여랑에서 머물러 일단 한 여정을 마치었듯이 두 부자를 만나게 함으로써 인생의 한 단장을 마무리하고 있다.

劉翼叙의 「표류하는 소금」에서는 김 기자가 사기한이며 "문화계의 등을 쳐 먹고 사는" 존재라는 백결 선생과 만나는 일화이다. 옛날 신라 시대의 백결 선생이 오늘날 나타났다면 어떻게 살았을까 하고 생각하게 하는 소설이다. 백결 선생의 상대역으로 등장하는 고산당 양덕식과 대조적으로 비쳐진 백결은 누구나 만나기를 회피할 인물처럼 보이는 것은 틀림없다. 고산당이 ― 아마 한자로 高山 혹은 孤山이라고 해야될 것 같다 ― 백결보다 도의적인 생활을 하고 있다고는 쓰여 있지 않으나 그 이름으로 보아 정도(正道)를 걸으려는 사람임에는 틀림없다. 그러나 백결 선생에 대해서 우리는 어떻게 평가해야 할 지 망설여진다. "거짓말로 돈을 울궈낼 상대를 찾아 이틀 동안이나 동에서 서로 서에서 동으로 발바닥에 불이 나도록 서울 바닥을 헤맸으나 계속 헛탕만"치게 될 정도로 이젠 속아줄 사람이 없다는 뜻은 그의 그런 행각이 너무 잘 알려졌다는 뜻이다. 그가 빌딩의 수위들과 친해져 그들의 환영을 받고, 그들에게 소주를 갖고 가서 밤새도록 이야기를 한다는 것이 인간미가 있다거나, 지식층의 하향 위치가 있는 좋은 뜻만으로도 보이지 않는다.

끊임없이 다른 사람을 괴롭히면서도 한 편으로는 애착이 가는 인물은 全商國의 「썩지 아니할 씨」에 등장하는 큰 형이다. 그는 비난받아야 마땅하다. 그는 나이 뿐만 아니라 학력 경력도 때에 따라 편의대로 변경하고 종교까지도 들먹이는 사람이다. 가산을 탕진하고 자기 자식을 자기 씨가 아니라고 한다. 그런데도 그에게 동정을 갖도록 한 것은 물론 작가의 배려에서 온 것이다. 큰 형은 자기의 잘못을 거의 모두 기억하고 있다가 실토하고(비록 그것은 다음의 속임수를 위해서이기도 하지만) 자책한다. '나'에게 비친 큰 형의 사망 소식이 "정말 죽었는가"라는 의심부터 불러 일으키는 이유도 큰형의 이미지가 주는 허위에서 온다고 볼 수 있다. 그러나 큰 형의 죽음에 대한 추적 과정에서 오히려 신비적인 도교적(道敎的) 분위기를 띄우는 것은 비록 성경으로 결말을 맺고 또 소설의 제목도 성경에서 취하였어도 어쩔 수 없는 일이다. 남 다른 삶을 살았던 큰 형이 여러 종류의 가식된 삶에 지쳐 홀연히 자취를 감춘 것으로 독자에게 이해되기 때문이다.

이 소설에서는 묘사도 눈에 띄게 나타나고 있는데 안개라든가 호수의 이미지가 그렇다. 호수에 대한 묘사와 큰 형이 투신하였을 곳이라고 추측되는 장소를 바로 고향 마을로 구성한 것은 좋은 착상인 듯하다. 그러나 심한 안개는, 안개처럼 슬며시 의미 밖으로 사라지지 않았나 생각된다. 〈작가의 말〉에서처럼 오히려 "〈안개〉와 〈큰형〉의 의미를 좀더 현실적인 것으로 확대"시켰으면 어떠했을까.

尹厚明의 「무소의 뿔처럼 홀로 가라」는 제목이 시사하는 바와 같이 박진감 넘치는 삶을 이야기하는 것은 아니다. 이 작가는 관념적인 것과 의식의 흐름과의 중간 쯤에 그의 소설을 설정하여 놓고 있다. 하나의 상념이 꼬리에 꼬리를 물고 이어지다가는 현실로 왔다가 다시 상념으로 이어지는 것이다.

소설 속의 '나'는 엄나무의 낙엽 떨어지는 것을 보며 시작하는 상념이 끝없이 이어진다. 거의 삼분의 일에 이르러서 무소처럼 살아야 할 막노동자가 등장한다. 물론 무소처럼 앞으로 나아갈 사람은 '나'를 포함한 독자 전부이기도 하지만 …. 코뿔소 같은 사나이의 등장이 단란한 숲 속의 "오찬"을 방해하는 것은 일상적 삶에 불안을 느끼게 하지만 '나'도 산 속에서 작은 계집아이에게 불안을 준 적이 있는 것으로 보아 사나이가 못된 사람이라고 만은 볼 수 없다.

이 소설에 등장하는 사나이와 또 시골에서 올라와 신랑감을 찾던 소녀 등은 무엇인가 목적을 이루지 못한 사람들이다. 삶에 지친 사람들에게 외친 「무소의 뿔처럼 홀로 가라」는 "이상하게도 소금물에 절인 배추처럼 기세가 줄어" 무소처럼 힘차지는 못하게 끝을 맺고 있다.

魚充順의 「비의 도시」는 섬세한 감각으로 쓰여진 소설이다. 전편이 비와 우수에 젖어 있는 듯하다. 비의 이미지는 소설의 처음부터 끝까지 들어 있다. 은수 남편의 갑작스런 죽음과 외국 생활의 쓸쓸하고 공허함이 겹쳐져 있다. 이것은 절제된 언어로 더욱 그 效果를 나타낸다. 혜선과의 대화에서도 자기를 억누르고 침묵하는 것이라든가, 비 내리는 묘지에서의 정황은 좋은 묘사이다. 사용된 언어도 거의가 어두운 이미지의 것이다. 울울한 침엽수, 적막, 회색 바다 … 모두 음성 모음이다. 詩的 분위기를 느끼게 하고, 세밀한 구도와 계산된 대화는 아마도 작가가 무척 공들여 쓴 듯하다. 다만 결론 부분에서 너무 많은 것을 독자의 판단에 맡겨 버리고 있는 것은 아닐까. 연인과 혜선과 마담X와의 관계는 독자의 판단에 따르도록 되어 있다. 피곤한 삶과 그것을 잊을 수 있는 진실한 사랑조차, 진실이 무엇이었나 하는 의구심에서 오는 허무가 뒤따른다.

　　유재주의 「喪神」에서는 기묘 사화에서 화를 피하였다가 스스로 목숨을 버린다는 김식을 주인공으로 등장시킨다. 왕명이기는 하여도 간신배들에 의한 혁신파들의 숙청이니 잠시 피하여 보겠다는 생각에서 어느 정도 타의이기는 하지만 난을 피한다. 그러나 아무리 옳지 않은 명이라고 해도 복종을 미덕으로 하는 유교의 이데올로기에 물든 사회에서 간신에 의한 왕명이지만 지켜야 된다는 선비들의 모습을 보여주고 있다. 의적이라고 하더라도 그곳에 몸을 의탁하는 것을 거부하는 선비들의 의식세계가 보인다. 오늘의 지식인이 지성인이라기보다는 테크노크라트로 몰락하여가는 것에 시사하는 바가 있다. 비록 시대는 다를 지라도 올바른 것을 위해서는 마음을 굽히지 말아야 된다는 생각을 다시 한번 하게 한다. 시대에 따른 올바른 길을 선비는 걸어야 될 것 같다. 申泳澈의 「시간의 그늘 속에서」는 그의 장편 「겨울 江」의 축소판인 듯 보인다. 인물의 설정, 장소, 플롯의 전개가 거의 같다. 오히려 단편으로서는 여동생의 공단 생활에 대하여 보다 집중적인 묘사가 어떠하였을까 생각된다. (『한국문학』)

# 원숙한 원예사

예술을 만드는 것은 기술도 필요하지만 그 마음 가짐이 더욱 중요한 듯하다. 하나의 정원을 꾸미는 이야기는 여러 가지로, 비유적으로 생각될 수 있겠다. 鄭漢淑의 「石燈記」는 전통적인 한국 정원을 - 조선식 정원이라야 더 어울리는 듯 하지만 - 만들어 가는 과정을 그린 것이다. 이 소설은 두 가지 측면에서 우리 앞에 시사하는 바가 크다. 하나는 정원 자체의 조성 문제이고 다른 하나는 정원 만드는 과정을 사람을 교육 - 기르는 - 하는 상징적인 뜻으로 받아들여진다. 우리 나라 뿐만 아니라 세계의 모든 교육이 지금은 너무 인위적인 조작이 많다. 학문은 점점 깊고 넓어가고 따라서 교육학 역시 수많은 방법론이 시도되고 있는데도 이 소설 속의 송 의원 같이 자연에 위배되는 방법으로 정원을 가꾸듯 사람을 기르고 있지 않을까.

자라고 싶은 대로 자라게 하고 지반을 다져 주고 풍토에 맞게 심고 — 강완은 거의 모든 나무를 근처 산이나 들에서 갖다 심는다 — 물이 나올 듯한 곳에는 연못을 만들곤 한다. 주인공이 오랜 기간 동안 공들여 하는 작업은 다른 사람의 눈에 번쩍 띄는 것이 아니다. 조금씩 조금씩 진척되고 있는 동안에 정원은 한국적으로 또 독특한 특징이 두드러지게 나타나지 않으면서 독특한 멋으로 형성된다. 송 의원의 정원이 금방 눈에 뜨이고 장엄하게 차려 놓은 듯하지만 실은 강완보다 노력도 덜 들인 것이고, 장마에 한쪽 담이 사태를 당하는 것은 바로 우리가 화려하게 기르고 있는 아이를 보는 듯하다. 국민학교에도 들어가기 전부터 노란 색, 푸른 색으로 옷과 가방을 들리고 오전 오후로 나누어 음악 학원과 미술 학원을 보내는 것과 무엇이 다른가. 그 아이들은 오히려 자연 가운데서 자란 시골의 아이들보다 정서적으로 불안하고 서정성도 갖고 있지 않다. 거의 대부분의 도시 고등학교 학생이 수학 여행 후에 쓴 여행기를 보면 명확한 시간만이 적혀 있을 뿐 느낌이나 감동이 없다는 교사들의 말이 시사하듯, 오늘의 교육은

이 소설 속의 화려한 정원이나 비슷하지 않을까. 보이지 않는 손으로 만든 순박한 자연의 정원을 만들어 가듯 우리는 강완의 방법으로 사람을 교육하고, 무엇을 하던 자연과 일치시키는 생활이 아쉽다. 예술이 자연의 모방이라고 말하면서도 자연을 인위적으로 꾸미는 그릇된 견해가 너무나 많다. 예술 작품을 생산하든, 인간교육을 계획하든 너무나 조작적인 현대인의 마음에 자연으로의 귀의를 생각하게 한다.

이 소설에서 다른 하나는 상징이 아니라 정원 자체에 대한 견해이다. 앞에서 이미 인간 교육에 너무 작위적인 것이 많다고 하였듯이 너무나 서양적이다(강완의 표현을 빌지자면 일본식이라고 하였다). 우리에게 운치란 자연에 가까운 것을 말하는 것이지 사람의 손을 너무나 거쳐, 자연이 아니라 완구처럼 만든 것이 한국적인 것은 아니다. 인공적으로 다듬은 정원은 아름답기는 해도 멋이 없다. 한국의 멋은 자연스러움이다. 아마도 서구에서 '영국식 정원'이라는 것이 한국식 정원과 비슷한 것 같다. 우리 식의 정원을 꾸미는 것이 이 소설 속에서 나오는 것처럼 쉬운 일이 아닐 뿐 아니라 그 비법도 잊혀지지 않을까 우려된다. 경주나 그 외 국립 공원 입구에 늘어선 한옥 앞에는 그럴듯한 정원도 없을 뿐만 아니라 시멘트 돌담 위에 얹은 기와 너머로 보이는 몇몇의 관상수를 보며 지날 때마다 어쩐지 저고리 밑에 바지를 입은 듯 어색하게 보인다. 그 이유를 모르고 지냈으나 이 소설을 읽고 생각나는 것이, 한옥에 서양식도 한국식도 아닌 정원 때문이 아니었나 생각된다. 마치 연극 무대 위의 세트처럼 지어 놓아 정부 시책으로 부랴부랴 수동적으로 지은 것이 역력하다. 소설의 주인공 강완의 태도 또한 한국인답다. 크게 외치지 않고, 크게 나타내어 계획을 내보이지 않으며 자랑하지 않고 있으나 아마추어 경지를 넘어선 탁월한 정원사(혹은 교사)이다.

文淳太의 「文身의 땅·2」는 그가 즐겨 다루었던 어머니와 여성을 한국이라고 상징화시킨 작품이다. 이 소설도 외국인을 상대로 한 양색시와 그 몸 위에 새겨진 문신과, 외국인에게서 얻어진 흑인 혼혈아의 이야기이다. 어머니 노마리아와 노베드로라는 이름에서도 작가는 무엇인가를 이야기하고자 한다. 마리아가 아니면서도 마리아, 베드로가 아니면서도 베드로라는 의미는 무엇일까. 성모 마리아처럼 성스럽지도 않고, 이 땅을 구원하기 위하여 천대와 학대를 받으며 성자를 잉태한 것도 아니면서, 한국인의 수난 자체에 의미를 부여하는 노마리아와, 천국 문을 결코 열 수 없을 것 같은 혼혈 흑인 베드로, 그러면서도 그의 고난에 독자도 연민을 느끼게 하는 노베드로는 피부색이 다르긴 해도 작가 文淳太가 이미 만들어낸 고통받는 사람들의 계열에 속한다. 단일 민족인 우리에게 외국인은 늘 착취하고 학대하는 모습으로 나타난다. 우리의 긴 역사가 그것을 이미 나타내고 있기 때문이다. 대륙으로의 발판으로서의 반도라는 특성이, 혹은 대륙에서 대양으로 나가는 항만 지점으로서의 이점이 열강의 세력의 틈바구니에 끼어 수난만을 당하여 왔기 때문이다. 그러기에 노마리아의 문신처럼 우리 국토에는 도처에 그 흔적이 남아 있다.

주목할 만한 점은 "양키 고 홈"을 외치어 퇴학 당한 오형이라는 대학생과의 조우는 아이러니라 아니할 수 없다. 두 사람의 기차 여행과 어머니를 찾아 땅 끝까지 가는 모습은 이방인도 형제로 맞으라는 의미까지 있다고 생각한다면 지나친 것일까. 文淳太는 「文身의 땅」에서 다시 그의 특유한 한국 땅의 문제를 제기하고 있다.

**오탁번**은 그의 「한국문학 작가상 수상자 특집」으로 발표한 소설로, 「**빈 집**」을 독자에게 내어 놓았다. 이번 소설도 역시 그 특유의 목소리를 들을 수 있다. 그의 고향이며 우리의 고향이기도 한 시골의 개발붐과, 수몰되어 실향의 위협에다 농정(農政)의 실책으로 "고향이 나를 버리는" 바람에 어쩔 수 없이 한 집 한 집 폐허화되는 「빈 집」을 읽으면 우리 마음 속의 외양간도, 순임의 방도, 순달의 방도, 허허롭게 비어가는 듯하다. 댐이 들면 물이 잠기지 않는 지역의 토박이가 지가 상승으로 큰 돈을 벌 것 같지만, 사실은 도회 사람의 수중으로 들어가고 떠돌이 신세가 될 뿐이다. 시골 출신이면서도 서울에 와서 "어느 정도 출세"한 영식이 주말 농장이라는, 현실을 너무 모르는 허망한 꿈에서 깨어나 빈 집이 아닌, 빈 고향에서 진눈깨비 맞는 모습이 눈에 보이는 듯 하다.

오탁번의 소설이 그리고 있는 그의 고향 풍경은 쉬운 언어와 서정성, 정확한 정경 묘사, 장난기 어리나 순박한 동심 세계로 인하여 한국인이면 누구나 친근해지는 세계다. 읽고 있는 나의 고향이요, 나의 동심, 나의 가족사라고 느껴지기 때문이다. 「빈 집」에 나타나는 이미지는 허물어지고 사라져 가는 고향 상실과 실의가 거의 대부분이다. 질척한 비와 눈을 배경음악으로 들려주면서 소값 하락, 토박이가 토박이를 알아보지 못한다는 것, 버스의 운행 정지, 술집 여인의 넋두리, 농촌 실정의 보고자로서의 형의 이야기 등은 우울하고 어두운 토온의 연속이다. "충주놈 열이 저평리놈 하나를 못 당한다"는 이곳 사람의 끈기와 고집이 - 한국인의 그것이기도 하다 - 근대화의 그늘에서 패배한 고향 사람으로 나타나 이 소설을 읽고 난 독자들에게 우수를 남긴다.

金知原의 「네 앞의 나」는 어머니인 '내'가 아들에게 '나'의 과거를 들려주는 특이한 소설이다. 어머니가 자기의 과거를 아들에게 고백하는 소설이 없었던 것은 아니나 金知原의 이 단편은 대견한 아들, 사랑스런 아들을 두고 하는 자전적인 고백처럼 보인다. 큰 사상이나 어떤 주의주장, 모럴을 설교하려는 것이 아니어서 더욱 좋다. 한 사람의 평범하나, 개성이 있는 여성이 첫 사랑에 실패하고 결혼하기까지의 과정을 담담하게 ─ 보통 무의식적인 증오나 상대 "男"의 쇼비니즘을 은근히 드러낼 터인데 그런 것이 없이 ─ 펼쳐 나간다. 열 아홉의 나이에 사랑을 했었기에 열 아홉 된 아들에게 들려주는 이 이야기는, 아들에 대한 사랑, 남편에 대한 사랑과 존경심은 말하지 않으면서 웅변하고 있다.

宋河春의 「未明의 뜰」은 그의 특유한 유모어 감각이 드러난 작품이다. 여해 이순신 장군의 이름으로 쓰여진 글씨를 중심으로 엮어지는 스토리의 군데 군데 보여지는 해학은 김유정의 소설을 연상케 한다. 近墨者黑의 이야기도 그렇거니와 여해 장군 병풍서 글씨를 서두로 이끌어 낼 때에도 해학적인 요소가 드러난다. "그 친구 함박한테 말야, 언젠가 여해 장군 병풍서가 한 벌 있다고 말하잖아?" "여해 장군이라니요?" "거 있잖아? 이순신 장군" "임진왜란 때? 그런 씩씩한 장군도 서예를 했나요?" "아무럼, 그 분이 붓으로 쓰지 않고 볼펜으로 썼겠어?" 宋河春의 장점은 재치 있는 언어 구사만이 아닌, 폐부를 찌르는 해학의 감각과 유모어에 있다. 그의 문장은 아무리 심각한 일도 무거워서 축 늘어지지 않고, 쾌활하고 상쾌하다. 마치 춘향전이나 심청전 판소리를 들을 때 눈물을 흘리면서도 웃음이 저절로 나는 격이라고 볼 수 있다.

소설 속의 세 인물도 모두가 살아 있는 독특한 전형으로 나타난다. 세상 물정을 너무나 모르는 함 박사나, 그 반대로 너무나 세상을 잘 읽고 있고, 거기에 적응해 살아가는 구봉조, 그 중간쯤에서 양쪽을 조화시키는, 그러나 순박한 민수 등이 결국 가짜로 밝혀진 병풍 글씨에 대한 작자의 반응에도 잘 나타나고 있다. 함 박사에게 늘 공격성이 보이던 구봉조가 가짜이지만 친구를 도와주려는 마음도 그답고 모조품을 쓰레기에 섞어 태우려는 인수도 그답다. 하나의 가짜 글씨를 중심으로 전개시킨 플롯은 宋河春의 면모를 다시 한 번 보여준 작품이었다.

**이승우의 「신들의 질투」**는 한 출판사에서 일어난 이야기이다. 축소된 사회상이라고 볼 수 있다. 경영주인 사장의 실책은 언제나 그 밑의 참모에게 책임 전가가 되고 결국 물러나도록 한다. 이것은 가부장 제도의 권위주의적 사회에서 흔히 일어나는 전형적 권력 구조의 전형이다. 독재자에게는 늘 이런 속죄양이 필요하게 되고, 그 밑의 사원들은 결코 長의 결점을 모르면서 지내고 있다. 모순된 권력 구조와 민주적이 아닌 권력 구조에서 흔히 보이는 모습이다. 주인공 인달중이 그의 선임자가 창 밖을 보며 생각에 잠기는 이유를 알았을 때는 이미 그 자리를 떠나야 할 때가 된 것이다. (『*한국문학*』).

# 정치계몽주의 시대의 소설

지금 우리 사회를 지배하고 있는 시대 정신이랄까 깨어 있는 정신의 주류라고 할까 혹은 수천 년만에 이루어지는 한국의 정치적 계몽주의라 할까 하는 역사적이고 시대적인 고통인 민주화 과정의 사건 속에 우리가 있기 때문인 지 발표되는 대부분의 소설의 주제가 거의 이 문제를 다루고 있다. 또는 주제가 직접 이런 문제를 갖고 있지는 않더라도 이런 문제를 다른 주제 속에 끼워 넣고 있는 실정이다. 80년의 광주 항쟁이전만 하더라도 거의가 전쟁의 상흔을 그린 것이었으나 광주의 민주화 투쟁이 주는 의미가 너무나 컸기 때문에 모든 사람들의 의식세계가 거기에 집중되고 있는 것이다. 그러기에 이제는 웬만큼 정성들여 쓰지 않으면 독자의 눈에 차지 않을 것이고 잘못하다가는 "또 그것이냐?"는 변덕스런 대중에게 식상할 시기가 오지 않았을까 한다.

50년대 말과 60년대 초에 전쟁문학에 염증을 느낀 독자들과 마찬가지로 민주화나 노동에 관한 것도 아주 잘 다듬고 신선한 충격을 주는 기법이 아니면 안 될 것이다. 그것은 아마도 직접 체험으로 비분강개파가 된 우리들보다는 여과된 후세대에 더욱 좋은 작품이 나타나지 않을까 생각된다. 6·25 전쟁문학이 근래에 와서야 그 심도를 더하고 있는 것을 보아도 알 수 있다.

그렇다고 요즈음 쓰여지고 있는 것이 모두 읽을 가치가 없다는 뜻은 아니다. 민주화의 고통에 관한 **최일남**의 「**그때 말이 있었네**」는 읽으면서 현실과 그 실상을 잘 알 수 있을 뿐만 아니라 많이 배우지 못한 한 한국의 어머니가 현실을 깨달아가며 아들을 이해하는 과정을 그리고 있다. 역시 한국의 현 상황은 계몽주의라 시대라고 부를 수 있을 것이다.

우리가 주목해야 될 것은 주인공의 이름이 "어머니"라는 점이다. 대개의 경우 소설에서 주인공의 이름을 부여하지 않는 것은 드문 일이다. 만일 이름을 주지 않았다면 그것은 작가의 의도라고 볼 수 있다. 카프카는 그의 소설에서 주인공의 이름을 이니셜로 부여함으로써 독자들에게 더욱 상징적인 의미를 갖도록 한다. 최일남이 "어머니"라고만 부르는 것은 의도적인 것이다. 어머니란 우리에게 더욱 친근감을 갖게 할 뿐만 아니라 추상적인 한국의 '어머니'를 뜻하며 나아가서 구체성을 갖는 나와 너의 어머니란 뜻으로 파악된다. 한 가족의 위상으로 파악되는 어머니의 모습은 어느 곳에서나, 어느 시대에나 쉽게 우리에게 파악되는 어머니이다.

이런 어머니에게 어느 날 갑자기 서울 가서 공부하고 있는 아들이 경찰서에 붙들려갔다는 하숙집 아주머니의 전화에 그 놀라움은 얼마나 큰 지 짐작할 수 있을 것이다. 이렇게 시작되는 어머니의 자식을 위하는 마음은 차차 요즘의 유행어로 하자면 보다 구체적으로 아들의 세계와 그 주변을 알게 되면서 의식화되어 가는 것을 보여 준다. 최일남의 소설에서는 언제나 그렇듯이 사건의 전개가 자연스러워서 마치 어떤 운동권 학생 어머니의 경험담을 받아쓴 듯이 여겨질 정도이다. 한 어머니의 마음의 변화가 너무나 자연스럽게, 필연적으로 전개되고 꾸밈이 없는 듯이 느끼어지도록 짜여져 있어 이야기꾼의 역할이 어디 있는가 의심이 들 정도이다. 그러나 恨의 문제에 다다르면 - 너무 직설적인 작가의 설명(개입)이 약간의 흠이기도 하지만 - 독자는 작가의 의도가 어떤 것인가를 알게 된다. "한을 끌어안고만 있으면 안 되지요…… 한이라는 건 이쪽에 잘못이 없고, 억울하게 당했다고 느꼈을 때 쌓이는 거니까 필요한 때는 그 한 덩어리를 마구 쏟아야 한다구요. 속에 쟁이고만 있으면 가해자는 더욱 우쭐해질 뿐더러 한이 새끼를 쳐서 병이 도지기 쉬워요. 정당한 한은 그만치 무서운 힘을 발휘한다구요."

恨의 힘만이 아니라 이 소설에서는 민중의 힘을 말하고 있다. "하나씩 떼어내어 거리에 넘쳐흐르는 사람들의 틈바구니나 부대낌 속에 던져 넣으면 한낱 아주머니며 할머니로 비칠 지 모르지만", 그들이 바로 민중이요, 그 힘이 바로 독재를 물리친 힘이라는 것이다. 좀더 자세히 읽어보면 한의 사회화 과정, 혹은 한의 정치화 과정을 그린 것이라고 보여진다. 나아가서 "좋은 민주주의는 일단 우리가 지녔다고 믿는 한을 정치가 잘 풀어주고,

다시는 그런 사람들이 '독재자가' 없는 아름다운 사회를 만들어 가는" 유토피아 정신에 까지 이른다. 작가 최일남의 장점은—단점도 될 수 있지만—쉬운 말로, 쉬운 내용으로, 현학적인 미사여구 없이 중요한 의미를 숨기어 표현하는 것이다. 그러기에 그의 소설은 대개가 세태 풍자에 가깝지만 이 소설에서는 풍자적인 면보다는 한국의 실상과 한국의 민주화가 어떻게 이루어지게 되었는가를 알려 주고 있다.

시대적 상황을 나타내는 소설로서 **김형경**의 「**돌의 사랑**」은 차분한 분위기와 한편으로는 서정성도 보이는 작품이다. 주인공 '나'는 "언제나 이 세상에 공존하는 서로 다른 유형의 삶들을 있는 그대로 이해하고 용인해야 한다고" 믿고 있어 현실 속에서 이러지도 저러지도 못하고 살고 있다. 그때 현식이라는 현실참여파에 속한 친구가 찾아와 "여전히 그 물에 발을 담그고 있는" 그를 도와주게 된다. 그가 '나'를 찾은 이유는 혈연 관계도 아니고 겉으로 드러나는 가까운 친구 관계도 아니고 아무튼 저들의 정보망에서 벗어나 있는 전혀 새로운 인물 그것이기 때문인 것을 알면서도 어쩔 수 없이, 그러면서도 그에게 이끌리어 나중에는 주민등록증까지 빌려주게 된다. 그러나 이런 행동이 주된 소설이 아니라 숨어 살고 숨어서 그와 만나는 상황에 대한 묘사가 추리소설의 기법과 같아 읽는 이로 하여금 긴장감을 주어 읽는 속도를 빠르게 한다. 그러나 소설의 진행은 마치 내면 세계를 다루는 소설처럼 조용하고 잔잔한 호수의 표면과 같은 느낌을 갖게 한다.

김형경은 이 소설에서 퍽 깊이 생각하고 쓰는 작가라는 것을 보여준다. 아니 적어도 이 작품에 공을 들이고 있다는 것을 알 수 있다. 버스의 짐칸이 유골 상자라고 보이게 하여 독자로 하여금 비극적 혹은 적어도 그의 사명이 실패하리라는 예감을 갖게 하지만 그것은 공구 상자를 잘못 보았다는 정정을 나중에 함으로써 반전을 갖도록 하는 것을 보아도 작가의 치밀성을 알 수 있다. 낚시하러 가는 도정과 낚시하는 동안의 (실은 현식이와의 접선이라고 볼 수 있지만) 사물의 정적인 풍경 묘사는 작가의 좋은 솜씨라고 볼 수 있다. 뱀의 무리에 관한 묘사는 너무나 사실적이기에 읽으면서 끔찍스럽고 섬뜩한 느낌마저 갖도록 하는 것도 그가 실제로 겪었던 일을 썼다고 생각하리만큼 사실적이다.

　어떤 작품이든 시작을 어떻게 할까, 특히 어떤 단어로 시작할 것인가를 고심할 것이지만, 더구나 어떻게 끝내야 하는가는 더욱 어려운 것이다. 특히 그것은 소설의 끝부분으로서, 중요한 주제를 갖게 되거나 독자들에게 메시지를 가장 강력한 이미지로 주게 되기 때문이다. 이 소설에서는 약간의 작위적인 것이 보이기는 하지만 돌을 줍는 사람으로 변장하고 온 현식을 '참'을 찾는 인생의 여정과 비교하여 남의 눈을 속이려고 돌을 찾으면서 돌아가는 그의 모습에서 "간단없이 무엇인가를 찾아 떠도는 표랑의 방법"이라고 보며, 그러나 "대상의 애매성, 동기의 모호성, 그리고 목적의 불투명성 때문에 신발이 낡아 헤어질 때까지 그저 표표히 떠돌 뿐"이라고 결론지은 것은 성급한 결론이 아닐까. 현식의 현실 참여나 운동권 사람으로서의 그의 삶이 옳은 지 그른 지는 확실히 결론지을 수 없다고 해도 동기와 목적이 불확실하다고는 볼 수가 없기 때문이다. 그리고 살아가는 방법도 탐석가이든가 '나'처럼 낚시꾼이든가 "우리 시대를 살아가는 방법은 두 가지" 외에 어떤 것이 있겠는가 하고 물어 두 가지 방법만이 있는 듯이 말하고 있지만 그것도 한 번 생각하여 볼 문제가 아닐까. 우리 사회의 문제점은 오히려 다원화되지 못한 사회로서 두 가지의 삶의 방식만을 고집하고 그 두 그룹에 속하지 않으면 이단자로 질시하는 너무나 큰 당파성이 팽대하여 진 사회때문이 아닐까. 지금 우리는 좋은 의미의 당파성으로 살아가고 있는 것이 아니라 당파의 이익이라면 정의를 위하여 산다고 하는 사람들이면서도 의를 버리는 일이 너무나 많은 듯하다. 그런 것이 이 소설에도 들어 있는 것 같다. 두 가지의 삶의 방식만이 아니라 상식이 통한다면 수백 가지로도 자기의 고유의 삶을 살 수 있어야 마땅할 것이 아닌가. 보다 미래지향적인 예술의 세계에서는 그것이 옳을 것 같다. 그러나 어떻든 이 소설은 읽은 후에 여운을 갖게 하는 작품이다.

　**이청준**의 「잃어버린 절」은 읽는 사람에 따라 그 뜻을 달리 이해할 수 있는 상징성을 갖고 있다. 어떻게 보면 작가인 '나'의 고향에 관한 향토적인 연구지 같은 뜻으로도 해석할 수 있고, 혹은 좀더 넓게 보아 한국을 비유하고 있다고도 볼 수 있다. 아마도 두 가지의 의미를 다 갖고 있을 것이다. 가장 향토적인 글을 쓰면서도 실은 한국을 이야기하고 있는 것이다. 이 소설도 역시 작가 이청준의 특색 — 결론에 도달하기 전에 이곳 저곳을 빙글빙글 돌아 우회하는 그의 독특한, 어떤 때는 지루하고 어떤 때는 무릎을 치게 하는 그의 독특한 방법으로 쓰여 졌다.

오늘의 소설을 현실적인 정치적 계몽주의로 묶어 평하는 필자가 그의 향리에 관한 소설을 여기서 논함은, 그것이 사실은 우리의 현실을 우회적으로 말하고 있다고 생각되기 때문이다. 마치 그의 장편 『당신들의 천국』이 한국을 말하고 있는 것처럼 "큰산"이 대덕과 관산 두 고을에서 서로 자기들의 것이라고 싸우듯이, 두 절이 서로 자기들의 절이 법통을 이어받았다고 싸우듯이, 우리는 전에도 좌우로 나뉘어져 싸웠고 지금도 좌우로 나뉘어 싸우고 있다. "큰산"이 밤에는 "산사람"의 세상도 되었다가 낮에는 다시 이쪽이 되었다가 하였듯이, 지금도 어느 것이 정통인가가 문제이듯이 서로 나뉘어져 각자가 서로 싸운다. 법통을 이어받은 "절"은 어느 쪽인지 모른다는 것이다. 두 절의 주지 스님이 잃어버린 책의 설명을 그럴듯하게 설명하고 있는 것이나 꼭 같다.

소설의 모티브로 사용되고 있는 종에 관한 것도 결국 나뉘어진 사찰에 대한 정통성이 초점으로 되어 있다. 사해의 중생과 삼라만상에 불법을 널리 펴 모든 번뇌에서 자유롭도록 하려는 종이 남의 절의 광 속(전시실이긴 하지만)에 처박혀 그 아름다운 소리를 내지 못하고 있는 것도 한국적인 상황에 비유된다고 볼 수 있다. 작품 「잃어버린 절」은 하나의 완결된 형식을 취하기는 하였으나 혹 연작 형태라면 모를까 작품으로서 흠이 많은 셈이다. 중편이라는 제한된 틀 속에 너무나 많은 인용과 고증, 서지 혹은 지지(地誌)의 나열 등 소설의 상식을 벗어나 있다.

오늘의 현실에 대한 싸움은 아마도 훗날 정치적 계몽주의라고 부를 수도 있을 것이다. 이 계몽주의는 우리 사회의 모든 영역에서 이루어지고 있으며 소설은 그 역할을 십분 행하고 있으나 이미 지적한 바와 같이 점차 매너리즘에 빠져들고 있어 작가들의 맹성이 있어야 겠다.(『한국문학』)

# 현실적인, 너무나 현실적인 문제들

소설이 현실의 반영이기는 하지만 요즈음 발표되는 소설은 현재의 우리의 상황에서 소재를 취한 것이 대부분이다. 이제는 사랑도, 회상도, 내면화도 없다. 물론 우리에게 일어나는 현재의 일들(넌픽션)이 소설(픽션)보다 너무나 상상을 초월하고 있어 소설의 논리를 철저히 지켜야 할 픽션은 상상을 초월하는 일이기는 하지만 그러나 실제로 벌어지고 있는 오늘의 숨가쁜 한국적 현실 사건, 즉 넌픽션에 그 자리를 내어주어야 할 정도가 되어버렸다. 소설보다 더욱 흥미가 있는 정국이 계속되는 동안에는 작가들의 보다 더 큰 노력이 필요하다. 소설보다 매일 배달되는 신문이 더욱 흥미 있게 읽히고 있기 때문이다.

새로 발표되는 작품을 읽어 보면, 문예지에 발표되는 경우 한국 소설의 한 시기를 통시적으로 읽는 듯한 느낌이 든다. 그 소설의 쓰여지는 성립시기를 감안하더라도 말이다. 그래서 한국 소설가들의 의식세계를 어느 정도 짐작하게 되며 또 이것은 한국 사회의 문제점이 무엇인가를 알 수 있게 한다. 대부분 민주화과정에서 파생되는 운동권 학생들의 이야기, 교원 노조에 관한 것, 공해 문제 등이다.

먼저 민주화 과정의 진통을 이야기하고 있는 소설로는 김호운의 「사슬」을 들 수 있다. 민주화 과정에 중심을 이루는 세력이라고 할 대학생들과 가장 가까이 있고, 또 참이 무엇인가를 가르치고 그 실천을 우선으로 삼아야 된다고 역설하는, 진리의 전령이라고 할 교수는 현실과 이상, 과격과 온건의 틈바구니에서 종종 딜레마에 빠지는 경우가 있다. 실험의 결과만을 현실적인 어떤 이념의 가치관과 무관하게 참이라고 주장할 수 있는 자연과학 계열의 교수들은 갈등을 덜 느낄 수도 있을 지는 모르나 가치관을 가르치는 교수들, 예컨대 역사학이나, 정치학, 문학을 가르치는 인문사회 계통의 교수들은 가끔 수난을 당하기 마련이다. 작품 「사슬」의 주인공인 오혁민 교수는 역사학 교수로서 그의 사관에는 어떤 편견이나 이데올로기의 우상 밑에 그 해석을 억지로 갖다 붙이려는 의도는 없다. 그러나 학생들은 소위 주체 사상의 글을 조금 읽거나, 그런 관점에서 본 역사서를 읽고 오혁민 교수를 은근히 곤경에 빠뜨리려고 한다. 그러나 이 소설에서 오교수 혹은 현실에서 존재하는 교수들이 은근히 두려워하고 있는 것은 그런 구체적인 언쟁이 오고 간 것에서가 아니라, 아무 의미 없이 했던 무의미한 한 마디, 무의미한 노래, 무의미한 표정으로 인해 갑자기 닥쳐 오는 "동행"의 요구이다. 오 교수가 무심중에 부르는 인공시대의 노래가 듣는 사람의 입장에 따라 무의미한 것만은 아니겠지만, 그래도 결국 무의미하게 흘려버리는 한마디가 어느 사이에 우리를 얽어 매는 "사슬"이 되어버리는 것이다.

사실 어린 시절의 기억은 이상할 정도로 남아 있어 6·25 한국 전쟁 때에 국민학교를 다녔던 사람들은 이념으로서가 아니라 〈그 시절 그 노래〉 정도로 기억하고 있는 사람이 많은 듯하다. 물론 국민학교 일학년 아이라고 할지라도 세상이 바뀐 것을 모르고 부른 오 교수의 어린 시절은, 읽는 사람에 따라서는 신빙성이 없다고도 보여진다. 아무리 어리기는 하지만 세상이 바뀌었는데 봄 소풍에서 김일성 찬양 노래를 불렀다는 것은 (이제는 삼학년이 되었다) 앞에서 말한 것처럼 필연성이 결여되었다고도 할 수 있다. 인공시절 당시 많은 어린이들은 김일성 노래를 오히려 이승만으로 가사를 바꾸어 지하실에서 부르던 생각이 난다. 애국심이나, 이데올로기를 누가 가르쳐주지도 않았고, 이것을 인공시절에 개사하여 부르면 인민군이 붙잡아간다고 누가 경고를 하지도 않았지만 본능적으로 알고 숨어서 불렀던 것이다. 그러나 작가의 의도를 독자는 알 수 있다. 우리는 자연스럽게 살고 있는 듯하지만 실은 어떤 보이지 않는 사슬이 우리를 묶고 있어 조금이라도 잘못 움직이면 죄어드는 것을 말하고 있는 것이다. 이것은 한국만의 상황은 아니다. 아무리 민주주의를 잘하고 있다는 나라도, 아무리 인간의 권리를 절대적 목표로 삼고 있다는 나라도 〈보안법〉이라는 것이 있어 비판세력을 언제나 붙잡아갈 수 있는, 정권 잡은 자의 여의봉 같은 물건이 있는 것이다. 이것이 없는 곳, 그곳이야말로 유토피아일 것이다. 노동자의 나라 사회주의 국가는 우리보다 더욱 튼튼한 〈사회 안전법〉이 있어 자본주의 사회보다 더 많은 사상범을 가두는 강제 수용소가 있다는 것을 우리는 알고 있다.

오늘의 한국 교수의 수난은 또 **서종택**의 「**밤의 소리**」에서도 보인다. 우리 국민들이 독재 하에서 아무도 저항의 몸짓을 못 할 때에 대학생들은 용감하게 맞서서 대항하였고 결국 그들은 민주화의 근거를 마련하는 데 공헌을 한 것은 사실이다. 그러나 이제는 그 여세를 몰아 기성인을 제치고 정치를 하겠다는 것인가.

주인공인 '나', 김 교수는 학생들의 무례와 고압적인 자세에 학생을 구타하여 폭력 교수로 몰린다. 학생들은 학원 민주화라는 이름 하에 다수의 힘을 앞세워 민주의 적이라고 할 독선에 빠져 들어 이성적 판단에 따르지 않고 그들의 반대편은 모두가 비민주적 인물이라고 생각한다. 김 교수는 비록 학회장을 때릴 수는 있었으나 그의 외부와의 싸움은 내면으로 들어가 버린다. 그래서 소설의 흐름은 내면의 의식세계를 그리는 의식의 흐름을 나타내는 형식으로 되고, 그래서 주인공은 돌파구를 성으로 찾으려는 패배한 인물의 전형으로 보인다. 물론 이 인물을 위한 몇 개의 소도구가 장치되어 있다. 그의 동생의 정신 질환과 동료 교수와의 간단한 대화에서 더욱 학교 생활의 권태를 느끼게 한다. 박 교수나 황 교수에 관한 짧은 묘사는 이미 대학이 자유로운 학문의 연구나 자유롭게 '참'에 관한 발언을 할 수 있는 곳이 아니라, 너무나 깊은 당파성의 골이 패어 있다는 것을 알게 하여 준다.

퍽 오랜만에 대하게 되는 서종택의 단편에서 역시 먼저 보였던 그의 특징이 보인다. 그의 언어는 점액질처럼 끈끈하고 판소리의 언어를 사용하는 듯한 투박한 어투와 해학이 보인다. 그가 만들어 놓은 인물이 외국에서 오랫 동안 공부를 하고 왔어도 전혀 외국의 풍물을 보지 않은 한국인의 전형을 보는 듯한 이유도 그의 언어의 선택이 그렇기 때문이다. 김 교수는 국문학자이지 독문학자는 아닌 듯이 보인다. 오랜만에 읽은 그의 소설을 보고 그가 아직 살아있다는 것을 확인한 셈이다.

崔正柱의 「忌日」과 이원하의 「강바람 시원코」는 운동권 학생을 둔 가족을 내용으로 하고 또 운동권 학생에 관한 단편이다. 두 편이 마치 상하편이듯, 「忌日」은 수배된 가족이 어느 곳에서 거처하고 있는 지 모르는 가운데 기일을 맞는 내용이고, 「강바람 시원코」는 운동권 학생이 아무도 모르게 피하여 살고 있는 모습을 그리고 있어 두 편이 마치 자매편인 듯이 보인다. 작품 「기일」은 바람이 창문을 흔들어 어머니가 "애야, 아범아, 작은애가 와 있는 것이 아니냐? 문 한번 열어보그라잉" 하는 말로 시작하여 어머니가 자식이 돌아오기를 애타게 기다리는 것으로 시작한다. 홍수와 비행기 사고로 우리 나라가 어떤 하늘의 노함을 입은 것이 아닌가 국민 모두가 서로 말은 못하고 가슴 속이 서늘하였던 때를 맞추어 이야기를 시작하여 작가는 말 없이 한국의 우울한 분위기를 소설 속에 장치하여 놓고 있다. 제삿 날 고인의 일화를 이야기하는 것은 자연스러운 일이며 운동권 학생이 혹시 돌아올까 어머니가 기다리는 것도 자연스러운 일이다. 그러나 지주집 아들 대신 징용을 나갔던 것까지는 이해가 간다고 해도 지주의 장손 대신 공산주의자로 몰린 것은 약간의 비약이 아닌가 생각된다. 더구나 두 번씩이나 이용당하는 것은 같은 사건의 빈도가 자주 반복 되어 설득력이 부족하지 않을까.

이 작품에서 살아 있는 인물은 역시 어머니로서 기일에 혹시 집에 들렀을 경우 체포하러 온 형사들에게 대하는 것도 자연스럽다고 볼 수 있다. 소설의 정점은 안부 전화를 하는 동생과, 어머니가 이곳에 너를 잡아갈 형사가 와 있다고 "소리를 버럭버럭 지르고" 있는 장면이다. 형사도 여기서는 아들을 잡으러 온 악역만을 맡는 것이 아니고 어쩔 수 없는 직무상의 일로 치부하고 있다. 이원하의 「강바람 시원코」에서는 경찰의 눈을 피해 다니는 운동권 학생이 어떻게 살아가는가를 보여주고 있다. 말하자면 「忌日」의 동생이 집에서는 그 소재가 전혀 파악되지 않고 있는 동안에 「강바람 시원코」에서는 그의 생활의 일면이 나타나는 것이다. 소설의 분위기는 가벼운 산책을 하는 듯하다. 〈휘몰이 클럽〉이라는 것도 그렇고 추경의 의식세계가 마치 호연지기의 인물이 방랑이나 하는 듯한 것이 특징이라고 할 수 있는데 아무리 '은애 여인숙'이라는 주인집이 인심 좋은 집이라고는 해도 — 그 옥호에서 의미하듯 — 조금은 가벼운 점이 있지 않나 생각된다. 더욱이 깃발에 대한 이야기와 성운이 체조 선수 아르테모프의 얼굴에서 추경의 모습을 연상하였다는 것은 꼭 필요한 배치였을까? 이 작가에게는 번쩍이는 기지의 언어가 있는 반면에 사건의 진행을 안이하게 처리하는 듯한 대중 소설적인 경향이 보인다. 이때의 그의 좋은 언어 감각은 오히려 해가 될 수도 있다.

이유범의 「백운대가 안 보인다」와 정소성의 「돌아앉은 산」은 교원 노조에 관한 소설로서 「백운대가 안 보인다」는 노조에 관한 직접적인 내용을, 「돌아앉은 산」은 노조가 주요 모티브는 아니지만 교장 선생의 비겁한 과거사를 이야기 하여 교육자로서의 자질을 독자로 하여금 의심케 하고 교원 노조가 필요하다는 간접적인 이유를 인지하도록 한다. 그러나 이유범의 「백운대가 안 보인다」에서는 사실성에 입각한 나머지 통계 숫자와 각 학교의 현황 보고에 빠져버린 것이 약점이 아닌가 생각된다. 교원 노조의 당위성을 주장하려는 의도가 이 작품의 주요 테마로 되어 있다면 서울의 얼마나 많은 학교와 학생들이 교원노조를 지지하는가를 숫자로써 나열하기보다는 교원의 문제가 어디에 있고 왜 교원노조를 결정하겠다는 것인가에 초점을 두었어야 한다. 김주택 선생을 학교에 관한 비리나 비교육적인 교육 환경을 관찰하는 교사로, 또 그것 때문에 고뇌하는 교사로 묘사한다면 어떠하였을까. 너무 신문지상에 나온 사실에만 매달린 인상을 지울 수 없다. 이밖에 박양호의 「참새와 고래」는 비교적 객관성이 있는 관찰의 소산이다. 객관성을 유지한다는 것은 퍽 어려운 일이다. 더구나 선과 악이 뚜렷이 구별되어 있을 때는 더욱 그렇다.

소설을 읽는 것이 신문을 읽는 것과 다른 것은 신문에서는 사실로 일어난 사건의 객관적 보고를, 소설에서는 현실의 사건을 형상화시킨 것을 〈재미〉를 갖고 읽게 된다는 점이다. 그러나 소설이 사실성을 강조한 나머지 상상력이 들어 있지 않다면 우리는 소설이 소설이 아니라 신문으로 격하된 것이라고 밖에는 말할 수 없다. 형상화란 무엇인가? 바로 사실에 상상

력을 가미하여 작가가 그리어놓은 주인공의 코에다 작가의 입김을 불어넣
어야 인물이 살게 되는 것이 아닐까? 요즘의 소설은 우리의 현실 문제가
심각한 나머지 사실의 나열에만 급급하였지 상상력과 창조의 입김은 없었
다고 보여진다. 그것은 현실적인 너무나 현실적인 문제에 작가들이 억눌리
어 그것을 딛고 일어서지 못한 것이 아니었을까 생각된다. (『*한국문
학*』)

# 時間藝術로서의 小說

소설(문학)이 여러 다른 예술 중에서도 時間藝術이기는 하지만 시간을 특히 의식하고 만든 작품인 경우 크게 두 가지로 나눌 수 있을 것이다. 하나는 연대기적 인물들의 등장으로 세대 간의 차이를 드러내어 갈등을 독자들에게 보여주는 것이고, 다른 하나는 어떤 주인공의 어렸을 때부터 늙기까지의 일생을 그려 匠人으로서 신비로운 경지에 들어가든가 혹은 道를 터득하기까지의 인생의 여정을 그린 소위 敎養小說 류가 될 것이다.

韓文影의 「時間의 덫」은 비록 세대 간의 갈등이 두드러지게 나타나지는 않지만 멀리는 2천 년, 가깝게는 4백 년의 정체된 시간의 늪에서 헤어나오려는 주인공 관(瓘)의 시간과의 싸움이 줄거리이다. 할아버지의 墨香넘치는 - 이것으로 옛 시간의 의미를 이미 알 수 있는 - 친필을 받고 관은 10년 전에 떠나온 고향을 찾아 간다. 오랜 세월 후에 찾는 고향이지만 그에게 歸鄕의 기쁨은 보이지 않는다. 15년 후에나 허락된 귀향이 5년이나 빨리 닥친 때문이다. 시간의 덫에 매이지 않도록 배려하여 어머니는 무당을 이용하여 시간의 올가미를 그로부터 멀어지도록 하였었다. 일상을 잡아매어 놓는 시간으로부터의 탈출 시도였다. 여기서 말하는 시간이란 객관적, 혹은 주관적인 시간이라기보다는 시간의 축척으로 쌓인 관습이라고 부르는 것이 되겠다.

수많은 세월을 내려오며 지켜진 종손이 되지 않기 위하여 할아버지, 아버지, 주인공 관이의 三代가 노력하였다. 그러나 아무도 이 억눌러 오는 시간의 폭력 앞에 마주서서 싸워 이기지는 못하였다. 천주 학당에 다녔던 祖父도, 대처에서 신학문을 배웠던 아버지도 굴복하였다. 그러나 관은 수백년간의 시간 속의 존재 양식인 漢字로 된 돌림자를 없애고 그의 아이들을 순수 한글로 이름지음으로써 우선 시간의 틀을 깨트린다. 우리의 이름의 - 비록 우리의 실체와는 다른 수식어인 듯하지만 실은 우리의 존재를 증명하고 있는 - 의 복잡한 돌림자의 사이클은 시간 속에 매어진 우리의 존재이다. 핏덩이인 우리에게 이름이 주어지면서 우리가 **外部 世界**를 알기도 전에 시간의 틀에 붙잡히게 되는 것이다. 그러기에 족보에 들지 않는 여자 아이의 이름에는 크게 화를 내지 않던 할아버지도 새로 태어난 남자 아이의 한글 이름에는 가만히 있지 않는다. 이 아이가 돌림자를 넣은 한자 이름을 갖는다는 뜻은 역시 시간의 덫에 걸려든다는 뜻이다. 씨받이 돼지를 작가가 우리에게 보여주듯이 **畜舍** 같은 **宗家**에 갇혀 사는 **宗孫**이 되지 않고 "자유를 누리며" 살려고 주인공은 할아버지에게 저항한다.

작가는 관이가 종손이 되었는 지 안되었는 지를 명확하게 이야기하고 있지는 않다. 그러나 적어도 한글 이름을 고집함으로서 시간의 노예에서 해방시키고 있다. 시간 속에 든 전통의 굴레를 종손이란 문제로 써 내려가는 것은 퍽 어려운 소재였을 것인데도 작가는 좋은 솜씨를 보여주었다.

**李文烈**의 「**金翅鳥**」는 한 사람의 일생의 시간의 흐름을 묘사하여 **枝**는 **能**하나 **道**에 이르지 못한 불행한 예술가를 그리고 있다. 이 작품에서는 한국적인 **求道**의 과정이 잘 나타나 있다. 방랑 - 자기 학대의 순례 - 과 세상을 향하여 던지는 너털 웃음 - **惡**에 대한 소극적 저항 - 등이 그것이다. 물론 「**金翅鳥**」에는 세상에 대한 웃음은 없으나 구도자적인 모티브는 충분하다. 근래에 **韓國文學**의 근본 모티브 중의 하나가 방랑이라고 한 **文學 敎授**의 연구가 있었거니와 그것이 어찌 한국 뿐이랴, 이것은 동양 뿐만 아니라 서양에도 있다. 기독교적인 엄숙 근엄의 순례와는 달리, 김삿갓에게서 한국 방랑자의 대표적인 인물을 볼 수 있는 것처럼 한국적 방랑은 해학과 **自嘲**의 그것이다.

**李文烈**의 많은 작품에서 가장 큰 모티브는 방랑이다. 『사람의 아들』에서도, 「그해 겨울」에서도 방랑자적인 구도자가 주인공이다. 고난의 끝에는 **得道**에 이르는 것으로서 서양 문학이론에서 소위 **敎養小說**(Bildungsroman)이라는 것과 비슷하다. **李文烈**의 어떤 소설보다도 이 작품에서는 **道**에 이르려는 예술가를 취급하고 있기 때문에 소설 속의 대화는 다분히 **禪問答** 같은 것이 많다.

집도 절도 없는 천하의 고아를 맡은 기르게 된 **詩·書·畵**에 능한 **石潭**

先生이 첫 눈에 본 어린 아이 - 후에 "古竹" - 은 그 재주는 누구보다 뛰어나나 인물됨됨이 모자람을 안다. 그가 어린 아이를 제자로 맞으려 않는 것은 匠人으로 전락할 것 같은 예감에서이다.

> "선생님 서화는 예(藝)입니까, 법(法)입니까, 도(道)입니까?" "도다." "그럼 서예라든가 서법이란 말은 왜 있습니까?" "예는 도의 향이며, 법은 도의 옷이다. 도가 없으면 예도 법도 없다." "예가 지극하면 도에 이른다는 말이 있습니다. 예는 도의 향이 아니라 도에 이르는 문(門)이 아니겠습니까?" "장인(匠人)들이 하는 소리다...."

이것은 마치 서양 예술가와 동양 예술가의 대화 같다. 藝를 우선으로 내세우는 古竹의 말은 애초에 스승이 친구에게 非人不傳이라고 한 말을 실감케 한다. 그러나 그의 재주를 아끼는 石潭은 어느 날 갑자기 古竹으로 하여금 "지게를 벗고 사랑"에 들어 재주를 기리게 한다.

어느 날 그는 절간에서 金翅鳥의 그림을 보고는 감동하면서 자기 그림 중 "일생에 단 한번이라도" 이런 그림을 보고 싶어 한다. 枝에서 藝에 대한 자각이다. 이 자각과 함께 그에게 결정적으로 충격이 온다. 스승 石潭 先生은 관 위에 써놓는 글인 棺上銘旌을 그에게 맡긴다는 유언을 남기고 죽는다. 古竹은 藝에서 道의 경지에 이르게 되었다. 그는 이제까지 수없이 써놓았던 자기의 모든 藝에만 통한 글씨와 그림을 가능한한 수집하여 불사르고 운명한다. 得道는, 즉 니르바나(Nirwana), 열반이다. 등불을 혹 불어서 끈 상태 - 어둠의 세계요 무의 세계다. 작품 끝의 마지막 세 줄은 또 한 편의 소설을 쓸 의도를 가지고 있는 듯한 인상을 남기고 있는데 得道한 古竹의 종말로 끝낸 것이 더 좋았지 않았을까 생각된다. 소재가 동양적이기도 하지만 시간을 뛰어 넘는, 진정으로 한국적인 소설의 진면목을 보여준 작품이라 하겠다.

**이승우의 「에리직톤의 肖像」**은 新人賞 小說 當選作이다. 문체나 언어의 사용이 신인이라 할 수 없을 정도로 훌륭하다. 그러나 이제까지의 당선작 수준과 비교한다면 좀 아쉬운 감이 있는 듯하다. 큰 흠이라고까지는 생각되지 않으나 현학적인 논술이라든가 플롯의 산만한 점, 관념적이지만 좋은 의미의 관념적 소설도 아닌 점 등이다. 그러나 이런 주제를 가지고 5백 매를 끌고 갈 수 있다는 점과 본 훼퍼 神學에 대한 생활 속에서의 대화 등은 아주 좋았다. 신인으로서 장점과 단점을 동시에 갖춘 작품으로 읽었다. 훌륭한 작가의 등장을 기뻐한다.

吳貞姬의 「人魚」는 생후 몇 개월 안된 계집 아이를 입양한 후 그 사실을 현재의 엄마인 '내'가 알려 주어 이웃으로부터 듣게 되는 충격을 막고 "그 이전의 관계를 기대"하려는 의도에서 바다로 여행을 떠난다. 입양된 순영이가 그 사실을 모르고 있는 것으로 되어 있으나, 이미 알고 있다는 암시를 주고 있다. 그렇게 잘 싸우고 쥐어 박아 울음보를 터트리게 하였던 친아들 우평이 "착잡하고 측은해 하는 눈길"로 순영이를 볼 때가 많은 것이다. 이미 우평도, 순영이도 그 사실을 알고 있다. 순영은 자신의 출생에 대해서 알고 있으면서도 예전의 행동을 그대로 보여 준다.

그 행동의 변화가 너무나 없어 주인공 '나'와 그녀의 남편만이 모르고 있는 것이다. 물론 읽고 있는 독자도 이 작은 소녀에게 속고 있다. 브래지어를 끌러 달라는 것이나 목욕하러 들어갈 때 함부로 벗어 던진 옷, 욕탕 안에서의 "초록빛 바닷물에 두 손을 담그면"하고 노래를 부르는 것 등은 현재의 엄마를 生母로 알고 있는 작은 아이임에 틀림없도록 믿게 한다. 이런 작은 일상 생활의 표현으로 사물과 인물을 정확하고 차분하게 묘사하는 것이 작가 吳貞姬의 뛰어난 점이다. 해변의 호텔에서 저녁에 낚시 간 아빠와 오빠에 대한 궁금증에 "벌써 보고 싶니?"하니까 "응, 한식구들이잖아……"하는·순영의 대답에도 의미가 들어 있다. 독자들이 무심코 지나버릴 - 너무나 정교하게 짜여진 일상어 같으니까 - 말이지만 암시가 들어 있다.

독자들은 나중에 소녀가 방을 나간 후에야, 이제까지 순영이 - 작가가 - 철저하게 위장하면서 살았다는 것을 안다. 물론 작품에서 순영이가 자기의 신분을 알고 나갔다는 결정적인 암시는 없다. 다만 작가의 숨겨진 의도를 유추해낸 것이다. 이 작품에는 작가가 이제까지 보여준 언어의 고도의 농축은 없다. 그렇다고 해도 그녀의 특색은 도처에서 보인다.

**吳仁文**의 「念怒의 돌」은 요즈음 유행하는 水石에 대한 이야기이다. 오랫동안 돌을 모아온 한만석은 유행에만 무조건 따르는 수집가는 아니다. 가난하고 젊었을 때 아내가 차돌을 주워 들고 돌처럼 살아가자는 격려의 말을 들은 것을 지금도 기억한다. 홍수로 제방이 헐리고 물길이 달라진 단양으로 박화백과 수집에 나선다. 돌을 수집하는 사람들의 마음은 아름다울 텐데 그렇지 못하다. 그가 방금 주웠다가 다시 놓아둔 돌을 가지고 다른 사람들이 싸우는 것을 본다. 돌의 의미를 모르고 돌을 모으는 사람들이다. 物에 대한 욕구로 美를 줍는 사람들의 추태를 보여 준다.

작가는 독자들로 하여금 다시 한 번 자신들이 추구하는 아름다움에 邪가 있는가를 반성토록 한다. 돌을 모으고 아끼는 마음은 아름다운 것이다. 그러나 그 돌이 있는 그 자리에 놓아두는 사람의 마음은 더욱 아름다운 것이다. 그 마음은 무한에 다아 있기 때문이다.

　　무욕(無慾) 무사(無邪)…… 그것이 돌을 사랑하는 마음의 첫 단계가 아닐까.

「念怒의 돌」은 아무리 가치 있는 것이라도 마음으로부터 나오는 사랑이 아니라 맘몬의 대상으로 여길 때의 인간은 추악한 모습으로 나타난다는 것을 보여주고 있다.(『**文學思想**』)

# 속세와 니르바나

## 고은의 『내가 만든 사막』과 이원규의 『黃海』

주옥 같은 단편이란 말처럼 단편이 작품으로서의 가치가 없는 것은 아니지만 소설을 읽는 기쁨은 아무래도 장편에 있다. 인간의 파란만장한 일대기가 펼쳐지는 것을 보며 감동을 느끼 수 있는 것은 장편이기 때문이다. 이번에 내 놓은 두 편의 장편을 흥미 있게 읽었다.

### 1. 고은 『내가 만든 사막』

작가의 의식세계는 감각에 의해서 얻어지는 모든 현상을 받아들이면서 동시에 내면화시키는 가운데 글로 쓰는 것이 제일의 원칙이기는 하지만 오늘의 "아는 것과 사는 것을 일치"시키려는 경향은 많은 작가들로 하여금 행동하도록 만들고 있다. 시인 고은의 작품 세계에서 근원적으로, 혹은 천부적으로 서정성을 갖고 있는 작가의 진면목이 들어난다. 그가 행동하는 시인으로 알려져 있지만 그의 작품 세계는 아무래도 삶에 대한 불교적 관조, 삶의 괴로움과 죽음과의 싸움, 모든 것을 버리라는 불교적 삶의 경구와 모든 감각으로 인지되는 - 불가에서는 無라고할 - 존재하는 것에 대한 사랑과 삶에 대한 연민, 거기서 파생되는, 어떻게 보면 도교적 체념의 허무주의까지도 보인다. 그의 작품에는 이러한 니르바나와 현세에 집착하려는 연민, 도교적 체념과 인간으로서의 최소한의 의무 - 사람이 사람답게 살 수 있는 사회를 만드는 것 - 과의 내면적 싸움이 엿보인다. 그러기에 현실 생활속에서 그는 행동하는 의지의 인간이지만 그의 작품 속에는 늘 우수와 동경이 가득차 있다. 그러면서도 그가 행동하는 이유는 티끌 같은 세상이나마 살아있는 한 옳은 것을 옳다고 말하고 있는, 인간으로서 최소한의 도리를 하려는 그의 의지때문이 아닐까. 그는 군사정부의 종식을 선언한 6.29후 서정의 세계로 다시 돌아온 몇 사람의 시인 중 한 사람이다.

그의 장편소설 『내가 만든 사막』은 사랑, 죽음에 대한 동경과 그 두려움에 관한 것이 깊은 톤을 이루어 흐르고 있다. 여주인공 신자회의 유년 시절부터 경험한 죽음의 불안은 전 소설의 모티브로 되어, 모든 장면에서 굵은 첼로의 음처럼 들리어 온다. 어머니의 급작스런 죽음, 아버지 신영준 장군과 그의 상사였던 이재욱 장군 간에 맺어 놓은 약혼자 이유명의 암에 의한 사망, 아버지의 교통 사고... 소설의 처음부터 끝까지 그 기조는 변함 없이 어둡고 고독하다. 소설의 초두에 주인공이 눈 덮힌 테니스 코트에서 "멀리서 슬픈 크리스마스 캐롤이 들려온다"고 표현하는 것만 보아도 자회의 의식세계가 어떻다는 것을 알 수 있다.

그러므로 장편 『내가 만든 사막』에서 중요한 모티브는 죽음이다. 등장하는 주요 인물의 대부분이 이 모티브에 의해 지배된다. 자회의 어두운 죽음의 그늘은 어머니의 갑작스런, 더욱이 미친개에게 물려 정신병을 앓다 죽었다는 충격도 있었겠지만 그보다는 그녀 아버지의 아름답고 지극한 사랑의 표현인 듯 하나 실은 정신병적 집착성을 보이는 이층의 어머니 방 때문이라고도 볼 수 있다. 생존시의 쓰던 그대로를 보관하여 그 속에서 가끔 혼자 생각에 잠겨 있는 아버지에게서 어머니를 사랑하는 감동을 받기도 하였겠지만 실은 죽음의 집일 뿐이다.

자회의 집은 살아 있는 사람들이 움직이고 있는 곳이 아니라 망자가 주관하고 있는 곳이다. 이런 유년 시절의 경험세계와 약혼자의 병사는 자회로 하여금 늘 죽음을 생각하도록 한다. 어두운 공포와 신비의 세계는 자회로 하여금 홀로 서는 성숙한 사람으로 만들기도 하였으나 어둠 저쪽에서 언제나 응시하고 있는 死神에의 두려움을 느끼게 한다. 또 유명이 병원에서 죽어가면서 결혼해 달라는 애원을 거절한 부담도 작용한다. 그녀의 아버지인 신장군도 그의 애인인 홍지희에게 늘 죽고 싶다고 말한다. 한수용를 살해하려 했던 오순의도 정신병을 앓다가 자살하게 되고, 그녀를 사랑하던 김유성도, 김유성의 누이도 역시 정신병을 앓다가 죽어버린다. 이 소설에서 정신병과 죽음은 너무 흔할 정도이다.

이런 환경에서 자희가 수용을 떠나려 하는 것은 이해할 수 있는 일이다. 그녀는, 누군가 그녀를 사랑하면 죽게된다는 불안감을 갖게 되어 한수용을 멀리하려고 한다. 이러한 신에게 저주받은 듯한 비극을 극복할 수 있는 것은 사랑이다. 그러나 자희는 그 저주를 물리칠 수 있는 청년의 사랑을 죽음의 공포 때문에 거부한다. 희랍비극에 자주 보이듯 죄를 정하게 해 줄 인물은 한 인간으로서의 완전한 인격체로 등장해야 한다. 한수용은 말없는 가운데 자기의 일을 충실히 수행하는, 오늘의 젊은이로서는 보기 드문 청년으로 이상적인 청년상으로 묘사되어 있는 이유도 그 때문이다. 또는 수용은 자기 힘으로 이 '사막'을 헤쳐나갈 의지의 인물로 설정한 작가의 이상적 현대인인지도 모른다. 그의 실천력과 추진력, 찰라주의적이거나 향락적이 아닌 생활 태도 등은 자희를 구원할 수 있는 인물임에 틀림 없다. 그가 산을 오르는 등산가로 되어 있는 것도 상징적이다. 그는 삶이라는 어려운 고비를 묵묵히 산을 오르듯, 혹은 시지프스처럼 실패하더라도 끊임없이 오르는 인내를 가진 사람이다. 작가가 죽음에서 그를 구원한 것도 자희의 운명을 구원하여주는 것만이 아니라 그런 인간을 구원하겠다는 그의 의지가 들어 있다는 뜻으로 읽혀 진다.

이 소설의 구조가 완벽하게 잘 되어 있다고는 볼 수는 없을 것이다. 무엇보다 수용이 산에서 목숨을 구할 수 있었다는 것과 다시 서울로 돌아와 자희의 뒤를 따라 와 만나게 되었다는 것은 필연성의 결여라고 볼 수 있다. 끝의 교통 사고도 작위적인 것이 드러나 있다. 여기에서는 오히려 옛날 설화를 읽는 듯한 느낌이 든다. 그것은 불교의 이야기를 한 마디도 하지 않는 가운데 강력한 불교적 의미를 담고 있기 때문이기도 하지만 작가도 수용의 생환과 자희와의 재상봉의 문제를 놓고 고심하지 않았을까 생각된다.

작가 고은의 문학적 속성은 역시 서정성이라는 것이 이 소설에서도 확실히 드러나고 있다. 그것은 이미 말한 것과 같이 삶에 대한 근원적인 허무와 연민, 이승을 끊어버리려 해도 결행할 수 없는 고뇌에 찬 인연, 즉 속세에 대한 단절과 집착의 갈등에서 나오는 한국적 정서의 본질이라고 볼 수 있다. 그러나 그가 이 소설의 결말을 즉, 수용과 자회와의 상봉을 불교적 허무주의로 끝맺었다면 독자들은 퍽 섭섭하였을 것이다. 그것은 일상인에게 너무 달관의 경지를 강요하는 것이 되어버리거나 아니면 불교의 교리화로 빠져버리기 때문이다. 소설의 논리, 혹은 필연성에서 느슨한 구성을 갖게 되었다 해도 구원하는 것이, 아름다운 사람이 사는 세상을 만들어야하는 것이, 이승의 사람들에게 좋은 일일 것이다. 가장 서정적인 그가 "행동"을 하는 이유도 이 소설의 결말에 잘 나타나 있다.

## 2. 이원규의 『黃海』

이원규의 장편소설 『황해』는 한 젊은이가 일제말부터 6.25 한국 전쟁에 이르기까지의 투쟁과 갈등, 이데올로기를 뛰어 넘은 인도주의와 한의 긍정적인 해소, 이상주의를 실현하다가 좌절되는 과정을 감동적으로 그리고 있다.

주인공 서준혁은 일제 하에서 의식 있는 젊은이들이라면 자연히 빠져들게 될 좌익 사상에 물들어 인천에서 중학을 다니는 동안 청년 동맹에 가입하게 된다. 그의 소망은 이미 그가 자기의 고향인 대아도에서 어민과 선주들과의 불평등 계약을 파기하려 하였던 것처럼, 불평등을 바로 잡아 평등한 사회, 유토피아를 건설하려는 일념 뿐이다. 모순된 사회를 바로 잡는 길을 투쟁으로 선택한 그는 자타가 공인하는 "투사"가 되어버린다. 그러나 준혁은 외로운 투사라고 볼 수 있다. 그는 사랑하는 정임도 마음 속으로는 진실로 사랑하지만 존경하는 스승의 딸이며 출신상의 차이, 또는 그의 내부적인 감정으로 말한다면 "고귀한 열등감"을 갖고 있기 때문에 역시 고독한 사람으로 머무를 수밖에 없다. 그는 죽을 때까지 외로운 인간으로 머문다.

서준혁은 공산주의 이론으로 무장하고 있지만 실은 공산주의자가 아닌 듯이 보인다. 그것은 미군 특무대에서 통역으로 일하고 있는 강문구를 살리려했을 때 북에서 내려온 평양 출신 군관이 "내레 동무의 사상이 의심스럽소. 동무는 한때 값싼 동정을 받고서리 그 것을 못 잊어서 그 자를 감싸주려 했오. 인도주의란 혁명가에게 있어 그 의지를 갉아먹는 **좀벌레와** 같은 것이오.."하고 말하여 공산주의자가 금지하는 인정을 갖고 있는 것을 보아도 알 수 있다. 준혁은 결국 자아비판을 하게된다. 그의 동료인 김홍병이 "형이 애당초 투사가 된 이유가 힘없는 자를 위한 인도주의 정신 때문"이라고 평하는 것을 보아도 그가 공산주의를 신봉하는 것은 인간의 참된 삶을 이 세상에 실현시키려는 것이지 한 주의를 실현시키기 위하여 살륙을 하려는 것은 아니었다. 공산주의가 한국이든 외국이든 발 붙힐 곳을 점점 잃게 된 이유는 바로 북한 군관이 대표적으로 말하고 있는 공산주의는 휴머니즘이 아니기 때문이다. 이 소설이 다른 소설과 다른 이유는 바로 이점이라고 볼 수 있다. 근래에 나오는 소설이 대부분 이데올로기의 미화, 혹은 긍정적인 관점에서 보고 있지만 공산주의가 휴머니즘이 아니라는 점은 간과하고 있다. 전쟁의 와중에서 그곳이 한국이든 다른 나라든 자본주의 진영이 공산주의 진영보다 살상을 조금이라도 줄일 수 있었던 이유는 바로 이점이기 때문이다. (캄보디아를 생각하자.) 만일 공산주의가 휴머니즘이었다면 세계 곳곳은 이미 공산화되었을 것이고 현재 공산권에서 탈공산화의 몸부림을 치고 있는 현상도 없을 것이다. 자본주의는 인도주의라는 가면을 쓰고 있을 뿐이라고 공산주의자는 말할 지는 몰라도, 그래도 역시 자본주의 사회의 가치관은 인도주의이며 설사 그렇지 못할 경우 인도주의를 지향하려는 비판 세력이 존재할 수 있는 것만으로도 사회주의 국가와 다른 점이다. 또 휴머니즘을 교육의 최상의 목표로 삼고 있다. 준혁이 강문구를 구할 수 없는 이유가 또한 이데올로기 사회의 경직성을 말하는 것이다. 강한 이데올로기의 사회에서는 언제나 이데올로기 지향의 강경파가 정통파로 인정 받게 되며 어떤 인간적 표현도 감상주의자, 인도주의자, 절충주의자, 파당주의자 등등의 명칭으로 숙청될 수밖에 없다. 준혁이 정통 공산주의자였다면 유동식을 풀어주지는 않았을 것이다.

서준혁과 박노국등 인천 지역의 공산주의자와 북에서 온 공산주의자와의 갈등은 남노당과 북노당과의 갈등을 나타낸 것이기도 하다. 이것은 북한 군관이 준혁의 '인도주의'를 지적하면서 "동무가 디하에서 투쟁한 게 어느 정도 치열한 것이였나를 난 이 한 가디루서 알 수 있소"라는 말에서 도 드러나 있다.

이 소설에서 나타난 미국관도 시류를 넘어선 객관적 기술이라고 보여진 다. 준혁의 눈에 비친 미군은 물론 나쁜 것이다. 그러나 강문구를 통하여 평하는 미국은 현재 운동권이나 학생들이, 이유는 있으나 편협한 사시로 보는 미국관과는 다르다. 특히 이북에 진주했던 소련군과 비교한다면 큰 차이를 보인다.

이 소설의 감동은 중반 이후에 있다. 대아도라는 한 작은 섬에서 벌어지 는 좌우의 대립과 살상, 좌우의 군대의 뺐고 빼앗기는 작은 전투, 서준 혁의 활동과 좌우로 갈린 마을 사람들의 불안한 삶, 이런 것들이 인천 상 륙이라는 역사적 사건으로 이어지면서 작가의 역량를 새삼 감탄하게 된다. (대아도는 한국의 상징이기도 하다.) 비록 중반에 너무나 지나친 자료들의 나열 - 예컨대 인천 지역 남노당 출신의 이력서 같은 서술이나 해방 전후 에 벌어진 투쟁사 등 - 은 현학적인 거부감을 느끼게도 하는 약점이 있으 나 대아도에서의 박진감 있는 사건의 흐름은 '역시 이래서 소설을 읽는구 나' 하는 느낌이 들 정도이다.

소설 『황해』에서 주인공 서준혁의 인물 설정은 무리 없이 설정되었으며 그가 좌경하게 된 이유도 소설 문법상 필연성을 갖추고 있다. 준혁이 어렸 을 때 가난한 어부의 아들로 선주와 어부들 간의 불균등한 어획 분배율을 놓고 쟁의를 벌이려고 한 것도 굽은 것을 펴고 옳지 못한 것을 보면 바로 잡고자 하는 그의 곧은 성격을 말해 준다. 일제 하에서 중학을 다니며 청 년동맹에 들게 된 것도 한국인이면 누구나 그렇게 될 자연스런 일이다. 그 의 "부러질 듯한 강기"는 이 소설의 주류를 이루는 사건 진행에 좌익이 면서도 그 안에 안주 할 수 없는, 공산주의가 배척하는 휴머니스트가 된 이유이기도 하다. 아무리 휴머니스트라고 하더라도 결국 그가 죽음의 사자 노릇을 하게 되는 것은 이데올로기라는 우상을 숭배하는 이상 어쩔 수 없 을 것이다.

이 소설의 또 하나의 장점은 무엇보다 황해라는, 어떻게 보면 그저 우리의 황금 어장이라고만 인식되던 바다와 섬을 통해 한국사의 새로운 인식을 가져다주는 계기를 마련했다는 점이다. 위의 두 소설은 서로 상반되는 특성을 갖고 있다. 『내가 만든 사막』이 불교와 도교의 서정성을 띄는 인생의 고행에 있다면 『황해』는 서사적인 남성적 특성을 가지고 있다. 『내가 만든 사막』은 중편의 성격을 띄고 있다고 말할 수 있을 것이다. (『*한국문학*』)

# 우울과 사회

어느 한 나라에서 생산되는 예술은 그 민족의 의식 혹은 내면적 무의식의 표현이며 민족혼일 것이다. 그것은 또한 작가가 의도적으로 그려냈든 또는 우연한 소재의 발견으로 형상화시켰든 그 시대의 문제점이 형상화되어 있기 마련이다. 프로이트의 무의식의 세계 이론에서 藝術論을 이끌어낸 마르쿠제는 藝術生産의 기본적인 욕구를 사회적 반영으로 본다. 예술가는 自己實現의 모순에 부딪치거나 열망하는 소망 충족이 현실에서 이루어질 수 없을 때, 소위 억압된 현실(unterdrückte Realität)을 무의식의 세계에 넣었다가 다시 끄집어 낼 때는 변형된 모습으로 만들어낸다는 것이다. 그렇다면 문학과 사회와의 관계는 불가분의 관계에 놓이게 되고, 가장 예민한 레이더를 보유하고 있는 작가들에게는 그들의 문제가 곧 우리들의 문제이고, 그들의 기쁨이 우리들의 기쁨이다. 우리 작가들의 다양한 소재 선택에도 불구하고 몇 개의 테마로 압축되는 이유는 우리 전체의 소망인 통일이라든가 전쟁, 또는 다원화되지 못한 우리의 여건이기 때문일 것 같다.

文淳太의 「황홀한 歸鄕」은 언뜻 보면 한 평범한 인물의 불행한 일생을 그리고 있는 듯이 보인다. 그러나 좀 상징적인 면을 볼 수 있다. 호도 알처럼 패인 얼룩배기에다가 왼쪽다리마저 절뚝거리는 최두삼의 삶은 애초에는 평화로운 마을에서 산다. 理想鄕인 지도 모른다. 혹은 평화롭던 한국의 이미지일 수도 있다. 그가 살고 있던 학골은 거의 모든 이름에 鶴이라는 이름이 붙여져 있다. 鶴林, 鶴橋, 鶴亭, 마을의 샘 이름도 학샘이다. 여기에 덧붙여 작가가 쓰고 있지는 않으나 이곳에 살고 있는 사람들은 흰옷을 입고 있지 않았을까. 백의민족의 나라 한국이다.

이때에 "말을 탄 사냥꾼이 총을 들고 나타났다". 전원적인 평화의 마을에 폭력이 나타난 것이다. 임진란이라도 좋고, 호란일 수도 있고, 6·25의 참극이라도 좋고, 그 밖에 역사 속에서 받은 민족의 아픔 중의 아무 것이라도 좋다.

일반적으로 작품 속에서 전원적 평화로움의 한 가운데 외부인이 등장하는 것은 평화의 파괴를 상징한다. 가장 대표적으로 상징화시킨 것이 쉴러의『빌헬름 텔』일 것이다.

이상향의 파괴는 무엇보다 花心이 사냥꾼을 따라간 데 있다. 아마도 작가가 여인의 이름을 花心이라고 붙인 것은 의도적인 것 같다. 꽃마음, 꽃소식 등의 유토피아적인 냄새가 짙다. 사냥꾼이 花心을 유린한 것은 낙원으로부터의 추방이다. 신화 속에 나오는 이브의 變心과 낙원의 종말과 유사하다. 이 소설은 추방된 최두삼의 귀향하는 과정을 그리고 있다. 평화로운 마을로의 귀향, 잃어버린 花心에로의 귀향이다. 반평생을 방랑하며 花心을 그리워하고 사냥꾼을 저주하며 살던 그에게 작가는 옛 날의 평화로운 낙원을 돌려주지는 않는다. 비록 花心이를 돌려주기는 하지만 鶴은 돌아오지 않은 것으로 끝을 맺는다. 鶴 대신 까마귀가 그가 옛날에 쉬었던 나무 위에서 운다. 작가는 맨 뒤의 그림을 아주 검은 색으로 칠한 뒤 花心으로 그림 한 모퉁이에 밝은 점을 찍어놓아 절망이 아니라 희망이 있다는 암시를 주고 있다.

임철우의「뒤안에 바람소리」는 新人 작품중의 하나로 유려하게 다듬은 인상적인 작품이다. 뼈아픈 전쟁의 후유증을 그리고 있지만 작가의 훌륭한 문장은 서정시를 읽는 느낌이 든다. 마을의 모습과 바람 소리, 어두운 밤의 언어들은 많은 어휘와 적절한 구사의 역량을 보여 준다. 독자들을 스산한 갈대 숲의 바람소리 나는 곳으로 이끌어 외로움과 고뇌를 짙게 한다. 본의 아니지만 옛날 친구 형술을 살해하게 되어 결국 미쳐버린 을석이의 마음이 작품 전체에 나타나 있다. 주인공의 사투리 사용은 더욱 짙은 여운을 갖게 하는데 "어무니, 형술이가 왔어라우 형술이가 시방 우리집 사립문을 흔들고 있다 말이라우"하고 老母와 대화하는 장면은 崔仁勳의『봄이 오면 산에 들에』의 처음 장면을 연상케 한다. 동양적인, 한국적인 시간의 정지, 정적이 보인다. 엘리아데의 코스모스라는 용어를 실감케 한다.

역시 新人 作品인 李三敎의「그 木石의 계절」도 쓸쓸하고 허망한 계절을 그리고 있다. 가을의 이미지를 깊이 담은 우수의 경향을 띤 것이다.

흔히 소설의 무대가 섬일 경우에 이상향을 그린 것이 많으나 우리의 작품에는 그렇지 않다. 아마도 체념과 우수의 의식이 우리 작가에게 깊게 깔려 있는 듯하다. 이 작품은 아이들의 시선으로 본 전쟁 중 외딴 섬의 이야기이다. 정신 이상의 여인과 아이들과의 관계를 묘사하고 있다. 나중에 가서 이 여인이 난 아기를 보호하려는 행동과 그의 어머니를 찾으려 흩어져 뛰어가는 모습은 우울증에서 벗어나게 한다.

우리의 작품 가운데 아직도 素材로서 터부시되어 있는 영역이 있다. 그것은 해방 직후의 左右 혼란기부터 6·25가 발발 하기 까지의 혼란기이다. 비록 5년이라는 짧은 기간이기는 하지만 지식인의 고뇌가 가장 적나라하게 표현될 수 있는 때가 이 시기일 것 같다. 소위 통금 시대의 문학이니 어쩔 수 없기는 하지만 李炳注의 「虛妄의 情熱」은 左右의 엇갈리는 틈바구니 속에서 사는 지식인의 고뇌가 잘 나타나 있다. 주인공 박태영은 본인은 그렇게 생각하지 않겠지만 감상주의적 마르크시스트이다. 그는 신념을 가지고 마르크스 주의를 신봉하고, 작은 일이기는 하지만 실제로 행동에 참가하기도 한다. 그러나 그에게 부족한 것은 哲學徒로서 觀念的인 이데올로기만 알고 현실을 보는 눈이 결여되어 있다는 점이다. 이념과 현실에 관한 밝은 눈을 가진 사람은 김경주이다. 김경주가 박태영에게 비친 모습은 회색분자이고 기회주의자이지만 그는 마르크스주의자들의 권모술수를 훤히 들여다보고 있다.

그는 생명을 유지하기 위해서는 얼마든지 비굴하라고 학생들에게 가르친다. 김경주와 박태영의 입을 통하여 작가는 그의 經世論을 펴고 있거니와 러시아 혁명을 프롤레타리아가 일으킨 것이 아니라 일반 민중이 혁명의 주체였다는 것은 놀랄만한 관찰이다. 부르조아를 대신한 새 계급이 들어섰다는 것도 이미 우리가 공산주의 사회에서 역력히 보는 사실이다.

박태영은 맹목적인 마르크스 주의 숭배자였지만 이상과 현실 양쪽을 날카롭게 파악하는 김경주로부터 조금씩 조금씩 현실에 눈을 떠간다. 그러나 결정적인 현실에의 개안은 여수·순천 사건이었다. 마르크시즘이 이상향을 세우는 최선책이라고 믿던 그에게 공산주의의 만행은 회의를 갖도록 만든 것이다.

> 마르크스다. 마르크스가 가르친 증오의 불길은 임신한 여자의 배도 가를 수 있
> 다. 그리고 그 증오는 원수의 증오로 옮아져 임신한 여자의 배를 가른 사나이
> 의 어미를 찾아 그 배를 가른다.

여기서 주목할 것은 마르크스 주의가 증오를 가르친다는 사실이다. 마르크스 주의에 관한 소설 속의 이론은 상당히 부정적이다. 마르크스 이외에 다른 이념이나 종교는 사랑과 용서를 최선으로 삼고 있다는 것이다. 그러나 마르크스 주의는 증오를 가르친다고 보고 있다. 주인공 박태영은 마르크스의 허상에 잡히어 이 명백한 사실을 보지 못한다는 것이다. 물론 주인공 의 경우는 맹목적인 사상에 사로잡혀 있는 인물로 그렇게 설정되어 있어 부정적인 마르크스 주의자로 그려져 있다. 후에 그는 지나간 자기의 열성을 "허망의 정열"이라고 뇌인다.

한 좌경한 지식인의 現實直視의 과정이 이 작품의 줄거리이지만 우리가 자본주의 체제하에서 살고 있기 때문에 써 내려간 도식적이라는 생각이 들기는 해도 소설 속에서는 절실한 變身의 모습으로 부각되었다. 아마도 해방 직후의 좌경 센티멘탈리스트들의 실재일 것 같다.

朴範信의 「그들은 그렇게 잊었다」는 4·19 때 부상 당한 젊은이를 그리고 있다. 주인공은 실의에 차서 그 당시 가장 용감하고 의로운 선배를 찾아갔으나 그는 보신탕용 개를 기르며 실의에 차서 살고 있다는 이야기이다. 주목할 것은 주위를 시끄럽게 하지 않도록 개의 귀청을 모두 뚫어놓아 전혀 짖지 못하게 한다는 것이다. 정의를 위하여 행동하였던 인물이 소리를 듣지 못하도록 개의 귀청을 없앴다는 것은 독자들로 하여금 우수에 젖도록 한다.

우리가 신인 작가의 데뷔작이나 추천 작가의 작품을 무엇보다 즐거운 마음으로 읽는 것은 그들의 작품들이 오랜 세월 동안 여과된 후에 형상화되었기 때문이다. 그러기에 작품마다 단단한 구조와 적절한 언어 구사가 눈에 띈다.

吳貞亞의 「겨울 이야기」는 가난하지만 밝은 마음을 갖고 사는 어린 학생의 성장 과정을 눈여겨보는 여선생의 이야기이다. 그러나 총명한 아이가 가난 때문에 비뚤어지고 휘어져버리는 원성호의 경우는 여선생의 아픔이 아니라 우리 모두의 아픔이다. 단단한 구조에 무척이나 애쓰고 공들인 작품이었다. 그러나 끝 부분의 환상적인 묘사의 도입은 오히려 흠이 아닐까 생각된다. 앞으로 좋은 작품을 기다린다. (『문학사상』)

# 不眠의 원인

한 사회의 질서가 그릇되기 시작하면 모든 방면에 걸쳐 비이성적인 요소가 작용하기 시작하게 되며 그 사회내의 구성원을 이성적인 방향으로 바로 잡으려는 집단과 그 반대 세력과의 갈등이 첨예화하게 된다. 이 갈등을 대표하는 두 집단은 단순 논리에 빠지기 쉬우며 적 아니면 동지라는 양자택일만이 유일한 판단 기준이 되어 아무리 날카로운 판단력의 소유자라고 해도 결국은 흑백론의 사고에 머무르고 만다. 좋은 의미의 중용은 회색분자이며 침묵하는 것은 비겁한 지식인으로 매도된다.

형식상의, 혹은 절반만의 민주화를 이룬 현재 한국 정치 상황하에서 발표되는 신작 소설들은 저 어두운 시절의 지식인의 고뇌를 그리고 있는 작품들이 많이 보인다. 근래에 발표되는 작품에 특히 주의를 기울이는 이유는 표현의 자유가 비교적 주어지고 있어 작가의 역량을 발휘하기 좋은 시대가 온 것이 아닐까 생각되기 때문이다.

근래에 읽은 소설의 등장인물은 억압된 현실에 대하여 침묵하였던 지식인들이 대부분이어서 소설의 분위기는 어둡고 황량하다. 崔正柱는 「안개와 박쥐」에서 그러한 분위기를 중심으로 작품을 전개시키고 있다. 그가 즐겨 사용하고 있는 이미지인 안개는 이번에도 전편에 걸쳐 설정되어 있고 도처에 알레고리가 사용되고 있다.

주인공인 국문학 교수 하지호는 민주화에 동정적이기는 하지만 그의 내면은 뚜렷하게 보이지 않는 사람이다. 같은 문학 동호인이며 그를 따르는 젊은 시인이기도 한 제자 이진수가 그를 "속을 내 비치지 않는 분", "가까이 하고 싶어도 가까이 할 수 없는" 스승으로 치부하고 있는 것도 이 시절에 (또는 지금도) 흔히 있는 현상이다. 하교수는 스스로 이것을 의식하고 괴로워하고 있는 것으로 소설 속에서는 암시하고 있다. 소설의 초두를 "아파트 옥상 위에서 박쥐들이 떼로 날고 있었다"고 운을 떼기 시작한 것은 작가의 의도가 무엇인지를 것을 말하고 있다. 소설의 마지막 부분에 가서도 박쥐를 등장시키고 하 교수의 강의 시간에도 박쥐가 거론되고 있다.

박쥐의 의미는 어려울 것도 없이 우리가 다 알고 있는 이중의 성격이다. "요즘 사람들의 습성"이기 때문이다. 그러나 하 교수의 고뇌는 정의의 편에 서 있으면서도 침묵하고 있는 것을 스스로 박쥐인 듯이 느끼고 있는 점이다. 현실에 대하여 그가 자신의 의견을 확실하게 발표할 수 없는 것도 그렇기는 하지만, 그의 부친의 과거도 그의 입장에 이중적 의미를 부여한다. 하나는 그의 부친이 좌익에 가담하였다는 사실이 어느 정도 부담을 주고 있고 또 실제로 문형사의 은근한 압력의 도구로 쓰여지기도 하지만 옳든 그르든 그의 부친 또한 박쥐의 형태를 갖고 있었던 것이 사실이기 때문이다.

어두운 시절의 비유로 사용되고 있는 안개도 이 소설에서는 처음부터 끝까지 뒷 배경의 역할을 하고 있는데 "늪지대와 습지대 등 불결한 곳"에 나타나기는 하지만 앞집 여자와 거리의 여자인 안나가 등장할 때 특히 많이 사용되고 있다. 비둘기도 알레고리로 사용되고 있는데 모두가 알고 있듯이 평화 혹은 옳은 일을 하는 상징으로 나타난다.

이 소설에서 작가는 한 시대의 문제점을 여러 측면에서 관찰하려는 의도를 갖고 있는 듯하다. 하 교수만이 아니라 젊은 시인이 시를 쓰지 못하고 구호만을 외치다 죽어야하는 불운, 최루 까스로 인한 그의 부인의 질병과 유산, 아파트 앞집 여자의 불운 등, 이렇게 여러 측면에 포커스를 맞추어, 마치 도스 패소스의 수법을 사용한 듯이 보이기는 하나 중편에서는 다원적인 관찰이 성공하기가 힘들지 않을까 생각된다. 중편에서도 그 구조는 역시 단편에서와 같은 응집력의 구조가 필요한 듯하다.

우리의 정치적 암흑기에 지식인의 고뇌를 그린 작품들 중 위의 소설과 같은 계통의 소설로 **전상국**의 「잃어버린 잠」을 들 수 있다. 주인공은 역시 대학 교수, 특히 사회과학을 전공하는 사람이다. 불면증으로 시달리는 현세병 교수가 친구인 내과의 최의사를 찾아가 상담하는 것으로 시작하는 이 소설은 단단하게 짜여진 구조와 복선을 깔고 있으며 심리학적 자료를 섭렵한 것이 금방 눈에 뜨인다. 그러나 더욱 눈에 뜨이는 것은 작가의 솜씨이다. 현실에 대한 접근을 어떻게 하고 있는가에 문제가 있는 것이 아니라 어떻게 쓰여졌는가가 더욱 흥미 있는 일이다. 주인공 현 교수의 불면은 어쩌면 오늘을 살고 있는 한국인이면 한 번쯤 겪었을 불면이다. 혹은 한 번도 불면을 겪지 않았던 사람이 있다면 우선 읽고 반성해 볼 일이다. 어떻든 현교수의 불면은 독자를 깊은 상념 속에 잠기게 한다.

현교수는 그의 잃어버린 잠을 찾는 과정에서 그의 과거가 밝혀지지만 그것이 다른 한국인 누구와 다를 것은 없다. "자수성가, 그야말로 입지전적 인물 아닌가. 험난 기구한 그 긴 터널, 다 제 손으로 뚫구 나와 이젠 어엿이 괜찮은 대학 정교수에다 사회과학 계통에서는 꽤 알아주는 박사학위"도 가진 선생이다. 또 교수이면 누구나 갖고 있는 일반적인, 약간은 속된 소망을 갖고 있을 뿐이다. "학계를 뒤흔들어 놓을 그런 대단한 논문을 쓰고 싶구, 또 강단에서는 누구보다 잘 가르치는 선생이란 소릴 듣구 싶구, 좋은 세상 오면 괜찮은 보직 자리 맡아 능력을 발휘해보고 싶기두 하구, 돈두 적당히 벌어 남 보기 추하지 않은 여생도 보내야"겠다는 일반적인 바램이 현교수의 불면을 가져오는 것은 아니다.

현 교수의 학문의 방법론은 소설에 나와 있지 않지만 "이쪽두저쪽두 아닌 가치중립적 태도"라고 한 점으로나 친구인 최의사가 "자네 전공이 사회과학 쪽이긴 해두 그 분야가 정치 사회 문제완 영다른 거잖아. 난 말이야, 자네가 정치 따위엔 관심이 전혀 없는 줄 알았지"하는 것으로 보아 그의 의식세계를 엿볼 수 있다. 현 교수는 그럼에도 불구하고 소위 '서명교수'가 되었다. 그의 서명은 소신이나 민주화의 염원보다는 제일차 서명교수 그룹에 속하지 못한 소외와 난세의 처신을 어떻게 할까 하는 갈등에서 "분명히 변화를 바라는 쪽이 아니었"음에도 서명한 것이다.

그가 앓고 있는 불면은 바로 신념에서 나오지 않았던 서명이 오히려 위선의 행동이 아닌가 하는 갈등에서 연유한다. 그는 나중에야 비로소 "얼마나 많이 알고 있느냐가 중요한 것이 아니라 그 아는 일에 대해 어떤 인식, 어떤 신념을 보이느냐 하는 그 의식의 문제라는 사실"을 깨닫고 괴로워 한다. 그는 서명을 않고 눈감고 있었던 사람들보다 자신이 더욱 "교활한"자 라고 생각하기에 이른다. 그가 아이들에게 자기의 모습이 어떻게 비치고 있는가를 묻는 것도 양심의 가책에서 오는 것이다. 현세병 교수의 실명은 '現世病'이 아닐는 지.

전상국의 소설에서 가부장적인 요소가 많이 나오고 있지만 여기서 보이는 가부장적 요소는 비뚤어진 정치 지도자의 상이 아닌가 생각된다. 소설의 주인공이 꿈속에서 늘 살의를 느끼는 것도 억압된 욕구를 꿈속에서 실현하려는 뜻으로도 해석될 수 있겠다.

위의 두 편의 소설과는 다른 분위기의 단편으로 **정을병**의 「**인생 그림자**」는, 이름은 행복한 뜻이 담긴 듯한 금동선이란 여인과 주인공 '나'와의 만남과 헤여짐, 죽음을 다루고 있다. 이 단편은 흔히 유행하던 "어떤 인생"이라는 소품으로 한 여인의 기구하다면 기구한 운명과 '나'와의 직접 혹은 간접적인 인연을 이야기하고 있는데 소설의 종말을 '나' 도 금동선을 따라 바다 속으로 따라 들어갈 만큼 필연성이 있는가는 의심스럽다. **정동수**의 「**고향기행 4 — 백일홍**」은 차분한 분위기의 소설로서 한 농가의 퇴락하여 가는 과정을 백일홍의 쇠퇴 과정과 비교하면서 서정적으로 나타내고 있다. 작가의 자전적 요소가 들어있는 듯한 이 단편에서 공단이 들어서면서 옛날의 농촌 구조와 그의 시세계도 차츰 허물어져 가는 모습이 잔잔하게 드러난다. '나'의 백일홍에 대한 성의는 무산되고 부르도자에 밀리어 죽어버리는 것에서 독자는 낡은 세계가 허물어지는 애상을 느끼게 된다. 조정래는 그의 야심작인 『태백산맥』제 삼부를 연재하고 있다. 팔십년대의 한국 소설문학의 대표적인 몇 편 중에 속하게 될 그의 작업에 문단은 그를 주목하고 있다. 요즈음 한국 문학의 큰 수확은 무엇보다 작가들이 그들의 이름을 걸고 사생결단을 내려는 마음가짐에서 오는 것이 아닐까 한다. 전처럼 안일하게 신변잡기를 쓰고 있으면 살아남기 힘든 시대가 도래한 것 같다.(『*한국문학*』)

# 문학에 나타난 이상과 현실

누구나 각자의 가치관에 따라 문학관을 가질 수 있고 그 가치관에 따라 만들기도 하고 향유하기도 해야한다는 것이 상식적인 일이면서도 우리의 문단 전통은 자기의 주장만이 옳다고 상대방에게 강요하는 주입식 주장만 있었지 진정한 토론은 드물었던 것 같다. 새로운 한국 정치의 기상도는 백가가 쟁명하는, 따라서 문학의 영역에도 소위 흑백 논리는 불식되었으면 한다. 흑백 논리는 우리 나라의 도처에 도사리고 있어 한국 정치 40년의 후유증으로 오래 남을 것 같다. **한승원**의 「**아버지와 아들**」은 한국의 당면한 정치 현실과 흑백 논리의 가장 대표적인 경우로서 비록 민주화가 조금이나마 이루어지기는 하였으나 이 소설의 주인공 윤길이라는 청년이 현실에서도 실재하고, 그들의 생각이 옳든 그르든 우리의 당면 과제이기 때문이다. 서로 다른 이상 혹은 현실 파악의 차이는 무엇보다 세대차에서 오는 경우가 보통이다. 이것의 대표적인 경우는 아버지와 아들간의 가치관의 차이이다. 작가 한승원이 남도기행으로 연작, 발표하고 있는 소설을 「아버지와 아들」이라고 부른 것은 우리시대를 뛰어넘는 통시적인 개념으로서, 가치관의 차이를 그리고 싶었을 지도 모른다.

문학에서 아버지와 아들과의 갈등 관계는 아주 오래된 테마에 속하면서도 현재의 가족 관계의 사회조직이 계속 유지되는 한 항상 나타나게 될 문제이다. 아버지는 기성세대의 대표로서 보수적이고 자기의 가치관을 아들에게 물려주려고 강요하며, 기존 가치의 기득권자로서 기득권의 상실을 두려워한다. 그 반면에 아들은 새로운 세대의 기수로서 기존 질서를 거부하고 기득권자의 선취득권을 부정한다. 이미 있어온 모든 것을 일단 회의의 눈으로 보면서 모든 것을 개혁하려 하는 급진주의자이다. 프로이트의 오이디프스 콤플렉스라는 것도 실은 이런 의미에서 아버지와 아들의 갈등 관계를 해석한 방법 중 하나가 아닐까?

한승원의 「아버지와 아들」은 연작으로 쓰여지고 있어 이 작품 하나만으로는 구체적으로 논하기 어려운 것이기는 하지만 하나의 독립된 작품의 성격도 갖추고 있어 여기서 평하여 볼 수도 있을 것이다. 시인인 아버지 주철과 역사를 공부하는 아들 윤길이의 인물 설정은 타당하다. "예술적인 감수성"을 갖추게 하기 위하여 아들에게 사물의 "성질들을 이야기 하여 주고" 자연에 "얽힌 이야기들"을, "사람이 세상에 존재하는 모든 것들한 테 이름을 붙여주고, 누군가가 붙여준 이름을 알고 불러준다는 것은 그것 과 사귀기 시작한다는 것이고, 서로 영혼의 교감을 시작하는 것이라는 이 야기를" 해준다. 요컨대 시인인 아버지로서 아들에 대한 교사로서는 훌륭 한 역할을 하였다고 보여 진다.

그러나 역사를 공부하는 아들은 자연의 오묘한 진리와 사물의 교감을 파악하는 예술의 안목을 지니기 전에 현실 문제가 더욱 급박한 것이다. 기 성인은 사회의 모순을 "이해"로서 바라보지만 예술적인 ― 그러니까 사 물을 꿰뚫어 볼 형안을 갖추지 못해 ― 안목이 아직은 결여된 비판적인 아들 윤길은 모순 자체만이 보일 뿐이다. 윤길의 마르크스적인 일차원적 사고의 틀은 실은 아버지 세대에 그 원인이 있는 지도 모른다. 철주가 아 들 윤길의 주장을 듣고, 사회 개혁은 점진적인 개량으로 실현할 수 있다고 말한 후 "이 말을 해놓고 주철은 얼굴이 뜨거워 졌다. 마치 자기가 현정 부의 대변인이 할 만한 소리를 자기가 하고 있는 듯싶었다"고 생각하는 것은 옳은 말임에도, 부끄러운 정부를 두고 있다는 뜻이 아닌가.

이미 낡은 마르크스 주의가 한국에서는 판을치고, 민중을 위한다는 구실 아래 폭력이 난무하고 있기는 해도, 그것을 정당하다고 믿으며 남의 말에 귀를 기우리지 않는 윤길의 성격은 너무나 도식적이다. 지금 소위 운동권 학생들이 윤길의 현실적인 실상이기는 해도 약간의 회의를 갖는 윤길로 형상화 하였다면 어떠하였을까 생각하여 본다. 그가 진정한 사학도라면 만 화 영화의 로봇 같은 행동이 아니라, 내면적 고뇌를 보여주었으면 하는 생 각이 든다. 아마 이러한 견해를 갖는 것은 윤길과 같은 학생들의 가난한 농민이나 노동자에 대한 연민의 모습이 실은 장한 생각이라고 기뻐하면서 도 그 행동 양식을 혁명이나 폭력으로서가 아니라, 즉 마르크스주의적 혁명과 독재의 형태로서가 아니라, 거기서 벗어나기를 진정으로 **바라는 필자**의 개인적 소망이기 때문일 지도 모른다. 소설 속의 우화로 쓰여진 "이야기 수수께끼"는 설득력이 부족하다고 느껴졌다.

문학이 현실의 모순을 고발하고 현재 가지고 있지 않지만 앞으로 소유해야할 이상적 가치를 위하여 존재한다는 것은 주지의 사실이다. 거기에 비긴다면 **김용운**의 「**황포 돛단배**」는 현실적인 것을 묘사하되 너무 체념적, 방관자적인 것이 아닐까 생각된다. 국민학교 교사인 '나'의 의식세계는 현실에 대하여 명확하게 표현되어 있지는 않다. 다만 최 선생과의 언쟁에서 조금 드러나 있을 뿐이다. '나'에게 비쳐지는 사물은 있는 그대로만 나타난다. "로마 군단"인 전경들의 모습, 데모하는 학생, 화염병, 최루탄, 재채기 등. . . 다만 혼란한 와중에서 우리의 현실을 유행가인 "**황포 돛단배**"와 연결시키고 있는 것이 아쉽다. 이 노래를 듣고 주인공이 전적으로 체념이나, 방관자적인 입장에 있는 것은 아니다. '나'는 이 노래를 한의 노래로 생각하고 있기는 하나, 윤 선생의 반응, "어디로 가는 배냐구? 어디로 가긴 어디로 가. 멋대로 흘러가는 배지. 제멋대로…" 하고 말함으로서 소설 전체의 톤을 현실에 대한 체념에 빠지게 만들었다. 우리는 모두가 민주 투사일 필요는 없다. 그러나 작가는 자기작품속에 가치관을 넣는 것이 옳을 듯 하다. 물론 윤 선생의 의식세계는 한국인이 갖고 있는 나쁜 의미의 체념적인 성격의 실상이기는 하다.

**조승기**는 「**멀리 그리운 불 밝혀 두고**」에서 재벌들의 모습을 알레고리의 수법으로 묘사하고 있다. 거인들을 비정상인으로 묘사하여 독점 재벌의 특징을 신체적 특성으로 표현하고 있다. 원래 알레고리 수법은 직설적인 묘사보다 더 깊은 뜻을 갖게 하기 위하여 흔히 쓰는 것인데 그만큼 **효과**를 나타내었는가는 좀 의심스러운 면이 있다. 혹은 창작의 자유가 유보되었을 때에 검열의 눈을 피하기 위해서 사용하기도 하지만, 그런 목적으로 사용된 것도 아닌 듯하다. 그러나 현실에 대한 비판을 나타내려고 한 의도는 도처에서 보인다.

현실의 모순이나 인간의 야만성을 여실이 보여준 작품은 **이삼교**의 「**미**

늘」과 **김선주**의 「**기침소리**」에서 이다. 「미늘」은 면 소재 중학교에서 교감의 횡포를, 그러니까 사실은 보이지 않는 교주의 횡포를 묘사하고 있다. 교사인 인옥을 학교에서 쫓아내기 위하여 행하는 수단과 방법은 아주 오래된 수법임에도 그 효력은 아직도 강력하다. 소위 쌀게라는 것을 반대한다는 "서명교사"(?)로 된 것이 인옥이 물러나야 할 죄목에 해당되는데 이것은 우리 사회에 일반적으로 풍미하고 있는 일이다. 옳은 것을 주장한 사람들은 언제나 당하고 그 집단의 책임자로부터 제거 당한다. 그러나 그 죄는 항상 당사자에게 있다. 「기침소리」에서는 극적인 구조가 돋보인다. 주인공 주경회의 피곤한 삶과 사회의 부정적인 요소들과의 마찰은 독자로 하여금 삶의 실체를 느끼게 한다. 화려한 상류 세계의 뒷면에 나타나는 부조리, 경회의 처신에 좌우될 남편의 위치가 복합적으로 구성되어, 현실과 타협하지 않으면 안될 지경에 처하여 있으면서도 단연코 거부하는 주인공에게 박수를 보내지 못하고 곤고함을 느끼게 되는 이유는 작가가 삶의 양식을 그렇게 표현하고 있기 때문이다. 그러나 경회의 피아노 레슨 방식과 생활의 태도는 독자에게 모범이 될만하다. (『**한국문학**』)

「韓國 戱曲文學의 世界文學的 位相」 주석. 『예술세계』에는 편집상 주석
을 낼 수 없었기 때문에 생략하였다. 본 논문은 독일 훔볼트 대학 한국
학과 주최 『한국문학 세미나』에서 발표한 것이다.

1) 차범석, 한국희곡문학약사, 한국문학전집 별책부록 51권, 서
   울(어문각) 1979, 244쪽.
2) Iwan Watt, Der bürgerliche Roman. Aufstieg einer
   Gattung. Defoe - Richadrdson - Fielding(Titel der
   Orginalausgabe "The Rise of Novel"),übersezt. von Kurt
   Wölfel, Frankfurt/M. 1974. 제 1,2장 참조.
3) Emil Staiger, Grundbegriffe der Poetik, München
   1971 (dtv 4090), S.102.
4) 독일어로 '말동무가 되다, 말을 나누다' 라는 숙어
   'Gesellschaft leitsten'은 좋은 예 이다.(문자대로의 뜻은
   '사회를 이끌다') 이 뜻은 두사람 이상이 대화하는 것에 이
   미 사회적 의미를 띄우고 있다고 생각되며 '사회성'를 뜻한
   다.
5) "Zu hoher Blüte entwickelte sich ja die zweistimmige
   Beredsamkeit der  Hellenen vor Gericht und in der
   Volksversammlung: ein Zweckdialog (...) Hier wie dort
   der Erfolg nicht nur von der Wucht der beigebrachten
   Gründe, sondern auch von der Herrschaft (...) abhängig."
   Robert Petsch, Wesen und Formen des Dramas. Allgemeine
   Dramturgie, Halle(Salle) 1945, S.15.
6) Otto Mann, Geschichte des deutschen Dramas, Stuttgart
   [3]1969(Kröners  Taschenausgabe 296), S.6.
7) Siehe Robert Petsch, a.a.O.,S.15.
8) Hans Georg Gadamer, Wahrheit und Methode. Grundzüge
   einer philosophischen  Hermeneutik, Tübingen [3]1972,
   S.363.
9) Johann Wolfgang von Goethe, Werke Bd.2. hrsg.v. Eirch
   Trunz, (Hambruger Ausgabe) Hamburg 1969, S.189.
10) 우리에게 좋은 희곡, 즉 재미있는 연극 하면 무엇보다 희극
    을 떠올리게 되고 또 희극이 좋은 작품으로 기억되는 것은
    한국 희곡작품의 대부분이 비극이 아니라 喜劇의 형태이기
    때문이다. 한국인의 심성은 눈물을 흘리는 순간에도 웃는다.
    비극과 희극이 어떤 사회적 조건하에서 더욱 두드러지게 나
    타나는가, 한국희곡문학의 본질은 왜 喜劇인 가는 다음 기회
    로 미루겠다.

11) Brecht만이 아니라 연극은 다른 어떤 문학 장르보다
    교훈적이다.
12) 헤에겔의 철학적 명제는 희곡에서 가장 적절한 명제이다.
    Hegel의 희곡론은 사실 여기에 그 근거를 둔 변증법적인 이
    론이라고 볼 수 있다. Georg Wilhelm Friedrich Hegel,
    Ästhetik 참조.
13) Sophokles,       "König       Ödipus",       übersetzt     v.
    Heinrichweinstock, München und Wien 1968 (Theater der
    Jahrhundert, Bd.1), S.55.
14) Sophokles, a.a.O., S.30.
15) 작품 내에서 만이 아니라 설화 가운데도 '나는 누구인가?'
    라는 질문은 여러 번 되풀이 된다. Korinthos의 Polybos왕에
    게서 자랄 때 친구들의 놀림을 받고 Polybos왕에게 '나는 누
    구입니까?' 하고 물었으며 대답이 확실하지 않자 Delphoi신전
    에 가서 다시 '나는 누구입니까?' 하고 물었다. 이 '나의 대
    한 의문'은 悲劇 『오이디프스 왕』에 가장 중요한 의미를 포
    함하고 있다.
16) "Wer ist das, der es wagen darf, als ein Einzelner das
    griechische Wesen zu verneinen, das der tiefst Abgrund
    und die höchste Höhe unserer staunenden Anbetung gewiß
    ist? Welche dämonische Kraft ist es, die disen
    Zaubertrank in den Staub zu schütten sich erkühnen darf?
    Welcher Halbgott ist es, dem der Geisterchor der
    Edelsten der Menschheit zurufen muß:"Weh! weh! Du
    (Sokrates) hast sie zersört, die schöne Welt, mit
    mächtiger Faust; sie zerfällt!" Friechrich Nietzche,
    Werke hrsg.v. Ivo Frenzel, München 1973, hier, Bd.1
    (Geburt der Tragödie), S. 64.
17) Ebda, S. 785, Anmerkung Frenzels zur Seite 63.
18) Georg Wilhelm Friedrich Hegel, Vorlesungen über die
    Philosophie der Geschichte, Stuttgart 1966 (Reclam
    4881-85a/85b), S.378.
19) Ebda, S.379.
20) Vgl.ebda.
21) "das Höchsttragische", ebda.
22) Vgl. Karl Jaspers, Von der Wahrheit, hier: Vollendung
    der Wahrheit in ursprünglichen Anschauungen, in:
    Tragik und Tragödie(WdF), hrsg. v. Vollkmar Sander,
    Darmstadt 1971, S.5.
23) Peter Szondi, Versuch über das Tragische, Frnakfurt/M. 1961, S.68.
24) S. Freud는 심리학자로서 당연히 『오이디프스』에서의 문제
    점을 '오이디 프스컴플렉스'로 해석하고 있다. 그러나 이
    비극에서 보다 중요한 것은 역사철학적인, 시대와 시대 사이
    에 놓인 두개의 테제의 충돌이라고 보아야 마땅할 것이다.

이런 관점으로는 본 논문이 **최초의** 언급이라고 **생각된다**.

25) "...die Einheit des Begriffs und der Realität, der Begriff, insofern er sich und selbst seine Realität selbst bestimmt, oder die Wirklichkeit, wie sie sein soll und ihren Begriff selbst enthält(...)." G.F.W. Hegel, Philosophische Propädeutik, (Jubiläumsausgabe Bd. 7) Stuttgart 1927, S.142.

26) Karl Jaspers, a.a.O., S.3.

27) Hegel, Vorlesungen über die Ästhetik I/II, III(Reclam) Stuttgart 1971, hier III, S.259.

28) E. Staiger, a.a.O., S.109.

29) Hegel, Ästhetik III, a.a.O., S.259.

30) 셰익스피어, 오델로 (오화섭 역), 세계문학전집 제 3권, 서울(정음사) 1964, 342쪽. (필자가 의역한 곳이 있음).

31) 바로 위의 책, 321쪽 하단.

32) 처용가의 해석의 논란은 많으나 여기서는 양주동의 해석을 택하여 필자가 임의로 현대어로 옮겼음. 원문의 해석은 양주동, 古歌研究 1943, 인용은 김동욱 외 편, 處容研究論叢, 울산문화원 1989, 43쪽.

33) 이 작품이 詩이기는 하나 연극적인 가면극이기도 하다. 드라마로서의 處容歌舞에 대하여서는, 조동일, 처용가무의 연극사적 이해, 『처용연구논총』, 바로 위의 책, 213쪽 부터.

34) 처용의 노래(향가)와 처용에 대한 논란은 위에 나온 책「처용연구논총」을 참고.

35) 최인훈, 『옛날 옛적에 훠어이 훠이』, 전집 10(희곡집), 서울 (문학과 지성사) 1979, 82쪽.

36) 바로 위의 책, 같은 쪽수.

37) 바로 위의 책, 82쪽, '홍겹게'의 인용부호는 원저자의 것임.

38) 유치진, 『소』, 한국연극협회편, 한국희곡문학대계 전 5 권, 인용은 제2권, 121 쪽.

39) 작품 『소』에 대하여 최근 논란이 일고 있으나 어떻게 작품화 되었던 등장인물들이 한국인임은 틀림없다.

40) 유치진, 『소』, 어문각 편, 신한국문학전집중 희곡선집 제1권 서울 (어문각) 1978, 236쪽.

41) 이 장면은 가장 비통한 장면임에도 관객들은 웃음을 터트린다.

42) 서연호, 한국연극론, 서울 (삼일각) 1975, 119쪽 참조.

43) 한국고전문학의 저변에는 늘 허무주의와 자연을 벗하여 살고자 하는 탈속(脫俗)적인 미의식이 들어 있다. 모두가 그런 것은 아니지만 한국고전 문학을 주도하고 있는 작품을 생산한 사람들은 거의가 정치인으로서 정치권력 싸움에서 밀려나 낙향하던가 귀양살이를 하면서, 패배자로서 유교사상보다는 노자나 장자사상에 물들어 서양의 "vanitas vanitatum"과 같은 허무주의의 작품을 쓰는 것이다. 특히 낙향한 선비들에게는 자연을 즐길 시간과 여기로 알고 있었

던 글을 쓸 여유가 있었기 때문이다. 공맹사상을 일생의 학문으로 생각하고, 글을 쓴 것은 대부분의 선비가 여기로 생각하였던 한국에서는 '낙향'한 후에야 글을 쓰는 것이 대부분이였기 때문이다. 한국의 고전문학을 체계 적으로 배우기 시작하는 한국에서 적어도 고등학교를 졸업한 사람은 이 요소를 배우게 되여 있으며 한국인으로서의 문학적 감성은 강한 허무주의적 요소를 지닌다. 한국인에게 이런 미의식이 집단무의식으로 우리의 내면에 전하여 오고 있을 지도 모른다.

44) 작품 『소』가 최근에 문제되고 있으나 한국적인 것은 틀림없다.
45) 임화, 문학의 논리, 서울 (예문사) 1940, 548쪽
46) 함세덕, 함세덕 희곡집, 유민영 편, 서울(새문사) 1989, 이하 인용은 '함세덕'이라고 함.
47) 유민영, 事實과 浪漫의 조화, 『함세덕 희곡집』 [권말 논문] 348-371 쪽, 인용은 362 쪽, 『함세덕 희곡집』, 앞에나온 책.
48) 함세덕, 함세덕 희곡집, 24쪽(『산허구리』).
49) 『동승』에서 도념이 떠나간다. 물론 어머니를 찾으러 가는 것이기는 하지만 "비탈 길"을 택하여 간다. 앞의 책 52쪽. 『서글픈 재능』의 만표도, 『무의도 기행』의 만표도 떠난다. 이 외에 그의 희곡에서 거의 모든 비극의 주인공은 떠난다. 그러나 이 떠남은 비극의 극 적 상황을 대결한 후가 아니라 다만 도피하는 것이다. 마치 처용의 상황과 같다.
50) Karl Jaspers, a.a.O., S.57.
51) 이것이 현재 세계문학상의 한국 희곡의 位相이기도 하다.

# 후 기

여기 모은 글은 모두가 어두운 시대에 쓰여 진 것이다. 극단적인 자유의 제약 하에서 작가들의 작품을 읽으며, 그들의 의식세계가 어떻게 어두인 시대를 표현하고 있는가를 알 수 있었다. 글은 모두가 문예지 편집자의 청에 의해 쓴 것이어서 시간에 쫓기느라 거친 것이 많고 중복되는 내용도 있다.

정리하다 보니 그때그때의 한국문학의 문제점의 진단과, 월평이 생각보다 많은 것에 스스로 놀랐다. 평론가들은 월평을 즐겨 쓰지 않으나, 필자에게는 새로운 작품을 읽는 기회가 되어 많은 작품을 읽을 수 있었다. 그동안 쓴 글을 모아 놓지 않아, 있는 것만 여기 수록하였으며 정리해준 대학원 학생들에게 감사한다.

별로 아는 것도 없이 글을 쓰기 시작한 것은 이어령 선생님 덕분이었다. 글 한편을 『문학사상』에 쓴 후 평론할 것을 적극 권하시며, 게으른 나에게 글을 쓰도록 항상 기회와 지면을 주신 것에 이 자리를 빌어 감사드린다.

# 한국문학과 작가 작품론

2012년 4월 20일 1판 1쇄 인쇄
2012년 4월 25일 1판 1쇄 발행
지은이 김 승 옥
발행자 심 혁 창
발행처 **도서출판 한글**
서울특별시 서대문구 북아현동 221-7
☎ 02) 363-0301 / FAX 02) 362-8635
E-mail : simsazang@hanmail.net
등록 1980. 2. 20 제312-1980-000009

△ 파본은 교환해 드립니다
IN GOD WE TRUST

정가 15,000원

*

ISBN 97889-7073-357-9-93810